rororo

Christian Pfannenschmidt
Miriam Becker

Kurz vor zwölf ins Paradies

Der Roman zur
ZDF-Serie *GIRLfriends*

Rowohlt Taschenbuch Verlag

Originalausgabe
Veröffentlicht im Rowohlt Taschenbuch Verlag,
Reinbek bei Hamburg, März 2004
Copyright © 2004 by Rowohlt Verlag GmbH,
Reinbek bei Hamburg
Umschlaggestaltung any.way, Ulrike Kehr
Umschlagfoto und Fotos im Tafelteil: ZDF
Fotografin: Sandra Hoever
© ZDFE 2003
und freundlicher Genehmigung von Network Movie
Autorenfoto Seite 349 © Matthias Bothar
Satz Pinkuin Satz und Datentechnik, Berlin
Druck und Bindung Clausen & Bosse, Leck
ISBN 3 499 23662 1

Die Schreibweise entspricht den Regeln
der neuen Rechtschreibung.

KAPITEL 1

Mit *quietschenden Reifen* gingen beide Autos in die Kurve. Sie befanden sich nebeneinander auf gleicher Höhe der Elbchaussee. Normalerweise verhinderte der dichte Hamburger Straßenverkehr eine solche Wettfahrt, doch jetzt, eine Stunde vor der morgendlichen Rushhour war die Bahn frei. Barbara Malek warf einen kurzen Blick zu der Frau im Alfa Spider neben ihr. Auch Iris Sandberg hatte ihrer Konkurrentin kurz den Kopf zugewandt. Sie blies sich eine Strähne ihrer kupferroten Mähne aus dem Gesicht und forderte Barbara stumm heraus. Beide gaben lustvoll Gas. Wie in einer stillen Verabredung schienen sie unter Beweis stellen zu wollen, dass ein Michael Schumacher durchaus auch in Frauenherzen wohnen konnte.

«Wenn du mich liebst, fährst du langsamer», keuchte Christian Dolbien, der neben seiner Freundin Barbara saß, Schweißperlen auf der Stirn. Er hatte sich bereits tief in den Beifahrersitz gepresst, was für einen Mann seiner Größe durchaus ein Problem darstellte. Barbara schaute erneut hinüber zu Iris, deren Gesicht sich verfinstert hatte. Sie schien das Spiel ernst zu nehmen. Heiho, meine Schöne, dachte Barbara, wenn es das ist, was du willst, das kannst du haben. Sie griff Christian kurz, aber heftig in sein dichtes, grau meliertes Haar, das in einem reizvollen Kontrast zu seinem jugendlichen Gesicht stand. «Sei ein Mann, Christian.» Dann trat sie das Gaspedal voll durch.

Christian krallte sich in den Sitz und stöhnte gepresst.
«Barbara! Ich sterbe!»
Barbara lachte laut auf, während ihr Kotflügel in einer Kurve fast den Alfa von Iris berührte.
«Irgendwann, ja, aber noch nicht heute.»

Kaugummi kauend schob der Hotelpage Peter die Gepäckwagen vor dem Grand Hansson zusammen, als Ronaldo Schäfers Porsche vor dem Eingang hielt. Marie sprang auf der Beifahrerseite raus und mühte sich hektisch damit ab, zahlreiche Aktenordner gleichzeitig auf einem Arm zu stapeln. Ihr Mann ging lächelnd auf sie zu.
«Soll ich dir tragen helfen, Schatz? Dass du dir aber auch so viel auflädst an unserem letzten Tag.»
Marie schaute leicht gequält zu ihm auf. Ihre Haare standen in alle Richtungen ab. Mit Schrecken bemerkte sie eine Laufmasche. Wie schaffte es Ronaldo nur immer, wie aus dem Ei gepellt auszusehen? Ob es seine Größe war, die ihm dabei half? Sie schnaufte.
«Du hast gut reden, wenn meine Eltern unsere Püppie schon nehmen, muss ich sie ja auch hinbringen. Und Barbara nehme ich auch gleich mit, das ist dann ein Abwasch.»
Ronaldo Schäfer sah seine Frau nachdenklich an. Er wusste, dass es bei weitem nicht so einfach war, wie Marie es darstellte. Vivien bei den Harsefelds abzuliefern, nein, das war kein Problem. Schwieriger war es mit Maries Halbschwester Barbara. Es würde nicht einfach werden, Maries Mutter dazu zu bringen, sie als Familienmitglied zu akzeptieren. Doch Marie hatte ihrem sterbenden Vater versprochen, dass sie sich um Barbara kümmern würde. Und sie würde ihr Wort halten, so genau kannte

Ronaldo Schäfer seine Frau. Er lächelte ihr aufmunternd zu. Marie entspannte sich für einen Moment.

«Bleibt es bei unserem Gespräch nachher, Frau Schäfer?» Marie schreckte auf. Uwe Holthusen, der Koch, war an sie herangetreten.

Verdammt, dachte sie, den habe ich völlig vergessen. Wann sollte sie denn am letzten Tag vor ihrem Abflug nach Kapstadt noch über Veränderungen in der Hotelküche sprechen? Für die außerdem sowieso kein Geld vorhanden war.

«Ach, das wollte ich Ihnen gestern schon sagen, leider geht's jetzt überhaupt nicht.» Ohne sein enttäuschtes Gesicht wahrzunehmen, ging sie schnellen Schrittes mit ihren diversen Mappen auf den Hoteleingang zu.

Genau in dem Moment rasten zwei Autos auf sie zu. Die Reifen des vorderen Wagens quietschten bei dem Versuch, rechtzeitig zu bremsen. Maries Mappen flogen in hohem Bogen durch die Luft, als sie direkt vor Iris' Motorhaube zu Boden stürzte.

Sofort war Ronaldo an ihrer Seite. «Ist alles okay mit dir, Liebling?»

Barbara schüttelte immer wieder den Kopf, so sehr stand sie unter Schock, und Christian betonte sofort, Gentleman, der er war, dass alle drei Schuld gehabt hätten. Auch der Personalchef Begemann und Alexa Hofer, die Chefsekretärin, hatten den Zwischenfall beobachtet. Sie blieben in wenigen Metern Entfernung stehen, peinlich darauf bedacht, durch körperliche Distanz den Eindruck eines unpersönlichen Verhältnisses zu vermitteln. Trotzdem ließen sie es sich nicht nehmen, die Szene mit viel sagenden Blicken zu kommentieren. Iris versuchte sich zu entschuldigen, doch Marie kochte vor Wut und hatte nicht die geringste Absicht, sich besänftigen zu lassen, vor allem nicht von Iris.

«Bist du wahnsinnig?», fauchte sie Iris an. «Verdammt, wenn das einem unserer Gäste passiert wäre ...»

Wütend drehte sie sich um und marschierte in das Hotel. Dort hatten sich am großen Innenfenster der Halle Phil und Katrin aus dem Schreibpool sowie Doris Barth, die Rezeptionistin, die Nasen platt gedrückt.

«Ich sag's euch, die bringen sich hier noch gegenseitig um, unsere Damen, hü und hott!»

Katrin, auf erfolgloser Dauerdiät, biss in einen Schokoriegel, um kauend ihrer Kollegin zuzustimmen.

«Da hat Phil mal Recht. Jeden Tag eine neue Ansage.»

«Eine? Ich würde sagen: Jeden Tag zwei neue Ansagen», lachte Phil. Katrin warf ihr einen spöttischen Blick zu.

«Na, du musst es ja wissen, Philine, wo du gerade mal drei Wochen im Businesscenter bist.»

Sie drehten sich um und gingen durch die Halle zum Lift. Doris folgte den beiden.

«Also als der Schäfer noch unser Direktor gewesen ist, da war alles so gut organisiert, jeder wusste, was er zu machen hatte.» Verschwörerisch drehte sie sich um und senkte ihre Stimme. «Ich habe ja gehört: Die Marie will einen klaren Schnitt. Sie will die Sandberg auf jeden Fall weg haben!»

Im Chefzimmer stand Marie vor ihrer Hälfte des Doppelschreibtischs und klopfte den Schmutz aus ihrem Kostüm. Es war ihre Idee gewesen, einen gemeinsamen

Schreibtisch in das Büro zu stellen. Damit man harmonisch arbeiten konnte. Alles sollte transparent sein. Und jetzt? Ihre Seite des Tisches war blitzblank aufgeräumt, während sich in Iris' Bereich die Unterlagen türmten. Wie hatte sie sich gefreut, als Gudrun Hansson sie und Iris zu Direktorinnen ernannt hatte, nachdem Ronaldo und Christian Dolbien die Leitung der Hansson-Stiftung übernommen hatten. Doch zunehmend kam es ihr vor, als würde sie die Lasten der Arbeit alleine tragen, und immer öfter fühlte sie sich von Iris im Stich gelassen.

Als sie im Chefzimmer angekommen war, versuchte Iris sich erneut zu entschuldigen, aber Marie war immer noch auf hundertachtzig. «Du musst schon anders Gas geben, wenn du mich loswerden willst, Iris!»

Alexa, die mit der Post das Zimmer betreten hatte, genoss den Streit im Stillen. Alles, was Iris Sandberg schadete, brachte Alexa ihrem Ziel näher. Die Sandberg musste weg und würde durch Begemann ersetzt werden, dafür würde sie schon sorgen. Und Begemann fraß ihr aus der Hand. Betont freundlich legte sie Marie die Unterlagen auf den Tisch und erinnerte sie an den Termin mit Uwe Holthusen. Als Marie ihr sagte, dass sie ihn bereits abgesagt hatte, bot sich Iris an, den Termin zu erledigen. Doch damit war Marie nicht einverstanden. Iris würde Uwe Holthusen nur wieder das Blaue vom Himmel versprechen. Und das, wo sie eh kein Geld mehr hatten. Aber Iris' Pläne gingen noch weiter. Sie wollte zukünftig einen «Mitarbeiter des Monats» küren und durch eine kleine Gratifikation belohnen. Marie schnitt ihr entnervt das Wort ab.

«Iris, herrje! Es ist eine Geldfrage, schließlich kommt

eines zum anderen ... Wir stecken in einer Rezession. Ich will und kann unnötige Investitionen, oder nennen wir es einfach nur: Kosten, im Moment nicht gebrauchen. Die Banken machen Druck, wir müssen Rücklagen bilden. Unsere Kosten, vor allem die Personalkosten, sind zu hoch. Die Restaurants laufen nicht so, wie sie sollten, wir haben dringende Renovierungen zu machen, wir ...»

Iris unterbrach sie und warf ihr vor, wie immer zu dramatisieren, was Marie dazu brachte, Iris Selbstherrlichkeit zu unterstellen. «Von mir aus mach es. Aber ich will so was mitentscheiden! Es ist mein Laden.»

Daraufhin sah Iris sie lange und ruhig an. «Und ich bin Direktorin.»

Doch Marie gab sich unversöhnlich: «Wir sind beide Direktorinnen. Und wenn du das ignorierst, musst du gehen.»

Auch in der Küche des Grand Hansson wollte jemand reinen Tisch machen. Während um ihn herum Hochbetrieb herrschte, übte sich Uwe Holthusen vor einer Reiseschreibmaschine im Zwei-Finger-Suchsystem. Katrin, die immer mal gerne in der Küche vorbeischaute, lachte. «Schulst du um auf Datentypistin?» Dann las sie, was er gerade schrieb. «Du kündigst? Das kann nicht sein!» Uwe stand auf und ging zu den Herden. Es kochte nicht nur in den Töpfen. «Ich rackere mich hier unten ab ... bekomme kein einziges Lob ... Niemand hat Zeit für mich! Frau Schäfer cancelt jeden Termin mit mir!»

Er ließ Katrin probieren.

«Hm, köstlichst, Kartoffelsuppe mit Liebstöckel ... das ist so was von fein ... Schüsschen Sahne vielleicht, Uwe.» Sie legte ihre Hand auf seinen Arm. «Komm, Uwe, du bist frustriert. Das kennt doch jeder von uns. Überlege dir lieber, was du anders machen kannst. Und dann: ran an den Speck!»

Barbaras Auto parkte vor dem Haus der Harsefelds. Während sie und Vivien ein halbes Kinderzimmer voll an Spielzeug aus dem Kofferraum räumten, schaute Marie liebevoll auf das gemütliche Haus am See.

«Da heißt es immer, die Ollen sind nicht mehr flexibel ... wenn ich meine Eltern angucke, wie oft die in den letzten Jahren umgezogen sind ... ihre schöne Reetdachkate, die hättest du mal sehen sollen! Dann sind sie dichter ran an die Stadt ... Und nun wieder ans Wasser, weil mein Vater so gerne angelt ...»

Barbara hatte einen riesigen Blumenstrauß aus dem Kofferraum geholt und grinste. «Irgendwann ziehen die zu euch nach Hamburg, pass bloß auf.»

Marie warf den Kopf zurück und lachte schallend: «Dann erschieße ich mich!» Sie wies auf den Blumenstrauß in Barbaras Hand. «Und der ist völlig übertrieben.»

Die Haustür wurde geöffnet, und Elisabeth Harsefeld kam heraus. Vivien stürzte sich mit einem lauten Juchzen in ihre ausgebreiteten Arme, und sofort kam Butschi, der neue Hund der Harsefelds, aus dem Haus gedüst, freudig mit dem Schwanz wedelnd und aufgeregt die Neuankömmlinge begrüßend. Barbara und Marie schnappten sich das Gepäck und gingen auf das Haus zu. Als könnte Marie Barbaras Unsicherheit spüren, warf sie ihr einen aufmunternden Blick zu. Es würde nicht einfach werden, denn Marie wusste, was für ein Dickkopf ihre Mutter sein konnte, sie hatte ihn schließlich von ihr geerbt.

Und tatsächlich, als Elisabeth Marie zur Begrüßung

umarmte, fiel für Barbara nur ein strenger Blick ab. Marie löste sich aus Elisabeths Armen. «Mamilein, darf ich dir Barbara Malek vorstellen?»

Während sich Barbara ehrlich freute, endlich die erste Frau ihres Vaters kennen zu lernen, ließ sich Elisabeth gerade mal zu einem kühlen Gruß hinreißen.

«Vielen Dank für die Einladung, Frau Harsefeld.»

Barbara gab nicht auf, doch Elisabeth beschied ihr nur kurz angebunden, dass sei ja mehr Maries Idee gewesen. Die verdrehte kurz die Augen, genau so hatte sie sich das vorgestellt, Elisabeth Harsefeld war nun einmal ein harter Brocken. Und als Barbara freundlich das schöne Haus lobte, platzte es säuerlich aus Elisabeth heraus. «Im Gegensatz zu Ihrem Vater Martin Malek haben mein Mann und ich es immer vorgezogen, hart zu arbeiten … von nichts kommt nichts, nicht wahr?»

Meine Güte, dachte Marie, muss sich Barbara jetzt stellvertretend für Elisabeths ersten Mann sämtliche Vorwürfe anhören? Gott sei Dank war da noch die kleine Vivien, die auch etwas mitzuteilen hatte. «Oma Lischi, Babs hat gesagt, irgendwann zieht ihr zu Mima und Ronaldo …»

«Ach ja? Na, was die junge Dame alles weiß.»

Elisabeth wandte sich zu Marie. «Warum ist Ronaldo denn nicht mit?»

Marie war froh, dass Vivien unterbrochen worden war. Inzwischen waren sie alle vier an der Haustür angelangt. «Ach, der hat so viel zu tun.»

Doch Vivien war noch nicht fertig. «Und dann will sich Mima erschießen, hat sie gesagt!» Elisabeth Harsefeld schloss die Tür mit einem lauten Knall.

Ronaldo, der angeblich so viel zu tun hatte, saß mit Christian in dessen Büro auf dem Sofa und spielte Schach. Die Szene hätte ein vortreffliches Werbefoto für einen exklusiven Club abgegeben: zwei attraktive Männer im besten Alter, elegant gekleidet in stilvoller Atmosphäre, sich entspannt ihrem Hobby widmend.

Ein Plakat an der Wand warb für die Bill-Hansson-Stiftung mit dem Satz: «Wir sind stark darin, den Schwachen zu helfen!» Daneben hingen gerahmte Fotos, die Ronaldo und Christian zeigten, wie sie Schecks überreichten.

Ronaldo schaute vom Spielbrett auf. «Ich fühle mich wie Tom Cruise als Rentner.»

Christian lehnte sich zurück und lachte herzhaft.

«Wirklich!», fuhr Ronaldo fort, «unser Job als Stiftungsrat ist ehrenvoll, er entspricht, sagen wir: meinem moralischen Anspruch. Aber ich bin unterfordert, Christian, meine Laune wird jeden Tag schlechter. Wir sitzen hier, du und ich, Tag für Tag, lesen Bettelbriefe, halten Vorträge, reisen … aber das Leben, das aktive Leben da draußen, das rauscht doch an uns vorbei.»

Christian schaute ihn nachdenklich an. «Du klingst im Moment sehr verwöhnt.»

Ronaldo bemühte sich, diesen Eindruck schnell zu verwischen. «Nein, nein, alles bestens, klar. Bloß: Marie und ich, es ist alles völlig verdreht. Sie hetzt, ich bummle. Sie entscheidet, ich bin wie gelähmt. Sie ist reich, na ja.»

Christian zwinkerte Ronaldo zu. «Und du bist arm, gleich weine ich.»

Ronaldo schüttelte den Kopf. «Christian, vor allem macht sie das, was ich früher so geliebt habe, meine Arbeit als Hoteldirektor. Das war mein Leben!»

Christian wagte einen Schuss ins Blaue. «Du kommst nicht damit klar, dass sie das Ruder übernommen hat? Du findest, sie trifft falsche Entscheidungen? Und das sagst du ihr oder lässt es sie zumindest spüren.»

Ronaldo blickte wieder aufs Brett, nahm einen Bauern in die Hand. Er setzte die Figur auf verschiedene Felder, ohne sich jedoch zu entscheiden. Christian fing noch einmal an. «Ihr habt eine Krise?»

Ronaldo guckte weiter starr auf das Brett. «Wir wollen unsere Reise nutzen, um abzuschalten und über alles nachzudenken.»

Im Businesscenter herrschte Hochbetrieb, und Katrin erzählte gerade Phil, was sie von Uwe Holthusen erfahren hatte, als Iris Sandberg hereinkam. Sie grüßte die Mädels freundlich, was von Phil mit einem Strahlen erwidert wurde.

«Ich hätte sehr gerne, dass eine von Ihnen beiden das eben noch abtippt, ich brauche es morgen früh für eine Besprechung, es sind die Unterlagen für die Mitarbeiter-des-Monats-Sache.»

Katrin konnte nur noch staunend gucken, so schnell stand Phil vor Iris Sandberg, um ihr die Unterlagen abzunehmen. Dabei berührte sie Iris' Hand. «Finde ich klasse von Ihnen, Frau Sandberg!»

Als Iris gegangen war, mokierte sich Katrin. «Wie du dich immer an die ranschleimst ... heute hü und morgen hott.»

Aber Phil ließ sich davon nicht beeindrucken. «Wieso? Stimmt doch. Ich sagte hot. H...O...T. Ich finde die Frau scharf.»

Iris hatte sich im Businesscenter Unterlagen für Christian Dolbien mitgeben lassen. Als sie sein Büro betrat, hörte sie, dass er mit Gudrun Hansson telefonierte. Sie setzte sich in einen Sessel, warf mit einer eleganten Bewegung die Unterlagen auf den Schreibtisch und wartete, bis er sich verabschiedet und das Gespräch beendet hatte. Versonnen blickte er noch einen Moment lang auf den Hörer. «Die wird immer seltsamer.» Dann legte er auf, drehte sich zu Iris und schaute ihr dabei zu, wie sie an ihrem Hermèstuch nestelte. Wieder einmal wurde ihm bewusst, wie gut sie aussah. Sie trug einen Armanihosenanzug, dazu das bewusste Tuch und Perlenklips, die weiße Glanzlichter auf ihre tiefbraunen Augen setzten. Sie hat Augen zum Darinversinken, dachte er.

«Und wo ist sie gerade auf ihrer Weltreise?»

Christian zuckte mit den Schultern. «Daraus macht sie doch seit einem Jahr ein Geheimnis ... klang nach weit weg ...»

Iris hatte das Tuch endlich gelöst und legte es auf dem Schreibtisch ab. «Und wie geht es ihr?»

«Sie ist die fröhlichste Krebskranke der Welt, das steht fest.»

Iris stand auf und näherte sich Christian. «Zu Marie hat sie am Telefon gesagt, sie sei geheilt.»

Auch Christian hatte sich erhoben. Sie standen jetzt dicht voreinander, er schnupperte an ihrem Hals. «Wonach riechst du?»

«Geheimnis.»

«Steht dir gut: Geheimnis.»

Iris hielt dem Blick seiner Augen stand. «Was machst du heute Abend? Ich dachte, wir beide könnten etwas essen gehen, ich gehe so ungern alleine aus.»

Christian zögerte. Hier baute sich etwas auf, das er nicht zulassen sollte. Iris schaute ihn fragend an. «Ich denke, deine kleine Freundin ist mit Marie in Hitzacker?»

Christian trat unwillig einen Schritt zurück. «Sag bitte nicht immer kleine Freundin.» Der Moment war vorüber. Das Telefon klingelte. Iris wandte sich schulterzuckend um und verließ sein Büro. Christian hatte bereits den Hörer abgenommen, als er sah, dass sie das Hermèstuch vergessen hatte. Auch wenn es ein kleiner Betrug an Barbara war: Er musste sehnsüchtig an dem Tuch schnuppern, Iris noch einmal riechen.

Elisabeth Harsefeld hatte einen gemütlichen Kaffeetisch auf der Terrasse gedeckt. Während die vier Erwachsenen sich in der Sonne am Kuchen gütlich taten, spielte Vivien auf dem Steg am Rande des Gartens mit einem kaputten Fischernetz. Butschi hatte sich zu ihr gesellt und döste entspannt vor sich hin, selbst die Fliege, die sich auf Butschis Nase niedergelassen hatte, wurde nur gutmütig beäugt.

So gelöst das Bild auch wirkte, täuschte es doch in Wirklichkeit über die Stimmung am Kaffeetisch hinweg. Elisabeth weigerte sich hartnäckig, ihr Kriegsbeil zu begraben, auch wenn Barbara sich gleich bleibend freundlich weiter um ihre Gunst bemühte. Marie bewunderte die Geduld ihrer Halbschwester.

«Der Kuchen war sehr lecker, Frau Harsefeld, wirklich!»

Elisabeth überging dieses Kompliment ebenso wie die anderen zuvor. Stattdessen erkundigte sie sich spitz nach Barbaras Mutter.

Barbara zuckte ein wenig traurig mit den Schultern, sie

hätte liebend gern etwas anderes mitgeteilt. «Ich habe keinen Kontakt zu ihr.»

Als hätte sich ein Schwall Wasser auf Elisabeths Mühlen der Selbstgerechtigkeit ergossen, nutzte sie die Gelegenheit, das vorbildhafte Familienleben der Harsefelds hervorzuheben. «So, na ja, so was hört man mal, aber das glaubt man dann immer nicht, dass es so was gibt. Bei uns wäre das undenkbar.»

Sie beugte sich vor und ergriff Maries Hand. «Nicht wahr, Mariechen, undenkbar, dass du dich nicht mehr meldest, oder?»

Mariechen wird gleich ganz schlecht, dachte Marie. Wie konnte ihre Mutter sich nur so unhöflich und beleidigend verhalten? Martin Malek war ein Spieler und Betrüger gewesen, unter dem Elisabeth in jungen Jahren sehr gelitten hatte. Aber wie konnte sie Barbara dafür verantwortlich machen? Auch sie und selbst Marie waren von ihm betrogen worden, bevor man ihn im Gefängnis erhängt auffand.

Erich schien derselben Meinung zu sein wie Marie. Er fand, dass seine Frau zu weit ging, und versuchte das Thema zu wechseln.

«Mal was anderes: Gefällt es Ihnen denn im Grand Hansson?»

Aber die einmal in Fahrt gekommene Lokomotive Elisabeth war so nicht aufzuhalten. Sie überfuhr jedes noch so gut gemeinte Haltezeichen.

«Das fehlte noch, dass es ihr da nicht gefällt, so ein schönes Haus, das unsere Marie da hat. Ich muss sagen, ich kann es immer noch nicht fassen, dass die Frau Hansson ihr das geschenkt hat. Sie hat natürlich auch immer viel für die Frau Hansson getan, und ich habe Mariechen das schon immer zugetraut, dass sie eines Tages …» Irritiert blickte sie zu ihrer Tochter auf, die aufgestanden war und damit begonnen hatte, den Tisch abzuräumen. Wenn ich noch einmal «unser Mariechen» höre, kotze ich, dachte Marie. Auch Barbara erhob sich. «Ich helfe dir!»

Da hielt es Elisabeth natürlich auch nicht mehr am Tisch.

«Das brauchen Sie nicht. Sie sind Gast!»

Und zwar ein unerwünschter, dachte Marie und drückte ihre Mutter auf den Stuhl zurück. «Übt euch schon mal in euren Großelternpflichten, die nächsten vierzehn Tage werden anstrengend genug.»

So daran erinnert, drehte sich Elisabeth suchend nach Vivien um und entdeckte, dass sie bedrohlich nah am Wasser spielte. «Püppie», rief sie dem Kind zu, «fall nicht ins Wasser, hörst du?»

Als sich Barbara und Marie mit dem leeren Kuchengeschirr außer Hörweite befanden, sah Erich seine Frau kopfschüttelnd an. «Du bist ganz schön gnaddelig, Deern.» Elisabeth war natürlich ganz anderer Meinung. «Ich bin nicht gnaddelig, Erich, ich kann sie nicht leiden.» Damit war Erich nun gar nicht einverstanden. Auch er hatte einen prüfenden Blick auf Barbara geworfen, und sie war ihm sofort sympathisch gewesen. Im Gegensatz zu seiner Frau empfand er Mitgefühl für diese junge Frau, die so allein im Leben stand.

«Die ist eine ganz freundliche Deern, hör opp …»

Aber Elisabeth grummelte nur. «Sie hat denselben Zug um den Mund wie er …»

In der Küche knallte Marie das Tablett auf die Anrichte und machte ihrer Wut Luft. «Ich bewundere dich, noch zwei Minuten länger, und ich wäre ihr an die Gurgel gegangen.»

Barbara hatte einen nachdenklichen Gesichtsausdruck, als sie Marie half, das Geschirr in die Maschine einzuräumen. «Ja, ich hätte auch nicht gedacht, dass deine Mutter so giftig ist.»

Marie sah sie an. «Ich bin mir auch überhaupt nicht mehr sicher, ob das tatsächlich so eine klasse Idee war, Vivien hier bei ihnen zu lassen, sie werden einfach alt. Alles verstärkt sich da: der Starrsinn, die Unbeweglichkeit, das Negative ...»

Mutlos ließ sie die Arme hängen und senkte den Kopf. Hatten sich denn alle gegen sie verschworen? Barbara erkannte, wie nah Marie den Tränen war. Es tat ihr weh, sie so mutlos und traurig zu sehen. Sie kannte ihre Halbschwester noch nicht lange, aber sie hatte sie vom ersten Augenblick an gemocht. Und Marie hatte ihr so viel geholfen. Als Barbara ihren Job verloren hatte, war Marie für sie da gewesen. Die Arbeit im Hotel verdankte sie Marie, und dort war sie auch Christian, dem Mann ihrer Träume, begegnet. Vielleicht war sie nun an der Reihe, etwas für Marie zu tun. Barbara legte ihre Hände fest auf Maries Schultern.

«Marie, du bist platt. Völlig überarbeitet, gestresst, genervt. Du musst abschalten. Du musst was für dich tun. Für euch. Lass es einfach laufen. Ich gucke ab und zu nach Vivien, wie wäre das?»

Marie stieß ein empörtes Schnauben aus. «Und dann faltet dich meine Mutter jedes Mal zusammen? Nein, nein, das kann ich nicht von dir verlangen.»

Barbara lachte und drückte ihrer Schwester einen herzhaften Schmatzer auf den Mund. «Abgemacht?»

Marie war gerührt. Sie brauchte tatsächlich Hilfe, und Barbara konnte sie vertrauen. Wesentlich fröhlicher als zuvor räumten sie jetzt die Küche auf, als aus dem Garten ein Schrei ertönte. Es war Elisabeths Stimme. «Mariechen! Hilfe! Mariechen!» Die beiden Frauen rannten sofort los.

Im Garten bot sich ihnen eine dramatische Szene. Vivien war ins Wasser gestürzt und hatte sich im Fischernetz verfangen. Sie ruderte verzweifelt mit ihren kleinen Ärmchen, wodurch sie sich aber nur noch stärker in den Maschen verstrickte. Aus eigener Kraft konnte sie sich nicht befreien. Auf dem Steg kniete aufgeregt Erich Harsefeld und versuchte vergeblich, das Kind zu erreichen. Elisabeth lief kopflos hin und her und schrie entweder Erich an, das Kind doch endlich rauszuholen, oder schickte inbrünstige Bitten Richtung Himmel.

Marie fühlte ihr Herz im Hals schlagen und rannte mit aller Kraft zum Steg, sie schubste Erich beiseite, um Vivien ihre Arme entgegenzustrecken. Aber auch ihr gelang es nicht, das Kind aus dem Wasser zu ziehen. Nein, schoss es ihr durch den Kopf, du darfst nicht sterben, Vivien, mein Liebling, wenn es einen Gott gibt, wird er dich retten. Während Elisabeth immer wieder panisch schrie: «Sie ertrinkt, sie ertrinkt!», hatte Barbara schnell, aber ohne jede Hektik den Steg betreten. Ohne auch nur einen Moment zu zögern, machte sie in voller Bekleidung einen Kopfsprung ins Wasser, tauchte unter, um genau neben Vivien unter dem Netz wieder aufzutauchen. Während sie mit einer Hand den Kopf des Kindes über Wasser hielt, befreite sie es mit der anderen von dem Netz. Dann hob sie Vivien so hoch, dass eine überglückliche Marie sie entgegennehmen konnte. Sofort kniete sie vor der Kleinen, um sie zu drücken und warm zu rubbeln. Als Barbara sich mit einem kräftigen Schwung auf den Steg zog, erntete sie einen seligen Blick von Marie. Erich kam auf sie zu und legte väterlich einen Arm um ihre Schulter. «Sie müssen auch zum Trocknen rein, Barbara. Ich darf doch Barbara sagen?»

«Klar. Ganz schön kalt das Wasser!» Als die beiden auf das Haus zugingen, folgte ihnen Elisabeth. Sie hatte den Blick gesenkt.

Vivien war gebadet und in einen warmen Pyjama gesteckt worden. Gott sei Dank schien sie den Unfall als Abenteuer erlebt zu haben, von zurückgebliebener Angst war nichts zu entdecken. Sie wollte noch nicht einmal schlafen, sondern erst ein Gutenachtlied von ihrem Urgroßvater hören. Barbara ließ Erich und Marie in Viviens kleiner Dachkammer zurück und begab sich zu Elisabeth in die Küche. Sie war nicht nachtragend und konnte sich gut vorstellen, welche Gefühle jetzt in der guten Frau Harsefeld miteinander rangen.

Elisabeth war dabei, Geschirr abzuwaschen, als Barbara hereinkam. Sie griff sich ein Handtuch und begann wie selbstverständlich, die Teller abzutrocknen. Elisabeth rang eine Weile mit sich und den richtigen Worten, doch dann hatte sie sie offensichtlich gefunden.

«Ich muss mich bei Ihnen entschuldigen, ich habe mich scheußlich benommen. Und widersprechen Sie jetzt nicht. Scheußlich, ganz scheußlich, ich schäme mich.»

Barbara unterdrückte ein Lächeln. Sie hatte gar nicht die Absicht zu widersprechen. Sie ließ Elisabeth erzählen, von Martin Malek, von ihrer Enttäuschung, ihren

Ängsten und ihrer Wut. Und davon, dass sie ihm bis heute nicht verzeihen konnte, was er ihr alles angetan hatte. Dass sie darum Barbara nur als Maleks Tochter sehen konnte, nicht als der Mensch, der sie war. Dann bot sie Barbara das Du an. Erst als sich die beiden umarmten, merkten sie, dass sie nicht mehr alleine in der Küche waren. Erich und Marie hatten sich zu ihnen gesellt. Er ließ es sich nicht nehmen, das Verhalten seiner Frau zu kommentieren: «Na, was is' denn hier los, hast du deinen Sentimentalen, Lischi?»

Elisabeth versetzte ihm mit dem nassen Geschirrhandtuch einen nicht ganz ernst gemeinten Hieb. «Erich, du Jeck.»

Nach Elisabeth offerierte dann auch Erich Barbara das Du, was sie gern annahm.

Dafür bestand er aber auch auf einem «Tüscher». Marie lachte, als Barbara sie ratlos anschaute.

«Tüscher, Barbara, Kuss ... nun gib meinem Vater einen, sonst ist er für den Rest des Abends beleidigt.»

Und als alle um den Küchentisch herumsaßen, fügte sie hinzu, wohl wissend, dass die feine Ironie den Eltern entgehen würde: «Familienleben ist doch das Schönste, oder?»

Der Abschied von ihren Eltern fiel Marie schwer. Auf der Rückfahrt von Hitzacker hatte sie ein komisches Gefühl im Magen. Viviens Unfall und der Zwischenfall vom Morgen gingen ihr durch den Kopf. «Iris hätte mich zu Schaden fahren können, es ist so ... als wenn ... ich weiß nicht, wie ein Zeichen, dass etwas passieren wird.»

Dafür war Barbara viel zu praktisch. «Unsinn, wir haben ein sportliches Wettrennen gemacht, Marie, es war ein Spaß, ein blöder, das geb ich zu. Ihr macht jetzt einen Bombenurlaub, du kommst supererholt zurück, und danach sieht die Welt ganz anders aus.» Marie blieb stur. «Iris und ich, das geht einfach nicht mehr in der Zusammenarbeit. Und dieser ganze Stress, diese Verantwortung, ich bin das nicht.» Dann holte sie tief Luft. «Am liebsten würde ich den Kasten verkaufen.»

Nachdem Ronaldo den gemeinsamen Squashtermin abgesagt hatte, war Christian noch ins Fitnesscenter des Hotels gegangen.

Entspannt, aber auch ein wenig hungrig befand er sich auf dem Heimweg, als er am «Fritz» vorbeikam. Wer weiß, wann Barbara nach Hause kommt, dachte er, zum Kochen war es dann sicherlich zu spät. Kurz entschlossen betrat er das Lokal, das sich im Laufe der Zeit für die gesamte Hotelbelegschaft zu einer Art Stammkneipe entwickelt hatte. Er war immer gerne hier. Aus den Lautsprechern klang unaufdringlich ein Burt-Bacharach-Song, und das Kerzenlicht zauberte einen weichen Schimmer auf die Gesichter der Gäste an den Tischen. Christian steuerte die Bar an, an der sich nur eine Frau befand, die etwas lustlos in ihrem Salat stocherte. Carl, der Barkeeper, kam zu ihm rüber.

«Abend, was darf ich Ihnen geben?»

«Ich nehme ein Wasser und äh ...», Christian zögerte, er sah sich suchend um, als könne ihm von einem der anderen Tische eine Anregung zufliegen. Die Frau an der Bar hatte sich umgedreht, als sie seine Stimme gehört hatte. Es war Iris. Ihre Augen leuchteten auf, als sie ihn sah. Christian setzte sich auf den Barhocker neben ihr und griff sich ein Blatt aus ihrem Salat. «Lecker, so was will ich auch.»

Iris winkte dem Barkeeper. «Carl, bringen Sie meinem älteren grauhaarigen Kollegen auch so einen Salat?»

«Und der jungen Frau neben mir ein Glas Wein, Rotwein vielleicht, eine Flasche Chateau Laroque, den habt ihr doch, oder?», nahm Christian den Faden auf.

Iris hob abwehrend die Hand. «Ich will abnehmen, hast du heute meinen Hosenanzug gesehen, wenn es so weitergeht ...»

Christian ergriff ihre Hand und legte sie sanft auf die Bar zurück.

Er lächelte. «Du siehst gut aus, Darling, und du weißt das.»

Christian pickte sich einige Blätter von Iris' Teller, während er auf seinen Salat wartete. Iris sah ihm zu.

«So wäre es gekommen, wenn wir damals zusammengeblieben wären. Wir hätten nach der Arbeit hier im ‹Fritz› gesessen, Salat gegessen, Wein getrunken und ...» Christian legte die Gabel ab. «Was wäre denn so schlimm daran?»

«Nichts.»

«Eben.»

Carl brachte den Salat. Als er sah, dass Christian den von Iris fast aufgegessen hatte, stellte er ihn kurzerhand vor Iris ab. Schien egal zu sein bei dem Paar.

«Bringst du Marie und Ronaldo morgen zum Flughafen?»

Christian schüttelte den Kopf. «Irgendwie ist Ronaldo ein bisschen aus der Spur. Ich bin ganz froh, ehrlich gesagt, ihn vierzehn Tage los zu sein.»

Iris stöhnte auf. «Frag mich mal. Ich verstehe ja, dass

Marie überfordert ist. Dass die ganze Verantwortung und dieser Druck über ihre Kraft gehen. Aber mich nervt sie. Und sie ist unverschämt mir gegenüber. Tut so, als hätte ich sie heute Morgen absichtlich umgefahren ... vielleicht suche ich mir was Neues.»

Da sie direkt nebeneinander wohnten, schlugen sie gemeinsam den Weg nach Hause ein. Es war so natürlich, neben Iris zu gehen, dass Christian sich wieder einmal fragte, warum sich Iris damals von ihm getrennt hatte. Er hatte immer gefunden, dass sie prima zusammengepasst hätten.

Als wäre sie seinen Gedanken gefolgt, fragte Iris ihn nach Barbara.

«Ich habe absolut keine Lust, mit dir über Barbara zu reden, Iris.»

Wortlos gingen sie ein paar Schritte nebeneinander, bis Christian es albern fand.

«Sie ist süß. Wir haben viel Spaß zusammen. Wir können gut miteinander lachen. Sie liebt mich.»

Aha, dachte Iris, aber liebst du sie auch? Plötzlich blieb Christian stehen und lächelte sie an. «Wer der Schnellste ist?» «O nein», Iris schüttelte gespielt empört ihr Haar, «nicht schon wieder, mir hat das heute Morgen schon gereicht.»

Aber Christian war schon losgerannt. Lauf du nur, dachte sie und lächelte in sich hinein, du wirst verlieren, Christian Dolbien.

Christian warf die Sporttasche in eine Flurecke und lehnte sich mit geschlossenen Augen gegen die Wohnungstür. Er hing dem Moment nach, als er vor der Haustür auf Iris gewartet hatte. Sie hatte sich in seine weit ausgebreiteten Arme geworfen, er hatte sie herumgewirbelt und sich fast vergessen, als er ihre vollen Lippen so dicht vor seinem Mund sah. Barbara, schon abgeschminkt und im Morgenmantel, erschien im Flur. Sie kam fröhlich auf ihn zu.

«Wo warst du? Aus mit anderen Frauen?»

«Ich wollte mit Ronaldo Squash spielen ...»

Barbara wuschelte mit ihrer Hand liebevoll durch seine Haare. «Ach, hatte ich voll vergessen ...»

«Er wohl auch. Ich war dann mit Iris was essen, im ‹Fritz›.»

Sie sahen sich an. Barbara zögerte kurz. Aber nein, dachte sie, ich liebe ihn, und zu Liebe gehört Vertrauen. Sie gab sich einen Ruck und fragte in ganz entspanntem Tonfall. «Ah, schön, was gab's?»

Christian, dem ihr Zögern nicht entgangen war, drückte sie fest an sich. «Ich liebe dich, Babs, du bist mein Leben.»

KAPITEL 2

Am nächsten Morgen in der Abflughalle des Flughafens verbrachten Marie und Ronaldo die letzten Minuten mit Entschuldigungen.

Ronaldo rief Christian an, um sich für den vergessenen Squashtermin zu entschuldigen. Auch Marie hatte etwas mit Iris zu klären.

«Ich will dir das unbedingt noch sagen, Iris, ich bitte dich um Entschuldigung. Ich war eklig gestern.»

Iris legte den Kopf etwas zurück und zog eine Augenbraue hoch.

«Gestern?»

Gespielt jammervoll wandte sich Marie an Ronaldo. «Sie will mich in die Knie zwingen!»

Ronaldo packte sie am Arm, beugte sich zu ihr herunter und drückte ihr einen innigen Kuss auf die Lippen. «Und ich will dich ins Flugzeug bringen!»

Das Businesscenter hatte Mittagspause. Phil lackierte sich die Fingernägel, Barbara hatte ihre Füße auf den Schreibtisch gelegt und las in einer Autozeitschrift, während Katrin die Einkaufsbestellungen notierte. «Nun mal los, die Damen, wir haben nur dreißig Minuten Pause, ey!»

Die Tür ging auf, und ein strahlender Uwe Holthusen betrat das Büro mit einer Champagnerflasche. Katrin eilte auf ihn zu. «Hat es geklappt?»

Barbara nahm die Füße vom Tisch. «Worum geht es hier überhaupt?»

«Um deine unfähige Schwester», kam es schnippisch von Phil.

«Uwe wollte kündigen», fügte Katrin hinzu.

Uwe knallte die Flasche auf Katrins Schreibtisch. «Und dann hat die Sandberg gesagt: Wir ziehen das durch! Machen Sie ein Konzept, entwickeln Sie neue Gerichte!» Er ließ den Korken knallen.

«Die ist so was von Klasse!»

Barbara war fassungslos. «Gibt Marie denn ihr Okay dazu?»

Uwe winkte abfällig mit der Hand, als hätte Marie überhaupt nichts mehr zu sagen. «Überlassen Sie alles mir, hat die Sandberg gesagt!»

Zufrieden zog sich Uwe einen Stuhl heran und setzte sich hin. Im nächsten Moment sprang er laut schreiend auf. Er hatte nicht mehr an die Gläser in seinen Gesäßtaschen gedacht. Die weiße Hose verfärbte sich an seinem Allerwertesten bereits rot. So sehr er sich auch sträubte, der Schmerz trieb ihn dazu, den Anweisungen der Mädels zu folgen. Er zog erst seine Hose runter, dann die Boxershorts und beugte sich schließlich mit nacktem Po über den Tisch. Phil und Barbara entfernten gerade vorsichtig Scherbe für Scherbe mit ihren Pinzetten, als sich die Tür öffnete und Christian baff auf die Szene blickte. «Was machst du da mit dem nackten Mann, Barbara?» Sie grinsten sich an.

Marie und Ronaldo wurden von einer Limousine des Hotels Mount Nelson am Flughafen abgeholt. Ein Hotelpage hatte in der Ankunftshalle mit einem Schild auf sie gewartet, auf dem in großen Lettern ihr Name geschrieben war. Sie hatten es sich im Fond bequem gemacht und genossen die phantastische Aussicht, die sich ihnen auf der Fahrt zum Hotel bot. Einige wenige zarte Wolkengebilde schwebten über den tiefblauen Himmel, die Stadt und der Hafen glitzerten im Sonnenlicht.

«Ach, schau mal, Ronaldo, von überall kann man den Tafelberg sehen, zwick mich mal, das ist ja zu schön!»

Ronaldo lächelte zu ihr herunter und zog ihren Kopf sanft auf seine Schulter. «Und es wird noch viel, viel schöner, mein Schatz.» Ja, dachte er, vielleicht haben wir doch noch eine Chance …

Die Limousine fuhr durch ein weißes Tor und über eine Allee auf ein imposantes rosafarbenes Gebäude zu. Sobald der Wagen vor dem Portal hielt, eilten schon zwei Pagen heran, um jedem von ihnen die Tür zu öffnen. Die Schäfers waren beeindruckt.

«Das müssten wir auch bei uns einführen, so einen Limoservice, finde ich großartig», sagte Marie, schon wieder ganz die Hotelchefin, während sie auf die Rezeption zusteuerten.

«Ach ja?» Ronaldo schaute sie skeptisch an. «Ich dachte, du hast einen Ausgabenstopp verfügt.»

Bevor Marie eine ihrer berüchtigten Kosten-Nutzen-Rechnungen aufstellen konnte, die Ronaldo immer mit Grauen erfüllten, wurden sie von einer jungen Frau, die sich als Alina vorstellte, begrüßt. «Wir freuen uns ganz besonders, Sie bei uns zu haben, Herr Schäfer», sie nickte zu Marie, «Frau Schäfer. Herzlich willkommen!» Sie genoss die erstaunten Gesichter von Marie und Ronaldo einen Moment lang, dann klärte sie die beiden auf.

«Ich habe früher bei der Townhouse-Gruppe in Hamburg gearbeitet, aber eigentlich wollte ich immer im legendären Hansson-Hotel arbeiten, bei Ihnen …»

Sie drehte den Kopf zum Monitor, der rechts von ihr auf der Rezeption stand. «Wir haben eine sehr schöne Suite für Sie reserviert. Sie brauchen gar nichts einzutragen, wir haben alles vorbereitet. Und erwartet werden Sie auch.»

Ronaldo und Marie guckten sie fragend an, als sie hinter sich eine allzu vertraute Stimme hörten.

«Und zwar sehnsüchtig!»

Sie drehten sich um und konnten erst einmal nicht glauben, wen sie da sahen. Vor ihnen stand eine Frau, deren Schönheit und Ausstrahlung es unmöglich machten, ihr Alter zu bestimmen. Sie trug einen elegant-sportlichen Safarihosenanzug, in der Hand hielt sie einen überdimensionalen Sonnenhut. Ihr glänzendes schwarzes Haar war streng zurückgebunden, ihre stolze Haltung ließ einen unwillkürlich an eine Flamencotänzerin denken. Erst bei ihrer nächsten Bemerkung, im belehrenden Tonfall einer pedantisch-hanseatischen Lehrerin vorgetragen, waren sich die beiden sicher, nicht zu träumen.

«Ihr seid zu spät!»

Gudrun Hansson stand vor ihnen.

Bevor Marie und Ronaldo sich von dieser Überraschung erholt hatten, saßen sie schon mit Gudrun in mit weichen Kissen gepolsterten Korbstühlen, im tropischen Garten des Hotels. Ein Kellner servierte ihnen Tee und Gurkensandwiches. Seine weißen Handschuhe hatten es Marie angetan, aber es war halt alles eine Kostenfrage ...

Gudrun hob ihre Teetasse und deutete ein Zuprosten an.

«Auf unser Wiedersehen! Normalerweise hätte ich mit

Champagner angestoßen, aber seit Elliot trinke ich keinen Alkohol mehr ...»

«Und wer ist Elliot?», fragte Ronaldo.

«Ja, und wie geht es dir überhaupt», schloss sich Marie neugierig an, «du bist aber auch eine Geheimniskrämerin geworden, nie wolltest du am Telefon sagen, wo du dich grad aufhältst ...», sie schaute sich bewundernd um, «wahrscheinlich hast du gedacht, ich würde platzen vor Neid!»

Gudrun lächelte fein und lehnte sich zurück, nachdem sie mit einer eleganten Handbewegung ihre Tasse wieder abgestellt hatte.

«Nun ... Elliot ist ein ... nennen wir ihn: Heiler. Von ihm könnt ihr so interessante Dingen lernen wie: Agapanthus hilft bei Magenkrämpfen, aber nur, wenn man die Pflanze nicht im Sommer erntet. Denn dann bringt das Gewitter.» Sie lachte. «Gottchen, ihr müsst ja denken, die ist verrückt geworden, die Hansson.» Marie hatte es tatsächlich die Sprache verschlagen.

Gudrun wurde wieder ernst. «Also kurz und gut: nach meiner Operation in Amerika ... ist ja über ein Jahr her inzwischen, bereise ich die Welt, wie geplant, und besuche Heiler ... überall gibt es welche, wunderbare, besondere Menschen, und jeder auf seine Art hat mir geholfen. Ich bin gesund. Und das ist ein Wunder, Marie.»

Marie konnte nicht anders, als zuzustimmen. Nie hatte sie gedacht, dass Gudrun sich so gut erholen würde. Sie sah phantastisch aus, schöner denn je. Dann erzählte Gudrun die ganze Geschichte. Als klar war, dass sie ihren Bauchspeicheldrüsenkrebs überwunden hatte, hatte sie sich von ihrem Arzt und Geliebten Dr. Rilke getrennt.

«Ich habe ihn nach Hause geschickt, schon in Mexiko.

Er ging mir auf die Nerven. Das habe ich ihm natürlich nicht gesagt. Er ist ein herrlicher Mann! Aber ich musste für mich sein.»

Ronaldo und Marie hörten ihr fasziniert zu, wenn auch Ronaldo inzwischen eine leichte Müdigkeit verspürte. Darum lehnte er Gudruns Vorschlag, ihnen umgehend die Stadt zu zeigen, ab. Marie war unschlüssig.

«Gudrun, nimm es mir nicht übel ... Ich muss mit Iris telefonieren, und besonders dringend mit meiner Mutter und Vivien.»

Sie zögerte einen Moment. «Dein Heiler Elliot würde mir vielleicht Recht geben», sie tippte sich auf die Brust, «ich bin da. Aber meine Seele noch nicht.»

Mit einer wegwerfenden Handbewegung wurde dieser Einwand von Gudrun souverän abgetan.

«Was kümmert mich deine Seele, Marie Schäfer? Ich zeige euch alles, den Tafelberg, Robben Islands», sie zögerte einen Moment lang, und ihre Augen streiften scheinbar unabsichtlich Ronaldo, der sofort seine Augen senkte, wovon Marie jedoch nichts bemerkte. «Und die Weingegend Stellenbosch ..., wir fahren zum Walegucken nach Hermanus, ach, ich sehe schon: Die Langeweile hat ein Ende!»

Und ihre Augen glänzten.

Iris hätte Langeweile freudig begrüßt, so sehr war sie zu einem Fremdwort geworden. Die alleinige Verantwortung für das Hotel nahm sie voll in Anspruch. Aber es befriedigte sie auch, endlich ihre Pläne umsetzen zu können. Sie war entschlossen, Marie zu beweisen, dass sie ihrer Aufgabe mehr als gewachsen war. Und vielleicht würde das Hotel ja tatsächlich besser laufen, wenn ihr kein Stein mehr von Marie in den Weg gelegt wurde. Deshalb schaute sie auch nicht gerade erfreut drein, als Phil ihr in der Hotelhalle nachlief und schon von weitem rief, dass Alexa Hofer sie dringend suchte, weil Frau Schäfer schon mehrfach angerufen hätte. Sie rang sich zu einem Lächeln für Phil durch, die sie schließlich nicht dafür verantwortlich machen konnte.

«Danke, Phil, wenn Sie so weitermachen, werden Sie bestimmt die erste Mitarbeiterin des Monats!»

Sie hatte schon Ronaldos Nummer gewählt, sonst wäre es ihr aufgefallen, dass Phil ihr verzückt nachschaute.

In Südafrika drehte Ronaldo gerade seine ersten Runden im Pool, als das Handy klingelte.

Aus dem Becken heraus angelte er sich das Gerät.

«Na, Ronaldo? Gut angekommen? Schon einen Löwen gesehen?»

Ronaldo lachte. «Einen Löwen nicht, aber eine Löwin.»

Er hätte gern Iris' verblüfftes Gesicht gesehen, als er ihr von der wundersamen Begegnung mit Gudrun Hansson erzählte.

«Sie hat übrigens ihr Löwenjunges Marie gleich in die Stadt verschleppt, du könntest es über ihr Handy versuchen, Iris», Ronaldo zögerte, «aber bitte tu mir einen Gefallen, ich möchte, dass Marie wirklich abschaltet, ja?»

Als sie das Gespräch beendet hatten, drückte er energisch auf den Ausknopf des Gerätes. Mutlos schüttelte er den Kopf. So wird sich nie was ändern, dachte er.

Gudrun und Marie hatten sich auf ein Glas Limonade in einem Straßencafé niedergelassen, als das Handy in Maries Handtasche klingelte. Kaum hatte Iris von der Etaterhöhung für Uwe Holthusens Gastronomiekonzept berichtet, rastete Marie aus. Sie untersagte Iris, auch nur die geringste Entscheidung ohne ihre Einwilligung zu treffen, vor allem dann nicht, wenn es Investitionen betraf. Und sie bestand darauf, dass Iris ihre Entscheidung rückgängig zu machen hätte. Dass diese mit ihrem Wort dafür einstand, spielte für Marie nicht die geringste Rolle.

Sie war, so hätte vielleicht Elliot gesagt, noch nicht angekommen.

Gudrun war dem Gespräch zunehmend skeptisch gefolgt.

«Der Umgangston scheint sich etwas geändert zu haben, seit ich weg bin …»

Marie schmiss voller Wut ihr Handy in die Tasche und schlug mit der Faust mehrfach auf den Tisch, was ihrer Hand mehr wehtat als dem Tisch. Ihre Augen funkelten, und ihr Mund hatte sich zu zwei schmalen Linien zusammengezogen.

«Sie nervt mich so, das glaubst du nicht. Sagt die doch dem Holthusen zu, dass er die Küche und das Restaurant ummodeln darf! Ich hasse es. Ich hasse diesen Laden. Es ist die Hölle. Mein Leben ist die Hölle.»

Gudrun nahm einen Schluck Limonade, setzte das Glas langsam vor sich ab und blickte Marie versonnen an. «Die Hölle ist etwas anderes, Marie.»

Marie nahm ebenfalls einen Schluck, das brauchte sie jetzt dringend, etwas Kaltes, denn sie glühte innerlich.

«Ja, tut mir Leid, aber ich … ich kann es offenbar nicht. Und ich will es auch nicht.»

Ein feines Lächeln umspielte Gudruns Gesicht. Wenn Marie nicht so mit sich selbst beschäftigt gewesen wäre, dann wäre ihr jetzt aufgefallen, dass ihr eine Jägerin gegenübersaß, die Köder und Falle aufgestellt hatte und nun in aller Ruhe auf das Wild wartete. Betont lässig unterbreitete Gudrun ihren Vorschlag. «Dann verkauf mir doch den Schuppen zurück.»

Tausende Kilometer weiter nördlich war Iris nicht mehr wütend, sondern nur noch erschöpft und traurig. Sie liebte ihre Arbeit so sehr, aber jetzt war es an der Zeit, sich von diesem Hotel zu trennen. Es ging um ihre Kraft, ihre Würde, um ein lebenswertes Leben. In ihrer Verzweiflung legte sie den Kopf auf den Schreibtisch. So hörte sie nicht, wie Christian, der nur leise geklopft hatte, ihr Büro betrat. In einer Hand hielt er ihr Hermèstuch wie eine Trophäe, aber als er vor ihr stand, konnte er in ihrem Gesicht die Traurigkeit erkennen. Umgehend unterdrückte er seinen Wunsch, mit ihr zu flirten. Dies war offensichtlich nicht der richtige Zeitpunkt.

«Wie kann ich helfen?», fragte er und breitete seine Arme aus.

Iris stand auf, ging um den Schreibtisch herum und blieb dicht vor ihm stehen. Zaghaft legte sie ihren Kopf an seine Brust.

«Jetzt erwarte aber nicht, dass ich mich hier an deiner starken Männerbrust ausweine …»

Christian strich ihr sanft über das Haar und küsste ihren Scheitel. «Nun sag doch, was kann ich tun, damit es dir besser geht?» In dem Moment öffnete sich die Tür, und Alexa Hofer erfasste mit einem Blick die Situation, so dachte sie zumindest. Sie unterdrückte ihr Erstaunen, murmelte eine Entschuldigung und schloss die Tür wieder. In ihrem Büro angekommen, erlaubte sie sich das erste Anzeichen von tiefer Befriedigung. Das lief ja wunderbar für ihre Pläne.

Iris hatte sich aus Christians Armen gelöst. In ihren Augen lag Trostlosigkeit. «Das hat uns jetzt gerade noch gefehlt.»

Marie und Gudrun schlenderten durch die Long Street, eine bunte Einkaufsmeile, in der sich Geschäft an Geschäft reihte. Mit Schaufenstern, an denen sich Marie nicht satt sehen konnte. Je kitschiger und schräger die ausgestellten Angebote waren, desto begeisterter reagierte sie.

«Guck mal, dies bemalte Straußenei ... wäre doch was für Vivien ...»

Gudrun versuchte Marie davon abzuhalten, jedes Geschäft halb leer zu kaufen. Sie kannte ihre alte Freundin gut genug, um sie zumindest in diesem Punkt nicht mehr verändern zu wollen. Marie liebte Sentimentales und Kitschiges. Aber zumindest konnte man sie am Kaufen hindern.

«Entsetzlicher Touristenkitsch. Viel zu teuer außerdem. Da fällst du natürlich sofort drauf rein. Du musst hier ein bisschen aufpassen, Marie. Das ist Afrika. Kapstadt ist sehr europäisch. Aber es ist eben doch eine völlig andere Kultur, ein – für uns besonders – ferner Kontinent. Nichts ist, wie es scheint. Südafrika ist ein Land im Aufbruch, die wollen alle nach vorne ... das spürst du an jeder Ecke. Aber die Menschen haben eine entsetzliche Zeit hinter sich ... und es gibt unendlich viele Probleme. Aids ... Armut, nach wie vor ... riesige soziale Unterschiede ... die Kriminalität, die sehr schwer in den Griff zu kriegen ist ...»

Aber Marie betrachtete schon wieder voller Begeisterung ein weiteres Schaufenster mit verzierten Straußeneiern. Sie hatte nur mit halbem Ohr zugehört, was sollten diese Belehrungen?

«Ich habe meinen Reiseführer auch gelesen, vielen Dank.»

In dem Moment standen plötzlich zwei kleine, schwarze Jungen vor den Frauen. Einer der beiden hielt bettelnd eine Hand hin. «Please!» Er hätte gar nicht bitte sagen müssen, Marie griff schon in ihre Tasche, um nach ihrem Portemonnaie zu suchen. Ihr großes Herz schlug sofort für diese Jungen mit den traurigen Augen. Aber Gudrun legte ihre Hand auf Maries Arm und hielt sie zurück. «Gib ihm bitte kein Geld.» Unwillig entzog ihr Marie den Arm.

«Ach, Mensch, ein paar Rand, davon werde ich auch nicht ärmer.»

«Darum geht es nicht», insistierte Gudrun, «das sind Straßenkinder. Und solange man ihnen etwas gibt, bleiben sie das auch. Spende dein Geld einem der vielen Kinderhäuser von mir aus ... dahinten um die Ecke warten garantiert schon ihre Drogendealer und nehmen ihnen sofort alles ab, was du ihnen gibst ...»

Es zerriss Marie innerlich, sie verstand ja, dass Gudrun Recht hatte. Aber da schauten sie auch zwei Augenpaare an, die direkt an ihr Mitleid appellierten.

Die Entscheidung wurde ihr abgenommen, denn plötzlich riss ihr der eine Junge die Tasche vom Arm, ihre Börse fiel heraus, die der andere schnell ergriff. Beide liefen davon. Nach einer kurzen Schrecksekunde geriet Marie in Fahrt. Innerhalb von einer Stunde kochte sie zum zweiten Mal vor Wut und ließ sich auch durch Gudruns energische Rufe nicht davon abbringen, den Kindern wie eine Furie nachzusetzen. Wobei sie in ihrem

Zorn vergaß, sich umzuschauen, bevor sie die Straße überquerte. Ihr Blick war ausschließlich auf die sich schnell entfernenden Jungen fixiert. So konnte Marie den Pick-up nicht kommen sehen. Sie lief direkt in ihn hinein.

KAPITEL 3

G*udrun Hansson* hatte sich mit Ronaldo vor dem Krankenhaus verabredet. Sie schaute gerade auf ihre kleine, elegante Armbanduhr, als auch schon sein Leihwagen neben ihr hielt.

«Tut mir Leid, Frau Hansson, ich hatte die Strecke nach Stellenbosch unterschätzt.»

Sie gaben sich die Hand, und Gudrun warf ihm einen prüfenden Blick zu. «Nun spannen Sie mich doch nicht so auf die Folter. Sie wissen doch, wie neugierig ich bin. Haben Sie unterzeichnet?»

Ronaldo strahlte sie an. «Es ist phantastisch. Ich habe für morgen früh einen Termin gemacht. Marie wird umfallen.»

Gudrun zog eine Augenbraue in die Höhe. «Gottchen, Herr Schäfer, wir sind doch froh, dass sie wieder steht, oder? Aber glauben Sie wirklich, dass Marie das auch wollen wird?»

Gemeinsam gingen sie auf den Eingangsbereich zu. Ronaldo hielt inne und sah Gudrun Hansson lange und ernst an. «Wenn wir das jetzt nicht tun ... tun wir es nie mehr.»

Als sie Maries Krankenzimmer betraten, war diese schon wieder recht munter. Sie versuchte, ihre Sachen in eine Tasche zu packen, was ihr durchaus nicht leicht fiel, denn ein Unterarm war verbunden. Ronaldo eilte sofort zu ihr und nahm die Tasche an sich.

«Du solltest dein Glück nicht überstrapazieren, Liebling, oder?»

Marie umarmte Gudrun, dann drehte sie sich wieder zu Ronaldo um. «Na, wenn dieser nette Pick-up-Fahrer nicht so blitzschnell reagiert hätte ... diese Straßenkinder! Ich könnte sie noch nachträglich ...»

Die Tür zum Krankenzimmer öffnete sich, und Alina, die Rezeptionistin aus dem Mount Nelson, trat ein. Sie war nicht allein, hinter ihr verbargen sich, zwei kleine, schwarze Jungen, die sich wenig erfolgreich dagegen sperrten, von ihr ins Zimmer geschoben zu werden.

Marie blieb der Mund offen stehen. Das waren sie, die beiden kleinen Halunken. Sie stemmte ihre Fäuste in die Hüfte und ließ es gleich wieder bleiben, denn mit dem verletzten Arm war das eher schmerzhaft. Alina schob einen der Jungen auf sie zu. «Das ist Johannes, Frau Schäfer, und sein Freund. Sie möchten sich bei Ihnen entschuldigen!»

Wie ein begossener Pudel stand Johannes vor Marie und hielt ihr seine kleine Hand entgegen. Sie schaute sich unsicher nach Gudrun und Ronaldo um, der ihr ermutigend zunickte. Langsam ergriff sie die ausgestreckte Hand. Auch der andere Junge traute sich jetzt zu ihr heran. Marie wandte den Kopf zu ihrem Mann.

«Ronaldo, pass auf meine Handtasche auf!» Dann strubbelte sie Johannes den Kopf, und alle begannen zu lachen.

Das Grand Hansson sah einem hektischen Tag entgegen. Mit Verärgerung nahm Iris die Gepäckberge vor dem Eingang wahr, während sie die fröhlichen Grüße von Phil und Katrin eher mechanisch erwiderte. Gäste warteten mit ihren Gepäckscheinen vor dem Hotel, doch anscheinend kümmerte sich niemand darum. «Es kommt gleich jemand für Ihr Gepäck, eine Minute nur bitte ...» Sie wandte sich an einen anderen Gast, der ungeduldig nach einem Taxi Ausschau hielt.

«Sie brauchen ein Taxi? Wird sofort erledigt.»

An der Rezeption sah es auch nicht besser aus. Alle Telefone klingelten, niemand nahm ab, außerdem warteten nach Iris' Geschmack viel zu viele Gäste darauf, ein- oder ausgecheckt zu werden. Einige wippten bereits ungeduldig mit den Füßen.

Iris stellte sich neben Doris.

«Frau Barth, wo ist Peter? Draußen warten Gäste ...»

Doris hatte bereits wieder ein Telefonat angenommen, zunehmend verzweifelt. Mit einem Aktenordner unter dem Arm stand Barbara ruhig neben der Rezeption.

«Morgen, Frau Sandberg.»

Aber Iris nahm sie nicht zur Kenntnis, das Chaos drohte sie zu überwältigen. Wie würde sich Marie freuen, dachte Iris, unfähig bin ich, hätte sie gesagt. Ist das vielleicht wahr?

Aber selbst wenn ich hier etwas bewirke, sie wird zurückkommen und alles zerstören. O Gott, woher soll ich die Kraft nehmen, dies alles zu schaffen?

«Wo sind die Pagen?»

Doris, die ihr Gespräch beendet hatte, zuckte nur resigniert mit den Schultern. «Ich weiß es nicht, und Peter hat heute seinen freien Tag.»

Dann schaute sie entgeistert auf ihren Drucker.

«O nein, das jetzt nicht auch noch ...»

Barbara löste sich aus ihrer Ecke und ging zu Doris.

«Weißt du was, Doris? Ich helfe dir schnell.» Iris schaute sie an. «Das ist nett von Ihnen, Frau Malek, aber bitte suchen Sie zuerst den Pagen, da draußen warten Gäste auf ihr Taxi, ihr Gepäck, bitte, das muss geregelt werden!»

Christian hatte die Hotelhalle betreten. Er näherte sich den Frauen mit einem fröhlichen Grinsen. «Guten Morgen, Ladys!» Barbara grinste zurück. «Ausgeschlafen?» Er lächelte sie an.

«Redet man so mit seinem Chef, Barbara?»

Dann wandte er sich zu Iris. «Nehmen wir einen Lift zusammen, Frau Direktorin?» Doch Iris stand nicht der Sinn nach Scherzen. Sie nickte gestresst, aber zustimmend. Während sie auf den Lift zugingen, wurden sie von Doris und Barbara beobachtet. Doris schüttelte den Kopf. «Bist du nicht manchmal eifersüchtig?» Barbara sah sie fragend an. «Wieso das denn, Doris?»

Ronaldo saß am Steuer seines Leihwagens und fuhr auf der Felsstraße zwischen Clifton und Camps-Bay. Neben ihm Marie, den Kopf zur Rückbank gedreht, auf der Gudrun und Alina saßen. Alina erzählte ihnen, was es mit den Straßenkindern auf sich hatte.

«Wir kümmern uns um sie ... von denen gibt es viel zu viele in diesem Land.» Sofort unterbrach sie Marie. «Mein Mann und ich haben einen kleinen Jungen quasi adoptiert ... in Chile ...»

«Luis, er lebt in einem Waisenhaus, das wir unterstützen», ergänzte Ronaldo. «Und die Bill-Hansson-Stiftung!», fügte Gudrun hinzu, als hätten sie alle das Bedürfnis zu zeigen, dass sie keine egoistischen Nordeuropäer waren, denen der Rest der Welt egal war. Alina ließ sie ausreden, sie kannte die unzähligen Entschuldigungen dieser Menschen, die auf ihren kleinen Wohlstandsinseln lebten und sich dafür schämten, auf der sonnigen Seite des Lebens geboren zu sein. Sie mochte die Schäfers, und sie verstand sich gut mit Gudrun Hansson. «Ja, es ist gut, wenn jeder von uns etwas tut ... wenn jeder seinen Beitrag dazu leistet, dass diese Welt etwas freundlicher wird. Und gerechter vielleicht ...»

Die Limousine hielt vor einem alten Sandsteingebäude, das einem Kloster ähnelte. Während sie auf das Gebäude zugingen, fuhr Alina mit ihrem Bericht fort. «Homestead ... Heimstätte ... nennen wir diese Einrichtung. Wir unterrichten die Kinder, wir beschäftigen sie, spielen mit ihnen ... was voraussetzt, dass wir erst einmal ihr Vertrauen erwerben natürlich. Außerdem wichtig für die Älteren unter ihnen: Wir klären sie über Rechte auf, wir organisieren Anwälte, Ärzte auch ... aber das Wichtigste von allem: Sie bekommen etwas Wärme, Respekt und Liebe ...»

Marie, sichtlich bewegt durch Alinas Schilderungen, ergriff ihre Hand. «Toll, dass Sie das machen, Alina.»

«Toll, dass Sie den Kindern die Hand gereicht haben, Frau Schäfer.»

Im Innenhof tobten die spielenden Kinder. Ihr fröhliches Geplapper und Kreischen übertönte das Gespräch. Hier und da sah man Erwachsene, die sich mit den Kindern beschäftigten, aber es waren wenige. Marie schaute sich um und wäre liebend gern auf eine der Gruppen zugegangen, aber Alina war noch nicht fertig. «Seitdem ich hier lebe, mache ich das, dreimal die Woche, wenn ich freihabe ... die Kinder sind die Ärmsten der Armen, wissen Sie ... oft laufen sie von zu Hause weg ... dann steuern sie direkt auf Drogen zu. Ältere Kinder, Jugendliche, erwachsene Dealer machen sie abhängig und beuten sie dann aus.»

Marie schüttelte fassungslos den Kopf. «Kinder süchtig machen, um an ihnen zu verdienen?» Alina nickte. «Ja, wir versuchen auch, den Müttern zu helfen. Verschaffen ihnen Arbeit, damit sie Geld verdienen, um ihre Kinder nach Hause zurückholen zu können ...»

Sie hob ihren Arm, damit alle in der Runde das Glasperlenarmband sehen konnten. «Sie machen diese berühmten Armbänder aus Glasperlen, und wir verkaufen sie für die Mütter ...»

Marie unterbrach sie. «Frau Hansson hat gesagt, man soll den Kindern auf der Straße nichts geben.» Alina nickte. «Das stimmt.»

«Und warum?», fragte Ronaldo.

«Solange sie auf der Straße Geld verdienen, geht der Kreislauf immer weiter, sie bleiben auf der Straße ... tun alles, auch klauen ... darum eben unsere Fürsorge.»

Der Innenhof hatte sich mittlerweile geleert. Die Kinder waren verschwunden. Alina schaute auf ihre Uhr. «Mittagsstunde. Ich muss jetzt die Kleinen beaufsichtigen. Sie sollen sich an einen geordneten Ablauf gewöhnen.»

Marie hatte schon lange auf Ameisen gesessen, wie Mutter Harsefeld gesagt hätte, viel zu lange. Mit einer Energie, die Ronaldo zuletzt an ihr bemerkt hatte, als ihre Liebe noch frisch war, schaute sie erst Gudrun, dann ihren Mann an. «Kann ich das nicht machen? Alina, zeigen Sie doch einfach meinem Mann und Frau Hansson den Rest des Hauses ...»

Gudrun schüttelte den Kopf. «Gottchen, Marie, du und Kinder hüten?»

Marie wurde neugierig beäugt im Schlafraum. Aber alle Kinder blieben ruhig in ihren Betten liegen. Alle? Ein kleiner Junge setzte sich auf. «I have to pee.» Marie zögerte. Doch dann war der kleine Junge schon aus seinem Bett aufgestanden. Er kam zu ihr gelaufen, blieb vor ihr stehen und sah sie mit großen Augen an. «Also hör mal, mein Süßer, wenn du aufs Klo musst, also … also das wäre dann draußen, ja?»
Sie stand auf, um ihm die Tür zu öffnen. Als ihre Hand die Klinke drückte, legte sich eine Kinderhand auf ihre. Marie blickte auf den kleinen Jungen hinab und versank in seinen großen traurigen Augen. Seit man ihr nach der Fehlgeburt gesagt hatte, dass sie nie Kinder bekommen könnte, hatte sich etwas in ihr verhärtet. Marie spürte, dass dieses Etwas ganz tief in ihr sich langsam löste. Sie spürte einen Kloß im Hals und schluckte. Als sie die Hand des Jungen drückte, schlang er seine Arme so heftig um sie, dass sie auf dem Bett landete. Fassungslos nahm sie hin, dass er sich auf ihren Schoß setzte und ihr einen Kuss auf die Wange drückte. Als wäre das ein Startsignal gewesen, krabbelten alle anderen Kinder aus ihren Betten und suchten Maries Nähe. Wo auch immer die kleinen Wesen ein Stück ergattern konnten, berührten sie diese Frau, die sich so schön rund und weich und warm anfühlte. Marie war nicht mehr in dieser Welt. Tränen liefen über ihre Wangen. Sie war selig. Marie war angekommen. In ihrer Welt. Aber das wusste sie noch nicht.

Die Tür hatte sich leise geöffnet.

«Gottchen!»

«Ja, der Honig, den die Kinder brauchen, ist Liebe.» Alina wandte sich zu Ronaldo, aber der war bereits auf dem Weg zu seiner Frau. Er kniete nieder, und die Kinder fielen auch ihm um den Hals.

Über der Terrasse des Mount Nelson funkelten die Sterne. Marie sah wundervoll weiblich aus in ihrem Hosenanzug, dessen fließender Stoff ihren Linien schmeichelte. Sie hatte nur ihre Lippen betont, und die Schönheit ihres Gesichts erinnerte Ronaldo an die ersten Tage ihrer Liebe. Gudrun trug eine lange, schulterfreie rote Abendrobe, die nur noch mehr ihre Eleganz hervorhob. Als Ronaldo die Damen an den Tisch geleitete, sah Marie voller Liebe und Bewunderung zu ihm auf. Dies war der Mann ihrer Träume ... was hatte sie ihm zugemutet ...

Sie setzte sich hin. Noch immer war sie erfüllt von diesen großen, fragenden Augen. Von den kleinen Händen, die versucht hatten, ein wenig Liebe und Wärme zu ergattern. Ihr kamen die Tränen.

«Ich habe noch nie so viel Einsamkeit verspürt, Sehnsucht vielleicht, irgendwie ...» Sie nahm einen Schluck aus ihrem Weinglas. «Ich erinnere mich noch gut daran, wie Ronaldo so oft davon sprach, etwas ganz anderes zu machen.»

Ronaldo sah Marie sanft an. Er spürte, dass sich etwas in ihr gelöst hatte.

«Dass ich Gärtner werden wollte, meinst du das?» Ronaldo lächelte sie an.

Marie wischte mit einer Handbewegung fast ihr Glas um. Sie lachten. «Alles hinschmeißen wolltest du, ja, von vorne anfangen, so wie ich, als ich damals von Hitzacker weg bin, ins Hansson-Hotel nach Hamburg.» Ronaldo fing sanft ihre Hand ein.

Gudrun war Maries Gefühlsausbruch mit Nachsicht gefolgt. Sie zog einen Füllfederhalter aus der Tasche. «Marie, sprichst du über so was wie Neuanfang?» Marie nickte heftig.

Gudrun beugte sich vor, ihr Gesicht war nun dicht vor Maries. «Weißt du, was ein Serviettenvertrag ist?» Natürlich nicht, Marie schüttelte den Kopf, aber das spielte auch keine Rolle. Gudrun griff sich eine Serviette und schrieb darauf. «So», las sie ungerührt vor, «Vertrag. Hiermit verkaufe ich Frau Gudrun Hansson das Hotel Grand Hansson in Hamburg zurück … Preis … na, die Details können ja unsere Anwälte machen.»

Sie schob die voll gekritzelte Serviette hinüber. Marie zeigte ihr einen Vogel. Serviettenvertrag, so ein Quatsch, dachte sie, betrachtete das Stück Stoff eine Weile, faltete es dann zusammen, steckte es in ihre Jackentasche und begann zu essen.

KAPITEL 4

Im Grand Hansson türmten sich die Aktenberge auf Iris' Schreibtisch. Verzweifelt versuchte sie alles zu bearbeiten, aber es schien kein Ende zu nehmen. Christian klopfte an ihre Tür.

«Es sieht nach Arbeit aus.» Iris lächelte angestrengt. «Es sieht wie immer aus, leider ...» Christian setzte sich auf ihren Schreibtisch. «Du hast das falsche Konzept!»

Iris zeigte ihm mit einer entnervten Bewegung ihren Kalender. «Christian, pass mal auf, in einer Stunde habe ich ein Abteilungsleiter-Meeting, in zwei Stunden kommt irgendeine Delegation, die ich begrüßen muss, in zweieinhalb Stunden habe ich eine Besprechung mit Roxi Papenhagen – danach Planung mit dem Einkauf, der Bankettchef will mich sprechen, Begemann ...»

Christian nahm ihr den Kalender aus der Hand. «Ich hab eine viel bessere Idee. Die Bill-Hansson-Stiftung hat jetzt mal Pause. Ich helfe dir. Schließlich war ich selber mal stellvertretender Direktor. Dein System ist falsch. Immer nur den Vorgang auf den Tisch, den du gerade bearbeitest.»

Iris hatte sich in ihrem Stuhl zurückgelehnt, todunglücklich. «Und die anderen?» Sie raufte sich die Haare. «Du denkst genau wie Marie: Ich sitze am falschen Platz, stimmt's?»

Nach dem Essen waren Marie und Ronaldo noch an den Strand gegangen. Marie hatte die Schuhe ausgezogen, und sie schlenderten Hand in Hand über den noch immer warmen Sand. In der Ferne verschwand die Sonne hinter dem Horizont. Hier und da saßen Leute am Strand, den romantischen Sonnenuntergang genießend. Ein leichter Abendwind hatte eingesetzt und trug Fetzen fröhlicher Musik zu ihnen. Marie wunderte sich nicht zum ersten Mal über die ungeheure Energie, die sie verspürte, seitdem sie in Kapstadt angekommen waren. Doch als Ronaldo versuchte, sie von einem Neuanfang hier zu überzeugen, blieb sie skeptisch. Schließlich konnte man doch nicht von heute auf morgen alles hinschmeißen. Sie hatten doch ihr Leben in Hamburg, was sollten sie hier in Kapstadt. Es erschien ihr kindisch, einfach seinen Wünschen nachzugeben. Ronaldo widersprach ihr.

«O nein, Marie. Ich habe mich noch nie so erwachsen gefühlt. Die ganzen zwei Wochen denke ich darüber nach, und eigentlich schon seit Jahren: Das wäre für mich die schönste Herausforderung! Nochmal von vorne anfangen.»

Marie war stehen geblieben und scharrte missmutig mit den Füßen im Sand. «Ach Gott, das sind so Träume.»

Ronaldo hob vorsichtig ihr Kinn, sodass sie zu ihm hochschauen musste. «Du hast doch heute Abend selber beim Abendessen vom Umdenken gesprochen?»

«Aber ich sage doch, das sind eben so Träume. So ernst habe ich das natürlich nicht gemeint.» Ronaldo legte den Arm um ihre Schultern und zog sie zu sich heran. «Wovor hast du Angst?»

Am Abend desselben Tages stand Barbara im Jogginganzug vor Iris Sandbergs Tür und drückte erneut auf die

Klingel. Sie war dabei, sich abzuwenden, als die Tür doch noch geöffnet wurde. Iris trug einen flauschigen Bademantel und hatte sich ein Handtuch elegant um den Kopf gewickelt. Sie verbarg nicht, dass ihr die Störung so spät am Abend gar nicht passte. «Ich habe gerade gebadet ...» Barbara nahm all ihren Mut zusammen. «Tut mir Leid, Frau Sandberg.» Sie wies hinter sich in Richtung der offenen Wohnungstür auf der anderen Seite des Flurs. «Aber da drinnen, da nibbelt Christian ab. Er hat schreckliche Kopfschmerzen. Und wir haben keine Tabletten im Haus.» Iris konnte nicht anders, als ironisch zu antworten. «Nun ja, klar, bevor Christian abnibbelt ...»

In der Wohnung wurden die beiden Frauen von einem Mann erwartet, über dessen Krankheitszustand man sich hätte streiten können, wäre man nicht eine kluge Frau gewesen. In diesem Fall sogar zwei kluge Frauen. Christian lag mit geschlossenen Augen auf der Couch, eine Hand hatte er sich mit dramatischer Geste auf die Stirn gelegt. «Solches Kopfweh hatte ich seit Jahren nicht mehr ...» Iris ging auf die Couch zu, schob seine Beine ein Stück weit nach hinten und setzte sich. Barbara reichte ihm ein Glas Wasser und zwei Tabletten. Während er sie schluckte, schob er seine Füße dichter an Iris. Sie rückte ein Stück weiter zum Rand.

«Vielleicht war das auch zu anstrengend für dich heute.» Sie wandte sich zu Barbara.

«Er hat mir heute Nachmittag im Büro geholfen, mir war einfach alles über den Kopf gewachsen.»

Barbara nickte. «Er hat es mir erzählt.» Christian erhob sich von der Couch. «Nehmt es mir nicht übel, ich gehe zu Bett.» Kurz vor dem Schlafzimmer drehte er sich noch einmal um und zwinkerte den beiden zu. «Falls ihr euch Sorgen macht: bin nebenan!»

Iris war ebenfalls aufgestanden und bewegte sich Richtung Tür, als Barbara sie am Handgelenk festhielt. Sie zögerte kurz, dann zeigte sie auf den Couchtisch. Dort standen zwei unbenutzte Gläser und eine bereits geöffnete Flasche Rotwein. «Warum bleiben Sie nicht? Und wir trinken ein Glas zusammen?» Als hätte Iris auf diese Einladung gewartet, setzte sie sich umgehend und strahlte Barbara an. «Gerne, ich bin abends so oft allein.»

Barbara goss Wein in die Gläser, und sie prosteten sich zu. Iris lehnte sich entspannt auf der Couch zurück. «Es ist eine gute Gelegenheit, dass ich mich bei Ihnen bedanke, Barbara. Das war wirklich Klasse, wie Sie heute Morgen an der Rezeption mit angepackt haben.»

Barbara trank einen Schluck Wein.

«Ist doch selbstverständlich.»

Iris schüttelte den Kopf. «Nein, nein, im Ernst: Solchen Teamgeist brauchen wir, das fehlt irgendwie.»

Barbara überlegte, ob sie ihre Meinung offen aussprechen sollte. Schließlich war Iris die Direktorin des Hotels, sie selbst nur eine kleine Tippse, wie sie es manchmal wertfrei nannte.

«Kriegen Sie da oben mit, dass das Hotel ... na ja, in zwei Lager gespalten ist? Ich meine, dass die Arbeit von uns allen, die ganze Atmosphäre im Hotel darunter leidet, dass Sie und Marie ... na ja ...» Sie druckste ein wenig. Iris beugte sich vor und sah Barbara direkt in die Augen. «Bei mir brauchen Sie nicht um den heißen Brei herumzureden, Barbara. Um mit Marie zu sprechen: Mit mir kannst du reden wie mit 'ner Doofen.»

Beide lachten. Iris hob ihr Glas. «Und dass wir uns duzen, ist längst fällig. Ich heiße übrigens Iris.» Barbara hatte ebenfalls ihr Glas hochgehoben. «Und ich Barbara.»

Einige Stunden und vor allem einige Gläser später verabschiedeten sich die Frauen an der Wohnungstür. Barbara hatte einen Finger auf ihre Lippen gelegt. «Pscht! Sonst wacht Christian auf, du kennst ihn nicht, wenn er mitten in der Nacht wach wird, dann ist er unerträglich.» Iris kicherte beschwipst. «O doch, ich kenne ihn, wenn er wach wird. Ganz genau sogar. Er ist ein großer Junge, nicht wahr? Ein süßer, großer Junge.» Barbara nickte zustimmend. «Das ist er, und ich liebe ihn sehr.»

«Und warum ziehst du nicht endlich bei ihm ein?»

Barbara zuckte mit den Schultern. «Mal sehen, was passiert.»

Am nächsten Morgen standen Marie und Ronaldo früh auf. Ronaldo hatte Marie eine Überraschung versprochen. In der Halle des Hotels begegneten sie Alina, die Marie Grüße von den Kindern ausrichtete.

«Der Kleine hat von nichts anderem gesprochen als von Ihnen. Er sagt, er sei jetzt ihr Botie.» Sie sprach es «Buttie» aus, wie «Mutti».

«Botie?» Marie hatte keine Ahnung, was das bedeuten sollte.

«Botie ist Afrikaans und heißt: kleiner Freund.»

Ronaldo lachte. «Ja, ja, die Männer fliegen auf diese Dame ...»

Marie versprach Alina, sich von den Kindern zu verabschieden, bevor sie abfuhren.

Ronaldo hatte Marie nicht verraten, wohin er sie an ihrem letzten Tag entführen wollte. Unterwegs kamen sie an Homelands vorbei, deren Armut und Erbärmlichkeit

Marie erschütterte. «Mich macht das platt, Ronaldo, wenn ich das hier sehe ... dass Menschen so wohnen müssen, finde ich unerträglich ...»

Mit ernster Miene stimmte ihr Ronaldo zu. «Es kommt selten vor, dass ich dir nicht widerspreche, aber in diesem Fall hast du vollkommen Recht.»

Die Überraschung war Ronaldo gelungen. Mit offenem Mund stand Marie vor dem wunderschönen Haupthaus der kleinen Weinfarm. Es war ein Gebäude im typischen Kolonialstil: weiß gekalkte Wände, Reetdach, die Terrasse eingerahmt von dorischen Säulen. Ein großer Bauerngarten schloss sich an und zahlreiche kleine Nebengebäude.

Wohin sie auch blickte, war sie von Weinbergen umgeben, die sanft geschwungene Hügel überzogen.

Marie war fassungslos. «Was sollen wir hier?» Ronaldo lachte.

«Leben.» Er erklärte ihr, dass die Weinfarm einem alten Ehepaar gehörte, das sich nach Johannesburg zurückziehen wollte. Die Farm war ihm zu einem mehr als akzeptablen Preis angeboten worden.

«Es ist ein Schnäppchen ... die Preise für Immobilien in Südafrika werden in den nächsten Jahren enorm steigen ... jetzt ist der richtige Zeitpunkt ...» Marie unterbrach ihn.

«Schön ist es. Trotzdem. Man kann doch nicht mal eben so ...» Ronaldo ergriff ihre Hand und schlenderte mit ihr durch den Weinberg. Aus der Ferne winkten einige Arbeiter, Ronaldo grüßte zurück. Marie hatte kein Auge dafür, sie schüttelte den Kopf.

«Eben fahren wir an diesen Slums vorbei, wo Menschen wie in Schuhkartons leben ... und wir sollen uns so einen prächtigen Wohnsitz kaufen und hier leben?»

«Marie, dies ist ein Land im Aufbruch. Die Leute hier sind dabei, ihre düstere Vergangenheit hinter sich zu lassen ... was die brauchen, sind keine sentimentalen Gefühle und das Wegbleiben von Bedenkenträgern ... die brauchen Leute wie uns, die ins Land kommen, mit anpacken, investieren, Arbeitsplätze schaffen, helfen ... und Spaß daran haben, nach vorne zu gucken.

Natürlich gibt es hier Probleme, wir haben oft genug darüber geredet, aber das ist doch spannend, interessant, mit solchen Gegensätzen klarzukommen, einen Neubeginn zu wagen ... hier herrscht ein anderes Lebensgefühl als bei uns in Deutschland. Mir würde das Spaß machen, Weinernte, unsere eigenen Trauben zu verkaufen. Das Haus ist groß genug, um ein paar schöne Gästezimmer auszubauen, eine Art Country-Hotel – das war doch mal deine Lieblingsidee?»

Noch hatte er Marie, den Dickkopf aus Hitzacker, der kleinsten Stadt Deutschlands, nicht überzeugt.

«Und Vivien?»

Ronaldo lachte auf. «Aber Marie, hier gibt es auch Schulen! Sehr gute sogar.»

Marie schaltete auf stur. «Aber meine Eltern. Nein, nein. Ich würde schon meiner Eltern wegen niemals weg aus Hamburg. Das könnte ich ihnen nicht antun.»

In der Tiefgarage des Grand Hansson zögerten Barbara und Christian zur selben Zeit ihren Arbeitsbeginn noch ein wenig hinaus, indem sie sich heftig küssten. Ein Hüsteln sagte ihnen, dass sie nicht mehr allein waren. Alexa Hofer nickte Christian höflich zu und wandte sich an

Barbara. «Ach, ich wollte nur kurz Frau Malek sprechen ... aber lassen Sie sich bitte Zeit.»

Christian warf ihr einen ironischen Blick zu.

«Sehr umsichtig, danke, Frau Hofer, aber ich werde sowieso in drei Minuten drüben in der Handelskammer erwartet.» Er gab Barbara einen Kuss auf die Wange und ging.

Alexa und Barbara machten sich auf den Weg ins Hotel. «Worum ich Sie bitten wollte, Barbara, wir sind heute unterbelegt im Businesscenter, wenn Sie also bitte die Stellung halten wollen? Frau Sandberg ist heute etwas ... wie soll ich sagen ... unwirsch ... mit dem falschen Fuß aufgestanden, das passiert ihr in letzter Zeit des Öfteren mal, sie braucht unbedingt diese Mitarbeiter-des-Monats-Unterlagen, Sie wissen schon, könnten Sie die fertig machen?»

Barbara verstand nichts. «Wieso, die sind doch seit einer Woche fertig? Philine hat sie doch ...»

Alexa schenkte ihr ein falsches Lächeln. «Wir sind ja alle etwas überfordert, gucken Sie einfach nochmal nach, ja? Und legen Sie es mir auf den Tisch, sonst landet das am Ende noch irgendwo im Müll.»

Langsam fiel der Groschen bei Barbara. «Sie können Frau Sandberg nicht leiden, was?»

«Sie etwa?»

Barbara nickte. «Ja, ich kann sie leiden. Dann sind unsere Positionen ja schon mal abgeklärt an diesem Morgen.»

Na warte, dachte Alexa, für dich habe ich noch eine kleine Überraschung parat. Scheinbar fürsorglich legte sie eine Hand auf Barbaras Arm. «Meine Liebe, Sie sind aber wirklich etwas ... wie soll ich sagen ... naiv ... gutgläubig ...»

Barbara machte sich von ihr los. «Hören Sie auf mit

Ihren ewigen Sticheleien, Frau Hofer, ich mag das nicht, wir sollten alle zusammenarbeiten und unseren Job machen, diese Andeutungen und Zickereien sind blöd und unter unserem Niveau.»

«Nun, wenn Sie meinen, Barbara», Alexa holte zum finalen Stoß aus, «es ist ja nicht mein Freund, den eine gewisse andere Dame versucht, mir mit allen Tricks auszuspannen. Wir sehen uns.»

Dann betrat sie die Hotelhalle und ließ eine fassungslose Barbara zurück.

Zwei Stunden später hielt Barbara es nicht länger aus. Sie nahm die gewünschten Unterlagen und marschierte in Alexa Hofers Büro.

«Hier sind die Unterlagen, ich habe sie gefunden, und … äh … erklären Sie mir bitte, was Sie vorhin damit gemeint haben.»

Alexa stand auf, lehnte sich an den Schreibtisch und verschränkte die Hände, als hätte sie einen inneren Kampf zu führen.

«Ich möchte Ihnen nicht wehtun, Barbara, wirklich nicht …» O doch, dachte sie, dir werde ich so richtig eins auswischen.

Barbara stampfte ungeduldig mit dem Fuß auf.

«Reden Sie am besten Klartext mit mir, damit komme ich schon zurecht.»

«Nun ja», Alexa hob die Hände in einer scheinbar hilflosen Geste, als hätte sie Barbara gern dieses Leid erspart, «letzte Woche, in Frau Sandbergs Zimmer … sie lag in seinen Armen. Es war ganz und gar eindeutig.»

Barbara weigerte sich, ihr zu glauben. Sie konnte sich nicht so in Iris getäuscht haben.

«Mein Gott, sie sind alte Freunde ... was soll das? Ach, ich sollte gar nicht auf Sie hören!»

Wütend drehte sie sich um und marschierte aus dem Büro, nicht ohne die Tür mit einem Knall zu schließen. Befriedigt nahm Alexa die Unterlagen vom Schreibtisch und schaltete den Reißwolf ein. Während die Mitarbeiter-des-Monats-Papiere zu kleinen Schnipseln geschreddert wurden, lächelte sie in sich hinein. «Das ist doch schon mal ein Anfang!»

Phil, Katrin und Barbara hatten sich im «Fritz» getroffen. An diesem Abend war die Kneipe eher spärlich besetzt, und so konnten sie sich ihren Lieblingstisch aussuchen. Phil sah Iris, die wieder mal allein vor ihrem Salat an der Bar saß, als Erste. «He, die Sandberg! Wollen wir die nicht herbitten?»

Auch Katrin war dafür. «Ja, sollten wir machen, die sieht immer so einsam aus.»

Nur Barbara sträubte sich. Sie glaubte Alexa Hofer ihre Beschuldigungen zwar nicht, aber sie hatte auch keine Lust, gerade jetzt mit Iris an einem Tisch zu sitzen. Doch es war schon zu spät. Iris hatte die winkende Phil entdeckt und war mit Besteck und Salatteller zum Tisch gekommen. Etwas unlogisch fragte sie erst, nachdem sie Platz genommen hatte, ob sie sich setzen dürfe.

«Nun sitzt du ja schon», grummelte Barbara unfreundlich.

Iris blickte irritiert in die Runde. «Wollt ihr vielleicht über eure Chefs lästern? Soll ich wieder gehen?»

Nur über meine Leiche, dachte Phil, Iris anschmachtend. «O nein, ganz im Gegenteil!»

Carl hatte den Mädels soeben ihre Caipirinhas hingestellt, als Barbara sah, dass Christian das «Fritz» betrat. Sie registrierte, wie sich einige Frauen nach ihm umdrehten, als er souverän das Lokal durchquerte. Gestern noch hätte ich mich über diese Blicke gefreut, dachte sie, ich wäre stolz gewesen, dass dieser Mann mir gehört. Aber kann ich mir denn noch sicher sein, dass es wirklich mein Mann ist? Sie verglich sich mit Iris. Sicherlich, sie sah hübsch aus und war stolz auf ihre sportliche Figur, aber Iris hatte eben dieses gewisse Etwas, ein Geheimnis schien sie zu umschweben. Barbara hatte keine Geheimnisse. Wenn sie ihr Herz verschenkte, tat sie es ohne Rückhalt.

Christian musste einen erfolgreichen Tag verbracht haben, denn gut gelaunt grüßte er in die Runde, klopfte auf den Tisch und beugte sich hinüber, um Barbara auf die Wange zu küssen. Dann setzte er sich neben Iris und fragte sie mit einem schelmischen Grinsen, ob er dürfe. Iris lachte.
«Du darfst.» Wie selbstverständlich küsste er auch sie auf die Wange und nahm ein Salatblatt von ihrem Teller.
Barbara hatte die beiden keine Sekunde lang aus den Augen gelassen. Als sie sah, wie vertraut sie miteinander umgingen, durchschoss sie eine schmerzhafte Flamme der Eifersucht. Die zwei saßen ihr gegenüber wie ein Paar. Sie war nur eine von den Tippsen ... Barbara litt.

Es war der Tag des Abschiednehmens. Marie befand sich inmitten ihrer geliebten Kinder und übte ein Lied ein. «Bruder Jakob», wiederholte sie immer wieder. Die Kinder bemühten sich, aber statt eines deutschen Bruder Jakob handelte es sich eher um einen Bedejako. Johannes näherte sich der Gruppe und blieb schüchtern stehen. Marie winkte ihn zu sich. Als er neben ihr saß, begann sie erneut: «Bruder Jakob, Bruder Jakob, schläfst du schon? Schläfst du schon?»

Was an Aussprache fehlte, machten die Kinder durch Lautstärke wett. Marie lachte und begann mit einer französischen Version. «Frère Jacques, frère Jacques ...» Die Kinder wechselten in Afrikaans.

Unbemerkt von Marie standen Ronaldo, Alina und Gudrun in einer Ecke des Kinderhauses. Gudrun verzog ironisch ihr Gesicht.

«Marie wäre ja eine so großartige Kindergärtnerin geworden ...»

Ronaldo ging nicht auf ihre Ironie ein. «Vor allem wäre sie eine gute Mutter geworden.»

Gudrun schaute ihn an, er erwiderte ihren Blick voller Ruhe, und sie gab auf.

«Schade, dass Sie heute schon fliegen, Herr Schäfer», sagte Alina, «werden Sie wiederkommen?»

Ronaldo blickte in den tiefblauen südafrikanischen Himmel, unter dem er so gerne ein neues Leben anfangen würde. «Ich weiß es nicht.»

Die Limousine wartete.

Gudrun musste fast schreien. Die Kinder klebten an Marie, alle wollten sich von ihr verabschieden, keiner wollte sie gehen lassen.

«Ich komme so oder so nach Hamburg, Marie. Meine Zeit hier ist abgelaufen. Und das bin ich auch Rainer schuldig. Rilke, du weißt schon.»

Kopfschüttelnd betrachtete sie das Chaos. Hatte Marie sie überhaupt verstanden? Sie wandte sich an Ronaldo.

«Und das Ganze hier, Herr Schäfer, besprechen Sie bitte mit Herrn Dolbien, ich hätte es gern, wenn die Bill-Hansson-Stiftung das Kinderhaus unterstützt.»

Marie ging auf sie zu und nahm sie in den Arm. «Mach dir keine Sorgen.»

Gudrun lachte. «Gottchen, das mit dem Sorgenmachen habe ich mir abgewöhnt. Es wird nicht mehr gejammert, es wird nur noch gemacht.»

Die Kinder bildeten einen Halbkreis um die Erwachsenen und sahen sie mit großen Augen an.

Alina streifte ihr Glasperlenarmband ab und reichte es Marie.

«Das soll Sie an uns alle hier erinnern.» Marie nahm es gerührt in Empfang. In diesem Moment begannen die Kinder zu singen. Tapfer im Kanon, wenn auch völlig falsch. Unermüdlich versuchten sie, die deutsche Version anzustimmen.

«Bode Jeko, bode Jeko ...» Als könnten sie diese Frau, die einige Tage wie eine Mutter für sie gewesen war, dadurch bei sich halten. Doch Marie musste gehen. Als die Limousine losfuhr, liefen ihr alle Kinder nach und winkten. Johannes wollte sich nicht mit dem Verlust seiner Freundin abfinden und versuchte mit dem Auto Schritt zu halten. Aber als der Wagen beschleunigte, blieb er zurück. Marie liefen die Tränen über die Wangen. Ihre Kinder. Würde sie sie je wiedersehen?

Unaufmerksam blätterte Marie in ihrer Zeitschrift. Ronaldo stellte den Whiskey auf dem kleinen Klapptisch vor sich ab. Dann las er weiter in seinem Buch.

«Liebling?» Ronaldo stieß ein unbestimmbares Geräusch aus.

«Hmm?»

«Hast du deinen Füller dabei?»

«Kreuzworträtsel?», fragte Ronaldo abwesend. Marie entnahm ihrer Handtasche eine Serviette, genauer gesagt: die Serviette, auf der Gudrun Hansson vor wenigen Tagen beim Dinner im «Mount Nelson» den Verkauf des «Grand Hansson» hatte besiegeln wollen.

Plötzlich war Ronaldo hochkonzentriert. Er reichte ihr seinen Füllfederhalter und beobachtete Marie dabei, wie sie den Serviettenvertrag unterschrieb.

Danach lehnte sie sich zurück. «Gelöst!»

Ronaldo beugte sich zu seiner Frau und küsste sie.

Sie wurden von den Harsefelds, Vivien und Barbara am Flughafen erwartet. Ronaldo wirbelte Vivien durch die Luft, und dann übernahm Marie das Kommando. «Meine süße Püppie, wie haben wir dich vermisst, mein Schatz.»

Elisabeth war glücklich, alle wieder beisammenzuhaben. «Ich bin immer todtraurig, wenn ihr unterwegs seid …» Dann drehte sie sich um zu Marie. «Ich habe zu Hause lecker Rouladen.»

Marie stoppte sie. «Du, Mami, ich muss mit dir reden.» Sie bat Ronaldo, mit Vivien im Taxi nach Hause zu fahren, gab ihrem Vater einen Kuss und fragte Barbara, ob sie kurz auf sie warten könne, weil sie noch ins Hotel fahren wollte. Ronaldo nickte nur kurz und schob mit Barbara ihre Gepäckwagen Richtung Ausgang. Er war gerade dabei, die Koffer in ein Taxi zu verladen, als ihm jemand das Gepäck aus der Hand nahm.

«Herr Schäfer, darf ich mal?» Es war Schmolli, der ehemalige Portier des Grand Hansson. Ronaldo schaute ihn verblüfft an.

«Aber Herr Schmolke, Sie hier?»

Schmolli druckste. «Herr Schäfer, da gab es Umstände ...»

Ronaldo lächelte ihn an. «Da ist wohl so richtig was schief gelaufen? Wie wäre es, wenn Sie mal morgen zu mir ins Büro kommen?»

Marie hatte sich mit ihrer Mutter in eine Cafeteria des Flughafens gesetzt. Sie reichte Elisabeth ein Taschentuch.

«Ich wollte, dass du es sofort erfährst und als Erste.»

Aber Elisabeth schniefte nur. «Kinder können so rücksichtslos sein, ich habe mich so gefreut auf unser Wiedersehen ... die schönen Rouladen ...»

Marie hatte Verständnis für die Reaktion ihrer Mutter. Welche Mutter ließ ihre Kinder schon gern in die Ferne ziehen? Voller Liebe begleitete sie die diversen Ängste ihrer Mutter. Als fast alle Argumente vorgebracht und widerlegt worden waren, fragte Elisabeth, mit unfairen Waffen kämpfend, ob Marie denn nicht an ihre armen, alten Eltern dächte.

Marie legte den Arm um sie.

«Ach, mach's mir doch nicht so schwer. Ich habe so mit mir gerungen ... deinetwegen!»

Elisabeth schluchzte auf. «Ach Kind, du bist mir doch das Liebste auf der Welt.»

Marie drückte ihr einen Kuss auf die Wange. «Ich habe es mal Vivien gesagt, als Heike gestorben war, Mama, damals ... im Herzen gibt es keine Kilometer!»

Phil und Alexa Hofer konnten sich nicht entscheiden, wer wen weniger mochte, als Iris das Büro betrat. Sie gifteten sich an.

«Entschuldigen Sie das Dauerthema, aber wo um Himmels willen sind die Mitarbeiter-des-Monats-Unterlagen?»

Alexa Hofer setzte ihr charmantestes falsches Lächeln auf. «Ich habe keine Ahnung.»

Gerade als Phil, die die Unterlagen getippt hatte, sich empört einmischen wollte, ertönte hinter ihnen ein fröhliches «Guten Morgen miteinander!».

Auf dem Flur standen Barbara und Marie. Iris drehte sich mit verblüffter Miene um. «Hallo, Marie! Ich habe noch gar nicht so früh mit dir gerechnet.»

Auch Alexa hatte sich erhoben. «Frau Schäfer! Guten Morgen!» Ihre Freude war ungeheuchelt, und sie strich aufgeregt ihren grauen Kostümrock glatt. Jetzt konnte sie ihre Attacke gegen Iris zum Abschluss und Begemann ins Spiel bringen.

Marie nickte ihr und Phil freundlich zu, dann wandte sie sich an Iris.

«Na, dann lass uns mal, oder?» Beide verschwanden im Direktionsbüro. Barbara, die vom Flur aus die Debatte um die verschwundenen Unterlagen mitbekommen hatte, stellte sich vor Alexa Hofers Schreibtisch.

«Die Unterlagen, die Frau Sandberg sucht … also, Frau Hofer, Sie erinnern sich sicher, die hatte ich Ihnen gestern genau hierher gelegt.» Sie tippte auf die Schreibtischunterlage. Phil stand ihr bei.

«Zufällig weiß ich, dass Barbara Ihnen die Unterlagen gestern schon reingebracht hat, ich hatte sie extra früh fertig getippt.» Sie hatte angriffslustig ihre Arme in die Seiten gestemmt.

Alexa drehte den Kopf in alle Richtungen und tat, als würde sie nach etwas suchen. Dann setzte sie sich wieder auf ihren Stuhl, hob den Telefonhörer und begann zu wählen. «Sehen Sie die Papiere hier irgendwo? Also bitte!»

Barbara wurde wütend. Sie beugte sich über den Schreibtisch, nahm Alexa den Hörer aus der Hand und legte ihn auf. «Frau Hofer, ich hatte bisher den Eindruck, dass wir uns ganz gut verstehen. Wenn Sie aber jetzt mit mir das Gleiche anfangen, was Sie schon mit anderen versucht haben, dann schalte ich den Hebel auch um.»

Alexa lächelte sie scheinheilig an. «Ich weiß gar nicht, wovon Sie reden, liebe Frau Malek.»

Barbara hätte sie gern über den Tisch gezogen und kräftig durchgerüttelt. «Das wissen Sie ganz genau, ich rede von Vera Klingenberg oder von Sandy Busch. Alle gegangen, Ihretwegen ...»

Alexa hatte sich einen Aktenordner gegriffen und widmete sich interessiert der ersten Seite. Ohne hochzuschauen, sprach sie weiter. «Wenn Sie Krieg wollen: herzlich gerne. Aber vergessen Sie nicht: Ich bin Ihre Vorgesetzte. Und nun suchen Sie lieber mal die Unterlagen, die Sie verbaselt haben.»

Phil und Barbara warfen sich einen fassungslosen Blick zu und gingen zur Tür. Barbara hatte bereits die Klinke gedrückt, als sie sich noch einmal umdrehte. «Jetzt wird mir alles klar: Sie haben irgendwas vor. Sie lügen. Und auch diese üble Geschichte von Herrn Dolbien und ...», sie zeigte auf die Tür zu Iris' Zimmer, «ich glaube Ihnen kein Wort mehr.»

Im Direktionsbüro präsentierte sich Marie der große Doppelschreibtisch blitzblank aufgeräumt. Iris hatte ihr eine Reihe von Computerausdrucken mit den Zahlen der letzten Tage hingelegt. Marie warf nur einen flüchtigen Blick darauf, dann schob sie die Papiere beiseite. «Lass mal den ganzen Kram, Iris, ich muss was mit dir bereden.»

Iris schaute hoch. «Ich auch mit dir.» Sie stand auf und setzte sich auf die Couch, die sie gemeinsam ausgesucht hatten. Marie war ihr gefolgt und setzte sich ebenfalls. «Du zuerst!»

«Du zuerst!»

Sie lachten. Dann wurde Iris wieder ernst. «Während du weg warst, hatte ich Zeit, nachzudenken. Ich mag dich sehr, Marie, aber ich finde, es ist keine gute Idee, wenn wir weiter zusammenarbeiten. Ich ... ich habe Bewerbungen rausgeschickt, andere Hotels, andere Städte, was weiß ich ... ich will weg, ich kündige.»

Spontan rückte Marie ein Stück näher heran an sie und ergriff ihre Hand. «Ach, Iris, Schatz, ich war unmöglich in all der Zeit zu dir ... dass ich dich so in die Ecke gedrängt habe ... furchtbar ... Aber du musst nicht gehen.»

Iris sah sie liebevoll an. «Ich weiß, dass ich nicht gehen muss, Marie, aber ...» Marie unterbrach sie mit funkelnden Augen. «Ich habe das Hotel verkauft», verkündete sie triumphierend. Iris guckte sie an, als würde sie sich ernsthaft Sorgen um die geistige Gesundheit ihrer Freundin machen. «Du spinnst, das glaube ich nicht!»

Marie berichtete von Kapstadt, von Gudrun und der Weinfarm. Davon, dass Ronaldo und sie auswandern würden. Als sie von ihren Schützlingen im Kinderhaus erzählte, spürte sie einen Kloß im Hals. Wie sie die Kinder vermisste ... Dann riss sie sich zusammen.

«Siehst du, Iris, und deshalb musst du bleiben. Das verlange ich von dir ... du wirst unseren gemeinsamen Traum hier weiterführen.»

Die Frauen umarmten sich fest und lange, und auf einmal war es wieder da, dies alte vertraute Gefühl von Freundschaft, Wärme und Nähe, das sie beide auf ihrer langen gemeinsamen Karrierereise verloren und so schmerzhaft vermisst hatten.

Auch in Hitzacker flossen Tränen, wenn auch keine der Freude. Elisabeth Harsefeld verstand die Welt nicht mehr. Wie konnte ihr Mariechen sie nur verlassen und ihr auch noch die Püppie wegnehmen? Nachsichtig schaute Erich seine Frau an. Er zog sie zu sich heran und streichelte ihr tröstend über die Haare.

«Kannst du dich nicht ein bisschen für sie freuen? Ich guck morgen mal in unseren Computer, ins Internet, ich such uns schöne Flüge raus, Deern, und dann: Afrika, wir kommen!»

Am nächsten Morgen begannen Marie und Ronaldo ihren vorletzten Tag im Hotel mit einer guten Tat.

Sie stellten den ehemaligen Portier Schmolke, ihren «Schmolli», wieder ein, nachdem er beschämt von seinem gescheiterten Versuch erzählt hatte, gemeinsam mit einer Bekannten eine kleine Pension im Süddeutschen zu führen. Ronaldo und Marie hatten sich kurz über seinen Kopf hinweg durch Blicke verständigt.

«Aber so richtig tragen können Sie doch gar nicht mehr mit Ihrem kaputten Rücken, Herr Schmolke.» Ronaldo hatte gespielt bedenklich dreingeschaut, und Schmolli hatte sofort mutlos den Kopf gesenkt.

Doch Marie hielt es nicht aus, ihn länger leiden zu sehen.

«Ich würde Sie gern wieder einstellen, Schmolli, Pagen,

die das Gepäck tragen, haben wir genug, uns fehlt ein erfahrener, beliebter und herzlicher Doorman.»

Schmolli sprang auf und umarmte beide.

Dann gingen sie gemeinsam zu der bereits am Vortag anberaumten Betriebsversammlung, denn nun gehörte er ja wieder dazu.

Im großen Konferenzsaal des Grand Hansson hatte sich bereits die gesamte Belegschaft des Hotels eingefunden. Marie würde ihnen mitteilen, dass Christian Dolbien die Stiftung ohne Ronaldo weiter leiten würde und dass sie die Führung des Hotels an Iris Sandberg übergeben hatte. Und dass das Grand Hansson eine neue, alte Besitzerin bekam: Gudrun Hansson. Sie freute sich schon auf die überraschten Gesichter.

Ronaldo wollte gerade die Tür zum Konferenzsaal öffnen, als Marie ihn zurückhielt. «Bitte ...» Sie stellte sich vor ihn hin und schaute unverwandt zu ihm hoch. Ronaldo beobachtete geduldig, wie es in ihrem Gesicht arbeitete. «Und, Liebling, kann ich dir irgendwie helfen?»

Marie nickte heftig, dann presste sie ihr Gesicht gegen sein Jackett. «Ja, hör niemals auf, mich zu lieben.»

KAPITEL 5

***B**arbara hatte ihren Wagen* vor dem Hotel geparkt und schon mal alle Türen geöffnet. Während Vivien ungeduldig von einem Bein auf das andere hüpfte, wischte sie sich eine Träne aus dem Gesicht. Gerührt verfolgte sie, wie Ronaldo und Marie den roten Teppich abschritten, der ihnen zu Ehren ausgelegt worden war. Die komplette Mannschaft hatte sich zu einem Spalier aufgestellt, denn niemand wollte es sich nehmen lassen, die Schäfers zu verabschieden. Hände wurden geschüttelt, Küsse ausgetauscht und Taschentücher gereicht. Ronaldo nahm Uwe Holthusen die Kochmütze aus den Händen und setzte sie ihm wie eine Krone auf. Schmolli zog seinen Zylinder und zeigte eine perfekte Zirkusdirektorenverbeugung. Am Ende des Läufers warteten Christian und Iris darauf, die Freunde für lange Zeit zum letzten Mal zu umarmen.

Nur Gudrun Hansson, die ja bekanntlich Abschiede hasste, blieb in der Hotelhalle. Sie war mittlerweile von Kapstadt nach Hamburg gereist, hatte im Hotel ihre geliebte Präsidentensuite bezogen und mit Marie und einem halben Dutzend Anwälten eine voll geschmierte Serviette in einen perfekten 80-Seiten-Vertrag verwandelt. Das Grand Hansson gehörte wieder ihr. Als der Wagen abfuhr, drehte sie sich um und marschierte kerzengerade durch die Halle. Die kleine Träne hatte sie bereits unauffällig abgewischt.

Die drei waren bereits auf dem Weg zur Flugscheinkontrolle, als Marie plötzlich stehen blieb, sich umdrehte und noch einmal zu ihrer Mutter lief. «Mamilein ...»

Elisabeth breitete ihre Arme aus, und Marie flog hinein wie ein kleines Mädchen. Einen Moment lang hielten sie sich fest, als wollten sie sich nie mehr loslassen. Dann löste sich Elisabeth und gab ihrer Tochter einen Klaps. «Nun los, Mariechen, Mut hat selbst der kleine Muck!»

Vor der Abflughalle verlor Erich seine lang gewahrte Fassung. Er weinte bitterlich. Barbara nahm ihn tröstend in die Arme. Über seine Schultern hinweg fragte sie Elisabeth nach dem Wochenmarkt.

«Den haben wir natürlich abgesagt, ich stell mich doch in dieser Situation nicht auf den Markt, damit mich noch die werte Kundschaft fragt: Ist was mit Ihnen?» Sie schluchzte auf.

«Na, genau das dachte ich mir!» Barbara strahlte. «Ich habe nämlich eine Überraschung für euch vorbereitet.»

Dr. Begemann stand am Fenster seines Büros und schaute versonnen dem Verkehr auf der Straße zu, während Alexa sich auf seinem Schreibtischstuhl drehte. Verächtlich blickte sie zu ihm hinüber.

«Nun sei nicht so sentimental!»

Begemann schüttelte traurig den Kopf. «Ein Kapitel ist zu Ende, das kannst du nicht verstehen, du hast die Anfänge nicht miterlebt.

Mich verbindet eine lange Geschichte mit den Schäfers ... nun ja, das Leben ist eben auch immer dieses verflixte Abschiednehmen.»

Verärgert stand Alexa auf und warf einen Bleistift nach ihm. «Leben heißt nach vorne gucken, Siegfried!»

Begemann duckte sich neckisch, um dem Bleistift auszuweichen. Seine Laune schien sich zu bessern. «Warum machen wir nicht endlich zusammen Urlaub, du und ich? Thailand, ins Hansson Bangkok ... ich habe dir doch erzählt, wie schön meine Geschäftsreise war ...»

Alexa sah ihn empört an. Lenk jetzt nicht ab. Jetzt, wo die Schäfer weg ist, tritt Plan zwei in Kraft.» Sie stellte sich auf seine Füße und drückte die Absätze ihrer Pumps auf seine Zehen. Er stöhnte glücklich auf.

«Die Sandberg sitzt jetzt allein da oben, wo die es schon zu zweit nicht bewältigt haben», sie senkte langsam die Absätze noch tiefer in seine Schuhe, «ich werde dafür sorgen, dass du der neue Direktor neben der Sandberg wirst ... danach muss sie dann leider wegen Unfähigkeit verschwinden ... und tschüs!»

Begemann setzte vorsichtig einen Fuß vor den anderen, sorgfältig darauf achtend, dass Alexa nicht abrutschte. «Das ist sehr lieb, dass du das für mich tun willst, aber wenn das irgendwie rauskommt ... du weißt, dass ich dann nicht mehr zu dir stehen kann ...»

Alexa sprang von seinen Füßen runter und ging zur Tür, wo sie sich umdrehte und ihm einen verächtlichen Blick zuwarf. «Feigling!»

Barbara führte die staunenden Harsefelds in die geräumige Suite, die sie und Marie ihnen für zwei Tage gemietet hatten. «Und dies ist jetzt euer Reich, macht es euch gemütlich und lasst euch verwöhnen! Heute Abend nehme ich euch mit zu Christian, da werde ich schön für uns alle kochen.»

Marie und Barbara hatten für alles gesorgt, ihr Hund war bei Bekannten in Hitzacker untergebracht worden, im Schrank hing Kleidung für die Eltern. Als Barbara gegangen war, öffnete Elisabeth den Brief, der neben einem riesigen Willkommensstrauß auf dem Biedermeiersekretär gelegen hatte. Sie setzte sich zu Erich, der bereits das französische Bett wippend auf norddeutsche Schlafbedürfnisse hin überprüft und für gut befunden hatte, und begann, laut vorzulesen. «Liebe Mama, lieber Papa! Wir werden uns bald wiedersehen, in Hamburg und in Kapstadt. Ich schreibe euch ganz oft und telefonieren können wir auch jederzeit. Bitte kümmert euch um Barbara, sie mag euch, und sie braucht euch. Ihr habt keine Tochter verloren, sondern eine dazubekommen. Sie hat doch sonst keine Familie. Ich habe euch beide über alles lieb. Euer Mariechen.»

Gudrun Hansson hatte sich umgehend einen ersten Überblick verschafft. Sie war durch das Hotel gegangen, hatte sich neben die Rezeption gestellt und voller Missvergnügen festgestellt, dass die Gäste zu lange warten mussten. Sie hatte Doris Barth gefragt, ob tatsächlich Personal fehlte oder die Organisation ein Problem war. Katrin und Phil mussten ihr Bericht erstatten. Die Flusen auf dem Teppichboden waren ihr genauso wenig entgangen wie die nicht abgeräumten Tische im Frühstücksraum. Also hat sich nicht nur der Ton verändert, dachte sie, das Telefonat zwischen Marie und Iris in Kapstadt noch im Ohr. Sie saß in einem Clubsessel ihrer Suite, nippte an einem Tee und blätterte die Hotelpost durch, als Alexa in der offenen Tür stand, an die Wand klopfend, um sich bemerkbar zu machen. Unter dem Arm trug sie zwei dicke Aktenordner, die sie sorgfältig vor Gudrun auf den Schreibtisch legte. Gudrun musterte sie. Alexa trug ein streng geschnittenes dunkelgrünes Kostüm mit einer roten Seidenbluse, die Haare zu einem eleganten Dutt aufgesteckt. Ihr schönes Gesicht mit dem vollen Mund lockerte die Strenge ihrer Erscheinung auf reizvolle Weise. Interessant, dachte Gudrun, die perfekte Simulation einer Chefin, übt sie schon, oder was? Wen will sie ablösen? Mich? Da ihr Alexas unkollegiales Verhalten noch in bester Erinnerung war, täuschte sie keinerlei Sympathie vor.

«Sie haben sich also gehalten, wie haben Sie das gemacht? Sie sind doch immer so unbeliebt im Hause gewesen, Frau Hofer.»

Wäre Alexa nicht so besessen davon gewesen, ihren Plan durchzuführen, wäre ihr der Spott in Gudrun Hanssons Stimme aufgefallen. So aber kannte sie kein Halten.

«Durch harte Arbeit, Frau Hansson. Außerdem bemühe ich mich um meine Kollegen. Und ich muss sagen, es gibt einige unter ihnen ... ich will nicht gerade sagen: dass sie Freunde geworden sind, aber immerhin, den einen oder die andere zähle ich zu meinen Vertrauten. Dass jetzt allerdings Frau Schäfer weg ist, ist für mich ein sehr großer Verlust. So sehr ich mich auch freue, dass Sie wieder zurück sind, Frau Hansson ... ich darf mich setzen?»

Es rutschte Gudrun so raus. «Wieso das denn?»

Aber Alexa bezog diese Frage unbeirrt auf den angedeuteten Verlust.

«Nun, Sie möchten sich einen Überblick verschaffen ...», Alexa hatte einen zweiten Clubsessel herangezogen und sich niedergelassen, «die Wahrheit befindet sich nämlich nicht da drinnen.» Sie zeigte auf die beiden Ordner. Gudrun war gespannt, wie weit diese intrigante Person gehen würde. «Sie möchten mich also mit der Wahrheit vertraut machen?»

Ihr Gegenüber nickte eifrig. «Aus einer Sache mache ich überhaupt keinen Hehl, und lieber erzähle ich es Ihnen gleich, Frau Hansson, als dass Sie es aus anderem Munde hören: Ich halte Frau Sandberg für die größte Fehlbesetzung in der Hansson-Geschichte. Sie hat, so heißt es, also bitte: Meine Hand lege ich dafür nicht ins Feuer, aber die arme Malek tut mir so furchtbar Leid ...»

«Was? Sie hat was?»

Befriedigt registrierte Alexa Gudrun Hanssons angewiderten Gesichtsausdruck. In ihrer Besessenheit deutete sie den Grund dafür völlig falsch, nämlich zu ihren Gunsten.

«Sie hat ein Verhältnis mit Herrn Dolbien und so was untergräbt natürlich jede Autorität!»

Gudrun lachte ungläubig auf. «Wissen Sie, was man im Mittelalter mit den Überbringern von schlechten Nachrichten gemacht hat?»

Ohne jegliche Antenne für drohendes Ungemach, denn sie befand sich direkt auf dem Zieleinlauf, lächelte Alexa Gudrun Hansson voller Zuversicht an. «Ich hätte aber auch eine gute Nachricht für Sie: Es wird sich jemand für den Posten als zweiter Direktor bewerben, egal, ob nun als Ersatz für Frau Schäfer oder als Ersatz für Frau Sandberg ... jemand, der unbedingt dafür geeignet ist.»

Gudrun lachte laut auf und schüttelte den Kopf. Sie wird es nicht wagen, dachte sie, so blöd kann niemand sein, sie wird nicht ernsthaft glauben, dass ich sie auf diesen Posten setze ...

Entspannt lehnte sich Alexa im Clubsessel zurück.

«Dr. Begemann, er könnte es, glauben Sie mir. Und vor allem: Er hätte es verdient, die treue Seele!»

Als Alexa Hofer hoch zufrieden die Suite verlassen hatte, stellte sich Gudrun ans Fenster und atmete tief durch. Was hatte ihr der Heiler Elliot noch gesagt? Es wollte ihr nicht einfallen, aber eigentlich war es auch egal. Hier lief etwas ganz mächtig schief. So konnte es nicht weitergehen. Sie griff zum Telefon. Dass sie damit Barbara Malek Schmerzen zufügen würde, ahnte sie nicht.

Der Tisch war bereits für vier Personen gedeckt. Barbara hatte sich eine Schürze umgebunden und befand sich in fröhlicher Hektik. Unbemerkt von Elisabeth hatte sich Erich bereits vorab ein Stück von der Leber in Salbei geben lassen. «Hm, hm ... lecker, min Deern, lecker.» Barbara lachte und goss ihm Wein in sein leeres Glas. Elisabeth schaute sich in Christians Wohnung um. «Schön hat er's hier, dein Herr Dolbien.»

Barbara rührte in der Kürbiscremesuppe und hielt Erich einen Löffel zum Probieren hin. «Ja», rief sie stolz in den anderen Raum zu Elisabeth, «er hat einen ausgewählten Geschmack.»

Elisabeth war in die Küche zurückgekehrt. «Erich, nun stürz den Wein doch nicht so, Jeck, nachher bist du blau, ehe Herr Dolbien kommt. Wo ist der überhaupt?»

Barbara schleuderte den Römersalat und stellte ihn neben die bereits angerührte Salatsoße. «Der kommt gleich, ist bestimmt noch im Hotel.»

«Aber das ist ihm doch recht, dass wir heute Abend hier sind?»

Barbara gab Elisabeth lachend einen Kuss zur Beruhigung auf die Wange, während sie den Braten in der Kasserole wendete und einen Schuss Rotwein hinzufügte. «Erich, hol mal noch Wein aus dem Kühlschrank und guck mal gleich nach dem Zimtparfait.»

«Nach dem wat, min Deern?»

Barbara küsste auch ihn. «Hol mal einfach eine von den kleinen Glasschälchen aus dem Tiefkühlfach, dann kann ich sehen, ob das schon fest ist.»

Sie war glücklich. Drei Stunden lang hatte sie in der Küche gestanden und gewirbelt, sich zunehmend gefreut und phantastisch gefühlt. Wenn es da oben einen Gott gab, was sie einfach nicht wusste, dann hatte der sie für die längste Zeit ihres Lebens vergessen. Aber schließlich doch noch entdeckt. Sie ließ den Kochlöffel sinken, mit dem sie die Kürbiscremesuppe gerührt hatte, und trank einen Schluck Wein. Dann blickte sie gerührt zu den Harsefelds, die respektvoll vor Christians Bücherregal standen. Ja, dachte sie, so lange ist es nicht her, dass ich ohne Mutter war, mein Vater sich umbrachte und ich den Job verlor. Dann traf ich Marie, die mich in das Hotel brachte, Christian, meinen Traummann, und jetzt habe ich auch noch richtige Eltern.

Erichs Glas war schon wieder leer. Die missbilligenden Blicke seiner Gattin ignorierend, goss er sich ein weiteres ein.

«Und du bist hier schon eingezogen mit Sack und Pack?»

Barbara goss einen kräftigen Schuss Sahne in den Schmortopf und legte den Deckel wieder drauf. Dann warf sie einen Blick auf den Topf, in dem das Wasser zu kochen begann. «Erich, wirf mal die grünen Bandnudeln rein! Nein, meine Wohnung behalte ich ... vorläufig jedenfalls, man weiß ja nie.»

Dafür hatte Elisabeth einen siebten Sinn. «Zweifel?»

Barbara schaute sie mit großen Augen an. «Aber absolut nicht!» Dann machte sie den Salat an und wollte die Schüssel zum Tisch bringen. Erich bot sich an, Barbara beim Tragen zu helfen, woraufhin Elisabeth nur den Kopf schütteln konnte.

«Hör mal, Barbara, das sind ja ganz neue Töne, du hast einen guten Einfluss auf meinen Mann!»

Erich und Elisabeth gingen mit beladenen Tabletts ins Wohnzimmer, während Barbara, die auf ihre Armbanduhr geschaut hatte, ihr Handy griff und Christians Nummer wählte.

Im Wohnzimmer hörten zwei aufmerksame Menschen, wie ihre neue Tochter wütend aufschrie.

Im Direktionszimmer des Grand Hansson wurde zwar nicht laut geschrien, aber entnervt aufgelegt. Christian legte das Handy beiseite. Iris schüttelte traurig den Kopf, während sie die Akten ordnete, die sie Gudrun vorlegen wollte.

Christian hatte sich neben sie gestellt. «Also auf die Eltern Harsefeld kann ich nun echt verzichten, bei aller Liebe.»

Iris richtete sich auf. «Aber du hast es ihr versprochen, und Versprechen muss man halten, Christian, ich komme auch allein zurecht.»

Christian schnappte sich die Ordner, ging zur Tür und drehte sich lachend um. «Kommst du eben nicht, und dir habe ich nun mal schon vorher etwas versprochen ...»

Das Lachen verging ihm spätestens in Gudrun Hanssons Suite.

Gudrun unterließ jegliche Floskeln. «Meine beiden Mitarbeiter machen Überstunden, das kann zweierlei bedeuten: Entweder Sie sind so schlecht organisiert, dass Sie Ihre Arbeit nicht während des Tages schaffen ... oder Sie wollen beide nicht nach Hause. Möchten lieber à deux sein ...?»

Iris streckte ihr Rückgrat durch. «Was wollen Sie damit andeuten?»

Gudrun lachte abfällig. «Gottchen, wenn Sie schon so empfindlich reagieren ...»

Christian hatte gerade angefangen, sich zu verteidigen, als sein Handy klingelte. «Um Gottes willen, nicht jetzt, Barbara, du störst gewaltig.»

Was Barbaras Laune auch nicht verbesserte.

Christian ließ sich von Iris in ihrem Auto mitnehmen. Während sie an der erleuchteten Innenalster entlangfuhren, machte er ihr Vorwürfe. «Du willst dich dem Problem nicht stellen. Die Hofer tanzt dir auf dem Kopf herum, du musst deiner Chefsekretärin vertrauen können!» Iris hatte in Gudruns Suite geradezu hilflos auf die Anschuldigungen reagiert, und Christian hatte das nicht verstanden.

Als Direktorin müsste sie allein eine Lösung finden können, souverän genug sein, sich dem Konflikt zu stellen, er, der nichts mehr mit der Leitung des Hotels zu tun hatte, könne ihr ganz sicherlich nicht helfen, hatte er gesagt, während Iris sich scheinbar ausschließlich auf das Fahren konzentrierte. In ihrem Inneren tobte ein Kampf. War das nicht alles ein wenig zu viel für sie?

Befreit von dem Druck, den Marie auf sie ausgeübt hatte, sah sie sich nun ganz neuen Problemen gegenüber.

Aber als sie vor ihrem Haus hielten, hatten sie sich bereits wieder vertragen. Iris versprach Christian, Alexa Hofer zur Verantwortung zu ziehen.

So kam es dazu, dass eine wütende, traurige und vor allem misstrauische Barbara gerade die Harsefelds oben an der Wohnungstür verabschiedete, als Iris und Christian gut gelaunt und lachend unten das Haus betraten.

Die Harsefelds hatten Christian und Iris noch freundlich begrüßt, aber als sie vor der Haustür standen und auf ihr Taxi warteten, guckte Elisabeth ihren Erich vorwurfsvoll an. «Der ist ein Filou, das sieht eine Frau auf den ersten Blick!»

Ein weintrunkener, gutmütiger Erich wollte sich dem nicht anschließen. «Ich finde, er wirkt nett und freundlich und anständig, ich habe auch mal einen Termin verpatzt, Deern.»

Elisabeth hakte sich bei ihm unter. «Ich will nur nicht, dass er Barbara Kummer macht. Sie ist ein so wunderbares Mädchen.»

Erich lachte über ihre Nachdrücklichkeit. «Nun mal nicht den Teufel an die Wand, min Deern.»

Aber Elisabeth ließ sich nicht beirren. «Wir Frauen haben einen angeborenen Instinkt für so was, Erich!»

Oben in der Wohnung war Barbara auf hundertachtzig.

Da hatte sie drei Stunden lang gekocht, und er ließ sie unter fadenscheinigen Argumenten zu Hause sitzen, um seine Zeit mit Iris zu verbringen.

Sie stellte Christian zur Rede: «Was denkst du dir eigentlich? Mich zu versetzen und dann lachend mit Iris nach Hause zu kommen.»

Christian war genervt. «Musst du immer so ein Theater machen? Ich habe gearbeitet, nichts weiter. Und jetzt hätte ich gern meine Ruhe. Es war ein anstrengender Tag.»

Doch Barbara ließ sich diesmal nicht so leicht beruhigen. «Natürlich, am Ende liegt es wieder an mir. Das Prinzip kennen wir.»

Christian wurde ungeduldig. «Ich sage es dir nur einmal: Zwischen Iris und mir ist absolut nichts, absolut nichts! Kein Wort mehr, kein Nachfragen, keine Widerrede. Gute Nacht.»

Er schob sie beiseite und verließ den Raum.

Am nächsten Morgen ließ Iris Alexa Hofer zu sich kommen. Sie machte es kurz.

«Sie brauchen sich nicht zu setzen. Was ich zu sagen habe, dauert nur eine Sekunde. Ich verbitte mir, dass Sie weiterhin irgendwelche Gerüchte über mich ... und über Herrn Dolbien verbreiten. Verstanden?»

Alexa lächelte in sich hinein. Äußerlich bewahrte sie Haltung. So kurz vor dem Ziel ... «Wie kommen Sie auf Gerüchte?»

Iris verspürte ein Drücken in der Magengegend. Ihr wurde schlecht in Gegenwart dieser Hexe.

«Okay, ich verstehe, das genügt noch nicht. Dies ist eine Abmahnung. Sie hatten ja schon mal eine, diese kriegen Sie noch schriftlich. Sie können Herrn Begemann informieren, dass er sie schon mal aufsetzt.»

Alexa Hofer sah durch Iris Sandberg hindurch. «Sehr wohl.»

Iris seufzte. Wenn sie diese Hexe nur loswerden könnte.

Barbaras schlechte Laune war am nächsten Morgen das Gesprächsthema im Businesscenter. Katrin machte es mit ihrer Frage, ob Christian mal wieder zu lange mit Iris geplaudert habe, auch nicht besser.

Als Phil darauf hinwies, dass der Kaffee alle war und Barbara mit Holen dran sei, reagierte diese voller Wut, als hätte sie nur darauf gewartet.

«Ist mir sowieso ganz recht, dass ich hier mal rauskomme aus diesem Scheißladen!»

Sie schnappte ihre Tasche und stürmte aus dem Büro.

Phil und Katrin schauten sich achselzuckend an.

«PMS?»

Barbara lief Richtung Jungfernstieg zum Kaufhaus. Sie kam sich entsetzlich einsam vor. Wenn nur Marie da wäre. Mit ihr hätte sie alles bereden können. In Gedanken versunken betrat sie das Kaufhaus. An einem Stand warb eine leicht schrille Frau Anfang vierzig für Modeschmuck. «Perlenketten mit einem Lüster, wie er auch bei echten Südseeperlen nicht besser sein könnte ... Magic Pearls: perfekt verarbeitet ... bissfest ... reißfest ...» Während der Darbietung biss und riss sie an Ketten.

Und da passierte es: Die Kette riss, die Perlen flogen zu Boden. Die Frau guckte entsetzt, ein paar Vorübergehende mussten lachen. Barbara schreckte aus ihren Gedanken auf und eilte der Frau zu Hilfe. Sie tat ihr Leid. Gemeinsam sammelten sie die Perlen auf und legten sie auf ein Samttablett. Dann bedankte sich die Frau, hielt Barbara ihre Hand hin und stellte sich vor. «Elfriede Gerdes.» Der Name sagte ihr nichts. «Barbara Malek.» Die Modeschmuckverkäuferin guckte baff. «Den Namen kenne ich doch ... Malek?»

«Vielleicht kennen Sie meine Schwester, Marie?»

«Natürlich! Ich habe im Grand Hansson gearbeitet», lachte Elfriede, «vor hundert Jahren. Als Datentypistin. Im Schreibpool.» Barbara war erstaunt: «Das ist ja lustig! Da arbeite ich. Der Schreibpool heißt jetzt ganz hip Businesscenter.»

Elfriede schüttelte Barbara erneut und überschwänglich die Hand. «Ich war da als Elfie bekannt.» Sie gluckste vor Vergnügen. «Wie 'n bunter Hund.»

Ehe die Frau weiterreden konnte, kam ein Kaufhausangestellter auf sie zu. «Frau Gerdes, haben Sie heute schon was verkauft?»

Barbara ging schnell zur Seite. Sie wollte nicht, dass die nette Frau Probleme bekam. Elfie sah den Verkaufsleiter an, zögerte kurz, dann griff sie nach den Perlen auf dem Samttablett und warf sie auf den Boden. Sie hatte noch immer ihr Mikrophon umgebunden, sodass das gesamte Kaufhaus hören konnte, wie sie kündigte. «Ich scheiße auf diesen Job, ja, hören Sie mal hin, die Sklavin kündigt dem Meister.»

Gudrun hatte eine Konferenz einberufen. Die Fehler, die sie bemerkt hatte, fügten sich zu einem Puzzle zusammen. Ihrer Meinung nach war es an der Zeit, reinen Tisch zu machen. So konnte es nicht weitergehen.

Um den Konferenztisch herum saßen Christian und Iris, Uwe Holthusen, Roxi Papenhagen, Doris Barth, Schmolli und Alexa, während ein echauffierter Begemann mit Akten unter dem Arm und unter Entschuldigungen hereineilte.

Gudrun schnitt seine Entschuldigung ab. «Zu spät, Herr Begemann. In Zukunft erwarte ich Ordnung,

Zuverlässigkeit, Pünktlichkeit. Das ist ein ganz schöner Schlampenladen geworden, während ich fort war.»

Tapfer wehrte sich Iris.

«Das können Sie so nicht sagen, Frau Hansson.»

Gudrun beugte sich kämpferisch vor. «Daran werden Sie sich noch erinnern, meine liebe Iris: Ich kann alles sagen.»

«Leider!» Christian wehrte sich. Gudrun warf ihm einen verächtlichen Blick zu. «Immer noch unser leicht aufsässiger Herr Dolbien, aber halt nur leicht, oder, Herr Dolbien?»

Gelobt wurde Uwe Holthusen mit seinem Konzept. «Solche Leute brauchen wir, mit frischen Ideen, damit mehr Gäste kommen.

Nächster Punkt: die Direktion. Da allerdings müssen wir aufstocken.» Sie schaute sich um. Unter dem Tisch hatte Alexa längst Begemanns Fuß getreten, der daraufhin anfing, wie blöde zu grinsen, was nicht unbemerkt von Gudrun blieb. Sie beugte sich vor, um ihr Opfer besser aufzuspießen.

«Sie grinsen so dümmlich, Herr Dr. Begemann. Sie machen sich doch wohl nicht etwa Hoffnungen auf den zweiten Direktorenposten?» Aus Alexa brach es heraus: «Doch!»

Gudrun schenkte ihr ein abfälliges Lächeln. «Gottchen, ich mache doch nicht den Bock zum Gärtner!»

An dieser Stelle wehrte sich sogar ein Begemann. «Ich bitte doch sehr!»

Gudrun stand auf. «Da können Sie lange bitten. Herr Dolbien wird per sofort mit Frau Sandberg den ... Puff gemeinsam leiten. Ende der Veranstaltung. Ich habe einen Friseurtermin.»

Nach und nach verließen alle den Raum, Uwe stolz, Alexa schimpfend, Begemann leicht schmollend. Nur Christian und Iris blieben zurück.

«Das hätten Sie vorher mit uns absprechen müssen.» Christian, der sich normalerweise nie etwas anmerken ließ, war deutlich verstimmt.

Auch Iris war gekränkt.

«Wenn Sie mir nicht zutrauen, alleine das Hotel zu leiten, dann sagen Sie es mir bitte direkt.»

Gudrun blickte die beiden lange an, bevor sie etwas sagte. Elliot, hilf mir, dachte sie, begehe ich einen Fehler? «Was regen Sie sich so auf? Dieser ganze Stiftungsquatsch langweilt Sie doch, Herr Dolbien, machen wir uns nichts vor. Ich fliege morgen nach Stockholm und übergebe den Kram an Tyler Brullé, der sitzt in meinem alten Büro und bohrt den ganzen Tag über in der Nase auf meine Kosten. Außerdem bin ich sowieso der Meinung, wir nehmen das ganze Geld von meinem lieben verstorbenen Gatten und stecken es in Maries Kinderheimprojekt in Südafrika, dann ist der Fall Stiftung ohnehin erledigt.»

Sie stellte sich vor Iris in Positur. «Und Sie, Iris, haben überhaupt keinen Grund zur Klage. Ich finde, Sie machen alles sehr engagiert und überzeugend. Aber es ist zu viel Arbeit für Sie alleine.»

Sie winkte den immer noch beleidigten Christian zu sich heran. «Und da stelle ich Ihnen den klügsten und schönsten und ... frechsten Mann, den es in diesem Bordell gibt, zur Seite, und Sie krakeelen rum? Sehen Sie weit und breit einen besseren Partner für sich?»

Christian lachte. «Bezeichnend finde ich nur, dass Sie mich überhaupt nicht fragen, ob ich das will. Obwohl ich

Ihre Idee klasse finde. Können Sie akzeptieren, dass Frau Sandberg und ich entscheiden, unabhängig und alleine, ohne dass Sie sich einmischen?»

Gudrun wurde das Gewicht von Elliot auf ihrer Schulter zu viel. Sie schnappte sich ihre Tasche und sagte im Gehen zu den beiden. «Freut euch, Kinderlein, feiert, im Kühlschrank liegt Jahrgangschampagner. Viel Spaß!»

Damit verließ sie das Büro und eilte zum Lift.

Elliot, hilf, dass ich jetzt keinen Fehler begehe und ein wunderbares Mädchen verletzt habe, dachte sie.

Christian und Iris sahen sich verwirrt an.

«Sehen Sie weit und breit einen besseren Partner für sich? Hat die noch alle?» Iris rannte wütend durch den Raum.

Christian lächelte sie an. «Siehst du einen?»

Aber Iris schüttelte den Kopf. «Ach, Christian, ich weiß nicht, ob das alles so richtig ist.»

Christian streichelte ihr über die Wange. «Es ist, Iris, es ist.»

Iris wollte ihr Gesicht wegdrehen, aber Christian hielt sie fest.

«Bitte», flehte sie, «mach es mir nicht so schwer.»

Er küsste ihre Nasenspitze. «Im Gegenteil.»

Iris hielt es nicht mehr länger aus. Ohne ein weiteres Wort verließ sie den Raum. Ahnte Christian denn nicht, wie es um sie bestellt war? Sie hatte Angst vor dieser Nähe zu ihm, fürchtete, dass ihre tief in ihr schlummernde Liebe zu Christian wieder erwachen könnte. Für ihn war alles nur ein Spiel. Und was war mit Barbara? Nein, sie durfte ihren Gefühlen nicht nachgeben. Sie musste mit Barbara reden, musste ihr versichern, dass da nichts zwischen ihr und Christian war.

Sie machte sich auf die Suche nach Barbara. Schließlich fand sie sie im Fitnesscenter, wo sie wütend in die Pedalen trat. Iris stellte sich auf den Stepper neben sie, doch Barbara lehnte jedes Gespräch ab. Zu tief saß inzwischen ihr Misstrauen. Doch Iris gab nicht auf.

Hatte sie das nicht schon einmal mit Ronaldo und Marie erlebt? Gab es denn keine Chance für sie, eine Freundin zu gewinnen, nur weil sie mit deren Mann zusammenarbeitete? Sie musste Barbara überzeugen.

Nur sehr widerwillig ließ Barbara sich auf ein Gespräch ein. Sie schlenderten an der Alster entlang.

«Mir ist das alles in den letzten Tagen so durch den Kopf gerattert, ich habe gedacht: Wie blöd bin ich, dass ich mit dir in Christians Wohnung einen Wein zusammen trinke, du mir das Du anbietest, ich es annehme ... wir uns auch noch so jovial über Christian lustig machen ... und am Ende benutzt du mich vielleicht nur, um wieder an ihn ranzukommen, und ich leiste dir noch Schützenhilfe, doof, wie ich bin, und naiv ...»

Barbara blieb stehen.

Iris lächelte sie nachsichtig an. «Ganz schön verletzend, du solltest mich besser kennen, ich mag dich, ich finde dich sympathisch. Und ich halte viel von Loyalität, von Treue ... ich mische mich nicht in Beziehungen ein. Was soll ich tun, um dir deine Angst zu nehmen?»

Weil Barbara ein offener Mensch war, rang sie sich durch, Iris von dem Abend im «Fritz» zu erzählen, obwohl es ihr im Nachhinein ein wenig peinlich war. «Ich beobachte euch manchmal ... wie vertraut ihr miteinander seid ... wie er neulich im ‹Fritz› ein Salatblatt von deinem Teller genommen hat ... man hätte denken können, nicht ich bin seine Freundin, sondern du.»

«Aber ich kann mir doch nicht vornehmen, ihn nicht mehr zu sehen, besonders jetzt, wo wir wieder so eng zusammenarbeiten werden ...»

Iris war auf eine Bank zugegangen. Sie setzten sich und schauten auf das Wasser, in dem sich die Lichter der umliegenden Häuser spiegelten. Barbara tippte sich auf die Brust. «Hier drinnen, weißt du, da bin ich sehr verletzlich. Ich habe so viele Enttäuschungen erlebt, ich schleppe einen ganzen Sack voller Verlustängste mit mir herum, der kleinste Anlass, und ich gehe zu wie eine Auster. Ich will nicht, dass man mir wehtut.»

Diese Gefühle waren Iris vertraut. Auch ihr war es ähnlich ergangen. Sie erzählte von dem Unternehmerhaushalt, in dem sie aufgewachsen war. Hier hatten nur Konventionen, Geld und gesellschaftlicher Status gezählt, niemals Wärme, die einem Freunde geben konnten. Auch sie trug in sich das verletzliche Mädchen, das sich nach Liebe und Geborgenheit sehnte.

Barbara hatte ihr aufmerksam zugehört. «Wir sind so unterschiedlich aufgewachsen ... mein Vater war ein Spieler und Betrüger, der sich aufgehängt hat, meine Mutter, zu der ich keinen Kontakt mehr habe, hat ihr Leben lang als Kassiererin gearbeitet ... wenn man mich vor einem Jahr gefragt hätte, ich hätte gesagt: die Sandberg meine Freundin? Nie!»

Iris verstand, was Barbara damit sagen wollte. «Ja, du hast Recht, zwei wie wir passen überhaupt nicht zusammen.»

Einen Moment lang schauten sie sich betreten an,

dann brachen sie in Gelächter aus und umarmten sich wie Freundinnen.

Im Grand Hansson hatte ein turbulenter Morgen begonnen. Reisegruppen wurden ausgecheckt, andere waren soeben eingetroffen, während die Pagen unermüdlich Gepäck ein- und ausluden. Der Kellner Sascha balancierte geschickt ein appetitliches Frühstückstablett durch den Trubel. Vor dem Hotel verabschiedete Barbara die dankbaren Harsefelds und wartete gemeinsam mit ihnen auf ein Taxi. Sie musste ihnen versprechen, so bald wie möglich in Hitzacker vorbeizuschauen. «Du weißt ja, min Deern, du bist jederzeit herzlich bei uns willkommen.» Dann hatte er verlegen eine Rose hinter dem Rücken hervorgezogen und ihr überreicht. «Du bist jetzt unsere neue Tochter, mein Mädchen.»

KAPITEL 6

Mitten in der Halle stand etwas verloren Elfie Gerdes. Sie hatte sich sorgfältig zurechtgemacht, doch von der stolzen Haltung, mit der sie das Hotel betreten hatte, war nach einer Viertelstunde wenig übrig geblieben. Niemand hatte sie erkannt, alle durch sie hindurchgesehen. Gerade als sie sich enttäuscht dem Ausgang zuwenden wollte, zuckte sie zusammen, denn eine Hand hatte sich leicht auf ihre Schulter gelegt.
«Frau Gerdes.»

Die ehemalige Schreibpoolmitarbeiterin Elfie Gerdes war Gudrun Hanssons Adlerblick nicht entgangen.

«Frau Stade!»

Nachsichtig schüttelte Gudrun den Kopf. «Aber Frau Gerdes, das können wir doch besser, oder?»

Elfie zögerte kurz, dann fiel es ihr ein. «Hansson, natürlich Hansson, wie kann ich so dumm sein.» Wenn Elfie Frau Hansson sah, fielen ihr meist immer die alten Zeiten ein; sie musste an damals denken, als sie alle zusammen gearbeitet hatten und Gudrun Hansson noch Gudrun Stade gewesen war, die giftige Schreibpoolleiterin und noch nicht die vermögende Witwe des Konzernchefs. «Wie geht es Ihnen?»

Gudrun machte eine vage Handbewegung. «Ich fliege in zwei Stunden nach Stockholm, ich habe noch kein Ticket und nichts gepackt, mir geht es miserabel, ich hasse Fliegen!»

Elfie nickte eifrig. «Na ja, was tut man nicht alles, wenn

der Beruf es verlangt, fragen Sie mich mal, ich bin auch unablässig auf Achse und komme nicht eine Sekunde zur Besinnung, das ist der Preis, den man zahlt für den Erfolg.»

Gudrun betrachtete sie einen Moment lang skeptisch, schaute dann auf ihre elegante Armbanduhr und seufzte auf. «Sie konnten noch nie gut lügen, Frau Gerdes. Ihnen hat man schon immer jede Gefühlsregung im Gesicht abgelesen. Kommen Sie mal mit!»

Ohne Elfies Reaktion abzuwarten, schritt Gudrun energisch voran in Richtung Terrassentür. Eine völlig verdatterte Elfie Gerdes folgte ihr mit kleinen Schritten.

Mit dem eigenen Hotel war Elfie in ähnlicher Weise gescheitert wie ihr ehemaliger Kollege Schmolke. Und ebenfalls danach nicht wieder auf die Füße gekommen. «Ich habe immer gesagt: Wenn es schief läuft, mit meinem kleinen Hotel, dann ziehe ich eben in den Keller und gehe putzen. Ich habe dann geputzt, da ist mir kein Zacken aus der Krone gefallen, danach habe ich fast alles gemacht, was man mir angeboten hat, zuletzt Propagandistin für Modeschmuck ... im Kaufhaus ... bin gestern rausgeflogen.»

Gudrun nahm dankbar zur Kenntnis, dass Elfie endlich zur Sache gekommen war. «Und nun suchen Sie Arbeit?»

Sie schüttelte über sich selbst den Kopf. «Und gestern töne ich noch: verschlanken, Stellenabbau, Einstellungsstopp. Aber was interessiert mich mein Gequatsche von gestern? Ich mag Sie, Frau Gerdes, und ich werde Sie einstellen.»

Elfie strahlte. Von Gefühlen überwältigt ergriff sie

Gudruns Hände und küsste sie, womit sie bei Gudrun Hansson allerdings nicht gut ankam. Die entzog sich umgehend und deutlich missvergnügt der Berührung. «Sind Sie verrückt geworden? Wenn Sie wieder anfangen, so emphatisch zu werden wie früher, überlege ich mir das nochmal ... also, ich stelle Sie ein, allerdings müssen Sie bereit sein, wieder ganz von unten anzufangen, als kleines Licht, als die Dritte von rechts, einverstanden?»

Elfie nickte, dankbar strahlend. Ihre Hände hatte sie vorsichtshalber auf ihrem Schoß gefaltet.

Im Chefzimmer war der große Doppelschreibtisch durch zwei einzelne ersetzt worden. Während Iris bereits an ihrem saß und die Tagespost durchging, war Christian noch immer damit beschäftigt, den Inhalt zahlreicher Kartons in die Büroschränke einzuräumen. Gut gelaunt pfiff er eine Melodie, was Iris dazu brachte, von ihren Papieren hochzuschauen. Sie teilte seinen Optimismus nicht.

«Ich weiß nicht, Christian ... ob das wirklich so eine gute Idee ist, dass wir uns hier jetzt jeden Tag gegenübersitzen?»

«Ach was, ich freue mich drauf.» Christian warf schwungvoll ein Papierknäuel, verfehlte den Papierkorb aber knapp. «Das übe ich noch», murmelte er, einen neuen Versuch startend.

«Ich habe Angst davor.» Iris schaute ihn voller Sorge an. Gerade als Christian auf sie zugehen wollte, klopfte es an der Tür. Personalchef Begemann trat mit einer Unterschriftenmappe ein.

«Ich bringe, wie gewünscht, die Abmahnung für Frau Hofer ... und ich würde Sie bitten, Frau Sandberg, kann man sich das nicht nochmal überlegen?» Er setzte sich. «Darf ich auch einwenden, dass Sie mich persönlich in eine ... äh ... missliche Lage bringen?»

Iris hatte sich zurückgelehnt. «Ich fürchte, Sie haben sich selber in eine missliche Lage gebracht, Herr Dr. Begemann. Und uns beide mit.»

Christian hatte sich an seinen Schreibtisch gelehnt. «Genau, Sie können von Glück sagen, dass wir Sie so ungeschoren davonkommen lassen, Sie waren doch garantiert konspirativ daran beteiligt, Gerüchte über uns zu verbreiten, schließlich sind Sie mit der Dame liiert, und das ist kein Gerücht.»

Begemann fühlte sich sichtlich unwohl. Er rutschte auf die Stuhlkante. «Aber das ist doch mein Problem. Sie verlangen, dass ich Frau Hofer diese Abmahnung übergebe, das ist eine unerträgliche Situation für mich ...»

Christian war aufgestanden. Er wanderte durch den Raum, dann blieb er vor Begemann stehen. «Ich sage Ihnen mal was, und zwar nur unter uns dreien: Wenn Sie ein Mann mit Format wären, würden Sie sich einen neuen Job suchen. Solche Verknüpfungen von Privat und Job sind für einen Personalchef ... ich nenne es mal: ziemlich unprofessionell.»

Begemann saß auf seinem Stuhl wie ein Häufchen Elend und schaute unglücklich zu ihm hoch. «Na ja, was bleibt mir anderes übrig, Sie haben ja Recht, als Personalchef muss ich es machen.»

Er stand auf, nahm die unterschriebene Abmahnung von Iris in Empfang und wandte sich geknickt zur Tür.

Christian rief ihn noch einmal zurück. «Und sagen Sie Ihrer Lady: Wir sind viel zu nett. Noch so ein Ding, und Sie fliegen beide!»

Begemann hatte sich nicht getäuscht: Alexa kochte vor Wut und warf ihm vor, sich nicht für sie eingesetzt zu haben. «Ich arbeite an deiner Karriere, und du lässt mich ins Messer laufen.»

«Aber Schnuppelchen ...», bittend schaute er sie an.

«Ach, Scheiße was mit Schnuppelchen, deine Albernheiten gehen mir auf die Nerven, ich will eine Zukunft, eine Perspektive, das sage ich dir nicht zum ersten Mal.» Wütend stampfte sie zum Fenster.

Begemann war ihr gefolgt. «Ich war böse, böse, ja? Schimpf nur mit mir, ich muss bestraft werden.»

Alexa blickte ihn voller Verachtung an. «Und deine perversen Spielchen hängen mir zum Halse raus. Du bist so spießig, dein Rollenverständnis ist unerträglich. Ich habe bei uns die Hosen an, vergessen?»

Begemann nickte eifrig. «Du, natürlich du, aber darf ich dir nicht trotzdem einen Heiratsantrag machen, Schnuppel? Ich verdiene genug für uns beide, du kannst dich deinen Hobbys widmen und mich abends erwarten, mich verwöhnen, wir hätten viel mehr Zeit füreinander ...» So versunken war er in seinem Traum, dass er nicht sah, wie sich Alexas Gesicht veränderte und sie langsam die Hand hob, um ihm mit voller Wucht eine zu kleben. Dann eilte sie mit raschen Schritten zur Tür, wo sie sich noch einmal umdrehte. «Da erwarte ich aber ein anderes Kaliber!»

Begemann blickte ihr bewundernd nach, sich verzückt die Wange haltend.

Es war spät geworden, die Büros hatten sich nach und nach geleert.

Das Zimmermädchen Julietta ging mit dem Staubsauger über den Flur.

Alexa saß im Schein der Schreibtischlampe vor liegen gebliebenen Vorgängen, als ihr Telefon klingelte. «Schnuppelchen, wir sind ja hier die letzten Mohikaner, kannst du kurz kommen? Ich habe eine ganz tolle Überraschung für dich ...»

Sie zögerte. «Ich will das noch eben fertig machen, Siegfried, dann komme ich rüber, zehn Minuten maximal.»

Auch für Iris und Christian war es ein langer Tag gewesen. Sie hatten sich stundenlang durch Zahlenkolonnen gequält, um Ansätze für die geforderten Einsparungen zu finden. Erstaunt blickte Alexa auf, als die beiden aus dem Chefzimmer kamen. «Ich habe gar nicht mitbekommen, dass Sie noch da sind.» Doch sie waren so vertieft in ihr Gespräch, dass sie Alexas Bemerkung überhörten. «Arrogantes Pack», murmelte sie ihnen hinterher.

Auf dem Flur blieb Iris stehen. Sie wischte sich mit erschöpfter Geste eine Haarsträhne aus dem Gesicht. «Hör mal, Christian, Begemann hat gesagt, das sind die gegenwärtigen Personalkosten, doch ich halte es für unwahrscheinlich, dass die Zahlen stimmen ... aber wahrscheinlich ist er längst weg.»

Christian zweifelte ebenfalls an den Zahlen. Er überlegte kurz, dann ergriff er ihren Arm. «Weißt du was? Ist doch egal, ob der weg ist, dann suchen wir uns den Quatsch selber raus, ich will das jetzt wissen!»

Sie gingen zu Begemanns Büro, und Christian öffnete die Tür. Dort blieben sie wie erstarrt stehen. Die Szene, die sich ihnen bot, würden sie ihr Leben lang nicht vergessen. Mit einem Blumenstrauß in der einen und einem Schild in der anderen Hand stand Dr. Siegfried Begemann vor ihnen. Auf dem Schild stand: Willst du mich heiraten? Passend zu dieser Frage trug er ein langes, weißes Brautkleid mit Schleier und Pumps. Langsam verging ihm sein erwartungsvolles Grinsen, als er begriff, wer ihm da gegenüberstand.

Christian war der Erste, der seine Sprache wieder fand. «Sie sind entlassen, fristlos!»

KAPITEL 7

G*udrun saß am Frühstückstisch* und durchblätterte unkonzentriert eine Modezeitschrift, als ihre Ruhe durch ein Klingeln unterbrochen wurde. «Dabei hatte ich mir jede Störung verbeten», grummelte sie, während sie die Tür öffnete. Vor ihr stand Dr. Rainer Rilke, ihr Arzt und ehemaliger Geliebter. «Rainer!» Geschickt wich sie seinem Versuch aus, sie auf den Mund zu küssen.

«Ja, Gudrun, wenn der Prophet nicht zum Berg kommt, dann kommt eben der Berg zum Propheten.» Er folgte ihr in die Sitzecke. Gudrun hatte sich bereits gesetzt und zeigte fragend auf die Teekanne.

«Tee?» Er schüttelte den Kopf.

«Ach, weißt du, Rainer, ich wollte dich nach meiner Rückkehr schon längst anrufen ... aber du kennst ja mein Prinzip: alles peu à peu. Ich habe das Hotel von Marie zurückgekauft, jetzt, wo ich mich wieder stark genug fühle. Es war eine Menge los, das kannst du dir denken. Bis gestern war ich in Stockholm. Ein Croissant?»

Es fiel Rilke nicht schwer, ihre Manöver zu durchschauen.

«Ich wollte nicht mit dir frühstücken, Gudrun, ich wollte dich sehen.»

Gudrun lachte hektisch auf. «Gottchen, und nu? Du hast mich gesehen, was jetzt? Wir hatten doch alles abgesprochen, du musst dich um die Klinik kümmern und ich mich um ... um mich halt!»

Rilke nickte ernst. «Deswegen bin ich vor allem hier. Wann war dein letzter Check-up? Du weißt, dass du dich in regelmäßigen Abständen untersuchen lassen musst.»

Gudrun schmiss wütend ihr Croissant auf den Frühstücksteller.

«Ach, ihr Ärzte, ihr seid süchtig nach Kranken. Damit ihr leben könnt.»

Rilke schaute sie liebevoll an. «Ich habe in meiner Klinik alles für dich vorbereiten lassen. Wir erwarten dich in zwei Stunden.»

Für Elfie hatte der erste Arbeitstag begonnen. Mit gemischten Gefühlen betrat sie die Hotelhalle und fuhr mit dem Lift in die Büroetage. Vor der Tür zum Businesscenter rückte sie noch einmal ihre Jacke zurecht. Sie hatte sich für ein schlichtes Kostüm entschieden, nur die schrille Blümchenhandtasche erinnerte an die alte Elfie Gerdes. Mit klopfendem Herzen betrat sie ihren neuen Arbeitsplatz. Katrin hantierte an der Kaffeemaschine, Phil las aus der Zeitung Horoskope vor, während Barbara ein Biedermeiersträußchen in der Hand hielt. Iris hatte die neue Kollegin bereits angekündigt. Alle drehten sich um, und Barbara kam umgehend mit den Blumen auf sie zu. «Herzlich willkommen, die Blümchen sind von uns, wir freuen uns.» Sie führte Elfie zu ihrem Platz. Während Katrin ebenfalls freundlich grüßte, nickte Phil nur reserviert mit dem Kopf. «Mehr oder weniger ...» Aber Elfie war viel zu unsicher, um die Spitze sofort zu bemerken. Sie schüttelte allen die Hand, um sich dann etwas verloren an ihrem Schreibtisch niederzulassen. Phil beobachtete sie. «Sie können gleich mal Kaffee verteilen, Frau Gerdes.» Barbara und Katrin hielten die Luft an. Wie würde die neue Kollegin reagieren? Elfie stand auf, strich sich den Kostümrock glatt und ging zur Kaffeemaschine. Phil gab noch einen drauf. «Anfänger haben die ersten drei Wochen Kaffeedienst.»

Elfie schaute sie erstaunt an. «Wer sagt das?»

Phil streckte sich lässig in ihrem Stuhl. «Das hören Sie doch: ich.»

Aha, daher weht der Wind, dachte Elfie, sie hatte verstanden. Aber was hatte ihr Gudrun gesagt? Sie musste ganz unten wieder anfangen. Und sie würde Gudruns Vertrauen nicht enttäuschen.

Schwungvoll goss sie Kaffee in einen Becher mit Phils Namen.

«Tja, wenn Sie das so sehen ... dann will die Anfängerin das mal machen. Wie hätten Sie ihn denn gern, mit Milch und Zucker?»

Katrin und Barbara atmeten erleichtert auf.

Das hätte einige Räume weiter Iris auch gern getan. Erschöpft setzte sie sich neben Christian auf das Sofa. Auf den Schreibtischen vor ihnen türmten sich die Bewerbungsunterlagen.

«Puh, nach vier Tagen Vorstellungsgesprächen habe ich langsam die Nase voll.»

Christian zeigte auf die Tür, hinter der in Alexas Büro noch ein Kandidat wartete. «Einer geht noch rein.»

Iris grinste ihn schief an. «Haha, sehr witzig heute Morgen der Herr! Aber im Ernst: Ich finde, der Göllner ist es, was meinst du?»

Christian nickte zustimmend. «Auf jeden Fall ist er nicht so ein Schaumschläger, und seine Vita ist Klasse.»

«Und er ist das Gegenteil von Begemann, das steht

fest», fügte Iris hinzu. Christian stand auf, um sich einen Kaffee einzugießen, er hielt fragend die Kanne hoch, Iris lehnte ab.

«Aber Begemann hat seine Arbeit zumindest gut gemacht, Iris, und er hat sich besser ausgekannt in der Hansson-Gruppe als wir beide zusammen.» Er hatte sich wieder auf das Sofa gesetzt, wo ihm Iris den Becher abnahm und einen Schluck trank.

«Igitt, ist ja bitter ... aber das ging ja nun wirklich nicht: als Personalchef im Büro im Brautkleid rumsitzen ... menschlich untragbar!»

Christian winkte ab. «Wenn es danach ginge, wer menschlich ist, dann müssten 90 Prozent der deutschen Manager entlassen werden.»

Iris sah ihn forschend an. «Du bereust doch nicht unsere Entscheidung, ihn zu entlassen, oder?»

«Quatsch, ruf lieber den anderen rein ... obwohl: eigentlich brauchen wir uns den doch gar nicht mehr anzugucken, wenn wir den Göllner beide gut finden. Wie heißt der nochmal ...», Christian warf einen Blick auf seine Unterlagen. «Aha, Jäger, Conrad Jäger. Dir ist übrigens klar, dass wir das noch der Hansson beibringen müssen?», er grinste, «das überlasse ich gerne dir. Menschlich könnt ihr doch so gut miteinander ...»

Iris knuffte ihn gutmütig in die Seite, stand auf und ging zu ihrem Schreibtisch. Sie drückte die Gegensprechanlage. «Frau Hofer? Jetzt bitte Herrn Jäger.»

Conrad Jäger gelang es sofort, Iris zu überraschen, denn nachdem er mit einem ungespielt wirkenden Lächeln auf sie zugegangen war, hatte er gewartet, bis sie ihm die Hand reichte. Alte Schule, dachte sie, aber dafür ist er doch eigentlich viel zu jung. Sie musterte ihn unauffällig, als er sich in den Sessel setzte, auf den sie einladend hingewiesen hatte. Höchstens Mitte dreißig, dachte sie, gut angezogen, vor allem teure Schuhe. Zu einem legeren sandfarbenen Sommeranzug trug er ein hellblaues Hemd, das seine leichte Bräune unterstrich. Auf eine Krawatte hatte er verzichtet. Die Art, wie er sich bewegte, wirkte kraftvoll und dynamisch, ohne aufdringlich zu sein.

Auch Christian hatte ihn beobachtet, wenn auch mit deutlich weniger Wohlgefallen als Iris. In ihm rührte sich der Platzhirsch. «So, Herr Jäger, und Sie bewerben sich also um den Posten unseres Personalchefs, aber Sie ...», Christian blätterte die Aktenmappe auf seinem Schoß durch, «... haben noch nie in einem Hotel gearbeitet.»

Conrad Jäger blickte ihn strahlend an. «Ganz genau, ich bewerbe mich um den Posten, sonst wäre ich ja nicht gekommen. Und weil ich noch nie in einem Hotel gearbeitet habe, interessiert es mich ja so! Mich fasziniert so eine glamouröse Welt.»

Iris fragte sich, ob er nur naiv tat oder es war. Er wirkte völlig unbefangen. «In erster Linie geht es hier um harte Arbeit, Herr Conrad, um das sehr alltägliche Büroleben, mit dem Glanz ist es bei uns nicht so weit her. Erzählen Sie doch einfach mal, ich würde gern einiges von Ihnen wissen ...»

Conrad hatte ein Büchlein aus seiner Tasche gezogen. «Ja, ich auch von Ihnen.» Er schlug es auf und blätterte kurz. «Ich habe im Internet alles über den Konzern und speziell dieses Hotel nachgelesen. Nun interessieren mich besonders folgende Punkte: Welche Kompetenzen hat ein Personalchef bei Ihnen? Wie weit mischt sich Frau Hansson ins Tagesgeschehen ein?» Er blickte von Iris zu

Christian. «Wie haben Sie beide die Verantwortung untereinander aufgeteilt?»

Er lehnte sich entspannt zurück. «Ich bin wirklich sehr neugierig ...»

Christian warf einen irritierten Blick zu Iris, die unmerklich mit den Schultern zuckte. Sie wusste auch nicht, ob dieser Mann einfach nur blöd oder unglaublich gut war.

Im «Fritz» hatten sich Alexa und Siegfried Begemann an ihren gewohnten Fenstertisch gesetzt. Der leere Cognacschwenker vor Begemann schien nicht sein erster zu sein. Als Carl Alexa ein Wasser brachte, zeigte er auf das leere Glas. «Dr. Begemann, noch einen?» Bevor er antworten konnte, hatte Alexa das bereits für ihn getan. «Nein, Dr. Begemann hat genug.» Carl nickte verständnisvoll und ging. «Ja, ja», säuselte Begemann mit nicht mehr ganz klarer Stimme, «ich habe genug.» Alexa sah ihn scharf an. «Wieder Selbstmordabsichten, zur Abwechslung?»

Er schaute sie verzweifelt an. «Gibt es irgendetwas Nettes, was du mir zu sagen hast?»

Alexa goss sich Wasser ein. «Der Posten des Personalchefs wird neu besetzt. Einer aus der Townhouse-Gruppe, Göllner heißt der Mensch, entsetzlicher Spießer, das sehe ich auf den ersten Blick ... bewirb du dich doch bei denen, du darfst nicht so defensiv sein.»

Begemann winkte ab. «Ich bin nicht defensiv, ich bin über 50. Ich bin am Ende. Ich sehe das glasklar.»

«Du könntest auf Wiedereinstellung klagen.»

Begemann beugte sich vor. «Zurück ins Hansson? Niemals. Es ist so ... beschämend ... bedenke doch nur, wie peinlich das für mich ist: sehen die mich da im Brautkleid. Ich habe mich in einer Weise lächerlich gemacht ... ich könnte nie wieder Personalchef werden, alle lachen über mich, es ist furchtbar!»

Alexa trank ihr Glas aus und griff nach ihrer Tasche und machte sich zum Gehen bereit. «Wir haben noch einen Trumpf, die Hansson weiß es noch nicht, ich werde es ihr stecken, wir müssen die Unberechenbarkeit dieser Frau nutzen. Allerdings ...» Begemann schaute deprimiert zu ihr hoch. «Allerdings?»

Alexa war aufgestanden. «Wenn das nicht klappt, mache ich Schluss mit dir. Ich will mir schließlich nicht das Leiden Jesu Christi aufladen.»

Als sie gegangen war, schaute sich Begemann auf der Suche nach Carl um und hob den Arm. Carl hatte verstanden, noch einen Cognac.

Gudrun wartete ungeduldig vor dem Hotel auf ein Taxi. Es war Zeit, in die Klinik zu fahren. Schmolli entschuldigte sich. «Tut mir Leid, aber mit den Taxen ist das ein Problem manchmal.»

Gudrun schüttelte den Kopf. «Sagen Sie das den Gästen auch? Vielleicht brauchen wir doch eine Hotellimousine.»

Daran hatte auch Schmolli schon öfter gedacht, aber nie gewagt, es vorzuschlagen. «Ich dachte, wir müssen sparen, Frau Hansson.»

Er erwiderte beiläufig den Gruß von Conrad Jäger, der aus dem Hotel gekommen war und sich nach seinem Käfer-Cabrio umsah. Dabei fiel Conrads Blick auf Gudrun. Seine Augen leuchteten auf, als hätte er soeben, völlig unerwartet, einen Edelstein entdeckt. Gudrun, der er auch aufgefallen war, versuchte vergeblich, in eine andere Richtung zu blicken. Unwillkürlich wurde sie von diesen Augen angezogen.

«Warten Sie auf ein Taxi?» Gottchen, eine schöne Stimme hat er auch noch, dachte sie, um einen abweisenden Tonfall bemüht.

«So ist es.»

«Kann ich Sie irgendwohin mitnehmen?»

«Sehr freundlich, danke nein.»

«Aber Sie würden mir wirklich einen großen Gefallen tun.» Er grinste sie mit jungenhaftem Charme an. Gudrun lächelte. «Dann ist das meine gute Tat für heute.»

Unterwegs erfuhr sie durch Jäger von der Entlassung ihres Personalchefs. Ihre Empörung darüber hob sie sich für später auf, Christian und Iris würden etwas zu hören bekommen. Anders als während des Bewerbungsgesprächs erzählte Jäger diesmal gern von sich. «Im Moment arbeite ich nicht. Ich bin frisch geschieden und von München nach Hamburg gezogen, die Firma, wo ich die letzten drei Jahre war ... New Economy, wie es so schön heißt, hat Insolvenz angemeldet.»

Gudrun schaute ihn nachdenklich an. «Also ein ganz neues Leben ...»

Conrad nickte. «Und jetzt erzählen Sie mir etwas von sich, Frau Hansson.»

Gudrun lachte. «Gottchen, dann müssten wir eine Spritztour nach Rom machen.»

«Warum nicht?»

«Weil wir jetzt da sind.» Sie zeigte auf die Klinik, vor der sie mittlerweile angekommen waren. «Da gehe ich rein.»

Conrad schaute nachdenklich erst auf das Krankenhaus, dann auf Gudrun. «Besuchen Sie jemanden?»

Gudrun sah ihn von der Seite an. «Sehen Sie Blumen in meiner Hand? Neugierig sind Sie wohl gar nicht.»

Ruhig erwiderte Conrad, dass Gudrun ihn interessiere. «Tja mein Lieber, zu spät.» Während sie noch nach dem Türgriff in dem Oldtimer suchte, war Conrad schon aus dem Wagen gesprungen, um ihr die Tür zu öffnen, was es Gudrun erlaubte, mit gewohnter Eleganz auch diesem Käfer zu entsteigen. «Dass ich älter bin als Sie, ist offensichtlich, aber müssen Sie mich gleich so deutlich darauf hinweisen?»

Conrad lachte. «Meine Erziehung hat meine Eltern Tausende gekostet, irgendwie muss sich das ja auszahlen.»

Gudrun reichte ihm die Hand. «Vielleicht sehen wir uns ja wieder.»

Will ich das wirklich, dachte sie, und wenn es so ist, sollte ich es nicht besser nicht wollen?

Bedauernd schüttelte Conrad den Kopf. «Wenn ich ehrlich bin, ich fürchte, nein.»

Sie sah ihn erstaunt an. «Sie wollen also doch nicht bei uns anfangen?»

«Ich glaube eher, Ihre Direktion will das nicht. Das war mein Eindruck.»

Er deutete einen Diener an. «Hat mich sehr gefreut, Frau Hansson.»

Gudrun hatte sich bereits einige Schritte entfernt, als sie sich noch einmal umdrehte. «Ich hoffe, Sie denken nicht: Ich bin mal höflich zu der Alten, vielleicht kriege ich dann den Job.»

Conrad erstarrte für einen Moment, dann drehte er

sich auf dem Absatz um und stieg in sein Auto. «Sie unterschätzen mich, Frau Hansson, schade.»

Ohne ein weiteres Wort fuhr er los. Gudrun sah ihm nach. Ein seltsamer Mann, der Herr Jäger.

Am Empfang ließ sie sich ihre Zimmernummer geben und durchschritt nun mit zunehmendem Widerwillen die langen Flure; schon der Geruch machte sie krank. Aus den Augenwinkeln heraus nahm sie zwei Frauen in langen Morgenmänteln wahr, die sich auf einer Bank am Fenster niedergelassen hatten, ihre blutentleerten Gesichter der Sonne entgegengestreckt, als könnte die Wärme sie heilen. Eine der beiden Frauen hatte sich ein Kopftuch umgebunden, unter dem sie eine haarlose Schädeldecke verbarg, typische Folge einer Chemotherapie. Gudrun wurde schlecht, ihre Schritte verlangsamten sich, doch in dem Moment ging eine Tür neben ihr auf, und Dr. Rilke trat aus dem Zimmer.

«So prompt? Das finde ich gut!»

«Schön, wenn es wenigstens einer von uns gut findet.» Gudruns Stimme klang ätzend, aber Rainer Rilke kannte seine alte Freundin gut genug, um zu wissen, dass sich hinter ihrer Fassade pure Angst verbarg. Er geleitete sie fürsorglich auf die Terrasse und drückte sie sanft auf eine Gartenbank. «Du kennst den Ablauf, Gudrun, die Ergebnisse der Blutuntersuchungen werde ich ganz schnell haben, aber wir müssen eine Reihe notwendiger Untersuchungen durchführen, wir machen auch eine Computertomographie ...»

Gudrun war aufgesprungen, sie verlor die mühsam gewahrte Kontrolle über ihre Ängste. «Ich gehe nicht noch einmal in diese Röhre! Ich will nie wieder in diese

Röhre! Ich habe mir das geschworen: niemals! Nie wieder!»

Rilke war ebenfalls aufgestanden. «Gudrun, um Himmels willen, fasse dich. Du musst es lernen, du musst es endlich begreifen, das was du verdrängst, zu akzeptieren. Leben mit Krebs wird immer ein Thema für dich sein.»

Gudrun heulte wütend auf. «Mein Thema ist: Ich habe ein Hotel zu leiten. Mein Thema ist: Ich bin gesund. Mein Thema ist: Ich habe es hinter mir! Was bist du eigentlich für ein Arzt? Willst du mir die Hoffnung nehmen?»

Rilke kannte diese Ausbrüche von ihr. Und auch von anderen Patienten. Doch als Arzt vertrat er die Ansicht, dass ihnen nicht geholfen war, wenn er sie belog. «Hoffnung ist ein Mangel an Information, Gudrun.»

Sie fauchte ihn an. «Zyniker! In Wahrheit reden wir doch über etwas ganz anderes: Du willst mich nur an dich ketten, mit deinem verdammten Pessimismus, deiner Pingeligkeit, deiner Fürsorge, die mich ...», sie suchte nach einem passenden Ausdruck, «... die mich erstickt. Es ist aus zwischen uns, nimm das zur Kenntnis.»

In Rilke kämpfte der Arzt mit dem Mann, nicht zum ersten Mal trat Gudrun seinen Stolz mit Füßen. Er liebte diese wunderbare Frau nach wie vor, da täuschte sie sich nicht, aber auch für ihn galt es, seine Ehre zu verteidigen. «Du kannst dich von mir trennen, Gudrun, aber deine Angst wirst du deshalb nicht los.»

Auch für Elfie Gerdes verlief der Tag wenig erfreulich. So hatte sie sich ihren Wiedereinstieg im Grand Hansson nicht vorgestellt. Hatte sie am Morgen noch damit gerechnet, dass nach einer kurzen Eingewöhnungsphase alles wieder beim Alten sein würde, überkam sie am Nachmittag Hoffnungslosigkeit. Es hatte sich im Businesscenter doch mehr verändert als nur die Belegschaft. Arbeitsgrundlage war längst nicht mehr die Word-Version, die sie beherrschte, sodass sie dem Zeitplan hinterherhinkte. Während Phil und Katrin ihren Teil der vorgelegten Korrespondenz bereits erledigt hatten, kämpfte Elfie noch mit den Tücken der neuen Anwendungen. Ganze Abschnitte ihrer Texte waren verschwunden. Es war nur eine Frage der Zeit, bis es Phil auffallen würde. Überhaupt Phil, ganz eindeutig konnte man ihre Sticheleien nicht mehr unter anfänglichen Rudelrangeleien abtun. Da kannte sich Elfie aus, es war ja normal, erst mal den Rang zu klären, wenn jemand neu in die Gruppe kam. Früher im Schreibpool war es nicht anders gewesen.

Aber Phil wollte sie offensichtlich nicht integrieren, sondern weghaben. Sie ließ keine Gelegenheit aus, Elfie zu zeigen, dass sie nach Phils Meinung zu dumm, zu alt und zu schrullig war. Auch Katrin blieb auf Distanz, einzig Barbara hatte ihr immer wieder einen aufmunternden Blick zugeworfen und herzlich zugelächelt. Sie war es auch, die jetzt aufstand und sich hinter Elfies Stuhl stellte.

«Kann ich helfen? Wo ist denn das Problem?»

Elfie erhob sich geknickt und bot Barbara ihren Platz an. «Ich finde die Texte nicht wieder ...»

Barbara griff sofort routiniert in die Tastatur. «Haben Sie sie denn nicht gesichert?»

«Ich dachte, das geht automatisch», kam es kleinlaut von Elfie, die damit Phil eine wundervolle Vorlage lieferte.

«Tja, Frau Gerdes, automatisch ist, wenn man oben

drei Euro reinschmeißt, und unten kommt eine Schachtel Zigaretten raus.»

Sie sah sich Beifall heischend um. Katrin grinste, aber von Barbara erntete sie einen bösen Blick. Elfie hielt es nicht mehr aus. Sie baute sich vor Phils Schreibtisch auf. «Was haben Sie eigentlich gegen mich? Ich bin noch keinen ganzen Tag da, und Sie giften mich nur an. Glauben Sie, dass ist einfach für mich, hier zu sitzen, nach all den Jahren und wieder ganz von vorne anzufangen?»

Völlig ungerührt sah Phil durch sie hindurch. «Offenbar nicht.»

«Dann machen Sie Ihren Scheiß doch alleine.» Elfie schnappte sich ihre Handtasche und stürzte aus dem Zimmer.

Barbara schaute zu Phil und tippte sich an die Stirn. «Habt ihr eigentlich einen Vogel?»

Phil stand auf, um sich einen Kaffee einzugießen. «Wieso? Die hat doch einen Vogel, guck dir die Tante doch mal an, rollt mit den Augen, schnallt nichts, kriecht der Hofer sonst wohin, die passt nicht in unsere Crew, das wird nichts mit der, so viel Menschenkenntnis habe ich auch. Als Nächstes kommt sie noch mit Piccolöchen, das Sensibelchen ... allein die Handtasche!»

Barbara war es gelungen, die Texte zu retten. Sie eilte hinaus, um Elfie zu suchen. Als sie mit Schwung um die Ecke bog, lief sie direkt in ihren Freund hinein. Er hielt sie fest und zog sie begehrlich an sich. «Wohin so eilig, mein Schatz?» Er küsste sie. «Ich liebe dich.»

Barbara lachte. «Aber nicht hier!»

Christian küsste sie noch ein wenig drängender. «Aber heute Abend!»

Barbara war es gelungen, sich aus seinem Griff zu befreien. Verschmitzt lächelte sie ihn an. «Aber nur, wenn du einmal pünktlich bist.»

Christian hob drei Finger. «Versprochen!»

Sie entdeckte Elfie vor den Waschbecken in der Damentoilette, wo sie sich das verheulte Gesicht mit Wasser kühlte. Aber was sie an Argumenten auch vortrug, Elfie wollte sich nicht helfen lassen, sodass eine enttäuschte Barbara wieder ins Businesscenter zurückkehrte, während Elfie sich noch schlechter fühlte. Nun hatte sie auch noch die Einzige verärgert, die ihr absolut nichts getan hatte. Elfie seufzte. Sie hatte sich doch geschworen durchzuhalten. Und sie würde es schaffen. Schweren Herzens machte sie sich auf den Weg ins Businesscenter. Als sie in der Halle Doris Barth an der Rezeption sah, stoppte sie kurz, um der Bekannten aus alten Tagen ihr Herz auszuschütten.

Unglücklicherweise kam genau in diesem Moment Gudrun Hansson um die Ecke, deren Laune sowieso schon im Keller war.

«Na, Frau Barth, wieder mal überarbeitet? Und Frau Gerdes, fangen Sie gar nicht erst mit diesem Dauergetratsche an. Verlegen Sie das auf Ihre Privatzeit.» Damit rauschte sie ab.

Kopfschüttelnd sahen Elfie und Doris Barth ihr nach. «Hat die eine Laune!»

Einmal in Fahrt, bestellte Gudrun Alexa Hofer mit Block und Stift in die Suite ein, um sich bei deren Eintreten sofort über die vermeintliche Verspätung zu erregen. «Wieso dauert es so lange, bis Sie sich mal nach oben bewegen?»

Alexa konnte nur darauf verweisen, dass sie die Arbeit

im Direktionsbüro allein zu erledigen hatte, woraufhin Gudrun sie sofort verdächtigte, die leidige Personalfrage wieder auf den Tisch bringen zu wollen, um weitere Planstellen zu fordern.

Das war Alexas Stichwort, die mutig genug war, sich von Gudruns furienhaftem Auftritt nicht einschüchtern zu lassen. Noch gab sie die Schlacht um Begemanns Karriere nicht verloren. «Ehrlich gesagt, dass während Ihrer Stockholmreise Dr. Begemann entlassen worden ist, wurde Ihnen das mitgeteilt?»

Das hat die Direktion dieses Schlampenladens offenkundig nicht für nötig befunden, dachte Gudrun wütend, während sie bestimmt nickte.

«Ja, wurde.»

Alexa hatte sich auf den angebotenen Stuhl gesetzt. «Sie mögen es ja nicht, wenn ich Ihnen reinen Wein einschenke, aber das muss ich einfach loswerden: Das war eine große Ungerechtigkeit seitens Frau Sandberg. Herr Dolbien hat das alles nur mitgemacht, weil sie so einen großen Einfluss auf ihn hat. Dr. Begemann wird auf Wiedereinstellung klagen, wenn Sie, Frau Hansson, das nicht wieder rückgängig machen.»

Gudrun nickte. «Verständlich, dass Sie sich für ihn einsetzen.»

Alexa beugte sich vor. «Er war fast zwanzig Jahre im Unternehmen, Frau Hansson! War immer zuverlässig, engagiert, ist hochkompetent, er hat mitgekämpft, all die Jahre und Jahre: für den Konzern. Seine Lebenszeit hat er gegeben.»

«Nun drücken Sie mal nicht so auf die Tränendrüse, Frau Hofer, das ist nun mal Sache der Direktion.»

«Aber Frau Hansson ...», Alexa griff mit dramatischer

Gestik nach Gudruns Händen, es stand zu befürchten, dass sie auch nicht davor zurückschrecken würde, auf die Knie zu gehen.

O Gott, nicht schon wieder, dachte Gudrun, als Alexa sie berührte, es erinnerte sie sofort an Elfie Gerdes. Was treibt die alle dazu, ständig meine Hände ergreifen zu wollen? Entnervt zeigte sie auf Alexas Block. «Jetzt nehmen Sie den mal in die Hand. Ich möchte Ihnen etwas diktieren, Sie formulieren das aus und legen es mir nachher vor. Fertig?»

Alexa kehrte zu einer professionellen Haltung zurück und saß wieder vernünftig auf dem Stuhl. Sie nickte.

«Gut, also: Hausmitteilung! Erstens. Gäste sind grundsätzlich mit Namen anzusprechen, Anrede wie ‹der Herr› oder ‹die Dame› sind zu unterlassen. Zweitens. Ich wünsche, dass die grässliche Duzerei unter Kollegen während der Arbeitszeit unterbleibt. Drittens. Kaugummi kauen: Verboten! Viertens. Das Telefonieren mit dem Handy in allen öffentlichen Räumen: Untersagt! Fünftens. Privates Gequatsche ist in die Pausen zu verlegen, eine Hotelrezeption ist kein Kaffeehaus für unausgelastete Mitarbeiter. Sechstens. ...»

In Christians Wohnung tanzte eine fröhliche Barbara in der Küche, die laut gedrehte Musik aus dem Wohnzimmer mehr inbrünstig als schön mitsingend. Dazu hielt sie sich den Kochlöffel wie ein Mikrophon vor den Mund. «O ja, o ja, und dann kamst duhuhu ...» Sie warf einen schnellen Blick zur Küchenuhr über der Tür, in drei Minuten würden die Nudeln gar sein, dann sang sie weiter, wenn auch mit leicht verändertem Text, und schaute sich suchend nach ihrem Handy um. «Aber wann, aber wann,

duhuhu?» Es lag hinter dem Toaster, wie war es bloß dahin gekommen, fragte sie sich gut gelaunt, während sie Christians Nummer wählte. Nach dem zweiten Klingeln hörte sie seine Stimme. «Dolbien?»
«Hallo, mein Sweetie, wo bleibst du denn?»

«Es ist mir doch vollkommen Wurscht, was dieser Mann für private Allüren hat ... glauben Sie mir: Das war mir auch vorher schon bekannt, dass Begemann ... nun, sagen wir es, wie es ist: leicht pervers angeweht ist, entscheidend ist doch, dass er seine Arbeit glänzend gemacht hat.» Gudrun ließ der Empörung, die sie in Conrad Jägers Auto erfolgreich zurückgedrängt hatte, freien Lauf. Iris und Christian waren aufgebracht mit einer Abschrift ihres Zwölf-Punkte-Programms erschienen, mit dem sie, so die Meinung der beiden, ihre Direktoren übergangen hatte. Gudrun hingegen vertrat die Ansicht, dass Begemanns Entlassung nicht nur vorschnell und unüberlegt gewesen sei, man hätte sie vorher informieren müssen, zumal, so hatte sie süffisant hinzugefügt, auch in Stockholm Telefone nichts Unbekanntes mehr seien.

Doch für Christian war der Punkt Begemann innerlich längst abgehakt. Ihm ging es um den Maßnahmenkatalog, den er einfach nur lächerlich fand. «Vorzuschreiben, man dürfe sich nicht mehr duzen: Das ist absolut lächerlich! Aber vor allen Dingen ist das nicht Ihr Ding, Frau Hansson! Darum geht es mir! Die Vereinbarung zwischen uns dreien war, und ich zitiere mich selbst aus unseren Gesprächen damals: Frau Sandberg und ich entscheiden unabhängig und allein und ohne, dass Sie sich ... entschuldigen Sie bitte kurz.» Er war durch das Klingeln seines Handys unterbrochen worden.

«Dolbien? ... oh ... das geht jetzt im Moment überhaupt nicht!»

Er schaltete das Handy komplett aus und wandte sich an Gudrun, um seinen Satz zu beenden, aber sie schnitt ihm das Wort ab.

«Was habe ich denn darauf geantwortet? Sehen Sie? Nicht hingehört, nicht aufgepasst. Auch so ein Zeichen der Zeit, wie Duzen, Kaugummi, Handypest ... ich werde es Ihnen sagen: Gar nichts habe ich entgegnet, und in Ihren Arbeitsverträgen, die Begemann im Übrigen hervorragend aufgesetzt hat, wie Ihre Herren Anwälte ja bestätigt haben, steht auch nichts davon. Ich habe gesagt: Feiert, Kinder, im Kühlschrank steht Champagner. Das habe ich gesagt.»

Christian stand unbeeindruckt vor ihr. «Offenbar kann man mit Ihnen nicht mehr vernünftig reden.»

«Tja, Sie werden mit mir leben müssen.» Ja, dachte sie, die Frage ist nur, wie lange noch. Die Wut, Folge ihrer hilflosen Angst in der Klinik, war verraucht, und damit ihre Energie. Schwach und verletzbar, wie sie sich plötzlich fühlte, wollte sie allein sein. Aber etwas lag ihr noch am Herzen. «Ich kann das mit Begemann nicht rückgängig machen. Ich werde den Teufel tun und Ihre Autorität im Haus untergraben. Aber ich möchte, dass Sie sich ...», sie zögerte kurz, sich fragend, ob sie nicht wirklich dabei war, den Verstand zu verlieren, aber dann dachte sie: besser den Verstand, als die Hoffnung, «... mit diesem Herrn Jäger ernsthaft beschäftigen, der gefällt mir.»

Iris schüttelte den Kopf. «Geht nicht, wir haben vor einer Stunde Herrn Göllner zugesagt.»

«Dann sagen Sie ihm ab.»

Christian zerknüllte das Zwölf-Punkte-Programm und

traf den Papierkorb genau. «Sehen Sie? Genau das machen wir nicht, schönen guten Abend, Frau Hansson.»

Nach kurzem Zögern folgte ihm Iris. «Guten Abend, Frau Hansson.»

«Was soll das sein, Revolution?», brüllte Gudrun ihnen nach, aber die Tür war schon ins Schloss gefallen.

Vor der Tür schauten sich die beiden erst verdattert an, um dann, als sich Christian in der typischen Pose Napoleons aufgebaut und «Revolution» genuschelt hatte, in albernes Kichern zu verfallen. Selbst als sie bereits auf dem Heimweg waren, konnten sie nicht aufhören zu lachen.

Ganz oben im Hotel, in der luxuriösen Präsidentensuite, saß Gudrun Hansson endlich allein an ihrem beeindruckenden Konferenztisch.

Und dann begann sie zu weinen.

Während Iris Bedenken äußerte, ob Barbara nicht vielleicht sauer sei, denn es war spät geworden, verspürte Christian keinerlei Gewissensbisse. Noch immer genoss er seinen Auftritt in Gudrun Hanssons Suite, er hatte ihr die Stirn geboten ... und den Papierkorb getroffen.

Verdammt, dachte er, wäre doch Ronaldo da, dies sind so die Situationen, in denen ein Mann mit einem anderen Mann einen draufmachen muss. «Barbara kocht.»

Iris schaute ihn fragend an. «Was?»

«Sie kocht vor Wut, wie die Hansson, aber glaube mir, sie wird sich wieder beruhigen, und die Hansson auch.»

Iris sah das etwas anders. «Pass ein bisschen auf euch auf, Christian. An Gedankenlosigkeit scheitern so viele Beziehungen.»

Beide hatten ihre Wohnungstüren aufgeschlossen und nickten sich kurz freundschaftlich zu. Ja, dachte Christian, als er die Tür schwungvoll schloss, ich bin ein Gewinner! Das konnte er Barbara bedauerlicherweise nicht direkt mitteilen, denn sie war nicht mehr da. Am Kühlschrank hing ein Zettel: «Bin im ‹Fritz›, Essen ist im Müll.» Automatisch trat er auf die Pedale des Mülleimers, immerhin wäre das nicht das erste Mal, dass Barbara etwas verkehrt gemacht hätte. Obenauf lag eine Unmenge Spaghetti samt einer Schüssel.

Am nächsten Morgen war von dem Gewinner nicht mehr viel übrig. Auf den Badezimmerkacheln kniend, sang er, nur mit Boxershorts bekleidet, die Duschkabine an, in der Barbara ihn hartnäckig ignorierte. «I'm gonna love you ... come rain or come shine ...» Ein schnödes «Geh weg» war die unsentimentale Antwort aus der Duschkabine. Er öffnete zaghaft die Tür. «Du? Ich bin so verliebt ... so ...» Aber die Tür wurde augenblicklich wieder zugezogen.

«Ab heute komme ich nur noch pünktlich nach Hause!»

«Ich hasse falsche Versprechungen», kam es aus der Dusche zurück.

«Wirklich! Ich arbeite dran.» Sein Versuch, in die Kabine zu kommen, wurde erneut abgeschmettert.

«Ich kündige den Job! Ich mache eine Woche lang Frühstück. Ich lerne Autofahren. Ich mache ab sofort immer den Klodeckel runter nach dem Pinkeln. Ich schmeiße nie wieder meine Strümpfe auf den Boden.» Er horchte, erhielt aber keine Antwort.

«Ich schlafe bei Liebesschnulzen nie mehr vor dem Fernseher ein.»

Die Kabinentür öffnete sich einen Spalt.

«Nie mehr?
«Nie mehr!»
Eine Hand erschien, griff in das Band seiner Boxershorts und zog ihn unter die Dusche.

Der nächste Morgen im Grand Hansson ließ kaum jemandem Zeit, durchzuatmen. Die Mädels im Businesscenter tippten unermüdlich, Uwe Holthusen hatte seine neuen Menüvorschläge abgegeben, Alexa Hofer bewältigte wie immer mehr als ihr verlangtes Pensum, als Iris reinkam und die Post durchblätterte.

Fragil, aber gleichzeitig unnahbar sah sie aus in ihrem schicken Hosenanzug. Alexa wagte es trotzdem, während sie diverse Telefonate beantwortete. «Frau Sandberg, ich appelliere doch nur an Sie als … Morgen Herr Holthusen … es ist doch übertrieben … hallo, Dr. Wengeman, ja, ich verbinde Sie gern … bitte, Frau Sandberg, der arme Herr Begemann versteht die Welt nicht mehr.»

Iris legte einen Poststapel auf Alexa Hofers Schreibtisch. «Wir haben Herrn Göllner zugesagt, Punktum.»

Aber dieses Punktum hatte nicht lange Bestand. Als Iris später mit Christian auf der Terrasse saß und den beiden eine neue Küchenidee kredenzt wurde, erfuhr sie, dass Göllner abgesagt hatte. Iris schlürfte begeistert die Sauerampferklößchensuppe, pickte ein wenig von den Würfeln von irischem Wildlachs und meinte dann: «Köstlich, Christian, probier doch mal, und warum rufen wir eigentlich nicht diesen Jäger an? Besser als der Begemann ist der allemal.»

Conrad Jäger genoss die Morgensonne auf einer Parkbank. Das Gespräch im Grand Hansson hatte er schon abgehakt, das Einzige, was er bedauerte, war, dass er so Gudrun Hansson wahrscheinlich nicht mehr wieder sehen würde. Er machte sich gerade Gedanken, wo er sich als Nächstes bewerben würde, als sein Handy klingelte. Überrascht und erfreut nahm er zur Kenntnis, dass man ihn doch einstellen würde. Und Gudrun Hansson würde er jeden Tag begegnen.

Gudrun hatte ihr Verhalten von gestern noch einmal überdacht. Sie rief Iris und Christian erneut zu sich in die Suite und entschuldigte sich bei beiden. Christian sah sie misstrauisch an.

«Gottchen, Christian, ich werde Sie in Zukunft verschonen mit meinen ...» Er unterbrach sie. «... Ansinnen?» Iris wollte versöhnen: «Es ist ja nicht so, dass nicht der eine oder der andere Punkt vernünftig wäre ...»

Gudrun lächelte beide an. «Im Gegensatz zu Herrn Dolbien sind Sie ja immer sehr konziliant, Frau Sandberg. Das ist uns wohl so angeboren, das Weiblich-kompromissbereite, aber er hat Recht, leider. Ich habe mal wieder etwas überreagiert ... ich habe überzogen, ich war aus persönlichen Gründen etwas erregt ... es kommt nicht wieder vor. Ich halte mich raus. Ich habe Fehler begangen. Schön wäre es nur», sie stand auf, «wenn Sie mich weiterhin über alles informieren ... bin in ungefähr zwei Tagen wieder da. Frohes Schaffen!» Ja, dachte sie, in zwei Tagen, oder ihr könnt hier sowieso machen, was ihr wollt. Aber auch das bedeutete ihr nichts mehr.

Bevor sie das Hotel verließ, sprach sie mit Alexa.

«Ich werde ihm ein gutes Zeugnis schreiben, sagen Sie ihm das.»

Alexa traf sich ein letztes Mal mit Siegfried Begemann im «Fritz». Wieder saßen sie an ihrem Tisch am Fenster.

Sie hatte ihm von den zahlreichen Bemühungen erzählt, ihn in seine ursprüngliche Position zurückzubringen. Er hatte ständig nur genickt, ihr von seinem ersten Erlebnis auf dem Arbeitsamt berichtet. Danach hatte er sich einen weiteren Cognac bestellt. Alexa betrachtete ihn emotionslos.

«Ja, Siegfried, das war es dann wohl mit uns», sie griff nach ihrer Handtasche und suchte darin, bis sie seinen Wohnungsschlüssel fand. Begemann war bereits zu betrunken, um sie zu verstehen, er schaute den Schlüsselbund auf dem Tisch nur verständnislos an. Als Alexa aus der Tür trat, schlug sie den Kragen ihrer Kostümjacke hoch. Sie warf einen Blick durch das Fenster auf Siegfried Begemann, dessen Kopf auf den Tisch gesunken war. Für einen Moment zögerte sie, dann korrigierte sie den Sitz ihrer Frisur in der Spiegelung des Schaufensters und ging davon.

Elfie fühlte sich im Businesscenter immer noch nicht wohl. Phil hatte ihre feindselige Haltung ihr gegenüber nicht aufgegeben und mobbte sie, wo sie konnte. Als Elfie mit einem Riesenstapel Aktenordner zu Christian Dolbien gehen wollte, stellte sich Phil ihr in den Weg, sodass Elfie alle Ordner runterfielen.

Für Elfie war der Punkt erreicht, an dem sie sich entweder verständlich machen oder gehen musste. Es ging um ihr Leben, ihre Zukunft. Sie ließ alle Ordner auf dem Boden liegen, richtete sich auf und trat in die Arena, nicht gänzlich unbewaffnet, denn sie wusste, dass sie wahrhaftig sprechen würde. Hinter ihrem Rücken existierte keine Wand mehr.

«Glauben Sie bitte nicht, ich wäre nicht vertraut mit den Gepflogenheiten in deutschen Büros. Glauben Sie nicht, ich wüsste nicht, was Intrigen sind», o ja, dachte sie, ihr habt hier doch keine Ahnung, «und was Mobbing ist und wie viel Gift und Galle verströmt wird ...»

Phil zeigte sich völlig unberührt von Elfies Ausführungen. «Na prima, Sie sind ja noch in der Probezeit, dann können Sie ja packen: und adios amigos.»

Erstaunlicherweise kamen Elfie nicht sofort die Tränen. Sie war tatsächlich gereift. Sehr sicher und mit fester Stimme sprach sie weiter. «Ich weiß nicht, warum Sie mich nicht mögen, Phil, ich habe Ihnen nichts getan. Und ich begreife auch nicht, warum Sie sich so zur Rädelsführerin machen, vielleicht müssen Sie sich aufspielen. Bestimmt haben Sie nach dem ersten Tag gedacht: Und morgen kommt die Alte mit Piccolöchen und biedert sich an.»

Spätestens beim Piccolöchen wurde Phil hellwach.

«Mache ich aber nicht, soll ich Ihnen sagen, warum? Weil ich kein Geld habe. Bin nämlich in Konkurs gegangen mit meinem kleinen Hotel, das war eine verdammt harte Sache.» Sie zögerte kurz, sollte sie ihnen tatsächlich alles erzählen? Was soll's, dachte sie, ich bin hier doch sowieso unerwünscht, jetzt oder nie. Sie gab sich einen Ruck.

«Aber im Gegensatz zu Ihnen habe ich nicht gemault und gejault und gemobbt und gemotzt ... ich habe etwas versucht! Und ich würde es wieder so machen. Wer nichts probiert, der hat nicht gelebt. Etwas wagen, etwas versuchen als Frau, als Mensch. Hinfallen, wieder aufstehen: Das ist das Leben.»

So tapfer ihre Rede war, als sie begann, ganz allein die Ordner aufzusammeln, schaute sie niemanden an. Was soll's, dachte sie, ich sammle dies ein und gehe. Ich bin allein und ohne jegliche Chance. Aber sie kämpfte weiter mit letzter Verzweiflung. Sie schaute vom Boden hoch. «Versuchen Sie es doch einfach mal mit mir. Lassen Sie mich arbeiten. Akzeptieren Sie mich.»

Die anderen sahen sich an. Barbara war die Erste, die aufstand, um Elfie zu helfen beim Einsammeln der Akten, dann folgte ihr Katrin. Schließlich stand auch Phil auf und fasste mit an. Als Elfie zufällig ihrem Blick begegnete, lächelte Phil nicht. Sie schauten sich nur ruhig an. Elfie verstand. Es war kein Frieden, aber es war auch kein Krieg mehr. Und sie, die alte sentimentale Kuh, hatte nicht die geringsten Probleme damit, Tränen der Rührung zurückzuhalten.

Aber auch Phil hatte etwas verstanden.

In der Klinik saß Gudrun lesend auf dem Bett.

Sie blätterte die Seiten um, obwohl sie nicht eine davon bewusst wahrnahm.

Neben ihr stand die gepackte Tasche. Als Dr. Rilke ihr Zimmer betrat, schaute sie sich betont beiläufig um. Sie hatte alles unter Kontrolle.

Er lächelte sie an. «Ich habe dir ja gesagt, dass ich dich nicht lange warten lasse.» Lässig schmiss er einen Packen Unterlagen und Röntgenaufnahmen auf das Bett, bevor er sich zu ihr setzte.

«Ja, Privatpatienten werden bevorzugt behandelt, was?» Gudrun hörte sich reden, aber es war, als würde eine andere sprechen. Sie starb vor Angst.

Rilke griff sich eine der Akten und blätterte.

«Ich lege den Kram hier zu meinen Akten. Du hast sehr gute Werte, alle Untersuchungsergebnisse fallen zu meiner vollen Zufriedenheit aus, ich bin sehr glücklich, Gudrun.» Er sah sie liebevoll an.

Gudrun Hansson, vormalige Gudrun Stade, atmete tief durch und rührte sich nicht. Als sie aufstand, richtete sie sich noch gerader auf, als es ihrer gewohnten Haltung entsprochen hätte. Sie bewegte sich sehr langsam auf Rilke zu und nahm seine Hand.

«Ich danke dir, Rainer, ich kann mich an keinen Mann erinnern, der mehr für mich getan hat als du. Es war eine wichtige Zeit für mich: Du und ich, wir beide ... Aber Rainer: Ich bleibe dabei. Arzt und Patient und gleichzeitig Mann und Frau ...»

«Und was wäre mit Freund und Freundin, Gudrun?»

Sie schüttelte den Kopf. «Wann immer ich dich sehe ... deine verdammten Dackelaugen ... in denen ständig dieses Mitleid glüht ... es ist so», sie blickte ihn sanft an, «du bist ein wunderbarer Mann, ein großartiger Arzt. Aber ich kann nicht ertragen, mit dir zu sein.»

Während sie ihre Tasche nahm, beobachtete er sie schweigend, als sie sich der Tür näherte, fuhr er auf. «So hat noch keine mit mir Schluss gemacht! Können wir nicht Freunde sein?»

Gudrun, die Türklinke gedrückt haltend, schüttelte unmerklich den Kopf, ihn ein letztes Mal genauer betrachtend. Nichts, was sie da sah, war nicht liebenswert. Er war klug, attraktiv, wohlhabend, rundherum passend. Dr. Rainer Rilke war ein wundervoller Mann, aber leider nicht für Gudrun Hansson.

«Gibt es keine Pille gegen Liebeskummer?» Sie schenkte ihm ein letztes Lächeln, öffnete die Tür und ging.

Die Sonne zwang Gudrun, ihre Augen zu schließen, so mächtig war deren Helligkeit. Aber es störte sie nicht im Geringsten. Ich bin frei, dachte sie, ich habe mich nicht getäuscht. Gerade als sie glücklich ihre Arme ausbreiten wollte, wurde sie durch ein Hupen unterbrochen.

«Was für ein schöner Tag, Frau Hansson!»

Gudrun öffnete ihre Augen. Vor dem Eingang des Krankenhauses stand ein alter Käfer, Ausführung Cabrio.

«Ich hab vor zwei Stunden meinen Arbeitsvertrag im Grand Hansson unterschrieben.» Conrad Jäger strahlte. «Ich wollte das mit Ihnen feiern!»

«Finden Sie das nicht etwas übertrieben, Herr Jäger? Und woher wussten Sie überhaupt ...», sie zeigte hinter sich auf die Klinik.

«Ach, wissen Sie, ein bisschen nachfragen, ein bisschen Kombinationsgabe ... aber das meiste ist Intuition.»

Er ging um den Käfer herum und öffnete ihr die Tür. «Etwas Besseres kann ich Ihnen nicht bieten.»

Gudrun warf ihm einen kurzen Blick zu, dann stieg sie schweigend in sein Auto. Sie waren schon eine Weile unterwegs, als sie sich ihm zuwandte. «Sie haben Recht, was für ein schöner Tag.»

KAPITEL 8

Barbara *lief hektisch suchend* durch die Wohnung, während sich Christian gelassen seinen Tai-Chi-Übungen hingab. Sie befand sich unter Zeitdruck, wo hatte sie bloß die verflixten Unterlagen hingelegt?

«Mein armer Schatz, du tust ja so, als müsstest du das Hotel leiten.» Christian beobachtete sie nachsichtig lächelnd.

Barbara mochte diesen Tonfall überhaupt nicht. Deshalb hielt sie ihm ein Hemd entgegen, das er achtlos auf den Boden geworfen hatte. «Nein, aber ich muss noch eine Maschine mit deiner Wäsche füllen, dann zur Reinigung ... es sind deine Anzüge ... und ich will vor der Arbeit noch einkaufen.» Sie wehrte lachend seine Umarmung ab. «Hör auf! Der Kühlschrank ist so was von leer.»

Christian stellte sich hinter sie, ihre schmalen Hüften an sich drückend. «Na ja, wenn man so gut und viel kocht.» Barbara löste sich aus seinem Griff und klopfte ihm auf den Bauch. «Und so gut und so viel isst ...» Sie zwinkerte ihm zu.

Christian ließ sie sofort los. «Also hör mal, die Waage sagt, ich habe abgenommen! Du willst doch wohl nicht behaupten, dass ich dick geworden sei!» Sicherheitshalber rannte er sofort ins Bad.

Barbara war ihm gefolgt. Er stand vor dem Spiegel und betrachtete sich aufmerksam. Sie legte lächelnd ihr Gesicht an seine Schulter. «Aber eitel sind wir nicht, oder?»

Christian ignorierte ihre zärtliche Berührung. «Doch, wir sind sehr eitel. Wer nicht eitel ist, lässt sich gehen. Siehst du?» Er zeigte triumphierend auf die Anzeige der Waage. «75,5 ... Idealgewicht.»

Barbara nahm ihn freundlich in den Arm. «Du bist ja auch mein Idealmann!» Sie begannen, sich zunehmend stürmischer zu küssen. Christian nützte ihr Atemholen, um schnell noch eine Frage loszuwerden. «Will mich ja nicht größer machen, als ich bin, aber ... ich bin schon toll, oder?»

«Klar doch!» Barbara löste sich von ihm. «Gib mir nur noch schnell deine Schmutzwäsche, ich stelle schnell eine Maschine an.»

Ernüchtert sah er sie an. «Du bist immer so ... so ... praktisch.»

Barbara schnappte seine schmutzige Wäsche und stopfte sie in die Waschmaschine. «Unpraktisch war ich wohl nicht gedacht, Christian.»

Er kam auf sie zu. «Hör mal, warum ziehst du nicht endlich richtig bei mir ein?»

Barbara hielt inne. Sie sah zu ihm auf. «Als deine Haushälterin?»

Er zog sie zu sich hoch und nahm sie in die Arme. «Warum gibst du nicht deine Wohnung auf und ziehst zu mir? Endgültig und mit Haut und Haaren? Als meine Frau?»

Ihr fiel die Wäsche aus der Hand. «Was ist das jetzt hier? Ein Heiratsantrag? Das habe ich mir aber romantischer vorgestellt.»

Christian zuckte zusammen. «Na ja, Trauschein, wer braucht das schon? Aber zusammenziehen, das wäre doch an der Zeit. Und nur konsequent.»

Bevor sie das Bad verließ, gab sie ihm einen Klaps auf den Po. «Ich bin überrascht, Christian!»

Gut gelaunt stand Gudrun Hansson vor dem Hoteleingang und betrachtete gemeinsam mit Schmolli die Fassade. «Müsste gestrichen werden, eindeutig!»

Schmolli sah sie zögerlich an. «Ich weiß, aber ich hätte niemals gewagt, es Ihnen zu sagen, es muss doch gespart werden.»

Gudrun schaute ihn lächelnd an. «Das kostet ein Vermögen, Sie denken sicherlich, die Hansson hat es, hat sie aber leider nicht.»

Beide drehten sich um, als ein Käfer vorgefahren kam.

Gudrun winkte ab. «Ach, wissen Sie, Herr Schmolke, das soll die Direktion entscheiden, dafür bezahle ich die.» Sie zeigte auf den Pagen Peter, der wieder mal Kaugummi kauend in die Gegend blickte. «Aber das, das ändere ich ganz bestimmt.» Schmolli nickte betreten. Das war seine Aufgabe. Er würde sich darum kümmern.

Conrad Jäger stieg aus dem Auto, ausgesprochen elegant gekleidet. Ein Sommer-Kashmirsakko mit einem Sea-Island-Poloshirt und Khakihosen zu Budapestern. Unter dem Arm hielt er eine schöne Orchidee in einem schlichten Übertopf. Gudrun streckte ihm die Hand entgegen, um ihn dann mit Schmolli bekannt zu machen. «Darf ich vorstellen? Conrad Jäger, unser neuer Personalchef. Hieronymus Schmolke, unser Doorman.»

Die beiden Männer waren sich auf Anhieb sympathisch. Gudrun zeigte auf die Orchidee. «Für mich?»

«Cypripedium calceolus, Frau Hansson. Auch Frauenschuh genannt.»

Gudrun blickte ein wenig mokant. «Gottchen, botanische Vorträge, dazu ist es mir noch ein Fitzelchen zu früh am Morgen!»

Conrad Jäger schaute verliebt auf die Orchidee. «Ich bin Hobbygärtner, wissen Sie? Ohne meine Orchideen kann ich nicht leben.»

Gudruns Gesichtsausdruck geriet ins Säuerliche. «Prickelnd, Herr Jäger! Aber egal, ich habe gleich eine Sitzung anberaumt. Sie, die Direktion und ich.» Sie lachte.

«Kleiner geheimer Zirkel mit ganz bösen Absichten. Tag, Herr Schmolke. Kommen Sie, Herr Jäger.»

Sie ging durch die Tür, Jäger folgte ihr mit der Orchidee.

Schmolli blickte den beiden nach, sorgenvoll den Kopf schüttelnd. «Zu jung für Sie, Madame.»

KAPITEL 9

*S*o *glücklich Gudrun Hansson* auch über das Ergebnis ihrer Untersuchungen gewesen war, änderte es doch nichts an ihrem Entschluss, mit aller Härte Einsparungen im Hotel vorzunehmen. Sie hatte Christian, Conrad und Iris in die Präsidentensuite bestellt. Als Gudrun gerade laut und deutlich von Gehaltskürzungen sprach, öffnete sich die Tür, und Uwe Holthusen trat mit einem großen Tablett voller «Amuse-Gueules» ein. Während er sich noch stotternd entschuldigte, fauchte Gudrun ihn schon an. «Was soll das? Sehen Sie nicht, dass wir nicht gestört werden wollen?»

Uwe Holthusen stellte sorgfältig sein Tablett auf dem großen Konferenztisch ab. «Ein kleiner Gruß aus der Küche!»

Gudrun warf einen Blick auf die Speisen. «Umsonst?»

Uwe Holthusen hatte sich eine Stuhl gegriffen und gesetzt.

«So etwas wird von einem ambitionierten Restaurant erwartet.»

Gudrun zog eine Augenbraue hoch. «Ja, vielen Dank, aber warum setzen Sie sich eigentlich?»

Uwe Holthusen begriff, dass er hier unerwünscht war. Er stand auf und verließ die Suite. Aber er hatte denen da unten so einiges zu erzählen.

«Gehaltskürzungen?» Katrin konnte es nicht fassen.

Uwe wendete das Filet und gab Anweisungen an seine

Küchenhilfen. «Das war natürlich nicht für meine Ohren bestimmt, das habe ich sofort gemerkt, die haben richtig ertappt geguckt ...», er wandte sich um und brüllte: «Axel, die Wachteln!» Deprimiert schaute er Katrin an. «Ich hätte eben damals nicht auf dich hören sollen, ich hätte in den Sack hauen sollen.»

Besorgt schaute Katrin ihn an. «Das können die doch nicht machen? Ich verdiene doch sowieso so wenig.»

«Ach ja? Und was meinst du, was bei mir los ist? Ich habe mir gerade eine Eigentumswohnung gekauft.» Er probierte ein Stück von dem Filet und warf es in die Ecke. «Alles Scheiße!»

Katrin war bereits an der Tür angekommen, als er sie zurückrief. «Hör mal, rede nicht drüber, ja?»

Alexa hatte die Zeichen der Zeit erkannt. Conrad Jäger war nun der Mann, an den man sich zu halten hatte. Sie bemühte sich redlich, doch alles, was sie erntete, waren nette Worte. Dieser Mann war immer nur freundlich. Steckte dahinter ein Plan?

Conrad Jäger verfolgte tatsächlich einen eigenen Plan, der einem Beobachter sicherlich sehr seltsam vorgekommen wäre. Er legte eine Büroklammer auf die freie Fläche zwischen seinem Schreibtisch und der Tür, dann setzte er sich wieder an seinen Schreibtisch. Die Erste, die seinen Test zu bestehen hatte, war Alexa. Sie kam herein, überreichte ihm die angeforderten Unterlagen und fragte nach weiteren Wünschen. Mit einem Seitenblick nahm sie die Büroklammer wahr.

«Danke, Frau Hofer, das wäre fast alles ... Sie sind wohl schon lange dabei?»

Alexa nickte heftig. «Zu lange, Herr Jäger, zu lange, jedenfalls auf diesem Posten. Schön, Ihr Frauenschuh!»

Dann ging sie in ihr Büro.

Der Nächste war Christian. Er hatte sich unter einem Vorwand bei Conrad eingefunden. Da gäbe es seiner Meinung nach einiges zu besprechen, die Verrücktheiten der Gudrun Hansson betreffend. Im Verlaufe des Gesprächs nahm er die Büroklammer wahr, um sie dann mit einem Fußtritt wegzukicken, was von Conrad aufmerksam registriert wurde.

«Wissen Sie, die Hansson neigt zu Attacken, ich neige inzwischen zur Resignation.» Christian suchte nach besseren Erklärungen, dabei wanderte er aufgeregt durch den Raum, aber Conrad hatte ihn schon verstanden. «Sie haben resigniert?»

Christian blieb stehen. «Unsinn, natürlich nicht wirklich. Sie wirkt etwas durchgeknallt, aber sie ist sehr analytisch, sehr kalt, sehr klar. Oft behält sie am Ende Recht.»

Er spürte, wie in ihm Widerwillen gegen diesen Conrad Jäger aufstieg. Was wollte der eigentlich?

Conrad hatte sich bequem in seinen Stuhl zurückgelehnt.

«Sie geben klein bei, ehe es groß wird?»

Christian kochte innerlich. Was fiel diesem protegierten Schnösel ein? Sofort stellte er um auf Kampf.

«Quatsch, ich arbeite halt dran, man muss ja das Prinzip erkennen, ich wollte Sie im Übrigen auch nicht pushen.»

Conrad beugte sich lachend vor. «Wenn Sie ehrlich sind: Genau das wollen Sie!»

Barbara hatte ein schlechtes Gewissen, weil sie die Harsefelds schon länger nicht mehr besucht hatte. Sie rief die beiden an. «Hier ist heute nicht so viel los, ich könnte etwas eher Schluss machen und zu euch kommen.»

Elisabeth, die gerade neben ihrem Erich auf dem Marktplatz stand, war begeistert. «Und heute Morgen sage ich noch zu Erich, man hört gar nichts von dir ...» Erich, der dabei war, für eine Kundin ein großes Stück Schinken abzuschneiden, nickte zustimmend.

Barbara entschuldigte sich. «Es war so viel los, sorry.»

Elisabeth seufzte. «Das hat Mariechen auch immer gesagt. Bringst du denn deinen Christian mit?»

«Ich glaube nicht, dass er dafür Zeit hat.»

Barbara hatte das Gespräch eben beendet, als Katrin aufgeregt in das Businesscenter stürzte.

«Ihr glaubt nicht, was ich gehört habe ...»

Sie griff sich als Erstes einen Schokoriegel aus ihrem Fach, dann legte sie los und erzählte allen, was sie von Uwe erfahren hatte.

Einzig Elfie beteiligte sich nicht am allgemeinen Gejammer über die Gehaltskürzung. Ihr ging ein Name durch den Kopf: Dr. König, der ehemalige Anwalt Gudrun Hanssons. Er würde ihr weiterhelfen können.

Sie kannte ihn noch von früher und würde sich so schnell wie möglich einen Termin geben lassen. Elfie wollte von ihm wissen, welche Möglichkeiten sie hatte, sich gegen die angekündigten Gehaltskürzungen zur Wehr zu setzen. Leider konnte er ihr kaum Hoffnungen machen.

«Sehen Sie, Frau Gerdes, wahrscheinlich wird Ihr Arbeitgeber Änderungskündigungen aussprechen, die können Sie anfechten vor dem Arbeitsgericht in Form einer so genannten Änderungsschutzklage ... aber ich sage Ihnen gleich: Es dauert und ist letztlich nicht sehr aussichtsreich.»

So kompliziert seine Ausführungen in Elfies Ohren auch klangen, das Wesentliche hatte sie verstanden: dass sie keine Chancen auf Erfolg hatte. «Irgendwie dachte ich, Sie würden mir mehr Mut machen.»

Barbara besuchte die Harsefelds genau an dem Tag, als Elisabeth im Rahmen privater Fahrversuche das Harsefeld'sche Auto in den Graben gesetzt hatte.

Mit vereinten Kräften gelang es Erich und Barbara, den Wagen auf den Weg zu schieben. Danach war Erich wütend allein zum Haus zurückgegangen.

Barbara hielt es für keine gute Idee, dass Erich den Fahrunterricht leitete. «Wie wär's wollen wir beide es nicht einmal versuchen?» Ein dicker Kuss von Elisabeth auf Barbaras Nase war die Antwort. «Min Deern!», zitierte sie ihren Mann, obwohl sie ja eine waschechte Kölnerin war.

Christian, der Autofahren ablehnte und sein Fahrrad vor dem Hotel stehen gelassen hatte, wurde von Iris mitgenommen.

«Du verführst mich.» Christian war ausgestiegen, nachdem Iris ihren Wagen eingeparkt hatte, und hatte sich dicht vor sie gestellt. Er schnupperte an ihrem Hals. Iris spürte sein Begehren, aber noch mehr ihr eigenes. Sie war über sich selbst entsetzt und stieß ihn zurück. «Das wäre das Letzte, was ich wollte.»

Christian erforschte mit den Lippen ihren Nacken.

«Schade», murmelte er. Iris bog sich zurück. «Christian, lass den Mist!» Nein, dachte sie, so nicht, so auf keinen Fall, während sie sich mit aller Macht gegen die Sehnsucht wehrte, die seine Berührungen in ihr auslösten. Er war nicht mehr ihr Mann, seine Freundin war ihre einzige Freundin, seitdem Marie nicht mehr da war. Sie wollte Barbara auf keinen Fall enttäuschen. Aber tat sie das nicht bereits?

Christian strich mit den Lippen über ihre Augenbrauen.

«Ich meine ja auch nur, weil du mich immer mitnimmst ... du verführst mich zum Nichtstun, ich will endlich wieder mein Fahrrad benutzen.»

Iris atmete auf, weil der Moment vorüber und die Gefahr erst einmal gebannt war. «Ist Barbara noch in Hitzacker?»

«Hoffentlich ist sie schon zu Hause.»

Beide zogen ihre Schlüssel. Christian drehte sich lächelnd um. «Was machst du heute Abend?»

«Baden», antwortete Iris, ohne sich umzudrehen. «Und ihr?»

Christian hatte inzwischen seine Wohnungstür aufgeschlossen. «Ich will nur noch traute Zweisamkeit, sonst nichts.»

Auch Iris hatte ihre Wohnungstür geöffnet. «Tja, dann: Viel Spaß! Schönen Abend!»

«Barbara ist noch in Hitzacker.» Christian hatte Iris sofort angerufen, nachdem er festgestellt hatte, dass Barbara nicht zu Hause war. Iris, die allein und unglücklich auf ihrer Couch saß, kämpfte mit sich. Schließlich ließ sie sich von ihm dazu überreden, ins «Fritz» zu gehen.

Lachend saßen Iris und Christian an der Bar, als Barbara die Kneipe betrat. Suchend schaute sie sich um, dann drängelte sie sich energisch durch die Leute.

«Habe ich mir doch gleich gedacht, dass ich euch im ‹Fritz› finde.» Sie drückte Christian einen Kuss auf den Mund, dann küsste sie Iris auf die dargebotene Wange. «Und warum lag zu Hause kein Zettel für mich? Ich lege immer einen Zettel hin.» Iris entschuldigte Christian gleich mit.

«Eigentlich wollte ich gar nicht, aber er hat mich spontan überredet ... Männer können ja nicht alleine sein, weißt du ja.»

Barbara stemmte, scheinbar empört, ihre Fäuste in die Seiten. «Aber mich lässt er ständig alleine ... wenn es die Arbeit mal wieder erfordert ... und wehe, ich beschwere mich dann.»

Christian war aufgestanden, um Barbara seinen Stuhl anzubieten. «Nimm meinen, ich such uns ...»

Aber er wurde von Iris unterbrochen, die sich ebenfalls erhoben hatte. «Lass, ich gehe sowieso.» Sie bemerkte Barbaras Enttäuschung. «Tut mir Leid, Babs, aber ich bin hundemüde und will auch nochmal kurz ein paar Unterlagen durchgehen ...»

Christian lächelte sie an. «Und baden wolltest du ...»

Sie warf ihm einen warnenden Blick zu. «Dafür ist es jetzt zu spät. Also ihr Lieben, tschüs, bis morgen.» Nachdem sie beiden einen flüchtigen Kuss auf die Wange gegeben hatte, verließ sie schnell das Lokal.

Christian wandte sich zu Barbara. «Und, wie war es?»
«Sehr nett.»

Er hob ihr Kinn und sah ihr forschend in die Augen. «Das sagst du so traurig.»

Barbara hob ein wenig die Schultern an, als wüsste sie darauf keine Antwort. «Sie haben mich gerührt, die beiden sind so ... ich weiß auch nicht ... sie sind so: eins. Sie ruhen so in sich. Und dann wieder strahlen sie etwas Einsames aus, ich habe ihnen nachgesehen beim Abschied ... Hand in Hand standen sie da, wie zwei Kinder, die gemeinsam alt geworden sind, und da habe ich an uns gedacht, an dich und mich ...»

Christian fand das Thema nicht sehr prickelnd. «Trink erst mal was, was möchtest du?»

Sein mangelndes Interesse an diesem Thema war ihr nicht entgangen. Na warte, dachte sie, dich bringe ich schon zum Zuhören. «Was ich möchte? Ich möchte erst einmal wissen, ob das stimmt, dass ihr uns allen die Gehälter kürzen wollt?»

Auf dem Nachhauseweg an der Alster entlang hatte sich ein handfester Streit zwischen ihnen entwickelt. Christian weigerte sich, mit ihr über, wie er es nannte, Direktionsinterna zu sprechen. Barbara wiederum warf ihm mangelndes Vertrauen vor.

«Mensch, Barbara, wir hatten da doch noch nie Probleme miteinander, aber es ist nun einmal so: Ich bin in dem Laden Direktor und du bist ...»

«Die doofe Datentypistin, ist es das, was du sagen willst?» Barbara war ihm empört ins Wort gefallen. Ungeduldig schüttelte Christian den Kopf. «Ich kann doch nicht mit jedem Thema immer gleich zu dir gelatscht kommen.»

«Und wieso nicht? Andere Männer vertrauen ihren Frauen auch. Glaubst du, zwischen Marie und Ronaldo gab es irgendwelche Geheimnisse?»

Sie blieben dicht voreinander stehen. «Es geht nicht um Vertrauen, Barbara.»

«Ach nein? Worum geht es denn dann?»

«Um Verantwortung, ich trage eine große Verantwortung gegenüber der Hansson, für das Haus, für das Team, es geht um so vieles, um viel Geld, um eine Zukunft, auch unsere übrigens ... und nur damit deine Neugier befriedigt wird, willst du etwas aus mir rauspressen, das dann morgen das gesamte Businesscenter ...»

Barbara ließ ihn den Satz nicht vollenden, was sie gehört hatte, reichte ihr. «Aha. Endlich bist du mal ehrlich. Vertrauen, Verantwortung, alles Käse: Misstrauen ist das Stichwort. Du misstraust mir! Mir, die dir so blind und blöd und kritiklos vertraut ... die immer so fröhlich lächelt, wenn du zum hundertsten Mal mit deiner Ex um die Ecken gehst ... und mit der du bestimmt alles besprichst.»

Christian schaute sie abschätzend an. «Ich glaube, wir verlassen jetzt die Gesprächsebene.»

Seine distanzierte Haltung brachte Barbara erst recht in Fahrt. Noch immer sah sie vor sich, wie vertraut Iris und Christian gewirkt hatten, als sie das «Fritz» betreten hatte.

Sie glaubte fest daran, dass Iris ihr Christian nicht wegnehmen wollte, aber sie war sich nicht mehr sicher, wie weit sie ihm trauen konnte. «Wozu willst du eigentlich, dass ich bei dir einziehe? Damit wir eine Ehe zu dritt führen können?»

Christian hatte sich von ihr abgewandt. «Mir reicht's.»

Barbara begann loszulaufen.

«Barbara!»

«Lass mich in Ruhe», schrie sie, ohne sich umzudrehen, «ich muss jetzt laufen ... sonst schlage ich dich zusammen.»

Im Chefzimmer des Grand Hansson wurden ernste Gespräche geführt. Iris und Christian saßen jeweils an ihrem Schreibtisch und Gudrun auf der Couch, während Conrad durch den Raum wanderte und über Änderungskündigungen referierte. «Das Arbeitsgericht prüft dann, ob eine Änderungskündigung gerechtfertigt ist. Wir könnten uns auf betriebsbedingte Gründe berufen: zum Beispiel, dass wir auf diese Weise Entlassungen oder gar eine Betriebsschließung vermeiden wollen.»

Gudrun nickte. «Gut, und wie viele Leute würden vor Gericht gehen und einen solchen nervenzehrenden Kampf in Kauf nehmen? Gibt es da Erfahrungswerte?»

Conrad schüttelte den Kopf. «Ich denke, in Zeiten wie diesen die wenigsten. Die meisten würden unterschreiben, weniger Gehalt in Kauf nehmen und froh sein, dass sie ihren Job nicht verlieren.» Seine Meinung darüber behielt er für sich. Iris konnte sich mit dem Plan nicht anfreunden. «Ich finde, das klingt alles sehr zynisch.»

«Und ich finde, das klingt alles sehr vernünftig.» Für Gudrun war die Konferenz damit beendet, sie stand auf. «Ich bleibe dabei, mehr denn je: Ich bin dafür, es zu machen.»

Conrad hatte sein Büro mit einer weiteren Orchidee dekoriert. Während er sie gerade behutsam goss, kam Iris herein. «Darf ich?»

«Aber gerne.» Conrad setzte sich und wartete darauf,

dass Iris etwas sagte. Sie war ans Fenster gegangen, wobei sie, was Conrad aufmerksam bemerkte, auf die Büroklammer getreten war, ohne dass es ihr auffiel.

«Wissen Sie, Herr Jäger, es ist mir sehr unangenehm, dass Sie gleich in Ihrer ersten Woche mit solchen Problemen konfrontiert werden.»

Conrad lächelte sie freundlich an. «Ich bin nun mal Personalchef, oder?»

«Was sollen wir machen?» Sie hatte sich ihm gegenübergesetzt.

«Was schlagen Sie denn vor? Sie sind die Direktorin, ich bin nur der blöde Personalchef, ich kann das nicht entscheiden.»

Sie ging auf seinen Scherz nicht ein, der irgendwo zwischen Arroganz und Analyse lag.

«Sie merken doch, dass ich etwas verunsichert bin in diesem Punkt, Herr Jäger, ich vertraue Ihnen ganz einfach, fachlich und menschlich.»

Conrad nickte zum Zeichen, dass er sie verstanden hatte.

«Fachlich mache ich, was man mir sagt. Menschlich finde ich: Das ist alles ein Horrorszenario, es geht mir gegen den Strich, und wie viel Geld am Ende eingespart wird, wäre für mich nicht relevant. Aber zielt unsere Diskussion nicht ins Leere? Verzeihen Sie mir bitte meine Direktheit, aber ich bin derjenige, der Ihnen Zahlen und Fakten liefert, Entscheidungen müssen Sie treffen ... ich kann und will nicht den Buhmann spielen, sorry.»

Iris hatte sich erhoben. Sie wusste seine klaren Worte zu schätzen. Als sie gegangen war, lächelte Conrad. «Nicht mit mir, Lady.»

Katrin, Phil und Elfie waren ins «Fritz» gegangen, wo Katrin sich einladen lassen musste, denn zuvor war ihre Karte an einem Bankautomaten eingezogen worden. Sie kochte vor Wut. Phil war aufgestanden, hatte Katrin sanft von ihrem Barhocker gezogen, sie an der Taille umfasst und zu tanzen begonnen. Unbeirrt von Katrins verdrehten Augen und Elfies Lachen hatte sie ihre Wange fest an Katrins gepresst.

Auf dem Heimweg wurde Elfie als Erste abgesetzt. Sie blieben noch einen Moment vor ihrer Haustür stehen und sprachen über das einzige Thema, das sie seit Tagen interessierte. Elfie hatte vorgeschlagen, gemeinsam bei der Direktion vorzusprechen. «Wir haben früher immer, wenn es solche Situationen gab, den Stier bei den Hörnern gepackt … wir sind zum Schäfer hin … oder da gab es noch eine nette Stellvertreterin damals, die Frau Frohwein … oder zur Hansson direkt. Und dann haben wir die gefragt, was los ist.»

Katrin war beeindruckt. «Alle Mann?»

Elfie nickte. «Klar, ohne Solidarität geht es nun mal nicht.»

Aber Phil blieb skeptisch. «Wenn wir ganz ehrlich sind, müssen wir aber auch zugeben, wenn Sie von Solidarität sprechen, dass keiner von uns bereit ist, auf etwas zu verzichten … Jeder will immer noch mehr, jeder denkt nur an sich.»

Elfie tippte sich an die Stirn. «Tock, tock! Finden Sie es etwa gut, wenn wir etwas von unseren miesen Gehältern abgeben, damit es Frau Hansson in Ihrer Präsidentensuite noch besser geht? Der Kapitalismus zeigt seine fieseste Fratze, und Sie lächeln? Verstehe ich nicht.»

Das verstand auch Katrin nicht. «Genau, es sollen immer die Kleinen Opfer bringen.»

Phil klopfte ihr bezeichnend auf die ausladenden Hüften.

«Ja, die Kleinen und die Wohlproportionierten ... nun beruhigt euch mal, ich bin ja im Boot.»

Elfie suchte nach ihren Schlüsseln. «Danke, dass Sie mich nach Hause gebracht haben. Also es bleibt dabei: Wir gehen morgen zu denen nach oben, gemeinsam?»

Phil und Katrin nickten feierlich. «Ach, übrigens», Elfie streckte die Hand aus, «ich bin ja die Älteste, wie man bedauerlicherweise sehen kann ... ich heiße Elfriede, also Elfie.»

Phil ergriff Elfies Hand mit Nachdruck. «Philine, also Phil. Und weißt du was, Elfie? Ich finde dich prima!»

Gudrun hatte Conrads Angebot angenommen, sich von ihm zum Friedhof bringen zu lassen. Sie genoss die Fahrt in der Sonne an der Alster entlang. «Bei Ihnen fühle ich mich sicher, was ich nicht bei jedem sagen kann.»

«Hm.»

Gudrun warf ihm einen besorgten Blick zu. So ernst und schweigsam hatte sie ihn noch nicht erlebt. «Was ist denn los?»

«Ich habe die halbe Nacht durchgearbeitet, ich bin einfach nur müde.»

Während Gudrun, von Conrad assistiert, die Gräber von Heike und Ursula, Ronaldos ehemaliger Frau und seiner Tochter, pflegte, denn das hatte sie Marie versprechen müssen, erzählte ihr Conrad, was ihn die halbe Nacht lang wach gehalten hatte. «Und sehen Sie», schloss er, «dann habe ich noch eine Studie gelesen. Wussten Sie, das 85 Prozent aller Deutschen sich nicht im Job engagieren und nur Dienst nach Vorschrift machen? Dass 16 Prozent sich bereits innerlich verabschiedet haben? Schwache Mitarbeiterbindung, hohe Fehlzeiten, niedrige Produktivität. Der jährliche gesamtwirtschaftliche Schaden ist horrend.»

Natürlich wusste Gudrun das nicht, deshalb fragte sie ihn, warum er ihr das alles erzählte.

Conrad schaute sie lange an. «Sie sind die interessanteste und interessierteste, somit klügste Frau, die ich kenne. Sie wissen haargenau, warum ich Ihnen das alles erzähle.»

Am Nachmittag in der Präsidentensuite hielt Christian wenig von Conrads Statistiken. «Das ist doch alles Kaffeesatzleserei, Statistiken haben mich noch nie interessiert, das hilft uns nicht bei unseren Entscheidungen, ich habe auch darüber nachgedacht, und ich gebe in diesem Fall ...», er blickte gewinnend zu Gudrun, «Frau Hansson Recht ... ungerne ... aber die Gehaltskosten zu dimmen, ist die effektivste Sparmaßnahme, mir fällt nichts Besseres ein.»

Conrad hingegen war noch sehr viel mehr eingefallen, zum Beispiel Gebührenerhöhungen für den Fitnessbereich und die Parkgarage, mäßige Erhöhung der Zimmerpreise, Prämien für besonders engagierte Mitabeiter, seine Liste schien endlos. Gudrun hob die Hand. «Stopp!»

Aber Conrad ließ sich nicht beirren. «Nein, nicht stopp! Ich kann das nicht mit meinem Gewissen vereinbaren, wirtschaftliche Probleme auf dem Rücken der Schwächsten auszutragen.»

Gudrun legte sanft ihre Hand auf seine. «Machen wir ja auch nicht. Das Thema Gehaltskürzungen ist vom Tisch.»

Iris und Christian warteten auf den Lift. «Was sollte diese Show?» Iris schüttelte den Kopf. «Sie sollte zum Ziel führen und das hat sie. Lob und Anerkennung fehlen in diesem Betrieb, hat er gesagt. Wie wäre es, wenn du einfach nur das Ergebnis siehst, anerkennst und ihn lobst?»

Christian prustete. «Loben? Ich soll mir die Natter an die eigene Brust setzen? Der ist zu gut, Iris, und damit zu gefährlich.»

Iris lachte. «Kampfhahn!»

«Wieso Kampfhahn?»

Sie strich ihm zart über sein Genick. «Wenn sich hier deine Nackenhaare hochstellen, bist du sauer.»

«Bin ich nicht!»

«Bist du doch!»

«Bin ich nicht!»

Lachend stiegen sie in den Lift.

Conrad hatte sich bereits wieder seiner Arbeit zugewandt, als es an seiner Tür klopfte. Elfie, gefolgt von Barbara, Katrin und Phil, kamen herein, was Conrad Gelegenheit gab, seinen Test zu beenden. Während Elfie das gemeinsame Anliegen vortrug, beobachtete er Phil dabei, wie sie die Büroklammer erst aufhob, um sie dann achtlos fallen zu lassen. Sie landete genau vor Elfies Füßen.

Conrad unterbrach Elfies Redefluss. «Sie haben Recht, es war von Gehaltskürzungen als Sparmaßnahme die Rede, das ist diskutiert worden. Aber die Hotelleitung ... hat es abgewendet. Ich darf Frau Hansson zitieren: Die Sache ist vom Tisch.»

Die Frauen sahen sich verblüfft an, dann wollten sie möglichst schnell aus seinem Büro, um ihrer Freude angemessen Ausdruck zu verleihen. Als Elfie sich bei Conrad bedankte, entdeckte sie die Büroklammer zu ihren Füßen. Sie bückte sich, hob sie auf und legte sie ihm auf den Schreibtisch. «Beim Sparen muss man ja bekanntlich im Kleinen anfangen, nicht wahr, Herr Jäger?»

Conrad strahlte sie an. «Da haben Sie Recht, Frau Gerdes.»

KAPITEL 10

A**uch wenn eine innere **Stimme Barbara noch immer davor warnte, gab sie schließlich Christians Drängen nach und zog bei ihm ein. Es ist eine Frage des Vertrauens, dachte sie sich, ich muss uns eine Chance geben. Aber bereits der Umzug selbst stellte sie erneut auf die Probe. Christian war absolut nicht einverstanden damit, wie sie ihn organisiert hatte. Ihrem Gehalt entsprechend hatte sie einen kleinen Umzugswagen mit zwei Studenten gemietet. Das hieß für sie und Christian, dass sie kräftig mit anpacken mussten.

«Ich verstehe einfach nicht, wieso du kein professionelles Umzugsunternehmen beauftragt hast, jetzt heben wir uns mit deinem Kram einen Bruch ...» Soeben war ihm eine Umzugskiste auf den Fuß gefallen. Barbara bückte sich, um die herausgefallenen Bücher wieder in die Kiste zu stapeln. «Ach, Christian, das ist vielleicht eine Geldfrage?»

Er nahm ihr die Kiste ab. «Vielleicht hätte ich dir das bezuschusst?»

«Vielleicht möchte ich eine unabhängige Frau bleiben?»

«Ach ja? Unabhängig und bei mir einziehen, wie geht denn das?» Er sah sie mit einem schiefen Blick an. Sie lachte und drückte ihm einen flüchtigen Kuss auf den Mund. «Wirst schon sehen, wie das geht!»

«Hm ... okay, überredet.»

«Überredet? Du bist doch der Überredungskünstler ...

ohne deine herzerweichenden Argumente wäre ich hier nie eingezogen!» Sie schaute sich um, unentschieden darüber, was sie als Nächstes transportieren sollte. Christian warf einen misstrauischen Blick in den Transporter. «Ich soll wohl was Schweres tragen, was? Oder warum lobst du mich so?»

Barbara tippte ihn an, damit er sich umdrehte. «Du, Christian?»

«Ja?» Er hatte sich umgewandt.

«Ich bin so glücklich!»

Christian schloss sie in seine Arme. «Ich auch, Liebling.»

Iris, in einem eleganten Hosenanzug und mit Aktentasche, war aus dem Haus gekommen. «Morgen, braucht ihr Hilfe?»

Christian schüttelte den Kopf. «Nö, das schaffen wir schon alleine …»

«Na dann …» Sie stieg in ihr Auto ein. Christian, der Barbara noch immer fest an sich gepresst hielt, ließ Iris keine Sekunde lang aus den Augen.

Begemann stand vor der Anwaltskanzlei Dr. König und betrachtete die imposante Stuckfassade. Bevor er hineinging, wollte er erst noch einmal mit Alexa telefonieren. Vielleicht gab es ja doch noch einen anderen Weg. Er tippte ihre Nummer in sein Handy. «Hier ist Siegfried, Schnuppel, wie geht es dir?»

Alexa zischte ihn an. «Nun unterlass endlich dieses piefige Schnuppel! Was willst du?»

«Können wir uns nicht noch einmal treffen und reden?»

Der flehende Unterton in seiner Stimme ließ sie völlig

kalt. «Auf keinen Fall! Es ist aus! Mit Losern möchte ich nichts zu tun haben, das habe ich dir von Anfang an gesagt. Und im Übrigen muss ich jetzt arbeiten.» Damit war für sie das Gespräch beendet.

Traurig verstaute Begemann das Handy in seiner Manteltasche. Ich habe jetzt alles versucht, dachte er, dann muss es wohl sein. Mit mutlos gesenktem Kopf betrat er die Kanzlei Dr. König.

Erstaunlicherweise sah seine Welt eine Stunde später ganz anders aus. Dr. König, ehemaliger Anwalt von Gudrun Hansson, hatte ihm aufmerksam zugehört, sich dann zurückgelehnt und aufgeregt die Hände gerieben. «Nochmal, Herr Begemann, es gab also keine einvernehmliche Vertragsauflösung, sondern nur eine fristlose Kündigung ...»

Nach Rücksprache mit Iris hatte Conrad, als Personalchef, die Aufgabe übernommen, das Businesscenter über die neuen Vorschriften und Pläne zu informieren. Barbara, die einen Umzugstag genommen hatte, fehlte, aber Katrin und Phil hatten ihm bereits eine Weile interessiert zugehört, als Elfie von der Toilette zurückkehrte. Hinter ihr drängte sich schnell Alexa in den Raum. Conrad, der gerade darüber referiert hatte, dass tatsächlich jeder im Hotel von den neuen Maßnahmen betroffen sei, wandte sich an Elfie. «Dazu gehören zum Beispiel auch die Frage von Arbeitszeiten, Pausen, Pünktlichkeit ...»

«Klöchen!», krähte Elfie fröhlich und schmiss ihr Schminktäschchen auf ihren Schreibtisch. Dann stellte sie sich wortlos vor Conrad auf.

Es dauerte einen Moment, bis er begriff. «Oh, ich sitze auf Ihrem Stuhl?» Er wollte sich erheben, aber sie hatte sich schon auf den Kaffeetisch geschwungen. «Schon okay, geht auch so.»

«Also dann, meine Damen, ich spreche über unser neues Sparprogramm. Ich will ja nicht päpstlicher als der Papst sein ...»

Erneut wurde er von Elfie unterbrochen, die vor ihrer Brust das Kreuz machte und mit tiefer Stimme eine Imitation des Papstes versuchte. «Urbi et orbi ...» Phil und Katrin stimmten in ihr Lachen mit ein, nicht aber Conrad. «Sie sollten bedenken, dass Sie mit solchen Albernheiten Menschen verletzen können. Ich bewundere diesen Mann übrigens für seine Kraft, seinen Mut und seinen Glauben. Auch wenn ich natürlich weiß, dass Sie gerne die Ulknudel sind.»

Das hatte gesessen. Elfie schluckte, während Alexa, die mit verschränkten Armen am Kopierer lehnte, den vermeintlichen Fehltritt Elfies selbstzufrieden genoss.

Conrads nächste Station war die Küche, aber er traf schon im Restaurant auf Uwe Holthusen und Sascha, die gerade mit Iris über fehlende Tischdekoration diskutierten. Er schloss sich der Unterhaltung an. «Als ich gestern hier reinkam, dachte ich sowieso: Blumenschmuck auf allen Tischen wäre doch nett, oder?»

Uwe schaute ihn erstaunt an. «Es heißt doch, der Gürtel muss enger geschnallt werden?»

Conrad nickte zustimmend. «Aber wenn hier von Ihnen, Herr Holthusen, ein Stern angepeilt wird ... dann gehört das dazu. Die Gäste erwarten das. Wie wäre es denn mit etwas ganz Einfachem ... der Saison entsprechend ... im Herbst: drei Blätter Laub, kleine Kürbisse, die kosten nix. Im Winter: knallrote Äpfel und Nüsse, eine Hand voll auf jeden Tisch, das hält ein Vierteljahr. Im Frühling ein Tulpentopf und im Sommer ... eine flache Schale mit Gras ... das Symbol einer Sommerwiese. Oder? Was meinen Sie, Frau Sandberg?»

Iris hatte ihm mit wachsender Begeisterung zugehört. «Und so machen wir das auch!»

Uwe und Sascha schauten sich verblüfft an. Was war das denn? Ohne Streit und endlose Diskussionen wurde eine Idee sofort genehmigt? Aber Conrad überraschte Uwe erneut. «Ich habe so das Gefühl, Herr Holthusen, Sie machen eine große Sache aus diesem Schuppen.»

Uwe Holthusens Strahlen besagte eindeutig, dass Conrad Jäger einen neuen Fan gewonnen hatte. Als sie mit ihm das Restaurant verließ, fragte Iris Conrad, ob er tatsächlich noch nie in einem Hotel gearbeitet hatte. «An Ihnen ist ein Direktor verloren gegangen!»

Conrad hatte ihr schon den ganzen Tag über eine Frage stellen wollen, jetzt bot sich die Gelegenheit. «Was machen Sie heute Abend?»

Iris war erstaunt stehen geblieben. «Wollen Sie mich einladen, oder geht es ums Geschäft?»

Conrad rieb sich verlegen die Hände. «Ich bin neu in der Stadt, ich kenne keine Sau, und ich habe die Nase voll von Mikrowelle und Fernsehen.»

Das kenne ich nur zu gut, dachte Iris und erwiderte, dass sie darüber nachdenken würde.

«So, jetzt kennen Sie das ‹Fritz›, die Girls vom Businesscenter gehen immer hierher, ich bin ab und zu hier mit Barbara Malek ... oder mit Christian Dolbien ... wir sitzen dann immer drüben an der Bar.»

Iris hielt Conrad ihr leeres Glas hin, während Carl die

Teller vom Tisch räumte. Das «Fritz» war an diesem Abend wieder mal gut besucht, aber sie hatten einen ruhigen kleinen Ecktisch gefunden.

Conrad füllte erst ihr Glas, dann seins und prostete Iris zu. Sie wünschte ihm alles Gute im Grand Hansson, was er prompt erwiderte. «Ich wünsche Ihnen auch alles Gute im Grand Hansson, Frau Sandberg.»

Iris nippte an ihrem Glas und schaute ihn über den Rand hinweg an.

«Ein klitzekleines Zynismusgen haben Sie nicht etwa?»

Conrad trank ebenfalls einen Schluck. «Ach Quatsch, ich bin harmlos und geradeheraus.»

Iris lachte, wobei sie sich verschluckte. Ihrer Meinung nach waren gerade die, die so was sagten, die Schlimmsten. Conrad blickte sie neugierig an. «Erzählen Sie mir doch was über Ihre Männererfahrungen.»

Iris wurde von einem erneuten Hustenanfall geschüttelt. «Auf gar keinen Fall. Ich habe so gut wie keine Männererfahrungen. Ich bin eine allein lebende Karrierefrau.»

Das wollte ihr Conrad nicht glauben, aber ihr war das «powidl».

Er verzog das Gesicht. «Po-was?»

Iris klärte ihn auf. «Powidl ist so was wie egal, Wurscht ... das ist meine wienerische Seite. Ich habe da mal gelebt. Und in Stockholm, da war ich verheiratet, daher kenne ich auch die Hansson.»

«Geschieden?»

Iris nickte. Conrad hob erneut das Glas. «Ich auch, seit vier Wochen.»

Sie stießen gemeinsam an. Iris warf ihm einen prüfenden Blick zu, dann schien sie sich entschieden zu haben. «Um auf Ihre Frage zurückzukommen: Ich hatte mal ein Verhältnis mit Christian Dolbien.»

Conrad nickte, als sei das völlig selbstverständlich. «Das sieht man Ihnen beiden an.»

«Das sieht man uns an? Mir? Unsinn, da ist überhaupt nichts mehr, wir sind Freunde.»

Conrad zeigte keine Regung. «Natürlich. Ich sehe das, wenn ich Sie beide im Büro beobachte.»

Iris hatte den Verdacht, dass er ihr nicht glaubte. «Hören Sie mal, ich würde niemals in eine bestehende Beziehung reinfunken.»

Conrad grinste sie an. «Das sind die Schlimmsten, die das sagen.»

«Ich weiß gar nicht, warum ich mir das antue ... mein Rücken tut mir weh ... ich habe Schwielen an den Händen ... meine Bude sieht aus wie nach einem Bombenangriff ...» Dramatisch stützte Christian mit einem Arm seine Bandscheibe, während er den anderen um Barbaras Schultern gelegt hatte. Sie waren nach einem anstrengenden Umzugstag auf dem Weg ins «Fritz». Barbara stellte sich auf die Zehenspitzen und gab ihm einen Kuss. «Ganz einfach: weil du mich liebst.»

Sie entdeckte Conrad und Iris zuerst und steuerte umgehend auf den Tisch zu, einen unwilligen Christian hinter sich herziehend. Auf halbem Weg durch die Gästeschar wurden sie von Iris bemerkt, die sich sofort erhob und heftig winkte. Während die Frauen sich herzlich umarmten, schaffte es Christian gerade so, Conrads freundliche Begrüßung mit einem Nicken zu erwidern. Dann wandte er sich an Barbara. «Können wir? Also dann noch viel Spaß, wir wollen nicht stören.»

Iris, die sich bereits wieder gesetzt hatte, schaute ihn verständnislos an. «Ja spinnst du? Wir trinken was zusammen, wir vier.» Sie streckte ihren Arm aus, um Carl zu sich zu winken. «Carl, wir nehmen noch eine Flasche ...» Dann legte sie ihre Hand auf Conrads Arm und zwinkerte ihm zu. «Das geht jetzt aber auf meine Rechnung.»

Christian war diese Berührung nicht entgangen, ebenso wenig wie die offensichtliche Tatsache, dass Iris leicht beschwipst war. Barbara, die sich bereits gesetzt hatte, schaute ihn irritiert an, dann wandte sie sich an die Runde. «Ich weiß auch nicht, was mit ihm los ist, er ist den ganzen Tag schon so maulig.»

«O ja», krähte Iris fröhlich, «das kann er sein.»

Christian stand wartend vor Barbara. «Kommst du jetzt? Wir haben etwas zu begießen, also dann ... habt noch einen schönen, zuckersüßen Abend.» Er ging zur Bar. Barbara stand auf, bedauernd mit den Schultern zuckend. «Sorry ... tut mir Leid, tschüs, bis morgen.»

Sie folgte ihm.

Iris schaute den beiden enttäuscht nach. Conrad, der die Szene aufmerksam verfolgt hatte, schnalzte mit der Zunge. «Ich glaube, ich sehe schon wieder etwas: Herr Dolbien ist eifersüchtig.»

Iris schaute ihn mit ernster Miene an. «Ein Kluger bemerkt alles, Herr Jäger. Und ein Dummer macht über alles eine Bemerkung.»

Alexa Hofer saß an ihrem Schreibtisch und überflog einen Brief des morgendlichen Poststapels, um ihn dann in den Ablagekorb für Iris Sandberg zu legen. Routiniert öffnete sie den nächsten Brief und las kurz rein. Sie holte tief Luft. Aufgeregt stürmte sie zu Iris ins Büro, wo sie Christian Dolbien antraf, dem sie den Brief unter die Nase hielt.

Gudrun Hansson war an diesem Morgen der einzige Gast auf der Terrasse. Während sie einen Schluck Tee nahm, studierte sie den Wirtschaftsteil der Zeitung und schaute mehr als ungehalten hoch, als Christian und Conrad auf sie zueilten, wobei Christian aufgeregt mit einem Brief wedelte. «Es muss schon sehr wichtig sein ... und auf jeden Fall wichtiger als das Tagesgeschäft, wenn Sie mich hier stören.»

Sie nahm den Brief entgegen und überflog ihn kurz, dann guckte sie irritiert zu Conrad, der immer noch stand, während Christian bereits Platz genommen hatte. «Warum setzen Sie sich nicht?»

«Sie haben mich nicht aufgefordert.» Den genervten Blick, den er dafür von Christian erhielt, beantwortete er mit einem freundlichen Lächeln. Gudrun schmiss den Brief auf den Tisch. «Ha! Das ist doch absolut lächerlich ... was denkt sich dieser Mensch? Dass der König dem Begemann einen solchen Floh ins Ohr setzt, sich wieder bei uns einklagen zu wollen ... was denkt Begemann? Dass wir ihn hier mit offenen Armen empfangen würden, wenn er vor Gericht Recht bekäme?» Entrüstet ging sie auf und ab, die beiden Männer beschränkten sich erst mal aufs Zuhören. Gudrun blieb vor Conrad stehen. «Würden Sie, Herr Jäger, wieder in einer Firma anfangen wollen, wo man Sie rausgeschmissen hat, weil Sie während der Arbeitszeit in Frauenkleidern rumgerannt sind?»

Conrad hielt das eher für eine rhetorische Frage. «So richtig kann ich mich da nicht hineinversetzen.»

«Ach, ich dachte, Sie hätten so eine große soziale Intelligenz?»

Er zuckte mit den Schultern. «Da versagt sie dann.»

Gudrun wandte sich höhnisch an Christian. «Wieso kommen Sie eigentlich zu mir, Herr Dolbien? Ich dachte, ich soll mich raushalten aus dem Tagesgeschäft? Zwei erwachsene Jungs, und Mutti rufen, wenn ein Onkel böse wird?»

Christian ging nicht auf ihre Provokation ein. «Seien Sie nicht albern, Frau Hansson. Dazu ist die Sache wirklich viel zu ernst. Ich habe Sie informiert ... weil Dr. König doch Ihr Anwalt ist, soweit ich weiß. Und wir beide dachten, vielleicht können Sie das auf dem kleinen Dienstweg klären ...»

Doch der kleine Dienstweg hatte nicht funktioniert. Dr. König hatte sich ihre Drohungen gelassen angehört. Der Gedanke, sich mit der mächtigen Hansson-Gruppe anzulegen, wovon sie ihm dringend abgeraten hatte, schien ihn regelrecht zu beflügeln. Er beugte sich vor und schmunzelte. Gudrun war, wie immer, genervt von seiner umständlichen Art zu sprechen. «Nun, liebe Frau Hansson, verehrter Herr Dolbien, Herr Jäger ... die Sache fängt an, ich darf es so klipp und klar sagen: mir Freude zu bereiten. Es ist eine alte Erfahrung von uns Juristen, dass, wenn gleich eine Korona aufmarschiert ... wenn sofort die bösesten Beschimpfungen hemiederprasseln, wenn so überreagiert wird ... dass dann etwas faul ist im Staate Dänemark, wenn ich das mal so sagen darf. Dies stärkt mich! Denn es zeigt mir: Die Aussichten sind gut, dass Dr. Begemann bald, sehr bald, wieder bei Ihnen arbeitet.»

Alexa verließ das Laufband zwischen Iris und Barbara, nahm ihr Handtuch und verabschiedete sich. Die beiden Frauen grüßten zurück, dann führten sie ihre Unterhaltung weiter, während sie gemächlich auf den Bändern gingen.

«Und was macht ihr jetzt?», fragte Barbara neugierig.

Iris zuckte mit den Schultern. «Der Christian hat einen Arbeitsrechtler angerufen, alter Bekannter von ihm, und morgen wird dann der Anwalt von Hansson eingeschaltet.» Eine Weile gingen sie schweigend weiter, dann wandte sich Barbara erneut an Iris.

«Hör mal, wie ist er im Moment so, in der Zusammenarbeit ... ich finde, er wirkt in letzter Zeit ... so ein bisschen zickig, oder?»

«Du meinst wegen gestern Abend?»

Barbara schüttelte den Kopf. «Ich meine überhaupt.»

«Na, hör mal», Iris lachte auf, «du lebst doch mit ihm unter einem Dach, nicht ich.»

«Ja, aber manchmal zweifle ich.»

«An ihm?» Iris warf Barbara einen aufmerksamen Blick zu.

«Nein, an mir. Ich glaube, ich bin zu doof, Männer einschätzen zu können.»

Iris lachte. «Frag mich mal!»

Christian hatte sich unbemerkt hinter die Frauen gestellt, um schnell vorzuspringen und bei beiden die Geschwindigkeit zu erhöhen. «Nun mal nicht so energielos, die Damen!» Dann stellte er sich zufrieden auf das Band zwischen ihnen.

Schnell begann Barbara zu keuchen. «Das gefällt dir … links eine … rechts eine …»

Iris bekam ebenfalls kaum noch Luft. «Und Monsieur … in … der … Mitte.»

Christian strahlte. «Ja, gutes Gefühl.»

Barbara schloss die Haustür auf und drehte sich zu Iris. «Kommst du noch mit zu uns was trinken?»

Christian griff nach Iris' Hand. «O ja, komm!»

Iris erwiderte kurz seinen Blick, dann entzog sie ihm hastig ihre Hand.

«Ich habe morgen eine Abteilungsleitersitzung nach der anderen … ich glaube, etwas frische Luft würde mir gut tun.» Sie wandte sich an Barbara. «Nicht böse sein.»

Christian hauchte ihr einen Kuss auf die Wange. «Nicht dass dir was passiert, ohne männlichen Schutz.»

Iris schaute ihn müde an. «Ich komme seit Jahren ohne männlichen Schutz durchs Leben, Christian.» Sie drehte sich um und ging die Straße runter.

Während Barbara in der Küche den Wein öffnete, zündete Christian die Kerzen an und zog eine kleine Schachtel aus seiner Hosentasche. «Oh, wie gemütlich …» Barbara stand lächelnd mit zwei Rotweingläsern im Türrahmen. Er nahm ihr ein Glas ab und prostete ihr zu, während er ihr tief in die Augen schaute. «Dreh dich mal um, Liebling.»

Barbara sah ihn fragend an.

«Nun mach schon, bitte …»

Sie drehte sich um und wartete, während Christian ihr eine Goldkette mit einem brillantenbesetzten Herz anlegte. «Zum Einzug.»

Barbara bedankte sich mit einem langen, innigen Kuss.

Iris saß auf der vertrauten Bank an der Alster und starrte aufs Wasser. Ihre Hände hatte sie tief in ihren Jackentaschen vergraben.
Sie unternahm keinen Versuch, die Tränen wegzuwischen.

Am nächsten Tag erhielt die Direktion des Grand Hansson einen offiziellen Gegenbesuch der Kanzlei König.
Dr. König hatte nicht nur eine schwere Aktentasche mitgebracht, auch seine Argumente wogen schwer. Geschickt brachte er die Presse ins Spiel, gab den bislang guten Ruf des Hotels zu bedenken. Während Christian noch immer der Meinung war, auf einer aussichtsreichen Position zu stehen, hatte Conrad bereits verstanden. «Was ist Ihr Vorschlag?»
Dr. König schlug erfreut seinen Aktendeckel auf. «Sehen Sie, wir verklagen Sie nicht. Wir machen das unter uns aus. Keine Öffentlichkeit, keine langwierigen Gerichtsprozesse, keine überzogenen Kosten für Sie. Einfach nur eine Abfindung für den armen Geschädigten.»
Jetzt hatte auch Christian verstanden. «Wie viel?»
Dr. König blickte freundlich über den Goldrand seiner Lesebrille.
«Ich könnte Ihnen das nun umständlich vorrechnen, aber ich mache es kurz: 150 000 Euro.» Er genoss die fassungslosen Gesichter seiner Gegenüber. «Aber keinen Cent weniger!»

Der einsame Feldweg in Hitzacker war schon das zweite Mal Schauplatz eines Ehedramas. Ruckelnd bewegte sich der Ford Fiesta der Harsefelds durchs Gelände. Erich, der auf dem Beifahrersitz saß, übte sich in Sarkasmus. «Denk einfach, das wäre ein Rollstuhl mit Motor.»

Elisabeth hatte die Lippen fest zusammengepresst, ihn hartnäckig ignorierend. Bedauerlicherweise verwechselte sie im nächsten Moment wieder einmal die Pedale, woraufhin der Wagen erst einen Bocksprung vollführte, um dann mit einem unsanften Ruck zum Stehen zu kommen. Sie hatte den Motor abgewürgt. Erich sah sie fassungslos an. «Kupplung! Kupplung! Habe ich dir nicht gesagt: Kupplung kommen lassen ... dann Gas geben ... langsam, verdammt nochmal.»

Elisabeth sah starr nach vorne. «Warum schreist du mich so an? Wie soll ich das denn lernen, wenn du so ungeduldig mit mir bist?»

Erich hatte bereits die Tür geöffnet, um auszusteigen. «Ja mach mal, wenn man eine Bekloppte neben sich hat ... was zu viel ist, ist zu viel!»

Das fand auch Elisabeth. Sie sah ihm kurz nach, dann griff sie nach ihrem Handy, um Barbara anzurufen.

Alexa stand an ihrem Sideboard und durchwühlte energisch mehrere Ordner, als Barbara ihr Zimmer betrat. «Frau Hofer, ich würde gern gleich gehen. Ist das möglich?»

«Wenn Sie meinen, sich das erlauben zu können, Frau Malek, nachdem Sie gerade Ihren Umzugstag genommen haben.»

Barbara zögerte, aber Elisabeth schien wirklich Unterstützung nötig zu haben. Ein schlechtes Gewissen befiel sie, weil sie sich so lange nicht in Hitzacker hatte blicken lassen. «Es ist eine Familienangelegenheit, Frau Hofer … eine dringende.»

Aber Alexa hatte ihr nur noch mit halbem Ohr zugehört. Sie schien gefunden zu haben, was sie so dringend gesucht hatte. Triumphierend hielt sie ein Blatt Papier in die Höhe, auf dem Barbara flüchtig asiatische Schriftzüge wahrnahm. Alexa schnappte ihre Handtasche und eilte zur Tür, wo sie sich noch einmal umdrehte. «Warum fragen Sie nicht Ihren Freund? Der ist doch hier der Chef.»

Barbara überging den schnippischen Tonfall. «Weil Sie unsere Chefin sind.»

«Tun Sie, was Sie nicht lassen können. Aber dann jaulen Sie mir nicht die Ohren voll, wenn Sie demnächst mal wieder Überstunden machen müssen, unbezahlte! So, und ich bin jetzt außer Haus.»

Gudrun hatte es sich auf ihrem Sofa bequem gemacht und sich von Conrad und Christian über den Stand der Dinge informieren lassen. «150 000 Euro? So viel zum Thema Sparen!» Sie zeigte auf Christian.

«Und Sie haben uns diesen Schlamassel eingebrockt, Herr Dolbien!»

Christian kochte vor Wut. «Nun bringen Sie das mal nicht durcheinander, Begemann hat uns das eingebrockt. Ich könnte mich ja auch mal demnächst im Ballkleid in mein Zimmer stellen und will danach eine Million.»

«Glauben Sie nicht, Begemann wäre eventuell verhandlungsbereit?», warf Conrad ein.

Christian guckte ihn sauer an. «Auf wie viel denn, Sie Schlaumeier, auf hunderttausend?»

Gudrun rückte die Decke auf ihren Knien zurecht. «Nun streiten Sie sich nicht auch noch, ich will so was nicht. Gottchen, der Begemann ... ich könnte ihn erschlagen.»

Diese Idee fand Christians uneingeschränkten Beifall. «Vielleicht sollten wir das tun.»

Während Iris mit ihrem Füllfederhalter die Unterschriftenmappe, die Alexa ihr gebracht hatte, durcharbeitete, saß Christian schweigend an seinem Schreibtisch und blickte aus dem Fenster. Ohne aufzusehen, fragte sie ihn, was mit ihm los sei.

«Heute ist ein Scheißtag. Ein richtiger Scheißtag. Und ich habe das Gefühl, er wird auch richtig Scheiße enden.»

Nun guckte Iris doch von ihrer Mappe hoch. «Mach was dagegen! Tu dir was Gutes heute Abend, macht was Schönes zusammen ...»

Christian war aufgestanden und hatte angefangen, seine Tasche zu packen. «Ich glaube, ich gehe nach Hause und lass mir von Barbara den Nacken kraulen ... bist du böse, wenn ich jetzt abhaue?»

Iris lachte ihn an. «Ich bin dir nie böse ... fast nie.»

Er zögerte, dann kam er zu ihr und setzte sich auf ihren Schreibtisch.

«Ach, Iris ...»

Sie unterbrach ihn. «Wenn du so anfängst, endet es meistens fürchterlich.»

«Kennst du solche Tage, Iris? Wo man denkt: Ich kann meinen Job nicht, ich kriege nichts vernünftig geregelt, meine Zukunft wird furchtbar ... keiner liebt mich?»

Iris stand auf. «O ja, Christian, solche Tage kenne ich.»

Auch Christian hatte sich erhoben. «War früher nicht alles besser?»

Iris lächelte ihn an. «Ich weiß gar nicht, ob Marie das immer gesagt hat: Früher war nicht alles besser, früher war alles anders. Egal, wer das gesagt hat, es stimmt nicht. Du hast Recht. Früher war tatsächlich alles besser.» Sie wollte an ihm vorbeigehen, aber er hielt sie am Arm fest und sah ihr eindringlich in die Augen. «Es ist fürchterlich, was ich jetzt sage, ich weiß es, aber ich sage es trotzdem: Ich liebe Barbara, sie ist eine phantastische Frau ... aber wann immer ich dich sehe, vermisse ich dich.»

Gudrun hatte noch Licht in Conrads Büro gesehen. «Abend, ich wusste, dass ich Sie noch antreffe ... wahrscheinlich der Einzige in diesem Puff außer den Putzfrauen und mir ... nun setzen Sie sich wieder hin, Herr Jäger, ich habe Ihnen schon mal gesagt, ein bisschen Benimm ist ja sehr schön und gut, wenn Sie mich privat treffen, können Sie das auch gern machen, aber im Büro kostet es meine Zeit, und Zeit ist Geld, mein Geld nämlich.»

Conrad setzte sich lächeln. «Privat treffen?»

Gudrun wies ihn kurz mit einem scharfen Blick zurecht, dann ließ sie sich in den Clubsessel fallen. «Also mir liegt diese Begemann-Sache derartig auf dem Magen ...»

Beide drehten sich zur Tür um, denn es hatte geklopft. Alexa Hofer stand im Türrahmen und befand sich in einer Laune wie seit Monaten nicht mehr. Sie strahlte über das ganze Gesicht. «Verzeihen Sie die späte Störung bitte, aber es geht um Dr. Begemann ...»

Gudrun verzog das Gesicht, als wollte sie sagen, o nein,

nicht noch mehr. Alexa sonnte sich in ihrer Vorfreude. «Wissen Sie, Frau Hansson, ich habe ja mitbekommen, dass er Sie verklagen will und diese immense Summe beansprucht ... ich finde das ungerechtfertigt.»

Gudrun blickte ergeben an die Decke. «Wer nicht?»

Aber dann hörte sie sich mit wachsendem Staunen an, was Alexa unternommen hatte, und ließ sich von ihr eine Rechnung geben.

«Was ist das? Was sind das für Hieroglyphen?»

«Das ist Thailändisch, Frau Hansson, und es handelt sich um eine Rechnung, genauer gesagt: um eine Spesenrechnung.»

Gudrun drehte den Beleg um und las laut vor. «Charoonkulkarn ... ja, das ist unser Repräsentant dort, ein Bewirtungsbeleg, Begemann war dort, ich erinnere mich. Und? Was soll das?»

Eifrig überreichte Alexa ein zweites Papier. «Ich habe diesen Beleg übersetzen lassen.»

Diesmal las Conrad vor. «Zwei Herrenanzüge ... Baumwolle, Seide ... nach Maß gemacht ... 200 Dollar.»

«Spesenbetrug!» Gudrun jubelte. «Das ändert alles.» Sie wandte sich zu Alexa. «Das haben Sie fein gemacht!»

Als Alexa überglücklich das Büro verlassen hatte, sahen sich Gudrun und Conrad einen Moment lang schweigend an, dann brachen sie in lautes Gelächter aus. Gudrun konnte sich nicht beruhigen. «Gottchen, diese Frau möchte ich nicht zur Feindin haben!»

Erwartungsvoll saß Siegfried Begemann Dr. König gegenüber.

«Sie glauben tatsächlich, wir haben Aussicht auf Erfolg?»

Dr. König rieb sich in gewohnter Manier die Hände. «Die waren, ich möchte es einmal in aller Bescheidenheit sagen, äußerst beeindruckt von meinem Auftreten.»

Begemann jubilierte. «150 000 Euro ... da kann ich mich selbständig machen, als Unternehmensberater.»

Sie wurden durch das Klingeln des Telefons unterbrochen.

«Wer ruft denn so spät noch an?» Er meldete sich. «Ah, das geht ja prompt, Herr Jäger, ich höre ...» Dr. König lächelte zu Begemann, während er sich anhörte, was ihm Conrad Jäger zu erzählen hatte. Langsam veränderte sich sein Gesichtsausdruck.

Dann legte er behutsam den Hörer auf.

Begemann strahlte. «Und? Schnell das Geld überweisen, sonst gibt's was aufs Popöchen!»

Dr. König beugte sich vor. «Nicht wahr, Herr Begemann, Sie wissen, was Spesenbetrug ist?»

Barbara saß gemütlich mit Elisabeth auf der Terrasse der Harsefelds am Abendbrottisch, während Erich in der Garage sorgfältig den Wagen auf Schäden untersuchte. Große Fortschritte hatte Elisabeth auch mit Barbaras Unterstützung nicht gemacht. «Jetzt mault er wieder, weil sein Auto im Dreck gesteckt hat. Ich hätte umkommen können, da wäre er weniger traurig gewesen.»

Barbara streichelte ihr über die Wange. «Weißt du was, ich komme jetzt ab und zu mal raus und bringe dir Autofahren bei, glaub mir, du wirst begeistert sein. Und unabhängiger.» Und ich kann mich hier erholen, dachte sie. Ich sollte wirklich öfter hierher kommen, bei den Harsefelds fühle ich mich geborgener als sonst irgendwo.

Elisabeth seufzte. «Ihr könnt das wahrscheinlich nicht

verstehen, aber meine Generation ... wir waren mit anderen Dingen beschäftigt, als wir jung waren ... wir haben den Krieg überlebt, und wir waren beseelt davon, alles aufbauen zu wollen ... unser Hof in der Eifel ... na ja, dein Vater später ... wir Frauen damals, da galt noch: Kind und Küche und Kirche.»

Barbara lachte. «Doch, doch», fuhr Elisabeth fort, «dass Karriere auch wichtig sein kann, habe ich erst später begriffen, als ich nach Hitzacker kam und mit Erich das Geschäft groß gemacht habe. Ich rätsele immer, wie ihr das alles hinkriegt: euch selber verwirklichen, einen harten Job und dann noch heiraten ... Mariechen war Direktorin ... und ihr habt diese Sandberg: alles Macherinnen.»

Barbara winkte ab. «Ach, Elisabeth, das schaffen doch nur die wenigsten. Guck dich mal richtig bei uns um im Hotel. Die meisten Frauen stehen auf derselben Stufe wie ich. Die Telefonistin, die Sekretärin, das Zimmermädchen, von Zimmerjungs hat noch keiner was gehört – jedenfalls habe ich gar nichts gegen Küche und Kinder. Ich will natürlich, wenn der richtige Zeitpunkt da ist, mit Christian ein Kind. Und dann höre ich sofort mit Arbeiten auf, das schwöre ich dir, Emanzipation hin oder her.»

Erich war dazugekommen und goss sich einen Becher Tee ein.

«Frauengespräche?»

Barbara und Elisabeth nickten ihm fröhlich zu.

Erich belegte sich eine Scheibe Brot mit einem dicken Stück Schinken und kaute genüsslich. Elisabeth hatte bemerkt, wie Barbara einen Blick auf ihre Armbanduhr geworfen hatte. «Aber heute Nacht schläfst du bei uns!»

Barbara überlegte. «Dann muss ich aber erst Christian fragen ... wenn er überhaupt schon zu Hause ist.» Elisabeth reichte ihr das Handy. «Ruf ihn gleich an.» Aber zu Hause sprang der Anrufbeantworter an, sein Handy schien Christian abgestellt zu haben. Auf Barbaras Stirn erschien eine Sorgenfalte, die Erich nicht entging. «Der lässt dich oft alleine, was?»

«Ach nein, er arbeitet eben sehr viel.»

Elisabeth tätschelte beruhigend Barbaras Hand. «Der ist ja nicht aus Zucker, hinterlass ihm eine Nachricht, und dann bleibst du schön bei uns.»

Christian hatte bereits eine halbe Flasche Champagner geleert, während er Barbaras Bücher in das Regal einordnete. Er sah sich um. Eigentlich hatte er gar keine Lust, sich weiter um dieses Chaos zu kümmern. Er warf einen Blick auf Barbaras geliebten Wandteppich, der bereits für reichlich Zündstoff gesorgt hatte. Für ihn war es ein Schandfleck in seiner durchgestylten Wohnung, für sie ein wertvolles Erinnerungsstück.

Er schenkte sich noch ein Glas ein und überlegte, was er jetzt tun wollte. Barbara hatte ihm auf dem Anrufbeantworter eine Nachricht hinterlassen, dass sie in Hitzacker übernachten würde.

Plötzlich stellte er das Glas ab und griff zum Telefon.

Iris saß vor dem Fernseher und bemühte sich, dem mitgebrachten Essen aus einem asiatischen Schnellrestaurant etwas abzugewinnen, als das Telefon klingelte. «Sandberg? Oh, Christian, du willst rüberkommen.» Iris zögerte. Ob das eine gute Idee war? Auf der anderen Seite hatte sie das Alleinsein satt.

Christian brachte eine Flasche Champagner mit und eine CD von Eddy Harris, dessen Lieder sie in ihrer gemeinsamen Zeit immer gehört hatten, wenn sie zusammen schliefen.

KAPITEL 11

Einige Tage später, als Iris am Morgen gerade die Wohnungstür abschloss, verließ auch Barbara, von Iris unbemerkt, die Wohnung.

«Morgen, Iris!», rief sie gut gelaunt.

Iris zuckte zusammen.

«Oje», lachte Barbara, «sehe ich so schrecklich aus, dass ich dich erschrecke?»

Iris schüttelte den Kopf. «Nein, nein, ich habe wohl geträumt.»

Barbara drehte sich zu der noch offenen Tür um. «Krischi? Kommst du endlich?»

Iris schlug die Augen nieder, als er aus der Tür trat, mit einem gemurmelten «Morgen» eilte sie an ihm vorbei, die Treppe hinunter.

Barbara sah ihr erstaunt nach. «Was ist los mit euch, Christian? So kühl, wie ihr seit Tagen miteinander umgeht ...»

Christian hatte die Tür abgeschlossen und wandte sich um.

«Alltag, nichts weiter.»

Vor dem Grand Hansson ging Peter, kaugummifrei, seiner Arbeit nach, den Gästen mit dem Gepäck zu helfen. Nur ein kleiner, rundlicher älterer Herr, der gerade einem Taxi entstiegen war, weigerte sich, ihm seinen Aktenkoffer zu übergeben.

«Nein, nein, den behalte ich, kriegswichtiges Material!»

Peter hatte einen kurzen Blick auf den Kofferanhänger mit Namensschild geworfen. «Kein Problem, Herr Palenske.» Er riss einen Gepäckschein von seinem Zettelblock. «Den geben Sie bitte an der Rezeption ab. Herzlich willkommen im Grand Hansson Hamburg!»

Palenske nickte. «Sehr freundlich.» Aber bevor er durch die Drehtür ging, warf er einen prüfenden Blick auf die Fassade.

Schmolli plauderte mit Doris an der Rezeption, als der kritische Gast am Tresen erschien. «Mein Name ist Palenske, ich hatte ein Zimmer reserviert.»

Unisono wurde er von Schmolli und Doris begrüßt: «Guten Tag, Herr Palenske.» Als sie daraufhin in Lachen ausbrachen, lächelte auch Palenske. «Das scheint ja ein fröhliches Haus zu sein.»

Doris, die umgehend im Computer seine Buchung gecheckt hatte, guckte plötzlich nicht mehr so erheitert. «Ach, das tut mir nun ganz fürchterlich Leid ... lieber Herr Palenske ...»

Der wiederum machte sofort einen erregten Eindruck, als hätte er nichts anderes erwartet. «Was tut Ihnen Leid?»

Doris nahm ihm den Gepäckschein ab. «Ihr Zimmer ist noch nicht fertig. Wenn Sie mögen ...», sie zeigte auf die Sitzgruppe, «... nehmen Sie bitte noch einen Moment Platz. Darf ich Ihnen inzwischen ein Getränk anbieten, ein schönes Käffchen oder Tässchen Tee?»

Schmolli verdrehte die Augen. Manchmal hatte Doris' Höflichkeit den Gästen gegenüber etwas Devotes. Er tippte freundlich an seinen Zylinder und begab sich wieder auf seinen Posten vor der Tür.

Palenske entschied sich für einen Cappuccino. Er

musste keine fünf Minuten warten, als Doris schon triumphierend mit einer Zimmerkarte auf ihn zueilte. Schnell klappte er ein kleines Büchlein zu, in dem er vorher emsig geschrieben hatte.

«Ihr Zimmer ist fertig, die 400, eines unserer schönsten Zimmer. War der Kaputscho gut?»

Palenske schüttelte den Kopf, es war nicht ersichtlich, ob wegen des unsäglichen Ausdrucks Kaputscho oder wegen dessen Qualität.

Doris geriet in Verzweiflung. «Er war nicht gut?»

«Der Kaputscho war nicht richtig heiß und hatte zu wenig Schaum, aber sonst ...»

Sie übergab ihm seine Zimmerkarte. «Sorry! Ich reklamiere das beim Frühstücksservice. Der Hausdiener bringt Ihnen gleich Ihr Gepäck.»

Palenske stand auf. «Na prima, länger hätte ich nicht gerne gewartet.»

Als der Hausdiener gegangen war, setzte sich Palenske sofort aufs Bett und begann zu hopsen. Dann knipste er alle Lampen ein und aus, befühlte die Stoffe der Vorhänge und wandte sich schließlich der Überprüfung des Badezimmers zu.

Elfie und Katrin, die im Gedrängel der U-Bahn den Kampf ums Aussteigen gegen eine Mutter mit Kinderwagen verloren hatten und deshalb gezwungen waren, eine Station weiter zu fahren, kamen zu spät.

Katrin nutzte die Gelegenheit, dass Alexa mit einem Telefonat beschäftigt war, schnappte sich schnell die Unterlagen aus ihrem Korb und wollte Elfie folgen, als beide zurückgerufen wurden.

Katrin versuchte es mit einem fröhlichen «Heiho».

«Da nützt Ihnen Ihre Kindersprache auch nichts», Alexa äffte sie nach, «heiho, heiho, heiho ... wird sind ja nicht bei Schneewittchen und den sieben Zwergen ...»

Elfie konnte sich nicht zurückhalten. «Weiß man's?»

Alexa sah sie kühl an. «Sie werden in letzter Zeit auch recht keck, Frau Gerdes. Ich möchte Ihnen nur sagen: Dies ist das vierte Mal in dieser Woche, dass eine von Ihnen zu spät kommt ...»

«Die U-Bahn», warf Elfie ein.

«Eine bessere Ausrede fällt Ihnen nicht ein?»

Elfie gab sich nicht geschlagen. «Leider nein.»

Alexa wartete, bis sie das Büro verlassen hatten, dann schlug sie eine Mappe auf und entnahm ihr eine kompliziert aussehende Liste. Ganz oben auf der Liste stand Elfie, Phil, Katrin und Barbara. Jedem Namen waren Vermerke zugewiesen: Arbeitsbeginn, Frühstückspause, WC, Mittagspause, Kaffeepause, Feierabend. Mit einem roten Stift trug sie in der Spalte Arbeitsbeginn bei Elfie und Katrin ein: 20 Minuten zu spät. Alexa freute sich. Die Liste war bereits voller roter Vermerke. Es schien ihr an der Zeit, sich für diese Idee rechtschaffen loben zu lassen.

Conrad blickte freundlich von seinem Schreibtisch auf. «Guten Morgen, Frau Hofer!»

Alexa schenkte ihm ein reizendes Lächeln. «Guten Morgen, lieber Herr Jäger! Gestern Abend musste ich zu Hause an Sie denken und habe mir überlegt: Das geht doch nicht, dass der Herr Jäger immer die Post ungeöffnet auf den Tisch kriegt von mir ... von heute an bekommen Sie die von mir fertig sortiert.» Sie legte ihm stolz eine Mappe auf den Schreibtisch. Conrad nickte unverbindlich. «Das ist nett.»

Vertraulich beugte sie sich zu ihm rüber. «Privates bleibt natürlich versiegelt ... ich habe mir erlaubt, alles, was mit Werbung zusammenhängt, gleich wegzuwerfen ... und es sind wieder unglaublich viele Bewerbungen dabei, die habe ich nach hinten gelegt. Ist doch seltsam, wie viele Leute ungefragt ihre persönlichen Daten hierher schicken, in der falschen Hoffnung ...»

Conrad war etwas zur Seite gerückt, um ihrer Nähe zu entgehen, jetzt unterbrach er sie. «Als ich arbeitslos war und einen Job gesucht habe, habe ich auch viele Bewerbungen einfach so losgeschickt, out of blue. Wer hofft, der lebt.»

Alexa schmachtete ihn an. «Sie sagen immer so schöne Sätze!»

Conrad hatte damit begonnen, die Mappe langsam durchzugehen.

«Ja, bald haben wir fünf Millionen Arbeitslose, das ist eine erschreckende Zahl.»

Alexa dankte ihm innerlich für dieses Stichwort. «Und hier jammert jeder Zweite über zu viel Arbeit. Da fühlt man sich geradezu als Bittsteller, wenn man die Damen fragt, ob sie eine halbe Stunde länger bleiben können.»

«Ist das so?» Conrad sah fragend zu ihr auf.

Alexa nickte heftig und zog einen Stuhl heran. «Ich darf doch? Also, laut Umfrage verspäten sich deutsche Arbeitnehmer im Jahr um insgesamt 98 Millionen Stunden! Sie verbummeln damit die Leistung von nahezu 12 000 Jobs.»

Conrad fragte sich, warum sie ihm das erzählte, ihn

jedenfalls interessierte es nicht. «Sie sind ein Zahlenmensch, Frau Hofer? Sagen Sie mir doch bitte den Grund für Ihren Vortrag.»

«Ich wollte vorschlagen, eine Liste zu führen.» Jetzt war es raus, erwartungsvoll guckte sie ihn an.

«Über Unpünktlichkeit?» Conrad konnte es nicht fassen.

Alexa nickte eifrig. «Ja, und ich habe bereits damit begonnen, am Monatsende würde ich Ihnen gerne die Fakten vorlegen.»

Conrad war genervt, unbelehrbare Menschen wie Alexa machten ihn einfach müde. «Als Personalchef müsste ich das eigentlich begrüßen, Frau Hofer. Aber als Mensch empfinde ich Ihr ... Engagement ... na ja, fürchten Sie nicht, wie ein Spitzel zu wirken?»

Alexa hatte nicht den blassesten Schimmer, was er meinte. Sie war aufgestanden. «Ach», sagte sie fröhlich, «die Meinung der anderen ist mir Wurscht. Mir geht es nur um das Unternehmen! Schönen Tag wünsche ich Ihnen!»

In Uwe Holthusens Küche hatte Conrads respektvoller Umgang mit den Mitarbeitern Spuren hinterlassen. Es wurde diszipliniert und vor allem entspannter gearbeitet. Uwe entwickelte täglich neue Kreationen. Katrin, deren Aufgabe es heute war, seine Notizen über die Speisefolgen abzuholen, um sie zu tippen, stand erwartungsvoll neben ihm und blickte auf den Topf, in dem er energisch rührte. Es roch so gut, dass sie sich schon mit der Zungenspitze über die Lippen fuhr. «Was wird'n das, wenn es fertig ist?»

«Marchand de Vin.»

«Marsch... was?»

Uwe tippte auf ihren Zettel. «Steht da! Weinhändlersoße.»

«Riecht ja oberköstlich.»

Uwe hatte schon verstanden. Er gab mit dem Löffel etwas Soße auf einen Unterteller. «Hier, probier mal ... Kalbsfond, Rotwein, Butter, Pfefferkörner ... durch Schalotten erhält sie diese Bindung ... kräftig, schöner dunkler Glanz ... wunderbar für dunkles Fleisch. Ich mache es zur Taubenbrust.»

Katrin hatte die Soße weggeschlürft. Genussvoll leckte sie auch noch den Teller ab. «Ach, Uwe: Du wirst mal berühmt! Das spüre ich.»

Iris guckte von ihren Unterlagen hoch und warf einen Blick auf den gegenüberliegenden Schreibtisch. Christian schien in seine Notizen vertieft zu sein. Wie oft hatte sie seit jener fatalen Nacht an Gudrun Hanssons Frage gedacht, warum nicht jeder von ihnen ein eigenes Büro wollte. Jetzt hätte sie liebend gern einen Raum für sich, der sie davor bewahrte, Tag für Tag den Mann sehen zu müssen, den sie liebte, aber nicht lieben durfte, denn er war der Partner ihrer besten Freundin. Die Nacht mit ihm war großartig gewesen, wie zwei Verlorene hatten sie sich aneinander geklammert, wieder erkannt und waren dann ineinander versunken, wieder und wieder. Aber es hätte nicht geschehen dürfen. Noch wusste sie sich keinen Rat, wie sie mit ihm, vor allem aber mit Barbara umgehen sollte. Jedem Versuch seinerseits, ein Gespräch mit ihr darüber zu beginnen, war sie bis jetzt ausgewichen.

Als hätte Christian ihren Blick bemerkt, schaute er auf.

Er sah sie verunsichert an. Als sie keine Reaktion zeigte, stand er abrupt auf und ging zur Tür.

«Ich mache meinen Rundgang.»

Christians Welt war erschüttert.

Wo war der Held geblieben, der noch vor wenigen Tagen siegessicher zwischen Barbara und Iris auf dem Laufband gestanden hatte? Der eine Karriere mit Iris und ein Zuhause mit Barbara besessen hatte? Nach wie vor bereute er jene Nacht nicht, aber langsam begriff er, was er Barbara damit angetan hatte. Ihr Vertrauen zu ihm wurde zunehmend unerträglicher so wie der Verrat, der auf seinem Gewissen lastete.

Doch gleichzeitig waren da seine Gefühle für Iris, die es immer noch ablehnte, mit ihm zu sprechen.

Dankbar registrierte er eine Ablenkung von diesen Gedanken. Aus dem Restaurant drangen laute Stimmen. Als er eintrat, wurde er Zeuge eines Streits zwischen Sascha und der polnischen Küchenhilfe Sonja.

Zu Saschas Ärger hatte sie wieder einmal mit dem Mülleinsammeln begonnen, während sich noch Gäste im Restaurant befanden.

Unbemerkt trat Christian an sie heran. Der Streit musste schon deshalb unglücklich verlaufen, weil Sonja anscheinend kaum ein Wort Deutsch verstand. Christian griff entsetzt ein, als ein aus Wut bereits brüllender Sascha sich völlig im Ton vergriff und Sonja als «dämliche Ausländerbutze» beschimpfte, woraufhin sie nur lächelte, weil sie die Bedeutung nicht begriffen hatte. Christian trennte die beiden, teilte Sonja mit, dass er sie nach Feierabend sprechen wollte, und nahm Sascha gleich mit nach oben in das Direktionsbüro.

Iris war bereits gegangen. Christian wies auf einen Stuhl, und Sascha setzte sich. «Ich habe Sie als einen ruhigen und zuverlässigen Mitarbeiter kennen gelernt, Sascha. So etwas wie eben ist inakzeptabel.»

Sascha schaute auf seine Füße. «Tut mir Leid, aber die nervt mich total.»

Christian nickte, das war ihm klar, entscheidend war der Grund, warum sich Sascha genervt fühlte. «Es geht mir nicht darum, dass Sie mal laut werden, solange keine Gäste da sind, es geht um was anderes. Ich habe viele Jahre im Ausland gelebt, ich weiß sehr genau, was es heißt, ein Fremder zu sein. Internationalität ist die Basis unserer Branche. Und nicht nur bei uns. Denken Sie an alles, womit Sie sich in Ihrer Freizeit beschäftigen: die Klamotten, die Musik, die Reisen, das Essen, die Filme, die Autos, alles aus dem Ausland ... genau wie viele unserer Kollegen.» Christian haute auf den Tisch und wurde deutlich. «Ich dulde es nicht, wenn sich jemand in unserem Hotel, das ja übrigens ein Schwede gegründet hat, ausländerfeindlich verhält!»

Sascha hatte Christian ausreden lassen, denn der war schließlich der Chef. Aber besonders beeindruckt war er nicht, Christians Argumente zielten für ihn ins Leere. «Ich bin nicht ausländerfeindlich. Ich bin nur sauer. Die lebt hier in unserem Land und will unsere Sprache nicht lernen.»

«Unser Land? Haben Sie es gekauft?»

«Ich bin hier geboren. Und wenn ich ins Ausland fahre, passe ich mich auch an die Lebensgewohnheiten der anderen an. Ich spreche Englisch, ich spreche Französisch ...»

Christian hatte ihn unterbrochen. «Schon mal drüber nachgedacht, dass es was mit Chancen zu tun hat?»

So brauchte er Sascha überhaupt nicht kommen.

«Mein Vater ist Maurer. Meine Mutter ist Verkäuferin. Ich habe vier Geschwister. Mir hat niemand was geschenkt, ich habe alles selber gemacht. Erzählen Sie mir nichts von den Chancen, die die anderen nicht hatten.»

Christian sah ihn lange an. «Wissen Sie was ... das Fatale ist ... bis zu einem gewissen Punkt verstehe ich Sie.»

«Ach ja?», Sascha hatte die Mundwinkel ironisch verzogen, «das finden Sie fatal, mich zu verstehen?»

Christian war aufgestanden und um den Schreibtisch herumgekommen. «Nein, nur diese Überlegung hinter dem allen, dass ein Deutscher mehr Recht auf diesen Arbeitsplatz hätte, die ist mies. Das ist doch unter Ihrem Niveau, Mensch.» Er legte eine Hand auf Saschas Schulter. «Entschuldigen Sie sich bei der Frau. Seien Sie etwas geduldiger mit Schwächeren. Und weniger überheblich. Mehr Respekt, mehr Anstand, mehr Bescheidenheit.»

Damit war Sascha einverstanden. Als er gegangen war, stellte sich Christian ans Fenster. Was hatte er da soeben als Ratschlag verteilt? Wie stand es denn mit ihm selbst? Oder war er auch schon mit dem Conrad-Jäger-Virus infiziert?

Iris wollte gerade ins Haus gehen, als Barbara, die bereits gehupt hatte, ihr schnell hinterherlief. «Sag mal, gehst du mir aus dem Weg?»

«Warum?»

Barbara versuchte, ihre zahlreichen Einkaufstüten gleichmäßig auf beide Arme zu verteilen. «Ich habe dich heute den ganzen Tag im Hotel nicht gesehen.»

«Ach, es war so viel los. Soll ich dir tragen helfen?»

«Nö, geht schon. Hör mal, wollen wir beide nicht einen Weiberabend machen und ins Kino gehen?»

Iris schüttelte den Kopf, während sie ihre Tür aufschloss. «Vielleicht ein anderes Mal.»

Barbara war stehen geblieben. «Ist irgendwas?»

«Bin nur müde.» Und schon hatte Iris die Wohnungstür hinter sich zugezogen.

Mit Alexas Hilfe, die zwar kein Polnisch, dafür aber Russisch sprach, konnte Christian erfahren, warum eine Mitarbeiterin, die schon so lange bei ihnen beschäftigt war wie Sonja, kein Deutsch sprach.

Sie fuhr jedes Wochenende zu ihrer Familie nach Polen, sodass ihr weder Zeit noch Geld für einen Sprachkurs blieben.

Christian bat Alexa um die Übersetzung seiner spontanen Entscheidung. Man würde für Sonja einen vernünftigen Sprachkurs an einer Volkshochschule raussuchen und er, Christian, würde ihn bezahlen. Dafür erntete er einen erstaunten Blick von Alexa, während eine überglückliche Sonja unter Tränen seine Hände küsste.

Als die Kolleginnen gegangen waren, sah er sich um. Es war spät geworden, es gab nichts mehr, mit dem er sich von seinen quälenden Gedanken hätte ablenken können. Er packte seine Tasche und fuhr mit dem Lift in die Tiefgarage. Er hatte sein Fahrrad erst wenige Meter geschoben, als er innehielt und in Tränen ausbrach.

Das Restaurant war gut besucht, aber Palenske hatte sich einen Tisch reservieren lassen. Seine Entscheidung war auf das große Menü des Abends gefallen. Während er gerade einen Schluck Rotwein kauend im Mund hin und her gehen ließ, bevor er ihn schluckte, was ja bekanntlich den wahren Kenner vom schnöden Trinker trennt, erschien Sascha mit einem neuen Gang an seinem Tisch. Elegant öffnete er den Cloche und erklärte die Speise.

«Gebratene Entenbrust auf Hagebuttensoße mit Maisplätzchen und Zuckererbsenmousse ...»

Palenske unterbrach ihn. «Wissen Sie, wie die Maisplätzchen gemacht sind?»

Kein Problem für den versierten Kellner. «Zuckermaiskörner mit Cornflakes fein hacken, mit Ei binden, salzen, eine Prise Zucker zum Abschmecken und in Butterfett ausbraten.»

Seine prompte Antwort schien den anspruchsvollen Gast zufrieden gestellt zu haben. «Sehr schön.»

Sascha wünschte noch einen guten Appetit, dann ging er. So konnte er nicht sehen, wie sich der kleine, rundliche Herr Palenske erneut Notizen in sein Büchlein machte.

Das Restaurant hatte sich bereits zur Hälfte geleert, als Palenske beim Käse angelangt war. Uwe Holthusen, der von Tisch zu Tisch gegangen war, um sich nach dem Befinden der Gäste zu erkundigen, war nun bei ihm angelangt. Sascha übernahm die Vorstellung, indem er mit einer eleganten Bewegung auf Uwe zeigte. «Unser Chefkoch Uwe Holthusen.»

Nachdem Uwe Palenske gefragt hatte, ob er zufrieden gewesen sei, schlug er ihm ein Glas Champagner zum Käse vor. «Ich finde immer, Rotwein und Käse: das ist so ein Klischee, dem wir Deutschen nachhängen, wenn wir uns besonders französisch fühlen wollen. Dabei passen die Geschmackslinien von Champagner und Käse ... ich sehe, Sie haben auch Chèvre … probieren Sie das doch mal.»

Palenske war schon überredet und bestellte ein Glas Dom Perignon.

Aber Uwes Freude währte nicht lange.

«Übrigens … die Hagebuttensoße war zu süß.»

Das ging gegen Uwes Ehre. «Das kann eigentlich nicht sein, das Süße in Verbindung mit …»

Er wurde barsch von Palenske unterbrochen. «Sie war es nun aber leider.»

Damit war es ihm gelungen, Uwe den Abend zu verderben.

Schweißnass war Christian zu Hause angekommen, wie ein Irrer war er die Alster entlanggeradelt, als könne er auf diese Weise vor sich selbst fliehen.

An der Wohnungstür zögerte er kurz, dann klingelte er bei Iris. Sie war nicht im Geringsten erfreut, ihn zu sehen. Hastig zeigte sie auf die andere Tür. «Christian, das geht nicht … sie ist zu Hause, das kannst du nicht machen.»

«Aber wir müssen reden.»

Iris dämpfte ihre Stimme. «Wir haben miteinander geschlafen, und das war ein großer Fehler. Es ist eine Schweinerei von uns beiden gegenüber Barbara, das weißt du. Wir müssen das vergessen, und sie darf das nie erfahren, nie. Und ich rede jetzt nicht mehr mit dir darüber, schon gar nicht hier im Flur. Gute Nacht.»

Sanft, aber bestimmt schloss sie die Tür.

In der anderen Wohnung wurde er von einer gut gelaunten Barbara erwartet. Sie hatte romantische Musik aufge-

Die Mitarbeiter des Grand Hansson verabschieden Ronaldo (Walter Sittler) und Marie (Mariele Millowitsch).

Iris (Franziska Stavjanik) bringt Ronaldo und Marie zum Flughafen.

Elisabeth (Dagmar Laurens) und Erich Harsefeld (Wilfried Dziallas) lassen ihre Tochter nur ungern ziehen. Doch Barbara (Susanne Hoss) hat eine Überraschung vorbereitet.

Marie fällt der Abschied von ihren Eltern sehr schwer. Was wird die Zukunft in Südafrika bringen?

Elfie (Manon Straché) schüttet Schmolli (Harald Maack) ihr Herz aus.

Girlfriends unter sich: Katrin (Nadja Zwanziger), Phil (Silke Bodenbender), Elfie und Barbara planen die große Musicalkarriere.

Iris und Christian (Philipp Brenninkmeyer) sind völlig fassungslos. Was hat Herr Begemann (Arnfried Lerche) sich bloß dabei gedacht?

Gudrun (Andrea Bürgin) freut sich, dass Conrad Jäger (Kai Scheve) neuer Personalchef wird. Christian sieht in Conrad einen neuen Konkurrenten.

Barbara liebt Christian sehr.

Christian und Iris sind nur gute Freunde. Oder?

Begemanns Andeutungen haben Barbara eifersüchtig gemacht. Was ist zwischen ihm und Iris?

Aussprache an der Außenalster: Barbara kann Iris nicht verzeihen.

Christian fühlt sich zu Iris hingezogen, obwohl er mit Barbara zusammen ist. Ob das gut geht?

legt und den Tisch mit Wein, Käse, Brot und Früchten gedeckt. Verliebt umarmte sie ihn und versuchte, ihn zum Tanzen zu animieren. Christian schob sie beiseite. «Hör auf, ich mag nicht.»

Sie sah ihn kurz irritiert an, dann versuchte sie es erneut, indem sie sich in verführerischer Pose auf die Couch legte und ihn zu sich winkte. «Komm zu mir ... es gibt Wein ... und Käse ... und mich ... aber nur, wenn du magst!»

Wie ein Besucher ließ er sich auf der Couchkante nieder. Als sie ihn zu sich heranziehen wollte, stieß er sie erneut zurück. «Lass mir mal eine Minute der Besinnung, ja?»

Sie schaute ihn verwirrt an. «Du bist so komisch.»

«Ich bin nicht komisch, Barbara, ich bin einfach nur erschöpft.» O ja, dachte er, ich bin erschöpft davon, dass ich mit einer anderen Frau geschlafen habe. Aber er wäre jetzt tausendmal lieber bei Iris gewesen als bei Barbara. Er ertrug ihre unbefangene Fröhlichkeit nicht. Er wusste, dass er sich unfair verhielt, aber ihre gute Laune machte ihn wütend. Am liebsten hätte er alles erzählt, damit sie ihre Unschuld verlor. Sie hatte ja keine Ahnung davon, wie schlecht es ihm ging.

Barbara gab immer noch nicht auf, dafür ging es ihr viel zu gut. Sie bot ihm Wein an, erkundigte sich, ob es Ärger mit der Hansson gegeben hätte, versuchte, ihm ein Stück Käse in den Mund zu schieben. Erst als er ihr das aus der Hand schlug, änderte sich ihre Stimmung. «Schnauz mich doch nicht so an!»

Christian schob den Käseteller außer Reichweite. «Du weißt doch, dass ich abends keinen Käse will, das ist nicht gesund, willst du, dass ich fett werde, oder was?» Nein, dachte er, abends will ich keinen Käse, so ein Beziehungsschwein wie ich will abends seine Iris.

Barbara hatte sich vorgebeugt und nach ihrem Glas gegriffen. «Ich hatte eben keine Lust zu kochen.»

Christian ignorierte das Glas. «Du hast zu ziemlich viel wenig Lust, oder?»

Barbara sah ihn fassungslos an. «Was soll das werden, ein Krach?»

Er war aufgestanden und sah sich im Wohnzimmer um. «Dein Plunder steht seit Wochen in der Küche, und du denkst nicht mal daran, ihn wegzuräumen. Hast du meine Hemden in die Reinigung gebracht? Nein.»

Barbara verschluckte sich fast an ihrem Wein. «Wieso bringst du deine Hemden nicht selbst in die Reinigung?»

«Du hast gesagt, du bringst sie weg.»

«Aber ich arbeite genauso wie du, und die Reinigung macht erst um halb zehn auf.»

«Dann versprich nicht immer so viel.»

Jetzt reichte es Barbara. Sie stand ebenfalls auf und stellte sich vor ihn hin. «Sag mal, ich glaube, du spinnst. Ich habe hier ein gemütliches, kleines Abendbrot zubereitet, Musik aufgelegt, freue mich auf dich ... und du setzt dich hier hin und motzt nur rum.»

Christian lachte höhnisch auf. «Ja, die Wahrheit konntest du noch nie gut vertragen.»

Barbara tippte sich an die Stirn. «Weißt du was? Wenn du Ärger im Büro hast, dann kläre das im Büro und nicht hier bei mir!»

«Bei dir? Das ist immer noch meine Wohnung.»

Barbara war entsetzt einen Schritt zurückgetreten. «Also wenn du damit anfängst, von wegen meine Wohnung, deine Wohnung, dann ziehe ich doppelt so schnell wieder aus, wie ich eingezogen bin.»

«Tu, was du nicht lassen kannst.» Er verließ das Wohnzimmer, die Tür hinter sich zuknallend.

Barbara ließ sich auf die Couch fallen und begann, hemmungslos zu weinen. Sie verstand überhaupt nichts mehr. Was war bloß los mit ihm?

Hätte sie über mehr Erfahrungen mit Männern verfügt, hätte sie es vielleicht erkannt.

Am nächsten Morgen verspäteten sich Elfie und Katrin wieder einmal, nur dass es diesmal nicht an Müttern mit Kinderwagen, sondern an Schmolli lag. Seit Elfie wieder im Hotel angefangen hatte, waren sich die beiden geflissentlich aus dem Weg gegangen. Ein kurzer Gruß, ein höfliches Nicken, das war alles. Aber als sie heute wieder schnell an ihm vorbeigehen wollte, nahm er sich ein Herz und fragte sie nach den Gründen für ihr distanziertes Verhalten.

«Wir kennen uns doch so viele Jahre, Frau Gerdes ... noch aus Ihrer Zeit, bevor Sie sich damals selbständig gemacht haben ... mit ihrem schönen Hotel Elfie.»

Genau das sei der Grund für ihr Verhalten gewesen, antwortete sie ihm. «Ich gucke Sie an, Herr Schmolke, und wissen Sie, was ich sehe? Mich. Meine Fehler, meine Schwächen, mein Versagen, meine Niederlagen. Ich will daran nicht mehr erinnert werden. Ich kann das nicht ertragen.»

Sanft hinderte er sie daran wegzugehen. «Aber alle Menschen machen Fehler, Frau Gerdes. Alle fallen mal hin. Und wenn man dann ... endlich ... wieder aufgestanden ist: Dann muss man begreifen, dass alles hinter einem liegt! Hinter den Bergen. Es ist vorbei. Sie sind wieder da. Ich auch. Wir sollten dankbar sein, dankbar und glücklich.»

Elfie war gerührt. «Sie waren immer schon so ein Lieber.»

Barbaras Überstundenkonto erlaubte ihr, sich einen freien Tag zu nehmen. Sie beschloss, nach Hitzacker rauszufahren. Dort würde sie sich am besten von dem gestrigen Abend erholen können.

Als sie ins Bett gegangen war, hatte Christian schon geschlafen. Als sie am Morgen aufwachte, hatte er bereits das Haus verlassen. Bei den Harsefelds konnte sie auftanken.

Und so war es auch. Erst hatte sie Elisabeth bei ihren tapferen Fahrversuchen zur Seite gestanden, wobei sich durchaus Fortschritte erkennen ließen, dann hatte sie sich zu Erich an seinen Stand gestellt, schnell eine Schürze umgebunden und schwungvoll die guten Harsefeld'schen Wurstwaren verkauft.

Als sie nach Hamburg fuhr, konnte sie schon wieder ein fröhliches Lied im Radio laut und ziemlich falsch begleiten.

Carl stellte ein Schälchen mit Erdnüssen auf den Tresen vor Christian und betrachtete ihn nachdenklich. «Heute keine von den Frauen dabei?»

«Nein, ich gehe ins Kloster und werde Mönch.»

«Aber vorher noch einen kleinen …?»

Christian klappte die Getränkekarte zu. «Klar doch, und zwar einen doppelten Malt.»

«Na, wer sagt's denn?» Aber Carl hatte nicht den Getränkewunsch gemeint, sondern die Frau, die er eintreten sah. Christian drehte sich um und sah eine gut gelaunte Barbara strahlend auf ihn zukommen.

Er sprang auf, ging auf sie zu und umarmte sie stürmisch. «Ich habe mich so was von unmöglich benommen, ich weiß gar nicht, was ich sagen soll.»

«Du musst nichts sagen, Männer haben ja auch mal ihre Tage.»

Sie setzten sich, und Barbara bestellte einen Orangensaft. Dann kramte sie in ihrer Tasche und zeigte Christian das riesige Wurstpaket, das Erich für sie eingepackt hatte. «Das ist viel zu viel für uns, ich sollte mal die Mädels einladen und Iris sowieso, beim nächsten Mal musst du aber mitkommen, die beiden fragen jedes Mal nach dir.»

Christian wunderte sich über ihre Aufgekratztheit.

«Ach, weißt du, vielleicht liegt es am Land ... auf der Rückfahrt, da habe ich gedacht, ja sicher, deine Wohnung ist schön, aber warum die nicht aufgeben und aufs Land ziehen? Es ist so schön da! Ich fühle mich jedes Mal so unheimlich wohl, wie verzaubert ...», sie hielt inne, denn ihr war aufgefallen, dass Christian nichts sagte. «Alles okay bei dir, Liebling?»

Christian hielt sein Glas fest und sah vor sich auf den Tresen.

«Doch, doch, hör mal, ich muss dir was sagen, Barbara ...»

Ein lautes Juchzen hinter ihnen unterbrach ihn. Elfie, Katrin und Phil waren hereingekommen und setzten sich umgehend auf die freien Hocker neben Barbara und Christian. «Oder stören wir?», fragte Elfie.

«Aber nein», sagte Barbara, «ich freu mich!» Dann

wandte sie sich zu Christian. «Was wolltest du mir denn sagen?»

Christian schüttelte den Kopf. «Ist schon erledigt.» Er schaute in die Runde. «Ich gebe einen aus!»

«Ach, ich liebe die Männer», rief Elfie.

Phil stopfte sich eine Hand voll Erdnüsse in den Mund und guckte zur Decke. «Die einen sagen so, die anderen so.»

Am nächsten Morgen gelang es Christian, Iris in der Tiefgarage abzufangen. Sie weigerte sich nach wie vor, mit ihm über die gemeinsame Nacht zu sprechen, aber er ließ sie nicht gehen.

«Du kannst nicht immer vor mir weglaufen, Iris, du sollst wissen, dass mir das alles fürchterlich Leid tut.»

Iris schüttelte ihn ab. «Mir auch, so weit waren wir schon.»

Christian war den Tränen nahe. «Ich schäme mich so ... ich bin so verzweifelt.»

«Ich bin auch verzweifelt, Christian.»

«Was an diesem Abend in mich gefahren ist: Ich weiß es nicht. Aber ich war so ... so durcheinander ... ich wollte es unbedingt in diesem Moment, und du, du wolltest es auch. Wenn wir beide ganz ehrlich sind: Es war schön. Es war so schön wie früher. Du hast damals so brutal mit mir Schluss gemacht, ich habe das irgendwie nie verarbeitet ...»

Iris sah ihn ruhig an. «Du hast dir eine neue Freundin genommen, Christian. Also spiele hier nicht den armen Verlassenen.»

Christian fiel vor ihr auf die Knie. «Verzeih mir ... verzeih mir ... es ist alles meine Schuld ...» Iris riss erschrocken die Augen auf und blickte sich schnell um. Sie zog ihn hoch. «Ich habe genauso Schuld, komm, bitte.»

Christian stand dicht vor Iris. «Ich muss es Barbara sagen, ich kann nicht anders.»

Iris schüttelte den Kopf. «Tu ihr nicht weh. Lass die Sache einfach auf sich beruhen.»

Christian schlug die Hände vors Gesicht und begann zu weinen. «Es tut so weh», schluchzte er. Auch Iris liefen Tränen über das Gesicht.

«Ich liebe dich, Christian. Und ich muss auch damit leben können.»

Erstaunt sah er sie an, dann zog er sie in seine Arme. «Es ist vorbei, ja?»

«Ja, Christian, es ist vorbei.»

O nein, dachte Alexa, die hinter einer Säule gestanden und alles mitgehört hatte, nichts ist vorbei ... jetzt fängt es erst richtig an.

Uwe Holthusens Tag begann höchst unerfreulich. Im Kühlraum war der Strom ausgefallen. Nachdem er einige Schalter ausprobiert hatte, schloss er die Tür und ging in die Küche, wo sich nur zwei Küchenjungen mit Aufräumen beschäftigten.

«Niemand darf ohne meine Zustimmung den Kühlraum betreten, klar, ihr Wichser?»

Die Wichser nickten ergeben. Dann rief Uwe noch Doris Barth an.

«Hör mal, wir haben ein Problem im Kühlraum, kein Strom. Kümmerst du dich um den Notdienst? Danke.»

Der Haustechniker hatte keine guten Nachrichten für Uwe. Die Notrufeinrichtung war defekt, und somit durfte, laut den gesetzlichen Unfallverhütungsvorschriften, der Kühlraum vorerst nicht betreten werden. Das fehlende Ersatzteil war nicht so schnell zu besorgen.

Uwe guckte den Techniker ratlos an. «Und jetzt?»

Doch dieser Mann hatte Sinn für Humor. «Heute bleibt die Küche kalt, haha.»

Als wäre das nicht schon Unglück genug, kam jetzt Doris von der Rezeption eilig in die Küche gelaufen. «Uwe, Uwe, du musst sofort an die Bar kommen! Ich glaube, da gibt's ziemlichen Ärger.»

Der Ärger hieß Palenske. Er hatte sich von Doris die Rechnung fertig machen lassen. «Ich reise gleich ab, aber vorher würde ich noch gern die Direktion und Ihren Küchenchef sprechen.» Doris Barth alterte in zwei Sekunden um fünf Jahre. «Eine Reklamation?»

Aber es war alles andere als eine Reklamation. Die Direktion, vertreten durch Iris und Christian, sowie Uwe Holthusen staunten nicht schlecht, als sie hörten, dass Palenske für den berühmten Hotelführer «Guide Gourmet Deutschland» inkognito bei ihnen übernachtet und gegessen hatte. Zufällig stieß Gudrun zu der Gruppe hinzu. «Beschwerden? Hansson, guten Tag.»

Doch Herr Palenske hatte nur Gutes zu vermelden. Gudrun war erfreut. «Das höre ich ausgesprochen gerne! Dann dürfen wir mit einer positiven Beurteilung rechnen?»

Der kleine Herr Palenske stellte sich in Positur, wobei er Gudrun ein wenig an Dr. König erinnerte. «Mehr als das. Ich genieße so gern, wissen Sie, auch die Freude der anderen, und deshalb erfahren Sie es schon heute und nicht erst in vier Wochen per Post: Sie, Herr Holthusen, erhalten von uns für Ihre exzellente, junge, neue deutsche Küche einen Stern des Guide Gourmet. Herzlichen Glückwunsch!»

Im Businesscenter war die Hölle los. Die drei Frauen kamen kaum damit nach, Telefonate zu beantworten, Faxe zu verschicken oder ihre Auftragskörbe leer zu tippen, als Alexa ihnen schon wieder einen neuen Berg an Unterlagen auf den Tisch pfefferte und sich mit einer unfreundlichen Bemerkung über das allgemeine Arbeitstempo verabschiedete. Selbst Barbara, die gerade ihre Mittagspause mit Christian abgesagt hatte, war geladen. Alle waren sich einig: So was nannte man Mobbing. Von dem, was die Frauen über Alexa dachten, bekam diese durchaus noch einiges mit, denn sie lauschte draußen an der Tür.

Nach den Beleidigungen, die sie über sich im Businesscenter gehört hatte, schien für Alexa der Augenblick gekommen, ihre Mappe mit den gesammelten Verfehlungen ihrer Mitarbeiterinnen an Conrad Jäger zu übergeben. Aber der hatte sie nur mitleidig angesehen, die Mappe in den Papierkorb gesteckt und ihr geraten, sich zu entspannen. «Gehen Sie doch einfach nach Hause und nehmen ein schönes Bad.»
«Ein schönes Bad, ein schönes Bad», Alexa stand fluchend vor seiner Tür. Schon wieder so ein Weichei, ihre ganze Mühe war umsonst gewesen. Also musste eine neue Taktik her, sie würde es über Gudrun Hansson versuchen. Mit energischen Schritten eilte sie zum Businesscenter, denen würde sie es zeigen. Aber im Businesscenter waren alle ausgeflogen.

Uwe hatte zu einer spontanen Feier in seine Küche eingeladen. Die Runde befand sich bereits in ausgelassener Stimmung und hatte die erste Flasche Champagner geleert, als eine tobende Alexa sie dazu aufforderte, unverzüglich zurück an ihre Arbeit zu gehen. Während Phil «Oh, die Sklaventreiberin» murmelte und aufstand, um Uwe in die Kühlkammer zu folgen und die nächste Flasche Champagner zu holen, zündete sich Elfie, die ihre Beine locker von der Küchenanrichte baumeln ließ, seelenruhig eine Zigarette an.

Katrin guckte sie besorgt an. «Hier darf man aber nicht rauchen.»

«Ach», fragte Elfie, lässig an ihrer Zigarette ziehend, «und wer soll mir das verbieten? Fräulein Gleich-krieg-ich-'ne-Herzattacke-Hofer?»

Alexas Stimme überschlug sich. «Und ich werde mich sowieso morgen über Sie alle bei Frau Hansson beschweren, das gibt es ja wohl nicht, unverschämt, arrogant und faul, ich bin nicht länger bereit, das zu dulden ...» Wütend ging sie zu Uwe in die Kühlkammer.

«Und Sie ... Sie ...» Aber der ließ sich an so einem Tag von ihr nichts gefallen. «Frau Hofer, verschwinden Sie aus dem Kühlraum, Sie haben hier nichts zu suchen. Als Chef der Küche befehle ich Ihnen zu gehen!»

Im nächsten Augenblick brach Geschrei aus, das sich schnell in ein chaotisches Wirrwarr verwandelte, denn Elfies Zigarettenrauch hatte die Sprinkleranlage ausgelöst. Während alle hektisch durcheinander liefen, zog Uwe Phil schnell aus dem Kühlraum heraus. Alexa hatte noch nicht verstanden, was da draußen plötzlich los war, und so wartete sie einen Moment zu lange damit, den anderen zu folgen. Nicht ahnend, dass sich noch jemand im Kühlraum befand, schloss Sonja im allgemeinen Chaos erst mal die schwere Eisentür. Alexa stand plötzlich im Dunkeln. Und so sehr sie auch gegen die Tür hämmerte, niemand hörte sie.

Die Harsefelds unternahmen einen geruhsamen Abendspaziergang am Fluss entlang. Butschi tollte um sie herum, immer auf der Suche nach etwas Beweglichem, das sich vor ihm im hohen Ufergras versteckt halten könnte.

Seit Elisabeth die Fahrstunden mit Erich eingestellt hatte, war wieder Frieden in die eheliche Gemeinschaft eingekehrt. Dass sie sich stattdessen von Barbara unterrichten ließ, verschwieg sie ihm wohlweislich. Elisabeth hatte sich bei ihrem Mann eingehakt, während sie schweigend im vertrauten Gleichschritt gingen, aber Erich kannte seine Frau lange genug, um zu erkennen, wann sie etwas auf dem Herzen hatte.

«Na, was bedrückt dich denn, mein Deern?»

Als wäre das ihr ersehntes Stichwort gewesen, entfuhr ihr ein Stoßseufzer. «Ach, Erich, ich sehe die nie zusammen, und wenn er etwas Gefühl und Anstand in den Knochen hätte, dann wäre er längst mal zu Besuch gekommen.»

«Er kennt uns doch gar nicht, Deern», warf der gutmütige Erich ein.

«Na eben! Dann müsste es ihm doch ein Herzensbedürfnis sein, das zu ändern. Er müsste doch wissen, wie sehr Barbara an uns hängt und umgekehrt.» Wenn Elisabeth auch nicht Barbaras leibliche Mutter war, so waren ihre Gefühle für sie inzwischen durchaus identisch mit denen für Marie. Und wie jede Mutter ging sie irrigerweise davon aus, dass ein Mann, der ihre Tochter liebte, den Drang verspüren musste, deren Erzeugerin kennen lernen und ihr danken zu wollen.

Erich, als Mann, sah es praktisch. «Marie ist doch auch oft alleine gekommen.»

Die wiederum hätte er besser nicht erwähnt, denn sie führte Elisabeth direkt auf den wunden Punkt. «Ich rede von Antrittsbesuch, Jeck! Was haben wir für ein schönes Verhältnis zu Ronaldo gehabt. Wie oft war der hier draußen, und wann immer was war: Mit ihm konnte man rechnen. Absoluter Verlass war auf ihn, so ist unser Ronaldo. Aber dieser ... dieser Dolbien ...»

Sie war stehen geblieben, aufgeregt mit den Händen fuchtelnd.

Erich nahm sie beruhigend in den Arm, auch er vermisste Marie und Ronaldo. «Die Menschen sind verschieden, muss ich dir doch nicht erzählen. Du willst immer anderen Menschen deine Meinung aufzwingen. Du willst immer, dass jeder so denkt und macht und tut wie du.»

«Ich will vor allem, dass Barbara nicht unglücklich wird. Das habe ich dir schon mal gesagt», grummelte sie in seine Lederjoppe. Erich nahm ihre Hand, sanft bemüht, sie zum Weitergehen zu bewegen. «Na, denn lass es auf sich beruhen, wenn du immer so rumstichelst, dann kommt sie am Ende auch nicht mehr.»

Doch Elisabeth berief sich wieder einmal auf ihren siebten Sinn.

«Da stimmt was nicht, der hat was zu verheimlichen, das spüre ich, und das wird nochmal ganz fürchterlich enden.»

Diesen siebten Sinn musste auch Sonja verspürt haben, als sie die Kühlkammer öffnete und dort eine völlig unterkühlte Alexa im Schockzustand auf dem Boden fand.

Erst nach Stunden war es allgemein aufgefallen, dass Alexa fehlte. Nicht, dass man ihr Gezeter vermisst hätte, aber merkwürdig war es doch, zumal sie ja mit einem gewaltigen Donnerwetter gedroht hatte.

Hatte man sich anfangs nur zögerlich zu einer Suche entschlossen, nahm diese mehr und mehr dramatische Züge an, als Alexa unauffindbar blieb. Bis sich Sonja an den Moment erinnerte, als sie die schwere Eisentür geschlossen hatte, weil die Sprinkleranlage losgegangen war. Es schien unwahrscheinlich, aber immerhin war es eine Möglichkeit. Sie hatte Alexa sofort in die warme Küche gezogen, sie in Decken gepackt und dann in der Rezeption angerufen. Bis der Krankenwagen kam, hatte sie Alexa in ihren Armen gehalten, sie warm gerubbelt und ihr heiße Brühe eingeflößt.

An diesem Abend gingen die Mädels aus dem Businesscenter mit sehr gemischten Gefühlen nach Hause. Sie hatten Alexa alles Schlechte gewünscht, aber jetzt beschlichen sie doch Schuldgefühle. Nur Elfie nicht, die hatte nämlich ganz andere Sorgen: Uwe hatte sich erkundigt, ob sie denn auch eine gute Haftpflichtversicherung habe …

Am nächsten Morgen hielt Iris auf dem Weg zum Hotel vor einer Apotheke. Minutenlang blieb sie im Auto sitzen und starrte aus dem Fenster. Dann startete sie den Motor und fuhr weiter.

KAPITEL 12

Christian packte seinen Koffer für eine zweitägige Konferenz in Stockholm. Er würde Gudrun Hansson begleiten und die Leitung der Stiftung an Tyler Brullé übergeben. Und ich werde zwei Tage lang Ruhe haben, dachte er, Ruhe vor Barbara mit ihrer unerträglichen Fröhlichkeit.

Gerade schallte es ihm wieder aus der Küche entgegen. «Willst du noch einen Tee, Süßi?»

Nein, er wollte nichts, er wollte nur noch weg.

«Das wird zu spät, um noch zu frühstücken, du weißt doch, wie die Hansson ist», rief er zurück.

Barbara war mit einem Becher Tee aus der Küche gekommen und bewunderte die Perfektion, mit der er sorgfältig sein Sakko faltete. Er war so ganz anders als sie. Dafür konnte er aber, im Gegensatz zu ihr, keinen Motor reparieren. «Hast du eigentlich manchmal Angst vor der? Ich meine: Angst vor ihrer Macht, ihrer Willkür, dass sie dich einfach rausschmeißen könnte?»

Christian legte vier ausgesuchte Krawatten auf das Sakko. «Quatsch!»

Barbara reichte ihm den Becher. «Wieso nimmt sie eigentlich dich mit?»

Er gab ihr den Becher zurück, während er sie verständnislos ansah. «Wieso? Weil ich ihr wichtigster Mann bin, deshalb.»

Barbara hatte den Becher abgestellt, ihre Arme von hinten um ihn geschlungen und küsste seinen Nacken.

«Kann nicht sein», murmelte sie zärtlich, «du bist nämlich mein wichtigster Mann.»

«Jetzt nicht, Barbara, ich muss mich noch anziehen.»

Sie warf sich auf das Bett und sah ihm beim Ankleiden zu.

«Und Iris?»

Christian zuckte zusammen. «Was ist mit Iris?»

«Na, warum nimmt die Hansson Iris nicht mit?»

Er stieg in seine Hose. «Na, einer muss ja das Hotel leiten.» Einen Moment lang hatte er gedacht ...

Barbara hatte sich mit Schwung erhoben und ging zur Tür. Dann blieb sie stehen, drehte sich um und lächelte. «Ich werde mich um sie kümmern, während du in Stockholm bist ... ist das ein Wort?»

Christian blickte ihr nach, bis sie außer Hörweite war. Dann schlug er mit voller Kraft auf den Koffer.

Diesmal hieß der Grund, weshalb Elfie sich erneut verspätete, Frank Melson. Sie hatte den Schönheitschirurgen und ehemaligen Verlobten ihrer Exchefin Ilka Frohwein sofort erkannt, als er aus der Drehtür kam und auf seinen Porsche zusteuerte, während sie mit Katrin und Phil vor dem Hotel noch ein Pläuschchen hielt. Zuerst hatte er sie nicht einordnen können, was verständlich war, denn immerhin wog Elfie bei ihrer letzten Begegnung 20 Kilo mehr. Dann aber war der Profi in ihm erwacht: Wie hatte sie das geschafft?

Unterdessen wunderte sich Katrin über Phil. Die beobachtete verzückt Iris Sandberg, die mit ihrem Wagen vorgefahren war, den Schlüssel in Schmollis Zylinder geworfen hatte und durch die Drehtür verschwunden war.

«Ist sie nicht süß? So weich, irgendwie ... manchmal hat sie so etwas Zerbrechliches ... Leidendes ...» Phil schwelgte in Gefühlen. Katrin hatte auch etwas Süßes, nämlich ihren Müsliriegel, in den sie jetzt kraftvoll hineinbiss, während sie sich gleichzeitig an die Stirn tippte.

«So süß, so weich ... du spinnst ja, das ist doch krank.»

Frank Melson hatte Elfie zum Abschied seine Visitenkarte überreicht, die sie jetzt nachdenklich betrachtete, während sie mit Phil und Katrin ohne Eile über den Flur ging. Schließlich war der Wachhund Alexa noch im Krankenhauszwinger. Sollte das ein Zeichen sein? Schon länger war sie nicht mehr zufrieden mit dem, was ihr der Spiegel präsentierte. Bester Laune stellte sie sich davor, aber wer ihr entgegensah, war eine grimmige Frau mit Zornesfalte zwischen den Augenbrauen. Da gab es doch so ein Mittel ... sie würde ihn danach fragen. Und dann war noch das Problem mit dem Busen, dem Bauch, den Oberarmen, den Schenkeln und vor allem der Hals ...

In Alexas verwaistem Büro brachte der Haustechniker eine Tafel an.

Die Mitarbeiter-des-Monats-Tafel. Die 12 Fächer darauf waren noch leer.

Iris stand vor Alexas Schreibtisch, die ungeöffnete Post durchblätternd, als Phil, Katrin und Elfie hereinkamen. Nachdem sie sich begrüßt hatten, deutete Iris auf den Schreibtisch. «Hier gibt es ja nun ein Problem, ich wollte fragen, ob eine von Ihnen ... vorübergehend natürlich nur ... hier aushelfen könnte ... wir haben ja noch keine Lösung.»

Bevor die anderen die Frage überhaupt verstanden hatten, machte Phil einen Sprung nach vorn. «Gerne! Sofort! Ich mache das!»

Iris lächelte. «Prima, dann können wir gleich loslegen, und Sie sind so nett und bringen mir meine Post als Erstes ... und dann müssen wir noch meinen Terminkalender durchgehen, und den von Herrn Dolbien, der ist ja heute auf Geschäftsreise.»

Kaum hatte Iris den Raum verlassen, stellte sich Phil in Positur vor die noch immer fassungslosen Kolleginnen. «Männeraufreißerinnen und Fressmaschinen: an die Arbeit! Sonst: Kühlkammer!»

Elfie wand sich vor Lachen. «Haben Sie zufällig Eisbein hier?»

Katrin konnte darüber nicht lachen. Als «Fressmaschine» bezeichnet zu werden, gefiel ihr absolut nicht. Sie fühlte sich verletzt. Das wurde auch nicht besser, als ihr Elfie später im Businesscenter von der Zeit erzählte, als sie selber noch 20 Kilo mehr gewogen hatte. «Es ist einem ja selbst nicht klar, warum man so unglücklich ist. Weil es einem keiner sagt. Diese Blicke, wenn man in eine Kneipe kommt ... die lieben Kollegen, die einem das nie direkt sagen, nur so hinterm Rücken, von wegen: Haste die im Jogginganzug gesehen? Wo gibt's denn solche Zelte zu kaufen?»

Katrin knallte ihr Brötchen auf den Tisch. «Was ist hier eigentlich los? Bin ich hier die Dicke, über die sich alle lustig machen können?» Aufgebracht rannte sie aus dem Zimmer.

Phil, die sich mittlerweile wieder eingefunden hatte, weil sie es, wie sie sagte, ohne die Mädels nicht aushalten konnte, ermahnte Elfie. «Behalt bloß deine Erfahrungen in Zukunft für dich.»

Nachdem Barbara und Christian Gudrun im Hotel abgeholt hatten, fuhren sie zum Flughafen. Während Christian noch diverse Gepäckstücke aus dem Kofferraum holte, bedankte sich Gudrun bei Barbara. «Es ist nicht selbstverständlich, dass Sie das gemacht haben, aber ich werde es beizeiten wieder gutmachen.» Dann guckte sie ungeduldig zu Christian. «Können wir dann, Herr Dolbien? Was suchen Sie da im Kofferraum? Die Titanic?»

Christian, dem bereits der Schweiß auf der Stirn stand, richtete sich auf. «Ich reise ja nur mit kleinem Gepäck ... im Gegensatz zu Ihnen ... für zwei Tage ganz schön viel Holz.» Er hatte drei große Koffer neben seinen kleinen gestellt. Gudrun winkte lässig einem Gepäckmann. «Ich lasse Sie jetzt mal allein, aber machen Sie nicht zu lange.»

Christian umarmte Barbara, aber als sie ihm sagte, sie würde vielleicht etwas mit Iris unternehmen, trat er sofort einen Schritt zurück. «Warum das denn?»

«Weil sie meine Freundin ist. Dann können wir gemeinsam jaulen, dass du weg bist.»

Barbara hatte es als Scherz gemeint, aber seine Miene sagte ihr, dass er es nicht so aufgenommen hatte. Er war sauer.

«Lass doch einfach Iris in Ruhe. Die hat viel zu viel zu tun.»

Als hätte er etwas gutzumachen, drückte er sie noch einmal an sich.

«Ich habe dich lieb.»

Eher mechanisch erwiderte sie, dass sie ihn auch lieb hatte. Was war los mit ihm? Warum konnte sie ihm nichts mehr recht machen?

Während sie darauf warteten, dass ihr Flug aufgerufen wurde, gab sich Gudrun sentimentalen Gedanken hin. «Früher hatte ich eine Referentin, die Iris Sandberg, nun habe ich niemanden mehr, der mir assistiert ...»

Christian sah sie voller Sorge an. «Sie denken doch hoffentlich nicht an mich? Nach zwei Wochen würden wir uns gegenseitig erschlagen.»

Gudrun schüttelte den Kopf. «Unsinn, ich dachte an Ihre Frau Malek. Wäre das was für sie? Sie ist frisch, patent, ausgesprochen nett, ich mag sie.»

Im Businesscenter machte man sich Gedanken über die Folgen, die Alexas Unfall für sie alle haben würde. Elfie konnte ein Lachen nicht unterdrücken, was Barbara dazu veranlasste, ihr Zynismus vorzuwerfen. «Es muss ein schrecklicher Tod sein, zu erfrieren, Elfie.»

«Oh», sagte die mit gespieltem Mitgefühl, «ich habe das Gegenteil gehört. Es wird einem endlich einmal warm ums Herz.»

Katrin, die schon seit einer Weile entnervt den Kühlschrank ausgeräumt hatte, warf alles, was sie in den Händen hielt, mit Wucht in den Papierkorb. Sie zeigte mit dem Finger auf Elfie. «Du bist so ein böses Teil! Mir reicht's langsam mit dir!»

Plötzlich war Elfie das Lachen vergangen. Sie sah Katrin traurig an, so hatte sie es doch nicht gemeint. «Ich bin nicht böse. Ich bin nur verzweifelt.»

Phil schaute um die Ecke. «Elfie, du möchtest bitte zu Herrn Jäger kommen.»

Conrad Jäger hatte bereits Uwe Holthusen und dem Haustechniker die gesetzliche Lage und damit die Schuldfrage erklärt. Es ging um Körperverletzung und Freiheitsberaubung. «Es war trotz des Schildes eine Gefahrenlage vorhanden, wie wir ja nun leider gesehen haben. Ein Schild alleine reicht da nicht. Und es war außerdem außen an der Tür angebracht, sagt unser Anwalt, und deshalb für Frau Hofer im geöffneten Zustand der Kühlkammer nicht zu sehen. Das ist der Dreh- und Angelpunkt.»

Uwe bestand darauf, dass es allein Alexas Schuld gewesen war, sie hatte sich seiner Meinung nach nicht an seine Anweisungen gehalten.

Conrad hatte sich nach vorn gebeugt, um seinen Worten Nachdruck zu verleihen. So gelassen er auch sonst den Fehlern anderer begegnete, dies war eine ernsthafte Angelegenheit. «Mensch, es geht um eine Kollegin, um ein Menschenleben!»

Dann hatte er sie verabschiedet und auf Elfie gewartet, um auch ihr eine Standpauke zu halten.

«Ich weiß, dass Frau Hofer nicht immer die angenehmste Zeitgenossin gewesen ist, aber sich daran zu erfreuen, dass es einer Kollegin schlecht ergeht, das zeugt von Menschenverachtung, das will ich nicht in diesem Hotel, okay?»

Wie ein Häufchen Elend saß Elfie da und stimmte ihm kleinlaut zu.

Die Haftpflichtversicherung des Hotels würde den Schaden übernehmen. Elfie bedankte sich aus tiefstem Herzen. Conrad sah sie mit ernster Miene an. «Danken Sie dem lieben Gott, nicht mir.»

Iris hatte, später, an einer anderen Apotheke gehalten und sie diesmal betreten. Sie hatte einen Schwangerschaftstest gekauft.

Noch immer saß sie auf der Toilette, das Röhrchen war benetzt und lag neben ihr auf dem Badewannenrand. Sie starrte auf die Tür, in ihr war Leere und gleichzeitig Chaos.

Sie wollte nicht auf das kleine Röhrchen gucken. «Nein, lieber Gott, nein, es wird nicht rot. Es ist nichts passiert, es darf nicht sein ... es darf nicht sein.» Sie könnte es ja einfach ignorieren ... Sie könnte so tun, als hätte sie sich das alles nur eingebildet. Es ist nicht wahr, dachte sie, ich sitze hier nicht, ich habe keine Angst, es gibt ja keinerlei Grund dafür.

Zögernd griff sie nach dem Röhrchen. Sie wiederholte den Satz wie ein Mantra: «Es darf nicht sein ... es darf nicht sein ...»

Dann öffnete sie ihre Faust. Auf der Handfläche lag das Röhrchen.

Es war rot.

Iris stand auf und ging ins Wohnzimmer. Sie goss sich ein Glas bis zum Rand voll mit Whiskey. Als sie es an den Mund setzte, zögerte sie.

Sie ging in die Küche und schüttete es aus. Eine Weile blickte sie auf das Glas in ihrer Hand. Dann warf sie es mit aller Kraft gegen die Wand, wo es in tausend Stücke zerbarst. Danach kamen die Tränen.

Morgens um sechs, nach einer schlaflosen Nacht, zog sie sich die Laufschuhe an und verließ das Haus.

Auf dem Rückweg begegnete ihr Barbara auf ihrem morgendlichen Lauf. «Heiho, du bist ja ein echter Earlybird!», rief Barbara ihr munter zu.

Iris machte keine Anstalten, stehen zu bleiben, aber Barbara lief schon neben ihr. «Ich mache jetzt eine Kehrtwendung, marsch ... und komme mit zu dir, dann trinken wir zusammen noch einen Tee!»

Iris blieb kurz stehen. «Ach komm, Barbara, setz mal deinen Törn fort ... ich will dich nicht abhalten. Wir sehen uns im Hotel.»

Sie lief davon, während eine verständnislose Barbara ihr hinterherblickte.

Elfie hatte Frank Melson aufgesucht.

Er begrüßte sie mit etwas, was er für einen Witz hielt. «Wissen Sie, wann eine Frau alt ist? Wenn der Arzt nicht mehr sagt: Machen Sie sich bitte oben frei!» Trotzdem zählte sie ihm auf, was sie für ihre Problemzonen hielt. Nicht ganz konzentriert war er ihr gefolgt, denn diese Auflistung hatte er bereits unzählige Male gehört. Die Wünsche seiner Kundinnen unterschieden sich kaum, da war er Spezialist. «Nun, was die Falte da zwischen Ihren Augenbrauen betrifft, da gibt es ja inzwischen Partys, das wissen Sie doch sicherlich?» Elfie wusste es nicht. «Kein Problem, Sie haben doch sicherlich Freundinnen? Die laden Sie mal alle ein, dann lohnt sich das wenigstens, ist ein Abwasch.» Und wieder konnte er sich kaum einkriegen über seinen gelungenen Witz, auch wenn Elfie nicht mitlachte. Sie dachte nach. Wenn es tatsächlich billiger würde ... sie kannte ja schließlich die Mädels aus dem Businesscenter ...

Was sie nicht wissen konnte, war, dass man sich im Businesscenter gerade über sie unterhielt. Katrin war immer noch stinksauer. Während Phil entgegenhielt, dass Elfie zumindest ein großes Herz besaß, maulte sie weiter. «Die hat 'ne große Klappe, sonst nix. Seit die hier ist, ist euch das eigentlich schon mal aufgefallen, passiert eine Horrorsache nach der anderen, die bringt nix als Unruhe in den Laden, diese alte Schnalle ... wenn ich das Wort «früher» schon höre, kommt mir die Kotze hoch! Ich könnte schreien, wenn ich drüber nachdenke ... ich kann die nicht mehr sehen, ich könnte ...»

Elfie betrat den Raum. Für jeden hatte sie eine Rose dabei. «Ich glaube, ich habe was gutzumachen. Und deswegen wollte ich euch alle heute Abend zu mir einladen.»

Katrin ließ die Rose unauffällig im Papierkorb verschwinden.

Iris stand am Fenster ihres Büros, das Telefon in der Hand, während sie mit sich rang, ob sie Christian anrufen sollte oder nicht.

Sollte sie es ihm sagen? Was erwartete sie von ihm? Sie wusste es nicht. Zögernd wählte sie die Nummer des Hotels in Stockholm.

Christian meldete sich. Sie wollte gleich wieder auflegen, aber etwas in ihr wollte auch seine Stimme hören. «Hallo, wollte mich nur mal melden.»

Sie würde es ihm nicht sagen ... oder doch? In dem Moment klopfte Barbara an die Tür. «Störe ich?»

«Ich telefoniere!»

Barbara versuchte es erneut. «Ich wollte nur ganz kurz ...» Iris blaffte sie an. «Aber nicht jetzt!»

Barbara hatte verstört die Tür geschlossen, Iris bemühte sich, Christian zu erklären, was vorgefallen war, aber eigentlich begriff sie es selber nicht. Wie hatte sie sich Barbara gegenüber nur so im Ton vergreifen können? Sie beendete verwirrt das Gespräch. Dann ging sie zum Fenster und presste ihre Stirn gegen das kühle Glas.

Als Phil mit der Post reinkam, ließ sie sich von ihr zu einem Brunch am Hafen überreden. So saßen sie gemütlich auf einer Bank, genossen den Blick auf die Elbe und löffelten ihren Salat.

«Das war eine schöne Idee von Ihnen! Ich komme mittags ja sonst nie raus.» Iris lächelte.

Phil pickte von ihrem Salat. «Ich kann mir vorstellen, dass man manchmal da oben … also in Ihrer Position, ganz schön einsam ist.»

Sie sah Iris erwartungsvoll an, die aber sagte nichts, sondern starrte stattdessen auf das Wasser.

«Ich meine, so zum Reden», setzte Phil erneut an, «beste Freundin oder so …»

Iris sah sie an, als wäre sie gerade aufgewacht. «Mit Barbara Malek bin ich … befreundet, in gewisser Weise. Aber wissen Sie: Es gibt dann immer wieder Dinge, die kann man einfach mit niemandem besprechen.»

Phil nickte weise. «Herrschaftswissen, hm, das kann man nicht mit jedem besprechen.»

Es war Iris nicht klar, ob sie sich überhaupt verständlich ausdrückte, aber bedeutete das noch etwas? Am liebsten wäre sie jetzt allein gewesen. Sie wollte sich jedoch nicht unhöflich gegenüber jemandem verhalten, der ihr so freundlich entgegenkam wie Phil, deshalb rang sie sich eine Erklärung ab. «Ich bin auch nicht so ein Freundschaftsmensch, glaube ich.»

Phil sah sie lange an. Iris Sandberg war so schön, sie musste es einfach wagen. Das war ihre Chance. «Frau Sandberg, und wenn ich noch so viele Freundinnen hätte, niemand könnte ich erzählen, dass ich in Sie verliebt bin.»

Iris schreckte aus ihren Gedanken auf. Was hatte sie da gerade gehört? Verwirrt sah sie Phil an.

«Da sind Sie platt, nicht wahr? Ist aber so, ich bin in Sie verliebt.»

Iris war ratlos. Hatte sich denn alles gegen sie verschworen? Noch mehr Probleme? «Bitte, Phil, das verwirrt mich ... ich ... ich werde darüber nachdenken, okay?»

Barbara stand mit den Mädels vor dem Hotel, als sie Iris bemerkte, die auf dem Weg in die Tiefgarage war. Sie winkte.

«He, komm, lass dein Auto stehen, ich nehme dich mit.»

Iris zögerte. Bloß jetzt nicht mit Barbara nach Hause fahren müssen. Aber ihr fiel keine plausible Ausrede ein.

Das Schweigen während der Fahrt belastete beide. Barbara warf ihr einen prüfenden Blick zu. «Ist irgendwas mit dir?»

«Nö.»

«Du bist so schweigsam.»

«Ich bin müde.»

Alles, was Iris am Abend dieses Tages wollte, als sie vor dem Haus ankamen, war Ruhe, Ruhe vor den anderen, aber vor allem Ruhe vor sich selbst. Barbara hingegen sehnte sich nach einem vergnüglichen Frauenabend.

«Wollen wir was essen gehen? Kino?»

Iris verfiel auf eine Antwort, die selbst Barbara fadenscheinig vorkommen musste.

«Ich muss noch bügeln.»

Als sie die Haustür geöffnet hatte, hielt Barbara sie zurück.

«Moment mal, du gehst mir aus dem Weg! Christian ist mal zwei Tage weg, und wir hätten super Gelegenheit, uns mal wieder auszuquatschen, aber wann immer ich einen Anlauf nehme, weichst du mir aus. Ich fange an, beleidigt zu sein.»

Müde schüttelte Iris den Kopf. «Siehst du eigentlich immer nur dich, Barbara?» Sie ging, ohne sich noch einmal umzusehen, die Stufen hoch.

Barbara war fassungslos. «Was soll ich machen? Du redest ja nicht mit mir!»

Völlig erschöpft drehte sich Iris um. «Es ist überhaupt nichts los. Ich will einfach nur meine Ruhe! Und ich wäre dir sehr dankbar, wenn du das respektieren könntest, ja?»

Dann verschwand sie in ihrer Wohnung.

Barbara, die auf dem Treppenabsatz stehen geblieben war, verspürte ein unangenehmes Druckgefühl an den Schläfen. Sie setzte sich auf die unterste Stufe. Was lief hier schief? Was hatte sie übersehen? Sie wünschte sich zu den Harsefelds nach Hitzacker, ihrem einzigen Zuhause.

Am nächsten Morgen holte Barbara Gudrun Hansson und Christian am Flughafen ab.

Unterwegs erklärte sie die momentane Situation im Direktionsbüro.

«Philine Sengelmann sitzt nun erst mal auf Alexa Hofers Platz.»

Gudrun überlegte sofort, ob die nicht auch als persönliche Referentin geeignet wäre, als Barbara scharf bremsen musste. Fast hätte sie jemanden überfahren. Alle sprangen aus dem Auto, um völlig verblüfft festzustellen, dass es sich um Begemann, Dr. Siegfried Begemann, handelte. Gudrun übergab ihm ihre Karte. «Rufen Sie mich an im Hotel, Dr. Begemann … ich bitte darum.»

Als Christian das Chefzimmer betrat, war es diesmal Iris, die ihn um ein Gespräch bat. Sie sehnte sich nach seiner Unterstützung, auch wenn ein Gefühl ihr sagte, dass sie die nicht bekommen würde. «Aber nicht hier im Hotel, irgendwo anders wäre mir lieber.»

Christian hatte sie angegrinst. «Klingt ja spannend, so geheimnisvoll.»

Doch in dem Moment klingelte das Telefon, Gudrun wünschte dringend, Iris in ihrer Suite zu sehen.

Fast wäre Iris an Phil vorbeigegangen, als ihr einfiel, dass sie Phil noch eine Antwort schuldete. Sie hatte es nicht verdient, vergebens zu hoffen. «Hören Sie, Phil, ich habe nachgedacht über das, was Sie mir am Hafen gesagt haben ...»

Phil sah sie an. «Ja?»

«Es tut mir Leid, aber nichts liegt mir ferner, als eine Frau zu lieben, und das sind keine Vorurteile. Ich bin stolz darauf, dass eine tolle Frau wie Sie mir dieses Geständnis gemacht hat, glauben Sie mir das bitte, ich bin auch irgendwie stolz darauf, dass ich Ihnen gefalle. Trotzdem ist es so: Eine Frau zu lieben ist nichts für mich ... absolut nichts.»

Iris atmete tief durch, als sie ging, leicht war es ihr nicht gefallen, diese reizende Frau zu verletzen. Aber es musste sein. Sie war, wie es Christian spöttisch genannt hätte, eine Männerfrau ... Ja, dachte sie, ich bin ein Frau für Männer, Männer dürfen mich schwächen, Frauen wieder aufbauen, lerne ich nie?

Phil hatte schon genug Ablehnungen ertragen müssen, deswegen schmerzte es aber nicht weniger. Als Iris den Raum verlassen hatte, legte sie ihren Kopf auf die Arme und weinte.

Gudrun packte erbost den Inhalt ihres Koffers in den Schrank. «Muss ich denn alles alleine machen? Was hat man eigentlich davon, dass man Chefin in diesem Puff ist?»

«Sie könnten doch Julietta, das Zimmermädchen, bitten.» Iris hatte lächelnd Gudruns Kampf mit der Garderobe verfolgt.

Dieser Vorschlag schien Gudrun erst recht in Rage zu versetzen. «Gottchen, die ist so dusselig, gucken Sie sich die an, die sieht aus wie eine Kuh bei Gewitter, mit ihrem leeren, norddeutschen Gesicht. Die bringt mir nur alles durcheinander und zerknittert meine Kleidung.»

Iris setzte sich in einen Clubsessel und beguckte sich das Chaos aus der Ferne. «Sie haben mich aber nicht gerufen, damit ich Ihnen beim Auspacken helfe?»

Gudrun sah sie an. «Meine Liebe, das waren noch Zeiten, als ich Sie ganz für mich alleine hatte!»

«Engagieren Sie doch eine neue Assistentin.»

Gudrun schnaufte. «Worauf Sie wetten können, Frau Sandberg. Ich wollte ja nur wissen, wie die letzten Tage abgelaufen sind.» Als sie von Iris keine Antwort erhielt, drehte sie sich um und sah bestürzt, dass Iris weinte. Gudrun widerstand der Versuchung, sich ihr zu nähern und sie in den Arm zu nehmen. Sie suchte nach einem Taschentuch, das Iris dankbar entgegennahm. «Ein Mann?»

Iris nickte, während sie sich die Nase putzte.

«Kenne ich ihn?»

«Es war nur einmal ... nur eine Nacht ... und es ist auch wieder vorbei ... aber ich bin schwanger. Christian ...»

«Christian? Etwa Christian Dolbien? Barbara Maleks Christian?»

Gudruns fassungsloser Gesichtsausdruck trieb Iris in einen neuen Weinkrampf.

Gudrun ging aufgeregt im Zimmer auf und ab. Dann blieb sie vor Iris stehen. «Weiß er es?»

«Nein, ich will ihn nicht damit belasten ... dann erfährt es Barbara ... das ist das Letzte, was ich möchte ... wozu soll das gut sein ... nein, ich muss das mit mir allein ausmachen.»

«Iris, Liebe, hören Sie mir zu: Ich habe das selber einmal erlebt, das ist lange her. Ich habe auch geschwiegen. Ich habe mich wochenlang gequält. Am Ende habe ich abgetrieben. Er hat es nie erfahren. Und heute denke ich: Es war in jeder Hinsicht ein Fehler. Ein Fehler, den ich mein Leben lang mit mir herumtrage, der schmerzt wie eine offene Wunde ... Wie viele Frauen kennen das? Die Dinge tragen wie ein Mann? Falsch! Der Dolbien ist ein Grundanständiger. Sie müssen mit ihm reden. Sie müssen ihm eine Chance geben. Sie müssen sich selber die Chance geben.»

Der Konferenzraum war bis auf den letzten Platz besetzt. Der Mitarbeiter des Monats würde heute verkündet werden.

Gudrun trat vor das Mikrophon. «Also, ich fasse mich kurz. Herzlich willkommen! Die Idee ist von Frau Sandberg. Sie ist gut. Wir werden monatlich einen Mitarbeiter für außergewöhnliche Leistungen auszeichnen. Es gibt eine Prämie, und ...», sie zeigte auf die noch leere Tafel, «ein Bild von Ihnen.»

Aus Gründen, die nur ihnen bekannt waren, hielten sowohl Katrin als auch Elfie ihre Taschen fest, da sie damit rechneten, gleich aufgerufen zu werden. Doris Barth wiederum blickte erwartungsvoll zu Conrad Jäger, ihrer Meinung nach der liebenswerteste Mitarbeiter, den man sich nur wünschen konnte. Uwe Holthusen, soeben mit einem Stern dekoriert, nickte ergeben: Wenn er es denn sein sollte, nun ja ...

Der Name, der fiel, erstaunte, außer die Direktion, alle, und sofort guckten die Mädels vom Businesscenter beschämt zu Boden. Es war Sonja, die man ausgewählt hatte wegen ihres mutigen Einsatzes für Alexa Hofers Leben.

Elfie hatte aus Zeitmangel nur noch schnell zwei Flaschen Sekt einkaufen können, aber das war nicht das Problem. Das Problem war Frank Melson.

Nur mühsam war es Phil und Barbara gelungen, eine äußerst unwillige Katrin zum Mitkommen zu überreden. Aber kaum hatten sie es sich in Elfies Wohnzimmer halbwegs gemütlich gemacht, als es schon an der Tür klingelte. Phil hatte gestöhnt: «O nein, doch nicht die Hofer!», da war Elfie mit Frank Melson erschienen. «Tata! Jetzt, wo die Tür zu ist ... und es kein Entrinnen gibt, kann ich es euch ja sagen ... der Typ neulich vor dem Hotel mit dem Porsche ... mein alter Bekannter hier ... also der ist Schönheitschirurg. Und wir machen heute Abend etwas Superexklusives! Eine Botoxparty!»

Die Reaktionen überschlugen sich.

«Botox? Das ist doch Nervengift!»

«Du spinnst, Elfie, das hättest du uns vorher sagen müssen!»

Katrin machte kurzen Prozess und erhob sich zum Gehen.

«Also so einen Scheiß mache ich nicht mit, ich lasse

mich doch nicht von diesem ...», sie warf Melson einen vernichtenden Blick zu, «Porschloch behandeln!»

Der guckte sie von oben bis unten an und grinste süffisant. «Na, an Ihrer Stelle ... gerade jemand wie Sie sollte sich darüber freuen, dass es Ärzte wie mich gibt, was?»

Katrin, die den Türgriff schon in der Hand hielt, ließ ihn wieder los und drehte sich sehr langsam um. Ihre Augen funkelten, aber sie war völlig ruhig und beherrscht. «Ich sage Ihnen mal was, es hat sehr lange gedauert, bis ich das Selbstbewusstsein hatte, zu mir selber zu stehen, da brauche ich einen Schönheitsfuzzi wie Sie nicht! Was habe ich mir schon als Kind anhören müssen: He Fetti, he Brummer, he Qualle ... mit Essen haben meine Eltern alles zugedeckt, alle Streitereien ... und eines Abends ist meine Mutter gekommen und hat gesagt: Morgen zieht die Mutti aus. Und wisst ihr, was das Abschiedsgeschenk von ihr war? Ein Gutschein für die Fettfarm!»

Sie schaute in die Runde. Niemand wagte etwas zu sagen. Selbst Frank Melson hatte es die Sprache verschlagen.

Elfie durchbrach das betroffene Schweigen, indem sie aufstand und sich vor Frank Melson stellte. «Hören Sie, Herr Melson, Sie packen jetzt besser Ihren Kram.»

Der überwand seine Sprachlosigkeit. «Was ist denn nun los? Also gegen Hysterie habe ich keine Spritze dabei.»

Elfie musterte ihn verächtlich. «Und offenbar auch keine für gutes Benehmen!» Sie legte ihren Arm um Katrin. «Das hier ist meine Freundin Katrin Hollinger. Wer die beleidigt, beleidigt auch mich. Gehen Sie!»

Als das Porschloch gegangen war, kramte Elfie Fotoalben aus, die sie in ihrer Zeit als Dicke zeigten. Besonders Katrin konnte sich nicht satt sehen, und so versöhnten sie sich doch wieder.

Gudrun Hansson hatte sich mit Siegfried Begemann zum Abendessen verabredet.

«Es ist nett, dass Sie sich gleich mit mir getroffen haben ... dass Sie sich überhaupt mit mir sehen lassen mögen ...»

Gudrun winkte ab. «Ach, Herr Begemann ... ob Sie auf Frauenkleider stehen oder nicht, interessiert mich doch überhaupt nicht. An und für sich konnte ich Sie nie besonders ausstehen ... Und Sie wissen, warum!»

Begemann blickte kleinlaut auf die Tischdecke. «Bitte schimpfen Sie nicht mit mir, vor Ihnen sitzt ein zerstörter Mensch.»

«Deshalb wollte ich Sie ja sehen», erwiderte Gudrun munter, denn sie freute sich schon auf sein überraschtes Gesicht, «möchten Sie nicht wieder bei uns anfangen?»

Begemann schnappte nach Luft. «O nein, das geht doch nicht! Mich noch einmal der Lächerlichkeit preisgeben: Nein, nein, das ertrage ich nicht!»

Ungeduldig klopfte Gudrun auf den Tisch. «Als Mitarbeiter habe ich Sie immer äußerst geschätzt!»

Begemann zerknüllte nervös seine Serviette. «Ich brauche dringend Arbeit. Dieser Zustand geht in jeder Hinsicht an die Substanz. Und ich bin Ihnen ja auch sehr, sehr dankbar, Frau Hansson ... aber wer soll mich noch als Personalchef akzeptieren im Grand Hansson?»

Gudrun lachte laut auf. «Doch nicht als Personalchef! Wir haben doch einen, und ich muss sagen: einen, der seine Sache brillant macht. Nein, nein ... ich suche einen persönlichen Referenten.»

Begemann starrte sie an. «Ich? Ich ... Ihr Referent?»

Gudrun schaute sich um. «Wer sonst, sehen Sie hier noch jemanden? Also los, zieren Sie sich nicht, etwas Besseres wird Ihnen in diesem Leben nicht mehr offeriert!»

Begemann erbat sich Bedenkzeit.

Iris war mit Christian an den Elbstrand nach Övelgönne gefahren. Während sie schweigend am Wasser entlanggingen, wartete Christian gespannt darauf, dass Iris etwas sagte.

«Ich will es ja gar nicht geheimnisvoll machen, bloß im Hotel werden wir dauernd gestört, und ich wollte in Ruhe mit dir reden.»

Christian sah sie forschend an. «Du kündigst?»

«Nein.» Sie war stehen geblieben und sah ihm fest in die Augen. «Nein, ich bin schwanger.»

Christian war geschockt. Er setzte sich auf einen der großen Findlinge am Wasser. Das konnte doch nicht wahr sein. Wütend schmiss er einen Stein ins Wasser. Iris sah ihn enttäuscht an. Damit hatte sie nicht gerechnet. Was bin ich doch für eine Idiotin, dachte sie, was hatte ich erwartet? Dass er sich freut? Er, der bisher der Verantwortung für andere Menschen erfolgreich aus dem Weg gegangen war, der ihr noch vor kurzem im «Fritz» erklärt hatte, dass Familie und Kinder nichts für ihn seien ...

Christian warf einen zweiten Stein ins Wasser. «Wie konnte das passieren, frage ich mich.»

Iris bedachte ihn mit einem spöttischen Blick. «Möchtest du eine medizinische oder eine psychologische Erklärung?»

«Auf deine Spitzfindigkeiten habe ich echt keine Lust. Für mich ist das ein schwerer Schock!»

Iris sah ihn traurig an. «Für mich auch, Christian, hör doch bitte auf, so aggressiv zu sein. Das ist für uns beide nicht einfach. Aber wir müssen da gemeinsam durch: du und ich.»

«Gemeinsam?» Er lachte höhnisch auf. «Du und ich gemeinsam? Du vergisst, dass ich mit Barbara zusammen bin.»

Iris nickte ernst, sie hatte es ganz sicher nicht vergessen. «Ich weiß das, und deshalb müssen wir uns da was überlegen.»

«Was meinst du damit?»

Iris suchte einen Moment lang nach Worten, die es ihm verständlich machen konnten, dann sah sie ihn an. «Weißt du, am Anfang dachte ich sofort: Das Kind kannst du nicht bekommen. Ich kann ja auch meinen Beruf nicht aufgeben. Allein erziehende, berufstätige Mutter zu sein, das passt nicht zu mir. Ich habe mich daran erinnert, wie es bei uns zu Hause war: Mein Vater kannte nur das Geld und seine Arbeit ... in gewisser Weise sind mein Bruder und ich nur von Frauen erzogen worden, Mutter, Tanten, Großmutter, ich habe das so gehasst, diese Frauenwirtschaft, diese gut gemeinte Frauensolidarität, wir schaffen das schon und so ... Aber jetzt denke ich ... wenn wir ganz ehrlich und klar Barbara reinen Wein einschenken ...»

Christian hatte sie scharf unterbrochen. «Ich will Barbara auf keinen Fall verlieren.»

Beschwörend legte sie die Hand auf seinen Arm. «Das verlangt doch keiner. Es wird ihr wehtun, wir werden streiten, diskutieren, was weiß ich, aber sie ist eine Frau, sie ist eine kluge Frau, eine gute Freundin, sie hat ein Herz ... am Ende, da bin ich mir vollkommen sicher, versteht sie es.»

Christian blickte skeptisch. «Das klingt irgendwie egoistisch.»

Iris hatte Mut geschöpft, vielleicht konnte sie ihn doch überzeugen.

«Und du, Christian, du wärst ein wunderbarer Vater.»

Er schüttelte ihre Hand ab. «Du willst das Kind bekommen?»

Sie nickte. «Aber ich will da nicht allein durch.»

Christian musterte intensiv seine Schuhspitzen, während Iris ruhig auf seine Antwort wartete. Dann schüttelte er den Kopf und sprach, ohne sie anzusehen. «Das geht nicht. Eine Familie gründen, Vater sein: So weit bin ich nicht, Iris. Das kann ich nicht, und das will ich nicht. Du musst das Kind ...»

Er hatte es offen gelassen, was sie seiner Meinung nach tun musste, aber sie hatte schon begriffen. Er erwartete von ihr, dass sie das Kind abtreiben würde. Wortlos stand sie auf und ging zum Auto.

KAPITEL 13

D*ie Rezeptionistin Doris Barth* konnte es nicht fassen. Es lag keine Buchung vor für den Gast, dessen ungeduldiges Fingertrommeln auf dem Tresen ihre Nervosität nicht gerade minderte. Der Mann wandte sich an seine Frau. «Ich habe mir das gleich gedacht, dass das nicht funktioniert, dabei habe ich ihm drei E-Mails geschickt.»

Doris kniff die Augen zusammen, als sie ihn ansah. Dominik Dolbien sah seinem Bruder tatsächlich sehr ähnlich. Er war groß, sportlich gebaut und besaß ein markantes, männliches Gesicht. Seine Haltung drückte eine gewisse Arroganz aus. Sowohl seine als auch die Garderobe seiner hübschen Frau Teresa waren von ausgesuchter Qualität.

Doris versuchte tapfer zu lächeln, während ihr die Hände flatterten, denn ein Blick auf die Belegungsliste hatte ihr gezeigt, dass das Grand Hansson ausgebucht war. «Es tut mir so Leid, wir sind ... quasi ... ausgebucht.»

«Dann kriegen Sie doch endlich Christian Dolbien ans Telefon, das wird doch wohl noch möglich sein!»

Verzweifelt nahm Doris wahr, dass Christians Leitung immer noch besetzt war. «Er spricht noch ... bitte regen Sie sich nicht auf, ich kläre das sofort, nehmen Sie doch einen Moment Platz.»

«Wir nehmen gar keinen Moment Platz. Wir waren fünf Stunden auf der Autobahn ... ich möchte duschen und meine Frau hat Kopfschmerzen.»

«Ärger, Schatz?» Teresa Dolbien, die sich angetan im

Hotel umgesehen hatte, war an die Rezeption getreten. «Nun sei nicht mürrisch, freu dich doch auf das Wiedersehen.»

Christian eilte durch die Halle. Er warf einen fragenden Blick zu Doris Barth, die auf die Terrasse zeigte. Während Dominik mürrisch die Karte studierte, tippte Teresa eine Nachricht in ihr Handy.

«Was ist denn jetzt schon wieder, Teresa?»

«Ach, die Kinder möchten, dass wir ihnen was vom Hafen mitbringen.»

«Mach ihnen nicht so viele Versprechungen, die haben sowieso von allem zu viel.»

Christian hatte die Terrasse betreten, was Dominiks Laune nicht zu bessern schien. «Na, endlich.»

Teresa hatte ihn ebenfalls entdeckt. Sie sah besorgt zu ihrem Mann.

«Du weißt, worum ich dich gebeten habe, Dominik!»

Dominik war bereits aufgestanden, um sich von Christian umarmen zu lassen. «Hallo, Dominik, das ist ja eine Riesenüberraschung!»

Dann nahm er liebevoll Teresa in den Arm. «Gut siehst du aus, Teresa, du wirst ja immer hübscher! Lange nicht gesehen.»

Dominik hatte sich bereits wieder gesetzt. «Woran das wohl lag», bemerkte er spitz, argwöhnisch Christians Hände auf Teresas Rücken beäugend. Die schüttelte nur den Kopf. «Nun fang nicht gleich wieder mit deinen Spitzen an.»

Sascha kam, um die Bestellungen aufzunehmen. Christian lehnte sich zurück. «Was führt euch zu mir, seid ihr auf der Durchreise?»

Triumphierend sah Dominik zu seiner Frau. «Ich habe es doch gleich gesagt! Drei E-Mails habe ich dir geschickt, hast du nicht wenigstens eine Sekretärin in diesem Schuppen, die die für dich checkt? Wir haben unseren Besuch vor einer Woche angekündigt.»

Auf Christians Stirn erschien eine Falte. «Du willst mich besuchen, Dominik? Du hättest anrufen sollen.»

Teresa nickte zustimmend. «Ich habe gleich gesagt: wieso E-Mail, wieso rufst du nicht an, wieso sprichst du nicht mit deinem Bruder, aber da gibt es ja bei euch beiden Hemmschwellen, bekloppt!»

Dominik wartete, bis Sascha Teresa einen Orangensaft und ihnen beiden jeweils einen Espresso hingestellt hatte. «Nun sagt mir diese Schnalle an der Rezeption, ihr seid ausgebucht.»

Christian nahm vorsichtig einen kleinen Schluck von dem heißen Getränk. «Wie lange wollt ihr bleiben?»

«Drei Tage oder so, wir wollen ja auch was sehen von der Stadt.»

Teresa nickte. «So ungefähr drei Tage.»

«Hm, das kriegen wir schon hin.»

«Gut.» Dominik begann, sich zu entspannen. «Und, Christian, was machen die Frauen? Immer noch nicht verheiratet?»

Christian hatte dafür gesorgt, dass sie eine Suite, die generell für besondere Gäste freigehalten wurde, bekamen. Er führte sie durch die Räume. «Ich mache euch natürlich einen Sonderpreis.»

Dominik stellte sich sofort in Positur. «Du musst uns nicht alimentieren.» Was ihm einen bösen Seitenblick von Teresa einbrachte, die von der Suite beeindruckt war.

Christian beendete den Rundgang. «Ich müsste dann jetzt, gibt noch einiges zu tun ... wollt ihr heute Abend zu uns zum Essen kommen?»

Dominik sah ihn erstaunt an. «Zu euch?»

«Zu uns, ja, zu meiner Freundin Barbara und mir.»

Während Dominik noch zögerte und etwas von einem anstehenden Termin murmelte, lächelte Teresa. «Klar kommen wir, Christian, gerne sogar», sagte sie bestimmend.

Vor dem Portal kam Schmolli in den Genuss, ein Aufeinandertreffen der besonderen Art beobachten zu dürfen.

Während Alexa, endlich wieder gesund, ihrem Mini entstieg, näherte sich von links Begemann, um ebenfalls seinen ersten Arbeitstag zu beginnen, wenn auch nach längerer Zeit als sie.

Gleichzeitig bogen von rechts Katrin, Phil und Elfie um die Ecke, ganz offensichtlich gut gelaunt, denn ihr Lachen konnte man schon von weitem hören. Es brach abrupt ab. Phil war stehen geblieben. «Seht ihr, was ich sehe?»

Katrin sperrte den Mund auf. «Das muss eine böse Fata Morgana sein!»

Elfie ließ die Arme hängen. «Ich sehe, was ihr seht.»

Phil seufzte. «Das Leiden geht weiter, Mädels!»

Langsam setzten sie sich wieder in Bewegung. Inzwischen hatte Begemann Alexa erreicht. Er wollte an ihr vorbeigehen, aber sie hielt ihn auf. «Ich habe gehört, dass du ...»

Er drehte sich kurz um. «Keine Privatgespräche!» Dann grüßte er Schmolli und verschwand im Hotel. Auch Alexa grüßte Schmolli, und zwar ausgesucht freundlich. «Guten Morgen, lieber Herr Schmolke.»

Der tippte sich an den Zylinder. «Morgen, Frau Hofer.»

Die Mädels hatten den Eingang erreicht. «Morgen, Schmolli.»

«Morgen die Damen.»

Alexa grüßte die drei mit ihrem strahlendsten Lächeln, das jedoch keine Wirkung hatte, denn sie sahen sie nur wortlos an und gingen weiter. Alexa lief hinterher. «Nehmen Sie mich mit?»

Phil stöhnte auf. «Wenn es nicht anders geht ...»

Barbara kam mit einem Berg Akten um die Ecke, als Iris gerade den Lift verließ. «Morgen, Barbara.»

«Morgen, Iris, alles okay?»

«O ja, alles sehr okay!»

«Weniger Stress, wenn Christian da ist, was?»

«Genau.»

Der Sarkasmus in Iris' Stimme war zu gut versteckt, um Barbara auffallen zu können. Sie freute sich einfach nur, dass es Iris anscheinend wieder besser ging.

«Du, der Uwe hat eine supergünstige Partie Zander im Hafen ersteigert und uns was davon zum Sonderpreis angeboten, du magst doch Fisch? Ich wollte heute Abend Zander zubereiten ... es reicht für uns drei, willst du nicht kommen?»

«Gerne, Barbara.»

Warum auch nicht, dachte sie, als sie den Flur entlangging. Jetzt ist ja alles entschieden. Sie war heute Morgen bei Pro Familia gewesen. Die Psychologin hatte ihr nicht zugesetzt, aber mitfühlend nachgefragt. «Befreien Sie sich von dem Druck, Frau Sandberg, wir müssen hier nicht zu einem Ergebnis kommen.»

«Ach ja?» Iris hatte verzweifelt aufgelacht. «Ohne Ergebnis bekomme ich aber Ihren Schein da nicht ...»

«Den Schein kriegen Sie auf jeden Fall, das ist es nicht, was ich meine. Was wir hier gemeinsam herausfinden sollten, ist: Was sind Ihre Nöte? Ich spüre doch die ganze Zeit über Ihre Ambivalenz!»

Iris hatte mutlos mit den Schultern gezuckt. «Keinen Mann zum Kind, keinen Mut zum Kind.»

Die Psychologin hatte verständnisvoll genickt. «Haben Sie jemanden, mit dem Sie privat reden können? Der Ihnen rät?»

Iris hatte auf den leeren Stuhl neben sich gezeigt. «Sie sehen ja, ich sitze allein hier. Das ist dann immer so, in Momenten wie diesem.»

Es war ihr schwer gefallen, die Tränen zu unterdrücken. Ihre Einsamkeit erschien ihr unendlich. Die Psychologin verstand sie. «Ich brauche Ihnen keinen Vortrag über Moral und Konsequenzen zu halten, ich habe während unseres Gesprächs festgestellt, dass Sie eine verantwortungsbewusste Frau sind. Den Schein schreibe ich Ihnen natürlich aus. Aber ich habe auch Ihre Seelenqual mitbekommen, ich empfehle Ihnen dringend ... hinterher ... eine psychotherapeutische Beratung in Anspruch zu nehmen.»

Sie war aufgestanden und hatte Iris zur Tür begleitet. «Ich sage nicht auf Wiedersehen, ich sage: Alles Gute, Frau Sandberg ... und denken Sie bitte daran: Es ist keine Frage von Schuld.»

Iris hatte sie unglücklich angesehen. «Doch, es ist eine Frage von Schuld.»

Begemann hatte sich bei Conrad Jäger vorgestellt. Ein wenig komisch kam es ihm schon vor, auf der anderen

Seite des Schreibtisches zu sitzen. Er sah sich im Zimmer um. «Erst war ich hier Personalchef, und nun Adlatus.»

Conrad nickte verständnisvoll. «Ohne Frage muss das ein befremdliches Gefühl für Sie sein ... was meine Person angeht: Ich hege keinerlei Vorurteile gegen Sie. Was war, ist Vergangenheit. Ich bin selber vor meiner Anstellung hier ein halbes Jahr arbeitslos gewesen. Mir wäre das sehr lieb, wenn wir beide es hinkriegen würden, emotionslos und pragmatisch zusammenzuarbeiten.»

Begemann rieb sich unglücklich die Hände. «Ja, Sie sagen das. Illusionen darf ich mir trotzdem keine machen: Es wird ein Spießrutenlaufen!»

Wie zum Beweis seiner Befürchtung klopfte Barbara an die Tür, ging lächelnd mit ihren Unterlagen auf Conrad zu und ignorierte Begemann. Er versuchte es trotzdem. «Guten Tag, Frau Malek.»

Sie nickte ihm kurz zu, bevor sie rausging. Begemann seufzte. Solche Reaktionen würde er in der nächsten Zeit noch öfter erleben.

«Erwartet Frau Hansson mich?»

Conrad zeigte auf das Telefon. «Rufen Sie doch einfach an ... eines noch, Dr. Begemann ...»

Begemann legte den Hörer wieder auf. «Ja?»

«Sehen Sie, da oben sitzen Sie künftig im Zentrum der Macht, um es mal so hochtrabend zu formulieren. Diskretion selbstverständlich.»

Begemann schnaubte empört. «Ja was denken Sie denn?»

Conrad beugte sich vor, um seinen Worten Nachdruck zu verleihen.

«Vor allem aber müssen Sie wissen: Ich pflege meinen eigenen Stil. Und wenn ich auch einen leichten Hauch von Mobbing spüre ... von Intrige ... ich bin da sehr zugempfindlich ... dann werde ich Sie, so nett ich scheine, höchstpersönlich rausschmeißen!»

Barbara wirbelte in der Küche, die mittlerweile einem kleinen Schlachtfeld glich. Sie hatte noch keine Zeit gefunden, um sich umzuziehen, sondern einfach eine Küchenschürze über ihre Jeans gebunden. Die Tomatensuppe köchelte bereits, und die Zanderfilets lagen abgezogen auf einem Teller, während sie ein Backblech mit Tomaten, Oliven und Kräutern belegte. Sie war unzufrieden. «Du hättest es mir sagen müssen, Uwe hatte genügend Zander über. Das reicht vorn und hinten nicht, die werden denken, wir sind geizig.»

Christian war mit einem leeren Tablett in die Küche zurückgekommen. Lustlos hatte er den Tisch gedeckt. «Dann mach doch einfach mehr Gemüse dran und fertig, merkt doch keiner. Ich würde das Essen am liebsten wieder abblasen, heute war nur Stress ... die Hofer wieder auf Schiene bringen, die scheint ja echt fertig zu sein ... über den Begemann haben wir zwei Stunden mit der Hansson gelabert ... und jetzt das noch.»

Barbara arrangierte die Filets auf dem Gemüsebett. «Na toll, und ich habe Iris gesagt: kleines, intimes Abendessen!»

«Iris?»

«Ja sicher ... hab ich das nicht gesagt?»

Christian knallte das Tablett auf den Tisch. «Ach, Mensch, Barbara, was soll das? Mein Bruder kommt! Das ist ein Familienessen! Das passt mir überhaupt nicht. Ich will so etwas wissen, wenn du andere Leute einlädst.»

Barbara hatte sich umgedreht. «Andere Leute? Sie ist unsere Freundin, sie war seit Wochen nicht mehr bei uns ... und überhaupt: Du sagst mir das auch vorher nicht! Was ist denn los mit dir?»

Christian ging in den Flur und griff sich seine Sporttasche.

«Immerhin ist das noch meine Wohnung, oder? Weißt du was? Mich nervt das alles. Ich geh nochmal laufen.»

So kam es, dass Barbara keine Zeit mehr blieb, um sich noch umzuziehen.

Als es klingelte, stand sie verschwitzt und mit ungekämmten Haaren an der Tür, weshalb Dominik vermutete, dass sie Christians Haushälterin sein musste. Teresa entschuldigte sich für ihren Mann. «Denken Sie sich nichts dabei, Dominik macht gerne solche Späße.»

Sie überreichte einen Blumenstrauß. «Danke für die Einladung.»

Während Barbara die beiden hereinbat und ins Wohnzimmer führte, hoffte sie inständig, dass man ihre Verlegenheit nicht so deutlich bemerkte. Wie sollte sie Christians Abwesenheit erklären?

Aber es war klar, dass dieser Kelch nicht an ihr vorübergehen würde. Dominik hatte betont forsch Christians Bücherregal inspiziert, nun wandte er sich um. «Und? Wo ist er? Der Herr des Hauses?»

«Der ... äh ... er, er verspätet sich etwas ... was kann ich Ihnen denn zu trinken anbieten? Wir haben Champagner im Kühlschrank.»

Sie holte schnell die Flasche und drei Gläser, während Teresa die Tischdekoration bewunderte. Barbara hatte mit Kieselsteinen und Muscheln, passend zum Fisch, eine kleine Seelandschaft komponiert. Teresa war beeindruckt. «Oh, wie hübsch, waren Sie das?»

Dominik lachte auf. «Na, das war bestimmt mein häuslicher Bruder.»

Es entstand eine kurze Verlegenheitspause. Barbara fragte sich verzweifelt, wann Christian endlich käme. Das tat auch Dominik.

«Also ich hätte jetzt wirklich gern gewusst, wo mein Herr Bruder bleibt.»

Barbara schenkte die Gläser voll. «Er ... er hat im Augenblick furchtbar viel Arbeit.»

«Dann muss er uns nicht einladen.»

Teresa eilte Barbara zu Hilfe. «Was soll's, dann machen wir es uns zu dritt gemütlich.»

Dominik hielt die Hände hoch. «Ich würde mir gerne mal ... die Hände waschen.»

Barbara zeigte in den Flur. «Zweite Tür rechts.»

Teresa nahm ihr Glas und setzte sich auf die Couch. «Machen Sie sich nichts draus, der Dominik ist gar nicht so. Aber er und sein Bruder ...»

Barbara hatte sich neben sie gesetzt. «Christian hat nicht wirklich viel von ihm erzählt, ich weiß kaum was über die beiden.»

Teresa beugte sich vor und legte vertraulich die Hand auf Barbaras Knie. «Ich sage nur: Großer Bruder, kleiner Bruder, die üblichen Querelen. Christian war immer der Liebling des Vaters ... obwohl er ja so früh mit der Mutter nach England ist, nach der Scheidung ... und Dominik grollt ihm ein bisschen, weil der es immer besser verstanden hat, sein Ding zu machen, sich abzugrenzen. Und Sie? Erzählen Sie. Wie lange kennt ihr euch schon?»

Wo sollte Barbara anfangen? Sie zuckte mit den Schultern. «Ach, wissen Sie, das ist eine lange Geschichte.»

«Aber ihr liebt euch?»

Barbara strahlte. «Ja!»
Teresa prostete ihr zu. «Also ist er angekommen.»

Auch in der Präsidentensuite saßen zwei Frauen auf der Couch, allerdings tranken sie Tee.

Iris ließ sich nur schwer davon überzeugen, dass es wirklich eine gute Idee gewesen war, Begemann wieder einzustellen.

«Der Begemann wird mir gegenüber alles tun, diese Scharte auszuwetzen. Nichts macht Leute so gefügig wie ein schlechtes Gewissen. Und was den Spesenbetrug angeht: Betrügen wir nicht alle irgendwann einmal?»

Iris überhörte geflissentlich Gudruns Spitze. «Christian hat Recht, es ist ein Affront gegen uns, Sie untergraben wieder mal unsere Autorität.»

Mit einer wegwerfenden Handbewegung deutete Gudrun an, was sie von diesem Einwand hielt. «So ein Unsinn. Ihre Autorität ist unantastbar, das Haus läuft so gut wie nie, niemand stellt Sie oder den Dolbien infrage. Außerdem hat Begemann mit dem Tagesgeschäft überhaupt nichts zu tun. Der ist ausschließlich mein Sklave.» Sie kicherte. «Das würde er sicher gern hören, Gottchen, ich weiß nicht, worauf ich mich da einlasse, aber egal, es ist, wie es ist, reden wir von Ihnen.»

Iris warf einen Blick auf ihre Armbanduhr. «Ehrlich gesagt, Frau Hansson ... ich bin zum Essen eingeladen.»

«Aber ich langweile mich!» Es hätte nur noch gefehlt, dass Gudrun mit den Füßen aufstampfte. Iris lachte. «Dann gehen Sie unten essen ... soll sehr gut sein, habe ich gehört.»

«Ich muss aber noch wissen, was mit Ihrer ... Sache ist.»

«Meine Sache? Hübsche Formulierung. Ich war heute bei Pro Familia.»

Gudrun betrachtete ausgiebig ihre Fingernägel. «Also doch ... schade, ich wäre gerne Patentante geworden.»

«Mir ist weiß Gott nicht zum Lachen zumute, Frau Hansson.»

«Und Dolbien?»

Iris seufzte. «Christian macht nur eines, und das konsequent: den Kopf in den Sand stecken. Er hat das Gefühl, ich würde ihn erpressen. Ich habe mich entschieden.»

Gudrun nickte. «Haben Sie einen guten Arzt?»

«Tja, im Prinzip ja, er hat alle Untersuchungen gemacht ...», sie lachte bitter auf, «und ist danach in den Urlaub gefahren. Ein Unglück kommt halt selten allein. Aber ich will das sofort hinter mich bringen.»

«Warum gehen Sie nicht in die Klinik von meinem guten Freund Rainer Maria Rilke?»

Iris zögerte. «Ich kenne ihn doch gar nicht ... jedenfalls nicht richtig.»

«Dann lernen Sie ihn kennen. Ich mache einen Termin für Sie.»

Iris war aufgestanden. «Danke, Sie sind sehr nett zu mir, Frau Hansson, ich weiß das zu schätzen.» Sie warf einen erneuten Blick auf ihre Uhr. «Ich wäre gerne noch geblieben, es ist so ... friedlich bei Ihnen.»

Gudrun prustete los. «Friedlich? Stinklangweilig ist es! Wo gehen Sie überhaupt hin?»

«Zu Christian und Barbara.»

Gudrun sah sie voller Respekt an. «Sie haben vor nichts Angst, was? Nicht einmal vor der Höhle des Löwen.»

Als Iris gegangen war, griff sich Gudrun das Telefon und wählte Rilkes Nummer. Ungeduldig wartete sie, bis er endlich abhob. «Hör mal, du alter Zausel, hier spricht deine Exgeliebte, es gibt ein Problem ...»

Im «Fritz» bemühten sich Elfie und Katrin nach Kräften, Phil aus ihrer depressiven Stimmung zu befreien. Die hatte bereits das dritte Bier vor sich stehen und malte unentwegt kleine Herzen auf ihre Bierdeckel. Elfie zuckte mit den Schultern. «Nö, wir reden nicht mit jedem.»

Katrin hatte Phil einen der Bierdeckel weggezogen. «Nö, wir malen lieber Herzchen! Wie süß!»

Phil fand das überhaupt nicht witzig. «Eure Sorgen möchte ich haben.»

«500 Euro Miese auf dem Konto?», rief Katrin.

«Angst vor dem Alter?», kam es von Elfie.

«Wie wäre es mit: Liebeskummer?»

Die beiden guckten sie verdutzt an. «Erzähl! Wer ist es? Einer, den wir kennen?»

Phil sah von der einen zur anderen und schüttelte den Kopf. «Tomaten auf den Augen, was?»

Katrin blickte verwirrt zu Elfie. «Hast du was gewusst? Wer ist es denn nun?»

Die hatte auch keine Ahnung. «Und wieso Tomaten auf den Augen, hellsehen kann ich nicht, schon gar nicht, wo du immer so verschlossen bist.»

«Ihr kommt sowieso nicht drauf: die Sandberg. Ich bin in die Sandberg verknallt.»

Katrin, die gerade ihren Arm um Phil gelegt hatte, zog ihn schnell zurück. «Du liebst Frauen? Jetzt bin ich aber platt.»

Phil sah sie an. «Das kann nicht sein, dass du das nicht weißt.»

Katrin überlegte. «Nö, ich dachte immer, du machst Witze.»

«Ja, ist ja auch ein Witz, sie hat mich abblitzen lassen.»

Elfie, die sich den Abend über an Säften festgehalten hatte, nahm einen tiefen Schluck aus Phils Bierglas. «Na, was hast du denn erwartet?»

Phil ließ den Kopf auf ihre Arme sinken und schluchzte. Katrin strich ihr sanft über die Haare. «Hör mal, andere Mütter haben auch schöne Töchter.»

Elfie nahm noch einen Schluck. «Genau! Guck Katrin an!»

In Christians Wohnung hatte sich nicht nur der Champagner dem Ende zugeneigt, sondern auch die Gesprächsthemen, mit denen sich die peinliche Abwesenheit von Christian noch überbrücken ließ. Erleichtert sprang Barbara auf, als es an der Tür klingelte.

«Das ist er ... hat bestimmt seinen Schlüssel vergessen.» Sie lief in den Flur. Teresa nützte die Gelegenheit, ihren Mann zu ermahnen.

«Fang nicht wieder mit den alten Geschichten an, das interessiert kein Schwein!»

Dominik goss sich den Rest Champagner in sein Glas. «Er ist und bleibt ein Arschloch!»

Barbara kam zurück mit Iris an der Hand. Sie übernahm die Vorstellung. «Iris leitet mit Christian das Hotel ... aber vor allem ist sie eine Freundin des Hauses sozusagen.»

Dominik musterte Iris von oben bis unten. «Soso, eine Freundin des Hauses.»

Als Christian, verschwitzt vom Laufen, endlich erschien, waren die Teller und einige Flaschen Rotwein leer. Er entschuldigte sich damit, dass ihm anscheinend die Zeit mal wieder davongelaufen sei, was seinem Bruder bekannt vorkam. «Das kennt man ja schon.»

Teresa, aufkommendes Unheil witternd, bemühte sich um ein unverfängliches Thema, wie sie glaubte. «Wir sprachen gerade über Kinder, Christian, wollt ihr denn keine? Ich meine, Christian ist doch jetzt auch langsam mal in dem Alter, wo …»

Barbara warf einen schnellen Seitenblick auf Christian und beantwortete die unausgesprochene Frage. «Wenn der richtige Zeitpunkt da ist, schon. Doch!»

Iris saß wie gelähmt auf ihrem Stuhl, während Christian sich Wein eingoss und einen großen Schluck trank.

Dominik, von Christians reichlicher Verspätung immer noch enttäuscht, stand der Sinn nach Provokation. Alkoholisiert, wie er war, suchte er Streit. Genüsslich lehnte er sich zurück und beguckte sich die beiden Frauen neben Christian auf der anderen Tischseite.

«Also, wo wir jetzt endlich alle beisammensitzen … kurze Frage, zum besseren Verständnis …», er zeigte auf Barbara, «Sie sind seine Freundin.» Dann wies er auf Iris. «Sie waren seine Freundin. Und trotzdem: eiapopeia, alles in Butter? Wie geht das, Christian?»

Iris reichte es, der Abend war mehr als unerträglich verlaufen. Sie erhob sich. «Ich würde mich gerne entschuldigen …»

Barbara hielt sie zurück. «Es gibt noch Obst, Iris.»

Christian sah seinen Bruder voller Verachtung an. «Wenn du nur wieder gekommen bist, um mich zu provozieren, Dominik … da ist die Tür.»

«Genau.» Dominik stand auf und schüttelte Teresas beruhigende Hand ab. Im Flur drehte er sich um. «Du bist ein Arschloch, Christian.»

Der war aufgesprungen und stellte sich vor Dominik. «Du kommst hierher nach Hamburg ... nach all den Jahren ... in meine Wohnung ... sitzt an meinem Tisch und beleidigst mich nur, von der ersten Sekunde an ...»

Dominik hatte bereits die Tür geöffnet. Wütend knallte er sie wieder zu. «Sag mal, merkst du noch was? Du lädst uns ein, zum Abendessen ... deine Freundin reißt sich den Arsch auf ... wir hocken hier Stunden mit deinen beiden Ladys. Und du ... mal wieder Flucht ... das ist doch eine bodenlose Frechheit ... eine Missachtung von Teresa und mir sondergleichen ...»

«Ich bin nicht davongelaufen, ich habe mich nur ganz einfach verspätet.»

Dominik schrie ihn an. «Du bist immer weggelaufen.» Er drehte sich um zu Barbara und Iris. «Er flieht vor jeder Verantwortung, vor Nähe ...»

Christian gab ihm einen Stoß. «Jetzt hör auf!»

Darauf hatte Dominik gewartet. Er baute sich vor Christian auf. «Was willst du, he? Was willst du, Arschloch?»

«Du nennst mich nicht nochmal Arschloch!»

«Du bist eins.»

Sie gerieten aneinander. Teresa, die sich beschwichtigend zwischen die beiden stellte, wurde von Christian beiseite geschoben, was Dominik zur Weißglut trieb. Er schlug Christian ins Gesicht. «Du fasst meine Frau nicht an, nie wieder.»

Im nächsten Moment lagen sie auf dem Boden und prügelten auf sich ein, bis Barbara, die aus ihrer Erstarrung erwacht war, schrie. «Schluss! Sofort Schluss!»

Dominik rappelte sich auf und verschwand durch die Tür, Teresa folgte ihm unter tränenreichen Entschuldigungen. Im Auto wischte sie ihm das Blut aus dem Gesicht. «Du hättest ihn nicht so provozieren dürfen. Du weißt doch, wie empfindlich er ist.»

«Jetzt bin ich wieder schuld ... ich hasse ihn.»

Teresa nahm ihren Mann in den Arm. «Das ist nicht wahr. Du liebst ihn. Und er liebt dich.»

Am nächsten Morgen fuhr Iris zu Dr. Rilkes Klinik. Vor dem Eingang sah sie eine Mutter, die strahlend ihr Baby aus dem Kinderwagen hob. Langsam schlich sie die Treppenstufen hinauf. Jeder ihrer Schritte fühlte sich an, als hätte sie Zementblöcke an den Füßen.

Dr. Rilke führte sie in das Behandlungszimmer. Er wies auf einen Stuhl und setzte sich ebenfalls. «Ich wollte kurz mit Ihnen reden. Mein Kollege Dr. Korn wird den Eingriff durchführen, ich mache es aus Prinzip nicht, Frau Sandberg.»

Iris war fassungslos. Wo hatte Gudrun sie nur hingeschickt?

«Ich bitte Sie sehr, mir weitere Diskussionen zu ersparen.»

Rilke öffnete den Umschlag, den sie mitgebracht hatte, und warf einen Blick auf die Untersuchungsergebnisse. Dann sah er sie eindringlich an. «Eine Sache möchte ich aber trotzdem noch loswerden. Post-Abortion-Syndrom, sagt Ihnen das was?»

Iris verneinte. Und sie war sich ziemlich sicher, dass sie es auch nicht wissen wollte.

«Abtreibungstrauma. Ich will Sie vorher darauf hinweisen, was Ihnen hinterher passieren kann.»

Iris spürte, wie sich ihr Hals verengte. «Sie wollen mir Angst machen. Seien Sie bitte nicht so unfreundlich zu mir.»

Rilke zog durch, was er für seinen Auftrag hielt, die Ängste seiner Patientin ignorierend. Unter Zuhilfenahme seiner Finger zählte er die möglichen Folgen auf. «Schlafstörungen ... Aggressionen ... Depressionen ... chronische Erkrankungen ... das alles ist nur eine kleine Auswahl dessen, womit wir es hier oft anschließend zu tun haben. Sie müssen wissen, was Ihnen blühen kann.»

Iris fragte sich, ob er ein Sadist war. Und vor allem, ob er für oder gegen Frauen war. Sie hasste ihn. «Gehören Sie einer Sekte an?»

Rilke schüttelte überlegen den Kopf. «Ich gehöre der Kaste der verantwortungsvollen Ärzte an. Glauben Sie mir: Die Sehnsucht nach dem nicht geborenen Kind wird Sie ein Leben lang begleiten.»

Seine Ignoranz erschütterte sie. «Reden Sie mit allen Frauen so, die in dieser Lage verzweifelt vor Ihnen sitzen?»

Christian entdeckte Dominik Zeitung lesend auf der Terrasse.

«Dominik? Ich wollte mit dir reden.»

Dominik hielt den Blick unverwandt auf die Zeitung gerichtet. «Halt die Schnauze, halt einfach deine Schnauze.»

Christian versuchte es mit einem Scherz. «Hier können wir uns ja wohl nicht totschlagen, oder?»

Jetzt senkte Dominik seine Lektüre doch. «Für jemanden, der das Leben seiner Freundin auf dem Gewissen hat, riskierst du eine ganz schön dicke Lippe, mein Lieber.»

So an den tödlichen Unfall seiner Freundin vor vielen

Jahren erinnert zu werden, ließ Christian zusammenzucken. Dominik wusste genau, wo er ihn treffen konnte. «Hör auf, bitte. Ich stehe vor der schwersten Entscheidung meines Lebens. Ich brauche dich nicht als Feind, ich brauche dich als Bruder.»

Dominik faltete die Zeitung zusammen, legte sie auf den Tisch und sah zu Christian. «Zu spät.» Er stand auf und verließ die Terrasse.

Christian rannte aus dem Hotel und winkte einem Taxi. Schmolli blickte ihm kopfschüttelnd nach. Als der Wagen vor der Klinik hielt, stürzte er zum Eingang. Da stand Iris. Sie fielen sich in die Arme.

«Iris, Iris, ich hätte das nicht zulassen dürfen ... niemals.»

Sie drückte ihn fest an sich. «Es ist nichts passiert. Ich konnte es nicht.»

Sie hatten sich am Hafen auf die Bank gesetzt, auf der einige Tage zuvor Phil Iris ihre Liebe erklärt hatte. Iris strich mit der Hand über die Sitzfläche und lachte. «Kannst du dir das vorstellen? Genau einen Tag nachdem ich erfahren hatte, dass ich schwanger bin. Ich war am Ende, hatte die Nacht durchgeheult wie ein Schlosshund, hatte Angst, fühlte mich einsam und verzweifelt. Und dann kommt diese junge Frau, die wirklich sehr süß ist, ich mag sie total, und gesteht mir: Ich liebe Sie, Frau Sandberg.»

Christian sah sie erstaunt an. «Ich wusste gar nicht, dass die auf Frauen steht.»

Iris warf ihm einen spöttischen Blick zu. «Na wie? Schild um den Hals? Wie hättest du es gerne? Das muss man sich mal vorstellen. Ich wollte dich. Und nun kriege ich ein Kind. Du wolltest mich nicht. Aber die Sengelmann wollte mich! Ist das verrückt.»

Er nickte. «Ja, alles ist verrückt.»

Iris streckte sich und atmete tief durch. «Christian, ich fühle mich jetzt ... nach dieser Entscheidung, das Kind zu behalten, gut ... wirklich gut. Mach dir bitte keine großen Sorgen. Ich kriege das Kind ... auch ohne dich.»

Christian protestierte. «Du weißt doch, dass ich für dich da bin, Iris. Für dich und für das Kind natürlich auch.»

Mittlerweile glaubte sie ihm das sogar. Sie fühlte sich unendlich befreit und glücklich. «Danke, Christian, aber du hast Barbara, für die solltest du da sein.»

Christian nickte. «Jetzt, wo du das Kind tatsächlich bekommst, gibt es kein Zurück mehr und keine Ausflüchte ... ich werde mit ihr reden.»

«Ja, mach es schnell, Christian ... und sanft.»

Christian legte ihr freundschaftlich den Arm um die Schulter. «Wenn ich das hinter mir habe ... ich weiß, es klingt wie im Film, aber ich wünsche mir das total, Iris: dass wir gute Freunde bleiben, du und ich, Barbara und du ... dass wir drei mit Kind uns immer als Freunde begegnen können.»

Iris befreite sich lachend aus seinem Arm. «Das klingt nicht nach Film, das klingt nach typisch Mann. So, und jetzt lass mich mal los, ich will die Hansson anrufen.»

Conrad hatte auf die Schnelle kein freies Büro für Begemann finden können, deshalb wurde vorübergehend eine kleine Büroecke in der Präsidentensuite installiert. Kritisch beäugte Begemann den Bürostuhl, der sich doch erheblich von seinem früheren Chefsessel unterschied.

Gudrun, die ihr Telefonat mit Iris beendet hatte, schlenderte auf ihn zu. «Ja, Herr Begemann, dann teilen wir uns künftig dieses Reich.»

Begemann fühlte sich sichtlich unwohl. «Nun ja ... solange ich kein eigenes Zimmer habe ...»

Sie reichte ihm die Hand. «Auf gute Zusammenarbeit! Ich bin dann beim Friseur, Sie machen hier Telefondienst.»

In der Tür prallte sie fast auf Alexa, die einen Stapel Akten hereintrug. «Oh, Frau Hansson, Sie wollen schon gehen?»

Gudrun blickte sie von oben herab an. «Was dagegen?»

Alexa hielt ihr einen Ordner entgegen. «Aber Sie wollten doch dies hier ...»

Gudrun zeigte hinter sich. «Geben Sie es Begemann, der macht das zukünftig.»

Als sie mit finsterer Miene durch die Halle schritt, kam ihr Conrad entgegen. Umgehend veränderte sich ihr Gesichtsausdruck und selbstverständlich auch ihre Stimmung. «Herr Jäger! Sie hatten versprochen, sich um mich zu kümmern!»

Conrad lächelte. «Sie haben doch jetzt Herrn Begemann.»

«Der kann doch Sie nicht ersetzen.»

Er grinste. «Na, dann bin ich ja beruhigt.»

Vor dem Hotel kamen ihr Christian und Iris entgegen. Die beiden Frauen umarmten sich lange. Dann stellte sich Gudrun vor Christian. «Herr Dolbien, regeln Sie die Dinge wie ein erwachsener Mann, ich dulde keine privaten Tragödien in meinem Hause.»

Christian guckte Iris entsetzt an. «Weiß sie etwa Bescheid?»

Iris nickte. Er schlug sich an die Stirn. «Gott, Iris, am Ende weiß es der ganze Kasten ... nur Barbara nicht.»

Alexa stand mit betretener Miene in Begemanns provisorischer Schreibtischecke. Dann gab sie sich einen Ruck, legte die Akten vor ihm ab und lächelte ihn vorsichtig an. «Tja, Siegfried, so sieht man sich wieder.»

Begemann öffnete die oberste Akte und vertiefte sich demonstrativ darin. «Ich möchte nichts Privates mit dir bereden. Nur das Nötigste. Nur das Geschäftliche.»

Alexa setzte noch einmal an. «Es ist so viel passiert in der Zwischenzeit. Ich hatte ... während ich krankgeschrieben war, viel Zeit zum Nachdenken.»

Begemann griff nach dem nächsten Ordner. «Das ist etwas Privates, ich höre nicht zu.» Um das zu unterstreichen, hielt er sich die Ohren zu.

«Aber ich habe mich geändert», rief sie, fast schon verzweifelt.

Begemann lachte höhnisch auf. «Ha, wer es glaubt, wird selig.»

Alexa ließ mutlos die Schultern sinken. «Ich verstehe, dass du so reagierst, nachdem ich so grausam zu dir gewesen bin. Ich wollte dich auch nur um Entschuldigung bitten, dass ich nach deinem Rausschmiss so eiskalt gewesen bin. Kannst du mir verzeihen?»

Sie meinte es ernst. Doch er glaubte ihr nicht.

Begemann beugte sich vor, sie mit kaltem Blick fixierend. «Du kannst reden, was du willst, Alexa. Prallt an mir ab wie an einer Wand. Das eine aber sage ich dir: Wenn ich mich hier ... wieder eingelebt habe, nennen wir es einmal so ... dann gnade dir Gott!»

Barbara war nach Hitzacker aufgebrochen, um mit Elisabeth eine weitere Fahrstunde zu absolvieren. Die Fortschritte, die Elisabeth machte, waren bemerkenswert. Barbara war überzeugt, dass nur noch wenige Stunden notwendig waren, um Elisabeth zur Prüfung anmelden zu können.

Bester Laune kehrte sie nach Hamburg zurück. Christian erwartete sie schon. Heute wollte er endlich seine Beichte ablegen, ihr alles erzählen. Er hatte eine anheimelnde Atmosphäre geschaffen, wie Barbara sie liebte, überall brannten Kerzen, und auf dem Tisch warteten eine Flasche Rotwein und zwei Gläser. Er murmelte ein Stoßgebet. Lieber Gott, flehte er, lass mich alles richtig machen, es hängt doch so viel davon ab ... und ich will sie nicht verlieren ... jetzt erst weiß ich, wie sehr ich sie liebe und brauche.

Barbara war begeistert über den Empfang, aber gerade als sie sich stürmisch umarmten, klingelte das Telefon. Barbara verzog das Gesicht. «Bitte nicht! Okay, was soll es, geh schon ran.»

Es war Dominik, der sich bei Christian entschuldigen wollte und vorschlug, sich vor der Abreise noch einmal zu treffen, um sich auszusprechen. Christian erklärte sich sofort einverstanden. Nachdem er aufgelegt hatte, starrte er noch einen Moment lang durch das beschlagene Fenster in die dunkle Nacht. Jetzt gab es kein Zurück mehr, jetzt musste er ihr alles erzählen. Doch als er sich umdrehte, lag Barbara auf der Couch und lächelte ihn verführerisch an. «Ich möchte mit dir schlafen.»

Und so wurde es wieder nichts mit seiner Beichte.

Die konnte er aber am nächsten Tag ablegen, als er mit seinem Bruder an der Alster spazieren ging, so wie früher, als sie noch Kinder gewesen waren. Ohne den geringsten Anflug von Aggressionen, wie es sonst bei ihren Begegnungen unumgänglich schien, hatten sie sich gemeinsamen Erinnerungen aus ihrer Kindheit und Jugend hingegeben.

Dominik wunderte sich. «Seltsam, dass wir immer miteinander konkurriert haben, Christian. In der Schule, bei den Freunden, bei unseren Eltern ...»

Christian kickte einen Stein aus dem Weg. «Sie haben uns getrennt, als wir noch Kinder waren, vergiss das nicht ... wenn ich in den Ferien nach Deutschland durfte, zu Vater ... dann wollte ich der Beste sein, verstehst du? Besser als mein kleiner Bruder.»

Schweigend gingen sie weiter, jeder in seine Erinnerungen versunken, bis Christian stehen blieb. «Ich habe Sorgen, Dominik.»

«Erzähl ...»

Christian setzte zweimal an, bevor ihm das Ungeheuerliche über die Lippen ging. «Iris erwartet ein Kind von mir. Und Barbara weiß nichts davon.»

Dominik starrte ihn an wie ein Wesen vom anderen Stern. «Und ich sag's doch: Du bist ein Arschloch!»

«Nein, das bin ich nicht. Ich bin ein Mensch, der Fehler macht.»

Dominik glaubte ihm. «Du liebst beide?»

«Nein, ich liebe nur Barbara.» Christian ließ den Kopf sinken. «Und ich bringe es nicht fertig, es ihr zu sagen. Ich kann ihr nicht wehtun. Sie tut mir so Leid. Ich könnte es nicht ertragen, wenn sie mich verlässt. Das ist meine größte Angst, Dominik: einen Menschen zu verlieren.»

Dominik wusste, dass Christian an den von ihm verursachten Unfall dachte. Damals hatte er einen geliebten Menschen verloren und war seitdem nie mehr selber Auto gefahren. Er sah Christian liebevoll an, dann breitete er die Arme aus. Christian ließ sich weinend von seinem Bruder trösten.

Im Businesscenter sorgte Alexa gleich für zwei Überraschungen. Die erste bestand darin, dass sie anklopfte, an der Tür wartete und fragte, ob sie kurz stören dürfe. Die vier Mädels trauten ihren Ohren nicht. Wirklich fassungslos waren sie aber erst, als Alexa stolz einen Kuchen präsentierte. «Ich habe Ihnen ein Stück Kuchen mitgebracht. Selbst gebacken! Der ist wirklich sehr lecker, ohne dass ich mich selbst loben möchte.»

Elfie und Katrin redeten sich mit einer Diät raus, während Barbara sich immerhin zu einem «vielleicht später» durchringen konnte. Als sie gegangen war, tippte sich Elfie an die Stirn. «Die Hofer hat einen Knall gekriegt, seit sie in der Kühlkammer war.»

Phil grinste. «Täusch dich nicht, Sweetheart, wahrscheinlich ist er vergiftet.»

Nachdenklich betrachtete Elfie den Kuchenteller, um ihn dann weit wegzuschieben. Man wusste ja nie ...

Gudrun und Iris befanden sich auf dem Weg in die Präsidentensuite. Die wöchentliche Direktionskonferenz stand bevor.

Iris hatte von ihrer Erfahrung mit Rilke berichtet. Gudrun tat das Leid. «Ich habe ihn als einen besonders herzlichen Mann kennen gelernt ... während meiner Erkrankung, aber auch danach ... er hatte immer Zeit für mich, wo gibt es solche Ärzte, die Sie Tag und Nacht anrufen können?»

Iris warf ihr einen spöttischen Seitenblick zu. «Verzeihen Sie, wenn ich das sage, aber das hatte ja auch eine private Seite.»

Sie selber war zumindest erleichtert, dass ihr Arzt aus dem Urlaub zurück war.

Sie wurden bereits von Conrad und Begemann erwartet. Gudrun war begeistert. «Das liebe ich! Männer, die auf Frauen warten!»

Conrad schaute demonstrativ auf seine Armbanduhr. «Und das seit einer halben Stunde.»

Gudrun sah sich um. «Wo ist Herr Dolbien?»

«Er hat sich einen halben Tag Urlaub genommen, seine Familie ist noch da», antwortete Iris.

Als alle vier am Konferenztisch Platz genommen hatten, referierte Conrad über die aktuelle Personallage. Er schlug vor, drei demnächst ausscheidende Mitarbeiter nicht zu ersetzen, sondern deren Arbeit geschickt zu verteilen. Solche Vorschläge hörte Gudrun ausgesprochen gern. Sie sah zu Begemann. «Sie protokollieren, Begemann?»

Der nickte ergeben. «Sehr wohl.»

Gudrun stöhnte auf. «Gottchen, fangen Sie damit gar nicht erst an: sehr wohl! Wir leben doch nicht mehr im Kaiserreich.»

«Sehr wohl.»

Gudrun gab es auf. «Was halten Sie von dem Vorschlag, Iris?»

Iris war prinzipiell einverstanden. «Wenn es funktioniert ...»

Das Telefon klingelte. Begemann nahm den Anruf entgegen. «Begemann, Apparat Hansson ...»

Dann hielt er den Hörer hoch. «Ein Herr Dr. Rilke für Frau Sandberg.»

Iris stand auf und ging um den Tisch herum. Sie nahm Begemann den Hörer ab. «Sandberg?»

Ihre Miene versteinerte sich. «Ich komme sofort.»

Mit leerem Blick saß Iris auf der Behandlungsliege. Rilke hatte sich neben sie gesetzt und streichelte sanft ihre Hand. Verzweifelt schaute sie ihn an. «Aber ... wie kann man das wissen ... ich meine ...»

Rilke bemühte sich, es ihr so schonend wie möglich zu erklären.

«Es ist das Ergebnis der Untersuchungen, Frau Sandberg, die Fruchtwasseruntersuchung ...»

Sie unterbrach ihn. «Wie groß ist die Chance? Kann man nicht irgendetwas tun?»

Rilke schüttelte traurig den Kopf. «Chance? Das ist das falsche Wort in diesem Falle. Sie glauben gar nicht, wie schwer mir das fällt, Ihnen das zu sagen, jetzt, wo Sie sich entschieden haben, es zu behalten, aber die Wahrscheinlichkeit, dass Ihr Kind mit einer Behinderung geboren wird, ist äußerst groß.»

«Was soll ich machen, Dr. Rilke?»

Er sah die Qual in ihrem Gesicht und wünschte, er hätte ihr dieses Leid ersparen können, aber das wäre unverantwortlich gewesen.

«Sie müssen sich das sehr genau überlegen. Es ist eine sehr, sehr schwere Entscheidung, ich weiß das ... doch als Arzt ... das arme Würstchen wäre überhaupt nicht lebensfähig, nach allem, was wir wissen. Ich muss die

Empfehlung aussprechen: Lassen Sie einen Abbruch machen.»

Iris schlug die Hände vor das Gesicht. Dann brach sie zusammen.

KAPITEL 14

Außer Gudrun hatte auch Barbara Marie versprochen, sich um das Grab von Heike und Ursula zu kümmern. Heute war Heikes Geburtstag. Sie hatte einen Topf mit üppigem Heidekraut gekauft. Als sie vom Hauptweg des Friedhofs abbog und sich dem Grab näherte, sah sie einen jungen Mann, ungefähr in ihrem Alter, der dort kniete und einen Blumenstrauß auf das Grab stellte. Sie blieb hinter ihm stehen.

«Hallo.»

Der junge Mann sah sich überrascht um. Er hatte ein offenes, freundliches Gesicht. Eigentlich ganz hübsch, dachte Barbara.

Er stand auf und sah sie neugierig an. «Hallo.»

Barbara überlegte, dass es sich eigentlich nur um Raffael ten Kate, den früheren Freund von Heike, handeln konnte.

Sie lächelte ihm freundlich zu. «Sind Sie ...?»

Er streckte ihr seine Hand entgegen, nachdem er sie hastig an seiner Jeans abgewischt hatte. «Raffael ten Kate ... ich bin ... ich war ...», er zeigte auf das Grab, «Heikes Freund.»

«Barbara Malek.» Sie drückte seine Hand.

«Malek? Malek?» Grübelnd kratzte er sich seinen Dreitagebart. Barbara fand, dass er ihm gut stand, genauso wie sein dichtes, braunes Haar, das für jeden Friseur eine Herausforderung darstellen musste. Sie lachte.

«So lernt man sich kennen, auf dem Friedhof! Ich bin die Halbschwester von Marie Schäfer!»

«Ah!», er schlug sich auf die Stirn, als hätte ihm das sofort klar sein müssen, «Marie hat immer so nett von Ihnen gesprochen.»

«Von Ihnen auch.»

Sie standen sich zögernd gegenüber. Beide hatten ihre Hände in den Jeanstaschen vergraben.

«Tja.»

«Tja.»

Sie hatten sich die ganze Zeit über angeschaut.

Raffael machte eine unbestimmte Bewegung mit der Hand.

«Dann will ich mal wieder ...»

Barbara hockte sich vor das Grab und fing an, ein kleines Loch zu graben. «Lassen Sie sich durch mich nicht aufhalten. Ich pflanze nur das Heidekraut hier ...»

Raffael machte durchaus nicht den Eindruck, als würde er gegen seinen Willen aufgehalten werden, denn entgegen seiner Ankündigung unternahm er keinerlei Anstalten zu gehen.

«Heidekraut? Hübsch, ich mag das.»

Barbara richtete sich auf. «So, das war es dann. Marie hatte mich darum gebeten. Die Schäfers leben ja jetzt in Kapstadt.»

Raffael nickte. «Ja, und trotzdem hat sie Heikes Geburtstag nicht vergessen.»

Es entstand eine Pause.

Verlegen traten sie von einem Bein aufs andere.

Raffael streckte seine Hand aus. «Also dann: Alles Gute.»

Barbara lächelte ihn an, während sie seine Hand ergriff.

«Für Sie auch.»
«Also dann gehe ich jetzt.»
«Ja.»
Er drehte sich um und ging. Sie sah ihm nach. Schöne Augen hat er, dachte Barbara.

Gudrun, in gewohnter Eleganz, stand mit einem großen Obstkorb sowie zwei Aktenordnern vor dem Hotel. Weder Schmolli noch ein Taxi waren zu sehen.

Sie fluchte. «Sonntage!»

Als sich endlich in langsamem Tempo ein Taxi näherte, stellte Gudrun Korb und Ordner auf den Boden und pfiff versiert auf zwei Fingern.

Schon beim Einsteigen schallte ihr laute Discomusik entgegen. Hatte sie noch erwartet, der Fahrer würde sie unterwegs leiser drehen, so sah sie sich getäuscht.

«Machen Sie das leiser!»

«Ich höre das», kam es lakonisch von vorne zurück.

«Und mich stört das.»

«Ihr Problem.»

Dann raste der Fahrer um die Alster, als wolle er ein Wettrennen gewinnen.

Vor Iris Sandbergs Wohnhaus in Winterhude schaltete der Fahrer die Uhr ab. «Zwölf.»

«Zwölf was?»

Er drehte sich um. «Na, D-Mark ham wir nicht und kriegen wir auch nicht mehr rein. Euro, Gnädigste, oder schaffen Sie es in Ihrem Alter nicht mehr umzurechnen?»

Gudrun zählte den Betrag exakt ab. «Sie sind ein Flegel.»

Während der Fahrer den Betrag nachrechnete, lächelte er. «Und Sie 'ne Primadonna, was?»

Gudrun mühte sich ab, mit dem Obstkorb, den Ordnern und ihrer Handtasche aus dem Wagen zu gelangen. «Früher sind Droschkenfahrer ausgestiegen und haben einem herausgeholfen», beschwerte sie sich.

«Dass Sie im Gestern leben, merke ich.»

Gudrun nahm eine Banane aus dem Korb und warf sie zu ihm nach vorne. «Affen mögen doch Bananen, oder?»

Sie trat mit ihren Pumps die Tür zu. Im selben Moment flog die Banane aus dem Autofenster. Gudrun bückte sich, um sie aufzuheben. «Komm, meine Kleine. Wenn dich keiner will, kommst du mit zu Frau Sandberg.»

Iris saß auf ihrer Couch und hatte sich eine Decke über die Knie gelegt. Gudrun kam mit einem kleinen Tablett aus der Küche. «Nette Küche, klein, aber nett.»

Sie stellte zwei Teegläser auf den Tisch.

«Als ich noch Bürokraft war ... damals den Schreibpool im alten Grand Hansson leitete, hatte ich auch so eine. Erinnert mich dran ... dies Gemütliche fehlt in meinem Leben irgendwie ...» Sie setzte sich zu Iris auf die Couch. «Ja, Iris, wir haben alles, und uns fehlt so furchtbar viel!»

Iris trank einen kleinen Schluck von dem Tee. Gudrun sah sie besorgt an. «Zu heiß?»

Iris schüttelte den Kopf. Sie war gerührt. «Es ist sehr lieb, dass Sie mich besuchen, Frau Hansson.»

«Och, nun fremdeln Sie doch nicht immer so.» Sie hielt ihr die Hand hin. «Gudrun.»

Iris zögerte. Ein gewagter Schritt, dachte sie. Er würde vieles verändern. Gudrun stupste sie an. «Sie wollen nicht? Ich warne Sie! Man stößt eine Gudrun Hansson nicht ungestraft zurück.»

Iris lachte. «Okay, einverstanden! Sehr gerne.»

Gudrun strahlte. «Sie lacht! Wie schön!»

Iris nickte. «Es geht langsam besser, ja. Weißt du ... als ich das erste Mal in die Klinik kam ... habe ich lauter Krankenschwestern gesehen, die haben alle Teegläser geschleppt ... und Kekse. Ich habe mir nichts dabei gedacht. Als ich dann ... der Abbruch ... hinterher kam eine Schwester zu mir, mit einem Glas heißen Tee. Da wusste ich: Jedes Glas bedeutet ... ein Kind, das nie geboren wurde.»

Gudrun nahm sie in den Arm. «Du musst nach vorne gucken, es nützt dir nichts, dich im Grübeln zu ergehen.»

«Es war eine so schwere Entscheidung!» Iris vergrub ihr Gesicht in den Händen. «Der Traum von einer Familie ist für mich ausgeträumt.»

Gudrun strich ihr eine Haarsträhne aus dem Gesicht. «Papperlapapp! Wir suchen dir einen ganz tollen Mann! Einen, der frei ist! Du wirst dich wieder verlieben. Du wirst wieder glücklich sein, Iris.»

Conrad hatte sich seines Hemdes entledigt und grub verschwitzt, aber zufrieden seinen Garten um, während aus der geöffneten Terrassentür eine Ouvertüre von Rossini erklang.

Die Idylle wurde durch das Klingeln des Telefons unterbrochen.

Er stach den Spaten in den Boden und ging ins Haus.

«Tag, Herr Jäger, habe ich Sie bei der Siesta gestört?»

Conrad, der eigentlich das Telefon in diesem Moment verflucht hatte, lächelte. «Guten Tag, Frau Hansson.»

«Hören Sie, Herr Jäger, ich bin gerade bei Iris Sandberg ...» Conrad unterbrach sie. «Ist es besser mit der Grippe?»

«Sicher, klar doch ... also hören Sie, wir reden hier gerade über Personalplanung ... ich wollte Sie fragen, ob Sie ein Stündchen Zeit für mich hätten?»

Conrad, der seinen geheiligten Sonntag über alles liebte, lächelte in sich hinein.

«Sie wissen schon, dass heute Sonntag ist?»

Gudrun hielt die Hand vor die Muschel und sah Iris an. «Der ist aber auch eine Zicke», flüsterte sie. Laut erwiderte sie: «Gottchen, würde ich Sie wohl anrufen, wenn es nicht wichtig wäre? Wissen Sie was? Ich komme mal schnell bei Ihnen vorbei.»

«Muss ich das ertragen?»

«Ja.»

«Na, dann bis gleich.»

Iris brachte Gudrun an die Tür.

«Barbara Malek weiß immer noch nichts?»

Iris schüttelte den Kopf. «Ich verstehe Christian auch nicht, er bringt es einfach nicht fertig, mit ihr darüber zu reden. Und ich kann das ja wohl schlecht.»

Gudrun umarmte sie. «Du bist eine wunderbare und tapfere Frau.»

Conrad führte Gudrun stolz durch seinen Garten. Er war froh, ein solches Juwel mitten in Hamburg gefunden zu haben. Gudrun gab sich Mühe, halbwegs interessiert zu wirken. Er zeigte auf die berankte Hausfront. «Eigentlich sind ja Orchideen meine wahre Leidenschaft, aber hier draußen, in meinem Garten ... Hedera ... und: Hedera helix, der gemeine Efeu. Von ersterem gibt es sieben Arten, die in Europa, Nordafrika und Asien ihre Heimat haben.»

Gudrun wiederholte den Namen, als würde er ihr tatsächlich etwas bedeuten. «Hedera helix ... hm ...»

«Hedera helix, genau», Conrad hatte sich gebückt und wies nun auf eine efeubedeckte Fläche, «von dem gibt es über 500 Sorten, gucken Sie: großblättrig, kleinblättrig, rundförmig, pfeilförmig, hellgrün panaschiert oder elfenbeinfarben, rosa, gelb ...»

Alles, was Gudrun sah, war grünes Unkraut. Sie hatte kurz mit dem Gedanken gespielt, ebenfalls in die Knie zu gehen, um ihr enormes Interesse zu unterstreichen, sich aber wiederum im Interesse ihres engen Kostümrockes dagegen entschieden. Das Gleichgewicht wollte sie nicht verlieren. Jedenfalls nicht hier und auch noch nicht heute.

«Schön, Herr Conrad, dass Sie mir alles mitteilen, was ich schon immer nicht über Efeu wissen wollte.»

Conrad stand wieder auf. «Schade. Dabei ist es so interessant. Eine sehr besitzergreifende Pflanze, das müsste Ihnen doch gefallen!»

Gudrun sah ihn mit zusammengekniffenen Augen an. «Verstehe nicht ganz?»

Sollte sie erwartet haben, er würde mehr davon erzählen, was er über sie dachte, dann wurde sie enttäuscht. Als hätte es den kleinen Seitenhieb nicht gegeben, setzte er seine naturphilosophischen Überlegungen fort.

«Wir sollten alle viel mehr über die Natur wissen, finden Sie nicht? Können Sie durch einen Wald oder über eine Wiese gehen und erkennen, was eine Buche, eine Eiche, eine Weide ist? Kennen Sie den Unterschied zwischen Kiefern, Lärchen und Tannen?»

Kenne ich nicht, dachte Gudrun, und wozu auch? Warum sollte ich mir die Absätze meiner sündhaft teuren Pumps auf einer öden, sumpfigen Wiese ruinieren? Laut antwortete sie mit einem schlichten Nein. Conrad nickte wissend.

«Sie glauben, es genügt, den Unterschied zwischen Soll und Haben zu kennen?»

Mit dieser Bemerkung war es ihm gelungen, Gudrun aus ihrer sicheren Ruhe aufzuschrecken. War es denn nicht tatsächlich so, dass etwas in ihrem Leben fehlte? Sie war stehen geblieben und sah ihn nachdenklich an. «Vielleicht hat es mir nur nie jemand erklärt.»

Conrad hob eine abgefallene weiße Kamelie auf. Er strich vorsichtig über die Blütenblätter, dann hielt er sie ihr entgegen.

«Wir wollten ja auch über den Personalbestand reden, nicht wahr? Die Zahlen für das nächste Jahr ... wer in Rente geht, kündigen wird ... gekündigt werden soll ...»

Gudrun nahm ihm die Kamelie aus der Hand und steckte sie sich hinters Ohr. «Ach, vergessen Sie das einfach. Ich will meinen Sonntag genießen!»

Conrad lächelte und wies auf eine kleine Holzbank vor dem Haus, während er sie fragend ansah. Zusammen genossen sie den späten Nachmittag.

Als es Abend wurde, stellte er drei Windlichter auf den schiefen, kleinen Tisch, dem Wetter und Jahre ordentlich zugesetzt hatten. Aus einem abgeschabten kleinen Buch, dessen Zustand auf regen Gebrauch schließen ließ, trug er ihr buddhistische Weisheiten vor. «Wofür du Jahre gebraucht hast, um es aufzubauen: Es kann über Nacht zerstört werden. Baue trotzdem auf. Menschen, die wirklich deine Hilfe brauchen, werden dich hinterher dafür attackieren. Hilf den Menschen trotzdem. Gib der Welt das Beste, und sie treten dir ins Gesicht. Gib der Welt das Beste, was du hast. Trotzdem.»

Er ließ das Buch auf die Sitzfläche der Bank sinken, zwischen sich und Gudrun. Dabei berührte er ihre Hand. Gudrun zog sie so schnell zurück, als hätte sie die Berührung nicht für zufällig gehalten.

Als Barbara den Friedhof verließ, entdeckte sie Raffael, der an seinem Kofferraum beschäftigt war. Sie ging auf ihn zu. «Probleme?»

«Nun ja, ich suche nach dem Werkzeug zum Reifenwechseln.»

Er zeigte auf den vorderen linken Reifen. Der war tatsächlich platt.

Barbara grinste. «Da haben Sie aber wirklich Glück, ich wollte nämlich mal Automechanikerin werden.»

«Ich bin Lehrer in Berlin.»

«Berlin mochte ich immer. Lehrer nie.»

Raffael lachte und reichte Barbara seinen Strohhalm hinüber. «Schade.»

Zum Dank dafür, dass sie den Reifen gewechselt hatte, hatte er sie in eine Eisdiele eingeladen. Barbara versenkte den Strohhalm in ihrem Erdbeershake. «Ich war eine beschissene Schülerin. Bin ziemlich früh von der Schule runter und habe auf Einzelhandel gelernt.»

«Und nun arbeiten Sie im Hotel, ist doch Klasse.»

Barbara verzog das Gesicht. «Von Karriere allerdings keine Spur ... bin auch nicht der Typ dafür.»

Raffael trank einen Schluck, ohne die Augen von ihr zu lassen. «Wofür sind Sie denn der Typ?»

«Heiraten, Kinder kriegen ...» Als sie sein verblüfftes Gesicht sah, lachte sie herzhaft. «War nur ein Scherz. Wer weiß, vielleicht kommt sie ja irgendwann: die große Karriere!»

Raffael fand Heiraten und Kinderkriegen eigentlich gar nicht so schlecht. «Was ist daran falsch? Oder wollen Sie mal Hoteldirektorin werden?«

Barbara winkte ab. «Horror, viel zu viel Verantwortung für andere ... zu viel Stress, nichts Eigenes. Für so eine Karriere muss man sich doch derartig verbiegen, ich weiß das aus erster Hand, nichts als Kompromisse und Intrigen. Jeder sägt an deinem Stuhl, jeder sticht dir ein Messer in den Rücken, kaum dass du dich umgedreht hast ... nee nee, ich wäre gerne eine weibliche Rennfahrerin geworden, das wär's gewesen.»

Raffael hatte sie aufmerksam beobachtet, während sie erzählte. Ihm gefiel ihre unverstellte Art. Und außerdem sieht sie verdammt gut aus, dachte er. «Rennfahrerin: Danach sehen Sie nicht aus.»

«Und Sie nicht nach Lehrer», kam es wie aus der Pistole geschossen zurück.

«Aha? Wonach sehe ich denn aus?»

Barbara musterte ihn grübelnd. «Na ja, Sie haben so etwas ... fast Altmodisches im Blick, so etwas Treues, Gemütliches ...»

Raffael guckte nicht unbedingt begeistert. «Das klingt nicht nach Kompliment.»

«Doch, doch», beteuerte sie sofort, «ich mag das, ich bin nämlich auch so, altmodisch treu, und ich mag Gemütlichkeit. Sie könnten auch Musiker sein, es liegt daran, dass Sie nicht so gelackt aussehen, mehr wie einer, dem es nicht so auf Äußerlichkeiten ankommt.»

Raffael nickte anerkennend. «Musiker ist gar nicht mal so schlecht geraten, ich spiele Klavier, Gitarre, und ich singe gern.»

Barbara war begeistert. «Das liebe ich auch! Singen und tanzen!»

Raffael gefiel es, wie unbefangen sie ihre Freude zeigen konnte.

Eher beiläufig fragte er sie, ob sie allein lebe.

«Nein, ich habe einen Freund.»

Er war ihm nicht anzumerken, ob diese Nachricht ihm etwas ausmachte. «Und? Glücklich?»

Barbara lachte. «Also dafür, dass Sie mich nach unserem Friedhofsbesuch einfach nur auf ein Eis einladen wollten, sind Sie ganz schön neugierig!»

Raffael lachte nicht, er blickte ihr fest in die Augen. «Nicht immer, und nicht bei jedem.»

Barbara war der ernste Unterton in seiner Stimme entgangen.

«Mein Freund arbeitet auch im Hotel: Christian Dolbien.»

Raffael hatte den Namen schon gehört. «Ach, von dem haben Ronaldo und Marie oft erzählt, der war damals ganz neu. Aber sind Sie auch glücklich mit ihm?»

Barbara strahlte ihn an. «Sehr! Er ist die große Liebe meines Lebens!»

Raffael drehte seinen Kopf schnell weg, um den Kellner zu suchen. Er wollte nicht, dass Barbara seine Enttäuschung sah.

Christian schloss die Wohnungstür und zog sich bereits auf dem Weg zum Bad aus. Er war zwei Stunden um die Alster gelaufen und anschließend mit dem Fahrrad nach

Hause gefahren. Heute würde es ihm gelingen, er würde es Barbara sagen. «Bin zurück», rief er ins Wohnzimmer, «muss nur schnell duschen.»

Barbara folgte ihm ins Bad, unterwegs sammelte sie seine Kleider auf.

«Hallo, Schatz! Ich habe gerade mit Iris telefoniert … es geht ihr besser. Sie will mich zwar immer noch nicht sehen, als ob ich mich so schnell anstecken würde … aber sie will morgen wieder ins Büro.»

Christian stand in Boxershorts vor dem Spiegel. Er ballte die Fäuste. «Hör mal, Barbara, wenn Iris morgen wieder kommt … es gibt etwas, das du vorher wissen musst …»

Sie hatte sich an seinen Rücken geschmiegt und zog, während sie seinen Nacken mit zarten Küssen bedeckte, langsam das Bündchen seiner Shorts nach unten. «Es gibt auch etwas … was du wissen musst …»

Christian zog die Boxershorts wieder hoch. Erotik war jetzt völlig fehl am Platz. «Es fällt mir sehr schwer, mit dir darüber zu reden …» Er kam sich lächerlich vor, wie er sie abwehrte.

Barbara hielt seinen Arm fest, während sie mit der anderen Hand einen erneuten Versuch startete, ihn von seiner Unterhose zu befreien. «Nicht reden, Schatz …»

Christian drehte sich um und hielt sie an der Schulter fest. Er sah sie zärtlich an. «Hör mir doch mal zu. Ich habe jetzt schon hundert Anläufe genommen …»

Das Telefon klingelte. «O nein, geh bitte nicht ran, Barbara, nicht jetzt!»

Aber sie hatte sich schon von ihm gelöst und war in den Flur gelaufen. «Vielleicht ist es nochmal Iris …»

Es war Marie, die aus Kapstadt anrief. Sie wollte wissen, ob Barbara an Heikes Geburtstag gedacht hatte. Als Christian die Dusche anstellte, hörte er ihren freudigen Aufschrei.

«Marie! Wie toll! Rate, wen ich heute auf dem Friedhof getroffen habe, so was von süß ...»

Also würde es auch heute keine Aussprache geben, denn für einen zweiten Anlauf fehlte ihm der Mut.

Vor dem Portal des Grand Hansson hielt Roxi Papenhagen ihren gewohnten Morgenplausch mit Schmolli. Sie war froh, dass das Wochenende vorbei war. «Ich mag Sonntage nicht, Schmolli, ich fühle mich da immer so was von nutzlos. Man hat so viel freie Zeit, und darum passieren die schlimmsten Dinge. An keinem Tag der Woche gibt es so viel Ehekräche ... und Partnermorde ...»

Schmolli schmunzelte. «Da können wir uns ja freuen, als Singles, du und ich.»

In der Halle herrschte betriebsame Hektik. Conrad stoppte Peter, der gerade einen voll beladenen Gepäckwagen an ihm vorbeischob. «Wo ist Frau Papenhagen?»

Peter wies nach draußen und grinste viel sagend. «Na wo wohl?»

Conrad nickte. «Sonst alles klar?»

Peter sah ihn irritiert an. «Wie meinen Sie das, Herr Jäger?»

«Mensch, wie ich das frage: Ob alles in Ordnung ist, ob Sie alles auf die Reihe kriegen ...»

Peter setzte den Gepäckwagen wieder in Bewegung. «Ja, danke, alles perfekt.»

Vor dem Hotel waren mittlerweile auch noch Elfie und Katrin angekommen. Conrad begrüßte alle freundlich, dann wandte er sich an Roxi. «Ich wollte eigentlich nur hören, Frau Papenhagen, ob Sie Fragen haben, Probleme, Sorgen? Wir haben so lange nicht miteinander gesprochen.»

Roxi guckte ihn ähnlich irritiert an wie kurz zuvor Peter. «Ich? Sorgen?»

Conrad sprach nun alle an. «Irgendetwas, das ich wissen muss oder für Sie regeln soll?»

Allgemeines, verneinendes Kopfschütteln war die Antwort. Conrad nickte zufrieden. In dem Moment fuhr Iris' Alfa vor. Sie stieg aus und strahlte die Gruppe an. «Guten Morgen!»

«Wir haben Sie vermisst, Frau Sandberg!», rief Schmolli erfreut.

Conrad reichte ihr die Hand. «Sie sind wieder fit?»

Iris lächelte. «Danke, Herr Schmolke, ja, ich bin wieder fit.»

Sie grüßte noch einmal und ging durch die Drehtür. Roxi sah ihr nach. «Grippe im Sommer, scheußlich!»

Conrad wartete, bis er sich sicher war, ihre Aufmerksamkeit zu haben. «Frau Papenhagen: Fänden Sie es nicht gut, Ihrem Team zu helfen? Ich glaube, Sie fehlen den Zimmermädchen oben!»

Roxi hatte sofort verstanden, was er ihr mitteilen wollte. Leicht verlegen eilte sie Elfie und Katrin hinterher. Schmolli sah Conrad respektvoll an. «Sie machen echt gute Stimmung, das muss man Ihnen lassen, Herr Jäger!»

Während Begemann in seiner Ecke mit buchhalterischer Genauigkeit die Tagespost öffnete, wobei er der Art, wie er die Briefe aufschlitzte, genauso viel Bedeutung beimaß wie dem Inhalt, wenn nicht sogar mehr, saß Gudrun noch am Frühstückstisch und führte ein Telefonat mit Rilke. Er hatte sich bei ihr nach Iris' Befinden erkundigt.

«Schlechte Stimmung? Überhaupt nicht, Rainer. Ich weiß, dass du ihr Angst gemacht hast mit deinem Post-Abortion-Syndrom ... aber ich glaube, sie ist über den Berg ... ja, ja, heute ist ihr erster Tag. Ich achte auf sie, keine Sorge, ich weiß, dass mit einer Abtreibung nicht zu spaßen ist ...»

Nachdem sie das Gespräch beendet hatte, trank sie mehrere Schlucke Tee, während sie nachdenklich Begemann betrachtete. Der hat bestimmt große Ohren bekommen, dachte sie völlig richtig. Begemann stand auf und kam in gewohnt steifer Haltung auf sie zu. «Ich habe hier Ihre Tagespost, Frau Hansson.» Unglaublich, was er da soeben erfahren hatte. Wer wohl der Vater gewesen war. Bestimmt kein anderer als Christian Dolbien. Gudrun verzog unwillig das Gesicht. «Lassen Sie mich doch erst einmal wach werden und in Ruhe frühstücken, Begemann!»

Begemann deutete eine devote Verbeugung an. «Sehr wohl.»

«Haben Sie Herrn Holthusen über mein kleines Essen heute Abend informiert?»

Begemann hatte nicht, deshalb geriet er ins Stottern. «Ich ... äh ... also heute Abend ... ich wollte gerade runter.»

Gudrun stellte die Tasse ab und beugte sich vor. «Ihren Beamtenstatus, Herr Begemann, haben Sie verloren. Hier, in meinem Bereich, herrscht die freie Marktwirtschaft: Also drehen Sie sich gefälligst etwas schneller.»

Er eilte zur Tür, als Gudrun ihn noch einmal zurückrief. «Und wir wollen uns erinnern: Sie haben eine Verschwiegenheitsklausel in Ihrem Arbeitsvertrag unterschrieben, ja?» In ihren Augen lag eine unverhohlene Drohung.

Begemann verzog keine Miene. «Selbstverständlich.»

Barbara kam es vor, als hätte sich die Hektik in der Hotelküche verdoppelt, seitdem Uwe den Stern erhalten hatte. Sie eilte mit den neuen Speiseplänen hinter ihm her, während er, einem Feldherrn gleich, in alle Richtungen Kommandos brüllte. Barbaras Bemühen, ihm zu erklären, dass sie im Businesscenter mit dem Schreiben nicht mehr nachkämen, wenn er die Speisepläne zweimal am Tag änderte, ging im allgemeinen Lärm fast unter ...

«Früher haben wir einmal die Woche neue Pläne bekommen, Uwe ... und jetzt ...»

Uwe unterbrach sie ungeduldig. «Früher war früher, ihr seid zu lahm, Sven! Wenn du da Mehl reinhaust, hack ich dir die linke Hand ab! Wo war ich stehen geblieben? Ach ja, die Pläne ...»

«Sieh mal, Uwe, du willst sie ja auch noch handgeschrieben, das braucht einfach seine Zeit.»

Uwe war vor einem Teller mit Blätterteiggebäck stehen geblieben.

«Du und Katrin habt nun mal die schönste Schrift, meine kann keine Sau lesen, und das ist auch nicht mein Job, also strengt euch an!»

Er hielt ihr den Teller entgegen und grinste. «Ihr kriegt auch 'ne Belohnung!»

Hinter ihnen räusperte sich jemand. Uwe drehte sich um und stieß einen Pfiff aus. «Was wollen Sie Sesselpupser hier bei uns Arbeitern?»

Begemann zog einen zusammengefalteten Zettel aus seiner Sakkotasche. «Es ist wegen des kleinen ...»

Uwe schnappte sich den Zettel. «... intimen Dinners?»

Begemann nickte. «Jeder Gang aufgelistet, sie wünscht es heute Abend!»

Uwe überflog ruhig den Zettel. Dann guckte er erstaunt hoch, als hätte er nicht erwartet, Begemann immer noch vorzufinden. «Sonst noch etwas?»

Begemann hob den Zeigefinger. «Punkt acht!»

Auch Barbara zuckte zusammen, als Uwe losbrüllte. «Dann lasst mich endlich an die Töpfe.»

Begemann hatte sich Barbara auf dem Rückweg angeschlossen, was sie schlecht ablehnen konnte, ohne unhöflich zu sein. Er beschwerte sich über Uwe Holthusen. «Kleine Leute, zu schnell zu groß geworden ... typisch.»

Sie hatte den Vorfall längst abgehakt. «Er kann was, deshalb darf er das.»

Im Vorbeigehen nickte sie Sascha zu, der die Tische im Restaurant so dekorierte, wie Conrad Jäger es vorgeschlagen hatte. Er sah den beiden kopfschüttelnd nach. Die Schöne und das Biest, dachte er und grinste.

Ungeduldig wartete Barbara auf den Lift, Begemanns Nähe bereitete ihr körperliches Unbehagen. Mit scheinbarer Fürsorge in der Stimme sprach er sie erneut an. «Sie sind einfach zu nett für diese Welt, Frau Malek. Zu nett und zu naiv ...»

Barbara konnte diese Sätze nicht mehr hören, vor allem dann nicht, wenn sie auch noch von jemandem wie Begemann kamen. Schnippisch erwiderte sie, dass sie ganz sicher nicht naiv sei. Im Fahrstuhl stellte sie sich direkt vor die Tür, um sein Gesicht nicht sehen zu müssen. Aber Begemann ließ nicht locker.

«Das glaubt ja niemand von sich. Und am Ende ... wenn ich Ihnen einen Rat geben darf ...», er wartete ihre Antwort nicht ab, «glauben Sie mir, ohne jeden Hintergedanken, es täte mir nur Leid, wenn es ein bitteres Erwachen für Sie gäbe ...»

Barbara fühlte sich angewidert von seiner schleimigen Art. Sie war froh, als sich die Fahrstuhltür endlich öffnete. «Eiern Sie doch nicht immer so rum, ist ja schrecklich.»

Begemann blieb stehen. «Ich will nicht immer derjenige sein, der anderen die unangenehmen Wahrheiten sagt. Das kehrt sich hinterher nur gegen mich, wäre ja nicht das erste Mal, aber ... Frau Malek, Ihre Gutgläubigkeit bricht mir das Herz!»

Er hatte es geschafft, sie blieb stehen. Die alte Angst kroch in ihr hoch. «Gutgläubig? Gegenüber wem?»

Endlich konnte Begemann es loswerden, er hatte schon befürchtet, sie würde nicht nachfragen.

«Wenn Sie mich schon so direkt fragen ... ich würde Frau Sandberg mal ansprechen, was für eine Grippe sie tatsächlich hatte.» Er beugte sich vertraulich vor. «Und Ihrem Freund, dem Herrn Dolbien, dem sollten Sie sowieso nicht trauen.»

Barbara trat einen Schritt zurück. Sie verspürte eine aufkommende Übelkeit. «Ich mag das nicht. Und ich mag Sie nicht.»

Begemann zuckte bedauernd die Schultern. «Eine gute Menschenkennerin sind Sie nicht.»

Alexa saß an ihrem Schreibtisch und sortierte die Ablage, als Barbara den Raum betrat. «Oh», rief sie erfreut, als sie das Blätterteiggebäck entdeckte, «was Delikates aus der Küche? Geben Sie mir ein Stück ab?»

Aber Barbara schmetterte die Bitte mit einem unfreundlichen «Nein!» ab, während sie eilig den Raum durchquerte. Alexa, die nicht ahnen konnte, was der Grund für Barbaras Verhalten war, blickte ihr traurig nach.

Im Businesscenter stellte Barbara den Kuchenteller ab und setzte sich auf ihren Platz. Katrin war begeistert. «Oh, der Uwe, der Süße!»

Sie bot Elfie ein Stück an. Die schüttelte bedauernd den Kopf. «Danke, nein. Als ich noch …», sie erinnerte sich daran, wie empfindlich Katrin auf bestimmte Worte reagierte, «… stärker war, habe ich so was auch immer gegessen, sehr gerne sogar …»

Katrin betrachtete nachdenklich ihr Stück, dann kaute sie langsamer.

Barbara fand keine Ruhe. Sie stand auf und ging zu Elfies Tisch.

«Du, kann ich dich eine Minute sprechen? Alleine?»

«Oho», kam es von Phil, «Frauengespräche!»

Elfie stand sofort auf. «Kein Thema, gehen wir doch einfach in unseren Konferenzraum.»

An der Tür stießen sie mit Alexa zusammen, die neue Tonbänder brachte. «Frau Gerdes, das ist sehr eilig, aus der Personalabteilung.»

Elfie nahm Alexa den Korb ab und stellte ihn auf ihren Tisch.

«Das machen wir dann schon … wenn wir ganz viel Zeit haben.»

Alexa fiel erstaunlicherweise mit ein in das allgemeine Lachen. «Ja, ja, immer Ihre lustigen Sprüche … kenne ich ja.»

Als sie gegangen war, drehte sich Katrin zu Phil um. «Irgendwie ist die Hofer verändert.»

Phil setzte sich die Kopfhörer wieder auf. «Das glaubst aber nur du.»

Im Waschraum erzählte Barbara von Begemanns Andeutungen.

«Was mache ich nur? Ich kann doch nicht zu Christian gehen und ihn fragen. Oder zu Iris. Die klebt mir doch eine, wenn ich ihr so was unterstelle.»

Elfie stand vor dem Spiegel und straffte probeweise ihr Gesicht.

«Weißt du, was ich immer gemacht habe, wenn ich was mit meinem Liebsten zu bereden hatte? Also, wenn es um was Grundsätzliches ging? Ihn ganz chic zum Essen eingeladen. Da müssen sich beide nämlich benehmen.»

Barbara hatte sich für das Restaurant im Hotel Vier Jahreszeiten direkt an der Binnenalster entschieden.

Nachdem der Ober ihre Bestellungen aufgenommen hatte, beugte sich Christian ein wenig vor. Er schaute sie verliebt an. «Was hast du mit mir vor? Eine Gehaltserhöhung verlangen? Mir einen Heiratsantrag machen?»

Seine Hand suchte nach ihrer, Barbara griff schnell nach dem Weinglas. Sie wollte keinen zärtlichen Tonfall aufkommen lassen. «Ich wollte einfach nur in Ruhe mit dir reden, Christian.»

Christian umfasste ebenfalls sein Weinglas. «Und weißt du was? Du bist mir zuvorgekommen. Dasselbe hatte ich mit dir vor. Worüber wolltest du denn mit mir reden?»

«Und du?»

«Dies und das ...», er versuchte, es beiläufig klingen zu lassen.

«Über dich und mich?», sie guckte auf die Tischdecke, während sie ihn fragte.

Er nickte.

«Und über Iris?» Barbara sah ihm fest in die Augen.

Christian wich ihrem Blick aus. Er konnte es nicht ertragen, sie anzusehen.

«Seit Wochen geht sie mir aus dem Weg, gestern war Frau Hansson bei ihr, mich wollte sie nicht sehen ... ich habe Iris längst gefragt ...»

Ruckartig setzte er sich auf. «So?»

«Ja, ob etwas sei, sie hat verneint. Aber irgendetwas», und dabei tippte sie sich auf die Brust, «hier drinnen sagt mir ... da stimmt was nicht.»

Sie holte tief Luft und wappnete sich innerlich gegen das, was sie womöglich gleich hören würde. Egal, dachte sie, Hauptsache, diese unerträgliche Ungewissheit hat ein Ende. «Hast du was mit ihr?»

Christian schüttelte den Kopf.

«Hattest du etwas mit ihr?»

Jetzt atmete auch er tief durch. «Ich bin froh, dass du mich das fragst, Barbara, für mich waren die letzten Wochen unheimlich schwer ... ich bin erleichtert, dass es nun auf dem Tisch ist.»

«Was um Himmels willen?»

Barbara drehte sich schnell nach den anderen Gästen um. Ihre Stimme hatte lauter geklungen als beabsichtigt. Aber es schien niemandem aufgefallen zu sein.

Christian hielt sich an seinem Weinglas fest und starrte auf die Tischdecke. Barbara dämpfte ihre Stimme. «Christian! Sprich mit mir!»

Ohne sie anzuschauen, sagte er ihr endlich die Wahrheit. Mit monotoner Stimme zählte er die Ereignisse auf. «Ich habe mit Iris geschlafen. Nur einmal. Sie war schwanger. Sie musste abtreiben. Das Kind wäre nicht gesund gewesen.»

Jetzt ist es raus, dachte er erleichtert, jetzt fangen wir neu an.

Barbara spürte nichts. Es kam ihr nur so vor, als hätte sich unter ihr der Boden geöffnet, und etwas zog sie langsam, aber unerbittlich in die Tiefe, in ein dunkles, böses Nichts. Sie stand auf und prallte fast mit dem Ober zusammen, der ihre Vorspeisen brachte. Einen Moment lang guckte sie auf die Suppenteller, dann löste sie ihre Kette mit dem Herzanhänger und ließ sie in einen Teller gleiten.

«Geben Sie beides Herrn Dolbien ... er kann sich sowieso nicht entscheiden.»

Christian sprang auf, um ihr zu folgen, aber sie hielt plötzlich inne.

Sie kam zurück und setzte sich wieder an den Tisch. Zufrieden stellte der irritierte Ober die Teller ab, also doch kein Skandal. «Ich wünsche guten Appetit!»

Barbara stemmte die Arme in die Seiten und fixierte Christian. «Wahrscheinlich bin ich anders als andere Frauen ... aber ich will alles wissen. Und zwar ganz genau und von Anfang an.»

Nur wenig entfernt fand zur gleichen Zeit ebenfalls ein Abendessen statt, wenn auch wesentlich undramatischer. Gudrun hatte Conrad eingeladen.

«Was soll das werden?», fragte er, nachdem er ausgiebig die Tischdekoration bewundert hatte. Seine Bewunderung für Gudruns Abendgarderobe behielt er für sich.

Sie trug ein langes, schwarzes Abendkleid aus Rohseide mit einer roten Stola, ebenfalls aus Seide. Sie sah großartig aus.

«Dinner for one?»

Gudrun hatte sich bereits gesetzt. «Wenn schon, dann: for two, oder? Guten Appetit.»

Mit hochgezogener Augenbraue sah sie ihm zu, wie er die Gabel mit seiner Serviette abwischte. «Ist unser Besteck nicht sauber?»

Conrad putzte ungerührt auch das Messer. «Nö, ist so eine Angewohnheit von mir.»

Nachdem sie einige Bissen probiert hatten, fragte ihn Gudrun, ob es ihm schmecke. Er antwortete mit einer Gegenfrage. «Haben Sie etwas anderes erwartet?»

Gudrun legte ihr Besteck nieder. «Auf Dauer ist das ganz schön anstrengend, mein Lieber. Dass Sie einfach mal ja und amen sagen und sich klar zu etwas bekennen, ist in Ihren Genen nicht vorgesehen, was?»

Conrad blieb in seiner Deckung. «Nein.»

Sie aßen weiter, aber Gudrun ging sein Schweigen auf die Nerven. Jetzt war sie schon so weit gegangen, da konnte er doch auch ein bisschen aus sich herauskommen.

«Unterhalten Sie Ihre Tischdame! Ich denke, Sie sind so gut erzogen!»

Er sah auf. «Wahrscheinlich ist mir das Ganze hier so suspekt, dass ich meine gute Erziehung vergesse.»

Gudrun bat um mehr Wein. Er ging um den Tisch herum und füllte ihr Glas. «Cheerio, Miss Sophie.»

Sie lachte. «Sie gefallen mir, Sie gefallen mir sehr.»

Conrad, der zu seinem Stuhl zurückgegangen war, stoppte. «Bin ich deshalb hier?»

«Ihr Essen wird kalt.»

Er setzte sich, und Gudrun ließ ihn fast eine Minute lang in Ruhe essen, bevor sie ihre nächste Frage stellte. «Lesen Sie noch etwas anderes als Personalbögen und buddhistische Weisheiten?»

«Hm, Fachbücher über Orchideenzucht.»

Gudrun seufzte. «Na gut, auch kein Thema, über das wir reden können ... wie wäre dies: Ältere Unternehmerin denkt sich: Warum dürfen wir Frauen eigentlich niemals die Initiative ergreifen, wenn es um Männer geht? Weil wir dann unmoralisch wirken? Unsympathisch, verwegen? Gelten diese Grundsätze noch? Wenn ja: warum?»

So, dachte sie, jetzt ist die Katze aus dem Sack, jetzt ist er dran.

Conrad tupfte sich sorgfältig mit der Serviette die Lippen ab. Dann sah er Gudrun lange an, bevor er ihr eine Antwort gab.

«Das kann ich Ihnen sagen: Solange Männer wie ich so etwas als Übergriff empfinden, wird es nicht funktionieren ... gesetzt den Fall, eine Frau wie Sie wollte sich einem Mann wie mir annähern ... mit einem Candle-Light-Dinner ... würde ich aufstehen und gehen.»

«Oh», rutschte es Gudrun raus. Damit hatte sie nicht gerechnet. Zumindest aber hatte sie von ihm eine höflichere Verpackung für die Zurückweisung erwartet. Als hätte er ihre Gedanken gelesen, fügte er hinzu, dass es nichts mit dem Altersunterschied zu tun habe.

«Das ist völlig uninteressant, aber ich halte absolut nichts davon, dass ein Angestellter etwas mit seiner Chefin beginnt. Das ginge völlig gegen meine Prinzipien.»

«Selbst wenn es gegenseitige Sympathie wäre?»

Das sieht gut aus, dachte Gudrun, das sieht verdammt gut aus.

Conrad nahm sein Essen wieder auf. «Das würde ich mir verbieten.»

Nachdem Christian ihr alles erzählt hatte, war Barbara wutentbrannt aus dem Hotel gestürmt. Keine Sekunde wollte sie länger mit ihm zusammen sein. Sie konnte seine Nähe nicht mehr ertragen. Ziellos lief sie durch die Straßen. Irgendwann fand sie sich auf der Reeperbahn wieder, ohne zu wissen, wie sie da überhaupt hingekommen war. Wie ein Automat lehnte sie zweideutige Angebote ab. Es berührte sie nicht. Nichts berührte sie mehr. Verzweifelt fragte sie sich, was sie jetzt machen sollte, sie hatte ja keine eigene Wohnung mehr. Ihr fiel ein, dass Elfie in der Nähe wohnte.

Elfie war bereits im Bett gewesen. Während sie auf Barbara wartete, betrachtete sie sich im Spiegel. Das Licht im Flur war gnadenlos. «Ich sehe aus wie hundert, ich hätte mir doch Botox spritzen lassen sollen.» Es klopfte an der Tür. Sie öffnete, und Barbara fiel ihr heulend um den Hals. «Kann ich heute Nacht bei dir schlafen?»

Elfie hatte Barbara ein Nachthemd gegeben und sie ins Bett verfrachtet. Sie lag neben ihr und streichelte ihr beruhigend über den Kopf.

«Ach, Elfie, ich fühle mich ganz nackt und verraten ... ich bin doch sowieso beziehungsgeschädigt ...»

Elfie reichte ihr die Hand. «Willkommen im Club.»

«Meine ganze Familiengeschichte ... die so genannten Wurzeln: alles gekappt ... ich habe immer besonders lange gebraucht, um Vertrauen aufzubauen ...» Barbara begann erneut zu weinen.

Elfie hätte Christian erwürgen können. «Und dieser Sausack macht das alles kaputt.»

Barbara fuhr wütend hoch. «Wieso er? Sie! Stell dir vor, da nimmt die mich eines Tages vor dem Haus in den Arm und sagt: Ich hatte noch nie eine richtige Freundin, lass uns doch Freundinnen sein ...»

Sanft, aber entschieden drückte Elfie sie zurück aufs Kissen. «Hör mal, das klingt jetzt vielleicht blöd, aber ich mag die Sandberg gerne. Sie hat viele gute Seiten.»

«Das fand Christian auch!»

Gegen ihren Willen stimmte Barbara in Elfies Lachen ein.

«Babs, du musst diese Horrorgeschichte erst mal sacken lassen. Aber dann solltest du mit ihr reden.»

Barbara schlug wild mit den Fäusten auf die Bettdecke. «Mit der? Nie wieder ein Wort, so wahr ich Barbara Malek heiße. Jedenfalls kein privates Wort!»

Doch Elfie, die selber so viele Höhen und Tiefen durchlebt hatte, besaß inzwischen die Lebenserfahrung, um nicht mehr nur einseitig zu urteilen. Zumindest nicht, solange es sich nicht um Alexa Hofer handelte ...

«Ist sie nicht schon gestraft genug? Geht einmal mit dem in die Kiste und schwups: schwanger. Und dann muss sie das Kind auch noch abtreiben. Und den Mann hat sie trotzdem nicht, ich möchte nicht in der Haut der Sandberg stecken.»

Sie erwartete nicht, dass Barbara ihre Meinung teilte, dazu war deren Verletzung zu frisch. «Was wirst du jetzt machen?»

Barbara sah sie ratlos an. «Keine Ahnung, auf jeden

Fall melde ich mich krank. Ach, Elfie, was soll ich bloß tun?»

Christian war, so schnell es ging, mit dem Fahrrad ins Hotel gefahren.

Grußlos stürmte er an allen vorbei, bis er sein Büro erreicht hatte.

Iris sah von ihrem Schreibtisch auf. Er knallte wütend seine Aktentasche auf den Tisch. «Sie weiß es.»

Iris sah ihn mit großen Augen an. «Und?»

Er setzte sich auf die Couch und schlug die Hände vors Gesicht.

«Ganz schlimm, Iris, sie war heute Nacht nicht zu Hause ... sie hat mich frühmorgens angerufen und mir gesagt, dass sie ausziehen will.»

Iris hatte sich erhoben und kam auf ihn zu. «Dann musst du mit ihr reden. Lass den Kram hier liegen und geh zu ihr, Christian.»

Er schüttelte den Kopf. «Keine Chance. Sie will sich ein paar Tage Urlaub nehmen und wegfahren.»

Iris setzte sich neben ihn. «Wohin?»

«Keine Ahnung, sie wollte es nicht sagen. Ich schätze, zu ihrer Freundin Merle, die lebt seit einem Jahr auf Mallorca ...»

Iris sah ihn traurig an. «Wo haben wir uns da bloß reingeritten, Christian, war das denn alles nötig? Die arme Barbara. Wie wird das nur ausgehen.»

Christian war verzweifelt. Er hatte sich die Nacht über schlaflos im Bett gewälzt, immer wieder an Barbaras Kopfkissen gerochen und sie entsetzlich vermisst. Er wollte sie nicht verlieren. «Ich weiß nicht Iris, ich habe ein ganz schlechtes Gefühl.»

Barbara hatte sich schließlich dafür entschieden, nach Hitzacker zu fahren. Die Freude, die ihr Besuch bei den Harsefelds auslöste, schlug in fassungsloses Entsetzen um, als sie den Grund dafür erfuhren. Elisabeth hatte zwar immer schon alles Mögliche befürchtet, doch sie hatte nicht daran geglaubt, dass sich ihre Vermutungen bewahrheiten würden. Immer wieder zeigte sie ihre Bestürzung. Erich reagierte anders. Nach außen scheinbar ruhig, kochte in ihm die Wut hoch. Als sich Barbara ein wenig beruhigt hatte und es sich mit einem Becher Tee am warmen Kaminofen in der Küche gemütlich gemacht hatte, stand er auf.

«Ich müsste dann nochmal kurz los, dauert nicht lange.»

Er zog gerade im Flur seinen Mantel an, als es klingelte. «Das ist der Hein, der will sein Wurstpaket abholen», rief Elisabeth aus der Küche. Barbara war in den Flur gelaufen und hielt Erich fest. «Und wenn es der Christian ist? Der kann sich doch denken, dass ich zu euch gefahren bin …»

Erich sah sie grimmig an. «Dann kriegt der fix was hinter die Backen!»

Aber es war weder Hein noch Christian, sondern Raffael ten Kate.

Elisabeth schlug begeistert die Hände zusammen. «Der Raffi!»

Barbara sah ihn verblüfft an. «Was machen Sie denn hier?»

Während Raffael sich von Erich aus seinem Mantel helfen ließ, ließ er Barbara nicht aus den Augen, er strahlte vor Freude.

«Die Frage gebe ich zurück. Ich bin ja ein paar Tage

hier im hohen Norden, bei Freunden in Hamburg. Da dachte ich, ich besuche euch mal kurz.»

Elisabeth umarmte ihn. «Schön, Junge, so lange haben wir uns nicht gesehen, komm ...»

Erich setzte seinen Hut auf. «Bin gleich wieder da.»

Elisabeth hatte die «jungen Leute» mit Butschi nach draußen geschickt, damit sie in Ruhe die Küche sauber machen konnte, wie sie es nannte. Tief hängende, dunkelgraue Wolkenungetüme über der Ebene kündeten von einem nahen Gewitter. Barbara ließ Butschi von der Leine, er stürmte sofort ausgelassen los. Raffael sah ihm nach. «Freiheit, Natur, das ist etwas Großes, wenn man es mit jemandem teilen kann. Das ist schon seltsam, dass wir uns hier so wieder sehen, seltsam und schön.»

Er guckte zu Barbara, die noch nicht viel gesagt hatte. Sie erschien ihm völlig verändert. «Sie wirken nicht besonders fröhlich im Vergleich zu neulich.»

Barbara schüttelte traurig den Kopf. «Mir geht es auch nicht besonders.»

«Möchten Sie darüber reden?»

«Nein.»

Sie gingen schweigend weiter, als urplötzlich der Regen einsetzte.

Kaum waren die ersten dicken Tropfen gefallen, prasselten auch schon wahre Sturzbäche auf sie nieder. Barbara flüchtete sich unter einen Baum, während Raffael sich mit ausgebreiteten Armen im Regen drehte. «Kommen Sie her, Sie werden sich erkälten», rief sie. Raffael lief zu ihr hin und stellte sich dicht neben sie. Barbara zitterte. Er zog seine Jacke aus und legte sie fürsorglich um ihre Schulter.

Seine Liebenswürdigkeit bewirkte, dass Barbara umgehend wieder in Tränen ausbrechen musste.

Schmolli freute sich, Erich Harsefeld zu sehen. «Herr Harsefeld! Das ist ja eine Freude.»

Erich blieb nicht stehen. «Das ist ganz und gar keine Freude, Herr Schmolke.»

Er musste nicht lange nach Christian suchen. Der stand, umgeben von Conrad, Begemann, Phil und Doris Barth, in der Halle. Er beendete soeben die kurze Besprechung, als er jemand seinen Namen rufen hörte.

«Herr Dolbien?»

Christian drehte sich um. «Ja?» Er sah Erich zielstrebig auf sich zukommen. Im nächsten Moment sah er noch eine Faust, danach mehrere Sterne. Während alle wie paralysiert auf den taumelnden Christian starrten, verließ Erich wortlos das Hotel.

Ein Gutes hatte es für Christian: Jetzt wusste er, wo Barbara war.

Er eilte ins Büro. «Iris, hast du deinen Autoschlüssel da? Ich brauche dein Auto.»

Iris sah ihn verständnislos an. «Aber du kannst doch gar nicht Auto fahren, Christian.»

Christian streckte ungeduldig seine Hand aus. «Ich kann sehr wohl Auto fahren, Iris, ich fahre nur nie. Das ist etwas anderes. Und nun mach bitte, ich habe es eilig.»

Zögernd entnahm sie ihrer Handtasche den Autoschlüssel. «Warum nimmst du kein Taxi?»

«Weil ich nach Hitzacker will. Barbara ist dort. Ich will sie zurückholen. Ich will das jetzt alles regeln!» Er entriss ihr den Schlüssel und rannte aus dem Zimmer.

Barbara und Raffael hockten vor dem Kamin und wärmten sich auf. Sie hatte ihm die ganze Geschichte erzählt. Raffael konnte es immer noch nicht fassen. «Und ich höre Sie noch antworten: Ja, ich bin überglücklich ...»

Barbara nickte traurig. «Ja, ich hätte nie gedacht, dass die Dinge sich so schnell ändern können, so grundlegend ...»

Elisabeth, die bisher in ihrem Sessel gelesen hatte, mischte sich ein. Bei diesem Thema verfügte sie über Erfahrung, auch wenn Barbara das nicht wissen konnte und sollte. «Du musst dir Zeit geben, Babs ... dass Männer fremdgehen, weiß man seit der Bibel. Du denkst immer als Frau: Mich trifft es nicht ... und dann trifft es dich doppelt hart. Aber jeder Mensch macht Fehler ... Männer besonders ... in deinem ersten Schock hast du dich abgewandt und bist nicht bereit, ihm auch nur die geringste Chance zu geben, es wieder gutzumachen, stimmt's? Doch wenn die Liebe groß genug ist, dann steckt in ihr auch die Kraft, zu verzeihen.»

Erich – mittlerweile zurückgekehrt ohne etwas von seiner Mission zu berichten – steckte den Kopf ins Zimmer. Ihm gefiel, was er da sah. «Gemütlich habt ihr's, wirklich gemütlich, da fehlt nur noch ein Fläschchen Schatöchen, wie der Franzmann sagt, mach ich mal gleich auf und dann weg mit den trüben Gedanken!»

Raffael war aufgestanden. «Das ist sehr nett, aber eigentlich wollte ich zurück ...»

Erich guckte ihn ungläubig an. «Bei dem Schietwetter? Da draußen regnet es junge Hunde!»

Barbara hatte sich ebenfalls erhoben und sah Raffael abwartend an. Elisabeth erkannte, dass er Barbara von ihren trübseligen Gedanken ablenkte und machte einen

Vorschlag. «Was wollt ihr eigentlich hier mit uns Ollen? Setzt euch doch ins Auto und fahrt rüber zum Krug am Marktplatz ... oder zum Eichenhof, der ist etwas außerhalb in Richtung Hamburg, aber sehr nett, da könnt ihr ein bisschen unter euch sein und alles in Ruhe bequatschen!»

Raffael fand die Idee so großartig, dass Erich ihm lächelnd mit dem Finger drohen musste. «Aber nicht, dass du uns die Deern zu spät zurückbringst, Raffi!»

Der Krug am Marktplatz hatte seinen Ruhetag. «Dann eben zum Eichenhof!» Barbara kannte den Weg. «Fahren Sie jetzt einfach den Schildern nach: Richtung Hamburg.»

Raffael sah kritisch aus dem Fenster. «Vorausgesetzt, ich kann sie erkennen bei dem Wetter.»

Es regnete in Strömen.

Christian saß angestrengt hinter dem Steuer. Obwohl ihm der Angstschweiß die Stirn runterlief und die Scheibenwischer des kleinen Sportwagens gegen die Regenmassen nur noch wenig ausrichteten, verminderte er nicht das Tempo, als er von der Autobahn auf die Landstraße wechselte.

«Die Liebe zeigt sich nicht dort, wo sie anfängt, sondern dort, wo sie aufhört.» Raffael dachte auch an Heike, als er das sagte. Wirkliche Liebe überdauerte auch den Tod, hatte sie ihm beigebracht.

Barbara protestierte. «Aber die Liebe hat doch gar nicht aufgehört!»

Raffael kam nicht mehr dazu, ihr zu antworten, denn

plötzlich tauchte mit aufgeblendeten Scheinwerfern ein Auto vor ihnen auf, das frontal auf sie zuhielt.

«Scheiße!», brüllte er und riss das Lenkrad rum. Ihr Wagen geriet ins Schleudern, kam von der Straße ab und blieb nach einigen Drehern auf der Wiese stehen. Der andere Wagen jedoch überschlug sich zweimal, um dann voller Wucht gegen einen Baum zu krachen. Barbara, noch unter Schock, kletterte vorsichtig aus dem Auto und blickte hinüber. Dann schrie sie aus Leibeskräften. Neben dem völlig demolierten Spider lag regungslos Christian.

KAPITEL 15

*I**ris ging* über den Krankenhausflur, die Türen musternd, bis sie Rilkes Zimmer erreicht hatte. Sie klopfte.

«Frau Sandberg!»

Sie nickte ihm müde, aber freundlich zu. «Dass wir uns so schnell wieder sehen würden, hätte ich nicht gedacht.»

«Vor allem nicht gewünscht, was?» Er bot Iris einen Stuhl an, aber sie lehnte ab. «Danke, dass Sie sich hier als unser Vertrauter sozusagen zur Verfügung gestellt haben.»

Rilke winkte ab. «Für Freunde von Frau Hansson ...»

«Wie geht es ihm?», fragte sie ihn besorgt.

«Nun ja, wir sagen dann gerne: den Umständen entsprechend. Aber Sie dürfen den Mut nicht verlieren. Es ist natürlich nicht meine Klinik hier, aber alles, was ich tun kann, tue ich.»

Iris sah ihn dankbar an. «Ich weiß, dass er bei Ihnen in den besten Händen ist. Kann ich zu ihm?»

«Er hat Besuch.»

«Dann warte ich besser.»

Rilke begleitete sie zur Tür. «Nein, nein ... eine Ablösung ist vielleicht ganz gut.»

Christian lag auf der Intensivstation. Man hatte ihn vorübergehend in ein künstliches Koma versetzt, Geräte erhielten seinen Körper am Leben.

Barbara sprach trotzdem unaufhörlich mit ihm. Wer weiß, dachte sie, vielleicht dringt ja etwas in sein Unterbewusstsein, und selbst wenn er nur meine Stimme hört ... er soll wissen, dass ich bei ihm bin.

«Der Raffael ist wieder zurück nach Berlin. Er war so lieb zu mir. Wenn er nicht sofort reagiert hätte nach dem Unfall ... ich war wie gelähmt, Christian ...»

Sie nahm seine Hand und presste sie gegen ihre Wange. «Ich wollte das doch alles nicht ... ich hätte nicht weglaufen sollen ... weglaufen ist nie gut, ich weiß das ja ... ich möchte so gerne, dass alles wieder gut wird ... mit dir ... und uns beiden ...»

Iris hatte sich einen Kittel geben lassen und war unbemerkt von Barbara ins Zimmer gekommen. Sanft legte sie ihr die Hand auf die Schulter. «Dr. Rilke meinte, ich solle dich vielleicht ablösen.»

Barbara schüttelte den Kopf. «Das möchte ich nicht.»

Iris nickte traurig, sie hatte mit dieser Reaktion gerechnet. «Ich wollte ja auch nur, dass du weißt, dass ich mich nicht drücke.»

Barbara reagierte nicht. Iris verließ leise das Zimmer. Im Flur ließ sie sich müde auf einer Bank nieder, um auf Barbara zu warten. So konnte es nicht weitergehen.

Als Barbara das Krankenzimmer verließ und Iris entdeckte, beschleunigte sie ihre Schritte. Iris lief ihr hinterher. «Barbara! Bitte warte ... ich will endlich mit dir reden.»

Barbaras Augen funkelten vor Hass. «Aber ich nicht mit dir, begreifst du das nicht? Lass mich in Ruhe, ich muss ins Büro.»

Iris sah sie beschwörend an. «Barbara, wir sehen uns täglich, wir arbeiten zusammen ... wir können uns nicht immer aus dem Weg gehen! Wir müssen das klären, wir sind doch keine Kinder mehr, sondern Erwachsene ...»

Aber Barbara gab sich unversöhnlich. «Halt mir keine Moralpredigten, an meinen Verstand brauchst du genauso wenig zu appellieren wie an meine Gefühle, du nicht!»

Iris versuchte es mit einem anderen Argument. «Wir sind es auch Christian schuldig.»

Aber den hätte sie besser nicht erwähnt. Barbara fauchte sie regelrecht an. «Und den lässt du gefälligst aus dem Spiel.»

Eine sechsstündige Aufführung in der Mailänder Scala zu dirigieren war nichts gegen das, was Schmolli an diesem Morgen zu leisten hatte. Das Hotel lief auf Hochtouren, er wünschte sich, mindestens vier Arme zu besitzen, um dem Ansturm von Taxen, Bussen und Privatwagen Herr werden zu können. Zusätzlich galt es, die Pagen einzuteilen und zu instruieren. Ein junges Mädchen hatte sich neben ihn gestellt. In der Hand hielt es einen Korb. Schmolli warf einen Blick hinein. Ein Babygesicht lachte ihn an. «Och, wie süß!»

Er winkte dem Baby zu, das daraufhin fröhlich spuckte. «Wartest du auf deine Eltern?»

Das Mädchen nickte. «Ja, die müssten gleich kommen. Könnten Sie sich vielleicht kurz um meinen Bruder kümmern? Nur für eine Minute, ich habe da drinnen was vergessen.» Sie zeigte auf den Hoteleingang.

Schmolli rang mit sich. Ihm fehlte wirklich die Zeit, um auch noch auf ein Baby aufzupassen. Aber wie immer siegte sein gutes Herz.

«Na gut, aber wirklich nur eine Minute.»

Er nahm den Korb und stellte ihn neben den Eingang in den Schatten. Conrad kam grüßend vorbei und schmiss seinen Autoschlüssel in Schmollis Zylinder. «Mach ich gleich, Herr Jäger, dauert heute alles etwas …»

Inzwischen war auch noch der Bus des 1. FC Köln vorgefahren, der an diesem Wochenende gegen den HSV spielte. An das Baby dachte Schmolli überhaupt nicht mehr, bis dieses nach einer Stunde durch kräftiges Schreien auf sich aufmerksam machte. Schmolli fluchte. «Bin in einer Minute wieder da … ja, ja! Was mache ich denn jetzt?»

Die rettende Idee kam ihm, als er Roxi Papenhagen in der Halle entdeckte. Er brachte ihr den Korb. Ein Blick hinein, und sie schmolz dahin. «Überhaupt kein Problem, ich bringe ihn zu Julietta hoch, wir legen ihn erst mal in ein freies Gästezimmer, danach gucke ich mir die Anmeldungen der Eltern mit Kindern an, das finden wir ganz schnell raus, zu wem der Süße gehört.»

Dem Prüfer blieb der Mund offen stehen. Das war ihm noch nie passiert, dass sich ein Prüfling weigerte, seine Anweisungen auszuführen. Aber Elisabeth Harsefeld blieb stur. Sie wollte nicht nach rechts abbiegen. Herr Schmidt, der Besitzer der Fahrschule Hitzacker, wurde nervös. «Sie werden doch jetzt nicht die Nerven verlieren, Frau Harsefeld. Sie haben doch schon alles geschafft, sogar die Autobahnfahrt.»

Elisabeths Hände umkrampften das Lenkrad. «Ich möchte nicht nach rechts.»

Herr Block, der Prüfer des Landkreises, sah sie erstaunt an. «Das wäre dann allerdings das erste Mal, dass ein Prüfling sagt, was er möchte und was nicht.»

Aber Elisabeth bockte wie ein junges Zicklein. «Da geht es zum Markt. Mein Mann arbeitet dort. Ich mache das doch heimlich, meine Fahrprüfung. Er soll das nicht wissen.»

Der Prüfer hatte sowohl Herz als auch ein Einsehen. Elisabeth führte ihm noch vor, dass sie einwandfrei rückwärts einparken konnte, dann war sie stolze Besitzerin eines Führerscheins.

Iris verließ Gudruns Suite und ging langsam den Hotelflur entlang. Gudrun hatte versucht, ihr Mut zu machen. Man darf niemals aufgeben, hatte sie gesagt. Das ist das Wichtigste, daran habe ich immer gedacht, wenn der Krebs zu gewinnen drohte. Iris konnte diese Zuversicht nicht teilen. Vor ihrem inneren Auge sah sie Christian, wie er hilflos im Bett lag, am Leben gehalten durch eine Beatmungsmaschine. Wer sollte für ihn entscheiden, wann sie besser abgestellt würde? Gudrun hatte sie aufgefordert zu kämpfen.

«Ich will, dass du fightest! Der Christian Dolbien, der kann im Moment nichts sagen. Aber er kann die positive Energie um ihn herum erspüren ... deine Energie, die von Barbara Malek, die von Rilke ... er wird es schaffen, wenn ihr kämpft.»

Iris wurde durch das Geräusch eines schreienden Babys aus ihren Gedanken gerissen. Sie sah Julietta mit einem Paket Windeln und einem Fläschchen ein Gästezimmer betreten. Neugierig folgte sie ihr und warf einen Blick durch die offene Tür. Julietta saß auf dem Bett, hielt ein Baby in ihren Armen und gab ihm die Flasche, was von Schmolli und Roxi, die ebenfalls auf dem Bett saßen, gerührt verfolgt wurde. Iris staunte nicht schlecht. Sie ließ sich die Hintergründe erklären. «Da müssen wir natürlich die Polizei benachrichtigen.»

Roxi wiegelte ab. «Ach, das klärt sich bestimmt. Das ist garantiert das Kind von Gästen, ich bin nur noch nicht dazu gekommen, das checken zu lassen.»

Iris hatte ihr nur mit halbem Ohr zugehört, denn das Baby faszinierte sie. Sie streckte Julietta die Arme entgegen. «Darf ich mal?»

Julietta sah sie erstaunt an, dann legte sie ihr das Kleine behutsam in die Arme und überreichte das Fläschchen. Kaum hatte der kleine Mund den Flaschenschnuller gespürt, saugte er auch schon energisch. Als das Baby die Augen öffnete und Iris aufmerksam musterte, öffnete sich deren Herz. Vielleicht hatte Gudrun ja Recht ... vielleicht war noch lange nicht alles vorbei ...

Im Businesscenter war Christians Zustand natürlich Hauptthema. Barbara erzählte ihren Kolleginnen alles.

«Der Rilke sagt, eigentlich ist es sowieso ein Wunder, dass er nicht tot ist ... der Wagen ist ja mit voller Wucht gegen den Baum gefahren. Jedenfalls hätte er Brüche haben müssen, nicht nur Prellungen. Aber das Furchtbare ist eben dieses Schädel-Hirn-Trauma.»

Katrin wusste nicht, was das ist.

«Es ist wie ein Bluterguss, Katrin. Das Gehirn schwillt, schwillt und schwillt. Sie geben ihm hoch dosiertes Cortison. Aber wenn es nicht zurückgeht, kann es zum Beispiel zu einer Atemlähmung kommen ... dann stirbt Christian.»

Während alle betreten schwiegen, fügte sie hinzu: «Und ohne dass wir uns versöhnt haben.»

Phil erinnerte sich an den Rat ihrer Großmutter Birgit aus dem Schwäbischen, genannt Biggi, die gesagt hatte: Niemals aus dem Haus gehen, solange Spätzle auf dem

Herd kochen oder Streit herrscht. Elfie stimmte ihr zu. «Das gilt übrigens auch für die Sandberg.»

Phil nickte. «Ja, du musst dich mit der vertragen, das finde ich auch.»

Barbara warf Phil einen bösen Blick zu. «Dass du die in Schutz nimmst, kann ich verstehen!»

Aber Phil ließ sich nicht provozieren. «Ich finde, du tust ihr Unrecht. Sie hat das Gespräch gesucht, sie hat sich entschuldigt, sie hat selber genug gelitten. Und tut es noch.»

Die Unterhaltung drohte zu eskalieren, als Alexa, mit einem Schwung Unterlagen, das Zimmer betrat. Sie sah sich freundlich um. «Wem darf ich das geben?»

«Wem Sie wollen», erwiderte Phil patzig.

Alexa lächelte Phil an. «Dann gebe ich es Ihnen, Frau Sengelmann, die Verkaufsabteilung benötigt das bis morgen.» Dann wandte sie sich an Barbara. «Mein Beileid, Frau Malek.»

Katrin ließ ihr Brötchen fallen, Elfie ihre Nagelfeile, und Phil knallte die Unterlagen auf den Tisch.

Barbara blieb der Mund offen stehen. «Beileid?»

Alexa hatte ihren Fauxpas nicht bemerkt. «Nun ja», fügte sie hinzu, «ich wollte sagen: Mein Mitgefühl gilt Ihnen. Weil es Herrn Dolbien so schlecht geht. Wir fühlen alle mit Ihnen.»

Verlegen verabschiedete sie sich, denn nun spürte sie doch, dass etwas nicht stimmte. Sie hatte Mitgefühl zeigen wollen, warum nur erntete sie Empörung? Was hatte sie jetzt schon wieder falsch gemacht?

Die vier sahen sich an, als Alexa gegangen war. Katrin tippte sich an die Stirn. «Beileid? Spinnt die?»

Phil fluchte. «Dieses bösartige Miststück, trampelt selbst auf denen rum, die am Boden liegen.»

Nur Elfie sagte nichts. Dann stand sie auf und marschierte ins Direktionsbüro. Iris stand bei Alexa.

«Frau Sandberg, verzeihen Sie, wenn ich das sage: Könnten Sie bitte den Raum verlassen?»

Iris sah sie erstaunt an. «Warum?»

«Weil ich sonst wahrscheinlich unter Zeugen Dinge sage, die dazu führen müssten, dass ich entlassen werde. Und das möchte ich nicht.»

Iris dachte kurz nach, dann entschied sie, sich aus der Sache rauszuhalten. Das war ein Problem zwischen der Direktionssekretärin und dem Businesscenter. Trotzdem ermahnte sie Elfie. «Halten Sie Frieden in meiner Abteilung, das ist das Einzige, was ich möchte.» Als Iris den Raum verlassen hatte, legte Elfie los. Dieser Alexa Hofer wollte sie endlich mal ihre Meinung sagen. So konnte sie doch nicht mit anderen Menschen umgehen.

Alexa hörte sich Elfies Hasstirade ruhig an. Sie wusste, dass sie sich früher unmöglich verhalten hatte. Doch die schrecklichen Stunden in der Kühlkammer hatten sie für immer verändert. Aber so sehr sie sich auch bemühte, niemand schien das wahrzunehmen. Darum entgegnete sie auf Elfies Vorwürfe nur:

«Sie täuschen sich, Frau Gerdes, wirklich! Ich habe eine Erfahrung gemacht in dieser Kühlkammer ... die war so schrecklich, das ahnen Sie hier alle gar nicht! Wenn Sie jetzt ehrlich sind, werden Sie zugeben, dass keiner mich hier danach gefragt hat. Es hat Sie nicht interessiert. Seitdem habe ich mich geändert. Ich bemühe mich um Zurückhaltung, Fairness und Freundlichkeit, ich bemühe mich um Sie alle ... aber Sie alle, Sie lassen mich abblitzen ...»

Elfie winkte verächtlich ab.

«Hören Sie doch auf mit Ihrem Egokitsch, Menschen ändern sich nicht, da wären Sie die Erste.»

Aber Alexa ließ sich nicht einschüchtern, jetzt nicht mehr.

«Sehen Sie, Frau Gerdes, wenn es aber nun doch so ist, dass ich mich geändert habe? Keine Chance für Alexa Hofer? Sie finden sich so toll und kämpferisch und fair, dabei bestehen Sie genau wie alle anderen auf Ihrem Feindbild, um sich besser zu fühlen. Sie sind wie alle anderen auch, Frau Gerdes ... jeder ist nur mit sich beschäftigt.»

Die Nachricht von dem Baby hatte im Hotel die Runde gemacht. Jeder wollte es sehen, jeder, der es gesehen hatte, suchte nach Gründen, um mal schnell ein paar Etagen höher zu müssen ...

Roxi hatte keine Eltern mit Kleinkindern im Hotel ausfindig machen können. Elfie, die sich in ihrer Freizeit für elternlose Kinder engagierte, kam die ganze Geschichte verdächtig vor.

«Wisst ihr, was ich glaube? Euer kleiner Moses da, der wurde ausgesetzt. Und das Mädchen ... von wegen, mein kleiner Bruder ... das war kein Mädchen ... das war die Mutter!»

Auf jeden Fall musste eine Lösung gefunden werden. Als erst das Wort Polizei, dann Kinderheim fiel, schauten sich alle betreten an.

Keiner außer Julietta hatte eigene Kinder, in allen brodelten nicht ausgelebte Gefühle. Roxi sprach es als Erste aus. «Also ich finde, eine Nacht warten wir noch! Vielleicht meldet sich ja jemand.»

Elfie reagierte professionell. «Dann tippe ich uns mal gleich einen Betreuungsplan.»

Julietta, der als Einziger bewusst war, was auf sie alle zukam, grinste. «Der braucht alle vier Stunden was, das kann ich euch schon mal sagen, da muss jeder von uns ran.»

Iris unternahm einen neuen Anlauf, um sich mit Barbara zu versöhnen. Sie hatte für ein schönes Abendessen eingekauft, zu dem sie Barbara einladen wollte. Aber die knallte ihr die Tür vor der Nase zu. Beim zweiten Mal klingelte Iris Sturm, bis Barbara endlich öffnete. «Barbara, ich habe alles Verständnis der Welt für deine Sorgen und deine Wut. Aber wieso siehst du nur deine Probleme? Denkst du, ich habe keine Probleme? Ich habe in meinem Bauch ein Kind getragen ... wer fragt, ob das vielleicht meine letzte Chance war, Kinder zu kriegen? Wer fragt nach meinem Schmerz, meinen Tränen, die ich vergossen habe, weil ich mich dir gegenüber so geschämt habe? Wo ist dein Herz, Barbara? Wo ist dein Verstand?»

Barbara hatte ihr ruhig zugehört. Iris hoffte, dass ihre Worte sie erreicht hatten, Barbara war immer ein offener und herzlicher Mensch gewesen, niemals nachtragend, sie konnte sich nicht so verändert haben.

Doch Barbara sah Iris nur lange an. Dann explodierte sie.

«Dass Christian dein Auto gefahren ist, obwohl du genau weißt, dass er ein Trauma hat, nicht fahren konnte ... dass er jetzt im Krankenhaus liegt ... dass er vielleicht sterben wird ... dass alles, was du mir hier so zwischen Tür und Angel um die Ohren haust, passiert ist, das ist alles nur die Schuld eines Menschen, und dieser Mensch heißt Iris Sandberg!»

Ohne ein weiteres Wort schloss sie die Tür und ließ Iris mit ihren Tüten stehen.

Der nächste Morgen begann für die Belegschaft des Grand Hansson mit ausführlichem Gähnen, denn außer der Direktion und Barbara, die ihre Nächte im Krankenhaus bei Christian verbrachte, hatten sich alle am Plan M beteiligt. Das M stand für Moses. Uwe hatte für den Kleinen Kopfstand gemacht, Katrin ließ sich beglückt ihren marmeladenverschmierten Finger ablecken, und Schmolli hatte das Baby anhand eines Bildbandes in die Vorzüge der Mercedes-A-Klasse eingeweiht. Sie hatten sich mit Roxi, Peter, Elfie und Julietta abgewechselt, auch Sascha und Sonja hatten vorbeigeschaut. Die einzige Person, die an diesem Morgen putzmunter und ausgeschlafen war, war der kleine Moses.

Barbara kam ausgesprochen schlecht gelaunt zur Arbeit. Vielleicht lag es an der Übermüdung, vielleicht aber auch daran, dass ihr Iris' Worte nicht aus dem Kopf gegangen waren. In ihr tobte ein Kampf.
Sie wollte hassen und doch auch verzeihen. Noch hatte sie sich nicht entschieden. Umso mehr gingen ihr die unaufhörlichen Nachfragen und Mitleidsbekundungen der Kollegen auf die Nerven. Als sie endlich im Businesscenter angekommen war und Conrad seinen Kopf reinsteckte, um sich nach dem allgemeinen Wohlbefinden und nach Christian Dolbiens im Besonderen zu erkundigen, platzte ihr der Kragen.
«Und diese Frage möchte ich ab sofort NICHT MEHR hören!»

Als Barbara mittags ins Krankenhaus fuhr, wurde sie erneut auf eine Geduldsprobe gestellt. Iris saß an Christians Bett. Wütend stürmte sie in Rilkes Zimmer, um das verbieten zu lassen. Aber der erklärte ihr, dass sie dazu kein Recht besäße. Genau genommen war Christians Bruder der Einzige, der in diesem Falle Entscheidungen treffen durfte. Er hielt ihr einen langen Vortrag über den sinnvollen Nutzen von Patientenverfügungen, aber Barbara hörte kaum zu. Sie musste mit jemandem Vernünftigen reden. Ja, dachte sie, ich möchte mit Erich darüber sprechen.

Erich hatte Barbara auf sein kleines Ruderboot verfrachtet und war mit ihr zum Angeln ein Stück rausgerudert. Aufgeregt und empört berichtete sie ihm von ihrem Besuch im Krankenhaus.

«Das ist so eine große Verantwortung ... zu sagen: Schaltet das Beatmungsgerät ab, weil ...»

Erich überprüfte mit einem kurzen Ruck seine Angel. «Wenn ich dich richtig verstanden habe, Deern, dann darfst du das ja auch ohnehin nicht.»

Barbara regte sich erneut auf. «Dann soll das der Dominik entscheiden? Wo die sich nie gut verstanden haben? Das würde Christian nicht wollen, er würde wollen, dass ich das entscheide. Wir sind ein Paar, mit oder ohne Trauschein.»

Erich wiederholte Rilkes Worte. «Dann hättet ihr eine Patientenverfügung machen müssen.»

«Habt ihr etwa so was?» Barbara fand das lächerlich.

Aber Erich erklärte ihr ruhig, warum Elisabeth und er bereits vor Jahren alles Notwendige beim Notar geregelt hatten. Dann fiel ihm auf, dass sie eigentlich viel zu viel über den Tod gesprochen hatten. Er steckte die Angel in eine kleine Halterung am Bug und nahm Barbaras Hände.

«Am Ende wird alles wieder gut, ich weiß das ... musst dich aber auch mit der anderen vertragen.»

Barbara schlug die Augen nieder. «Du wirst lachen: Ich stehe da manchmal so neben mir und gucke mich an, wie ich mich aufführe ... und dann finde ich mich so was von scheußlich, wie ich die Iris beschimpfe ... bloß: Ich kann nicht anders.» Sie schenkte ihm ein schiefes Lächeln. Erich freute sich, sie war also doch auf dem richtigen Weg.

«Man kann immer anders, Deern, das ist der Unterschied zwischen Mensch und Tier: Wir haben immer die Wahl, wir können uns entscheiden.»

«Aber sie hat versucht, mir Christian wegzunehmen!»

«Na, und hat sie es geschafft? Hat er sich dir wegnehmen lassen? Nein. Hör mal auf die Senioren: Liebe hat nichts mit Besitz zu tun.»

Wildes Hupen unterbrach ihr trautes Gespräch. Es kam vom Haus. Elisabeth winkte heftig. Erich schimpfte.

«Zum Friseur will sie, das muss natürlich jetzt sein, und ich muss sie wieder fahren, wo ich doch so schön mit meiner Tochter angeln wollte.»

Barbara lachte still in sich hinein, das würde eine Überraschung für Erich geben.

Elisabeth umarmte Barbara, dann sah sie Erich an. «So, ich fahr dann jetzt mal zum Friseur.»

«Du meinst wohl, ich fahre dich zum Friseur, hab ja nichts Besseres zu tun», grummelte Erich.

Doch Elisabeth ging zielstrebig auf den Ford zu und setzte sich hinter das Steuer. Souverän startete sie den Motor, legte den Rückwärtsgang ein und fuhr so weit zurück, bis sie neben ihrem Mann stand. Der bekam vor Verblüffung kein Wort heraus. Lässig hielt sie ihm ihren Führerschein unter die Nase.

«So, Erich, ich hab jetzt nämlich die Lizenz zum Fahren ... dann man tschüs!»

Erich sah ihr kopfschüttelnd nach. Er rang immer noch nach Worten. «Das geht doch nicht ... doch nicht mit meinem Auto!»

Barbara lachte. «Wie war das nochmal, Erich? Liebe hat nichts mit Besitz zu tun ...»

Conrad hatte, als ihm die Geschichte von der Nacht mit dem Baby berichtet wurde, kurzen Prozess gemacht.

«Das ist überhaupt nicht lustig, überhaupt nicht! Was Sie alle hier aufführen: Wir sind doch kein Kindergarten! Wissen Sie, was Ihnen blüht? Eine Anzeige wegen unterlassener Hilfeleistung. Also: Sofort die Polizei anrufen. Das ist ein dienstlicher Befehl. So Leid mir das tut.»

Als Schmolli mit Roxi in die Halle fuhr, um Conrads Anweisung auszuführen, traute er seinen Augen nicht: Mitten in der Halle stand das Mädchen, das ihm das Baby anvertraut hatte.

Eine halbe Stunde später wussten sie, dass das Mädchen Loretta hieß, siebzehn Jahre alt und tatsächlich die Mutter des kleinen Moses war. Der im Übrigen Hieronymus hieß, genau wie Schmolli.

Sie hatte niemanden gefunden, der auf das Kind aufpassen konnte, dabei war es der Tag ihrer Abschlussprüfungen gewesen. Darum hatte sie Schmolli das Kind anvertraut. Als sie am Abend ins Hotel zurückkam, hatte sie Schmolli nicht mehr angetroffen und sich nicht getraut, nach ihm zu fragen.

«Aber was ist denn mit deinen Eltern?», fragte ein immer noch misstrauischer Schmolli.

Lorettas Eltern waren geschieden, sie hatte keinen Kontakt zu ihnen, seit zwei Jahren lebte sie bei ihrem Bruder, der an dem Tag aber unbedingt in der Uni sein musste. Loretta versprach, so etwas nie mehr zu tun. Als Schmolli und Roxi ihr nachwinkten, seufzten sie beide.

«Da gehen sie hin, ich bin richtig traurig», sagte Schmolli mit belegter Stimme.

Roxi hakte sich bei ihm unter. «Nun haben wir nur noch uns, was Schmolli?»

Er blickte sie an, als sei ihm gerade ein böser Geist erschienen. Ruckartig entzog er ihr seinen Arm und ging ins Hotel. «So weit kommt es noch», murmelte er grimmig.

Gudrun, die weder Barbara noch Iris leiden sehen wollte, fand es an der Zeit, sich als Vermittlerin einzuschalten. Schließlich waren sie ja alle vernünftige, erwachsene Frauen. Sie ließ Barbara in die Präsidentensuite kommen. Als Barbara eintrat, fiel ihr Blick auf Iris, die ebenfalls von Gudrun gerufen worden war. Iris las Barbaras Gedanken. «Denk nicht, dass ich Frau Hansson um Schützenhilfe gebeten habe, weiß Gott nicht.»

«Nein», fiel ihr Gudrun ins Wort, «das ist auf meinem Mist gewachsen, wie alle guten Dinge in diesem Haus! Warum ich Sie zu mir heraufgebeten habe ... liebe Frau Malek, ich sage es direkt und klar, wie es immer meine Art ist: Vertragen Sie sich wieder mit Frau Sandberg.»

Aber auch sie biss auf Granit. Barbara schüttelte den

Kopf. «Ich bedaure sehr, aber das kann ich nicht, und das will ich nicht. Sie sind meine Vorgesetzte, Frau Hansson, so wie Frau Sandberg ja nun auch ... aber das ist eine rein private Sache, und das lasse ich mir nicht verordnen: Friede, Freude, Eierkuchen. Danach ist mir nämlich nicht.»

Das Telefon schrillte in die Stille, die Barbaras Worten gefolgt war.

Gudrun ging schlecht gelaunt zum Apparat. «Gottchen, ich wollte doch nicht gestört werden.»

Iris bot sich an. «Soll ich rangehen?»

Gudrun hatte bereits den Hörer in der Hand. «Ich kann ja noch selber laufen, so alt bin ich ja noch nicht. Also, Frau Malek, wenn da nichts zu machen ist, dann können Sie wieder gehen.»

Barbara wandte sich zur Tür. Iris folgte ihr langsam. «Schade.»

«Ja, schade.»

Im Hintergrund hatte Gudrun ihr Gespräch beendet. «Frau Malek? Das war Dr. Rilke. Sie möchten in die Klinik kommen ... Christian Dolbien ... er ... ist ...»

Aber Barbara hörte nicht mehr, was sie sagen wollte. Sie war umgehend aus dem Zimmer gestürzt, um in die Klinik zu fahren.

Gudrun schüttelte den Kopf.

«Na, hoffentlich baut sie jetzt keinen Unfall.» Dann erst bemerkte sie Iris, die steif vor Entsetzen immer noch an der Tür stand und wartete.

«Ja, also Dr. Rilke hat gesagt, der Christian Dolbien ist über den Berg.»

Rilke sah Barbara lächelnd an. «Es sieht gut aus, sehr gut sogar, die Schwellung ist stark zurückgegangen. Er kann wieder selber atmen. Morgen kann er vielleicht schon in meine Klinik verlegt werden.»

Er zog ein Taschentuch aus seiner Kitteltasche und gab es ihr. Barbara schluchzte. «Ich lasse Sie beide jetzt allein, in Ordnung?»

Barbara zog einen Stuhl heran und setzte sich neben das Bett. Vorsichtig nahm sie Christians Hand und küsste sie. Er öffnete ein wenig die Augen und versuchte zu sprechen. Man konnte spüren, wie viel Mühe ihm das noch bereitete. Barbara legte ihr Ohr an seinen Mund. «Barbara?», flüsterte er.

Sie antwortete unter Tränen. «Ja, mein Schatz?»

«Vertragen?»

Barbara küsste ihn zart auf die Lippen. «Vertragen, ja, ich verspreche es dir, mein Liebling.»

Vor der Klinik setzte sich Barbara auf die Stufen und holte ihr Handy aus der Tasche. Sie wählte Iris' Nummer. Die saß an ihrem Schreibtisch, als der Anruf kam.

«Iris, hörst du mich?»

«Ja.»

«Er hat die Augen aufgemacht ... er hat gesagt: Vertragen ...»

Iris sagte nichts, die Tränen liefen ihr über die Wange.

«Iris, bist du noch dran?»

«Ich ... bin so ... froh ...»

Auch Barbara weinte jetzt. «Ich habe ihm geantwortet: Ja, vertragen.» Ihre Tränen flossen heftiger. «Und das ... möchte ich ... auch mit dir.»

KAPITEL 16

Z*ehn Tage später* war Christian fast schon wieder vollkommen hergestellt. Seine sportliche Konstitution trug maßgeblich zu einer schnellen Regeneration bei. Bereits drei Tage nachdem er wieder selbständig atmen konnte, hatte man ihn in die Klinik von Dr. Rilke verlegt. Dort thronte er nun in seinem Bett und verbrachte zwei Drittel des Tages mit Telefonieren. Sein Krankenzimmer hatte sich langsam, aber sicher in eine Außenstelle seines Büros im Grand Hansson verwandelt. Aus dem Rahmen fielen nur der üppige Obstkorb und die zahlreichen Blumensträuße.

Natürlich telefonierte er auch gerade, als Schwester Amelie hereinkam, um sein Bett zu richten. Er begegnete ihrer offenen Missbilligung mit einer Charmeoffensive.

«Hmm ... wonach riechen Sie denn so gut, Schwester Amelie?»

«Nach Chloroform», erwiderte sie ungerührt, sie kannte ihre Pappenheimer.

«Ah, verstehe! Deswegen bin ich immer ganz benebelt, wenn ich Sie sehe!»

Schwester Amelie bückte sich schnell, um seine alten Zeitungen vom Boden aufzusammeln, damit er nicht sehen konnte, wie sie lachte.

«Wird Zeit, dass wir Sie entlassen.»

Der Meinung war Christian auch. Schon klingelte sein Handy erneut.

Schwester Amelie war vor ihm dran. Sie drückte den Ausknopf und packte es in die Schublade seines Nachtschranks.

«Handys sind in Krankenhäusern verboten!»

Doch damit bewirkte sie nicht viel. 20 Sekunden später klingelte das Zimmertelefon.

«Dolbien? ... Ah, Frau Hansson ...»

Barbara stand mit zwei Mülltüten ratlos vor dem Müllcontainer. Nicht mal ein Zigarettenstummel hätte da noch reingepasst. Kurz entschlossen öffnete sie ihren Kofferraum, sie würde dem Grand Hansson ihren Müll schenken.

Iris war aus dem Haus gekommen und grüßte.

«Soll ich dich mitnehmen?», fragte Barbara.

Iris kam auf sie zu. «Danke, mein Taxi ist bestellt. Morgen, Barbara.»

«Morgen, Iris. Wann kommt denn dein neuer Wagen?»

Iris zuckte mit den Schultern. «Das ist ein Riesentrara mit Christians und meiner Versicherung. Warst du gestern bei ihm?»

Barbara schlug die Kofferraumhaube zu. «Ja, es geht ihm gut, aber ich fürchte, eine Woche muss er noch.»

Iris nickte. «Hör mal, Barbara, ich will ihn heute Abend besuchen, wenn du es erlaubst. Aber du sollst wissen ...», sie zögerte. Dann zog sie Barbara zu sich heran und drückte sie an sich. «Es kommt nicht wieder vor», flüsterte sie.

Auch Barbara flüsterte. «Es kommt nicht wieder vor?»

Iris ließ sie los und sah ihr fest in die Augen. «Du kannst dich auf mich verlassen, es kommt nicht wieder vor.»

Ein Taxi hielt neben ihnen, und Iris stieg ein.

«Viel Glück bei der Besprechung!», rief ihr Barbara hinterher.

Iris drehte sich um und winkte. «Können wir gebrauchen.»

Das war tatsächlich der Fall. Zwar war das Grand Hansson in der Regel zu 70 Prozent ausgebucht, was für ein Luxushotel dieser Größe geradezu sensationell gut war, aber der Umsatz bediente vorrangig die laufenden Verbindlichkeiten des Tagesgeschäfts, die Ratentilgung der Kredite hingegen war nicht mehr gewährleistet.

Deshalb hatte die Bank des Grand Hansson, das Bankhaus Kremer, Gudrun um ein Gespräch gebeten. Iris und Begemann würden sie begleiten, aber ohne Christian fühlte sie sich nicht wohl.

Ich brauche einen Mann an meiner Seite, dachte sie und warf einen missmutigen Blick auf Begemann, der pedantisch die vorbereiteten Gesprächsunterlagen mit verschiedenfarbenen Büroklammern versah. Mit dem würde sie nicht rechnen können. Schon bei der Vorstellung fühlte sie sich allein gelassen. Dann hellten sich ihre Züge auf. Sie griff zum Telefon und rief Conrad Jäger an.

Direktor Kremer, Chef der Privatbank Kremer & Söhne, malte ihnen die Zukunft in düsteren Farben aus.

«Sehen Sie, die Firmen haben alle zu wenig Eigenkapital und leben infolgedessen auf Pump. Ganz Deutschland steckt in der Schuldenfalle …», er unterbrach sich, bis seine Sekretärin Kaffee und Wasserflaschen auf den Tisch gestellt hatte, dann fuhr er fort: «… und das ändert sich nun, die Kreditvergabe wird strenger gehandhabt.»

Conrad polierte erst mal diskret mit seinem Taschentuch ein Wasserglas. Er sah Kremer an.

«Und damit, Herr Kremer, ruinieren Sie den Mittelstand. Sie ziehen Handwerkern und Kleinbetrieben und Unternehmen wie dem unseren den Boden unter den Füßen weg. Einfach so, von heute auf morgen: rein in den Konkurs.»

Gudrun konnte Kremer immer noch nicht folgen. «Aber unsere Kredite sind doch abgesichert!»

Kremer schüttelte den Kopf. «Sie haben Ihren gesamten Konzern in eine Stiftung eingebracht, er gehört Ihnen nicht mehr. Was Sie noch besitzen, ist das Grand Hansson. Jedoch finanziert von uns. Und es gibt Ihr Privatvermögen. Aber das ist stark geschrumpft, sehr stark. Was Sie besitzen infolgedessen, sind mehr Schulden als Guthaben.»

Wenn er noch einmal infolgedessen sagt, schreie ich, dachte Iris, der nichts einfiel, was sie hier hätte sagen können. Sie wünschte, Christian wäre jetzt hier. Gudrun nahm Conrad das inzwischen wie ein Diamant funkelnde Glas aus der Hand und ließ sich von ihm Wasser einschenken.

«Ich habe mein Geld immer so angelegt, wie Sie es mir empfohlen haben.»

Kremer lächelte milde über ihre Naivität. Was dachten sich diese Bankkunden eigentlich? Dass die Institute im Interesse ihrer Kunden arbeiteten? Wahrscheinlich glaubten sie auch noch an den Osterhasen. Ziel einer Bank wie eines jeden vernünftig wirtschaftenden Unternehmens hatte Kremers Meinung nach der maximale Profit zu sein. Er seufzte, diese Vorwürfe hatte er gerade in letzter Zeit zu oft gehört, es langweilte ihn. «Dass die

Börsen dieser Welt sich anders entwickeln, als wünschenswert wäre, haben wir nicht zu verantworten, Frau Hansson.»

Langsam dämmerte es Gudrun. «Worauf wollen Sie hinaus? Darauf, dass Sie uns die Kredite kündigen?»

«Ich fürchte, ja. Was Sie brauchen, ist Kapital. Wir können Ihnen allerdings keines mehr geben.»

Conrad hatte ein weiteres Glas blank poliert. Während er das Ergebnis, überhaupt nicht mehr diskret, im Gegenlicht der Deckenlampe kontrollierte, fragte er Kremer beiläufig, ob dieser ihnen den Hahn zudrehen wolle.

Kremer missfiel die Deutlichkeit der Formulierung. «Sagen wir es so: Ich gebe Ihnen noch einen Monat Zeit. Die Kreditzinsen werden allerdings zu ultimo um ein Prozent erhöht sein.»

Gudrun protestierte. «Aber wir müssen doch reden können, Herr Kremer!»

Aber auf Kremer wartete bereits der nächste Termin, für ihn war die Angelegenheit abgehakt. «Die Antwort ist nein.»

Auf der Straße vor dem Bankhaus regte sich Gudrun erst richtig auf.

«Infolgedessen kündige ich Ihnen die Kredite ... infolgedessen sind Sie demnächst bankrott ... infolgedessen erwürge ich den!», parodierte sie Kremers Formulierung.

Iris schlug vor, umgehend Christian zu informieren, aber das lehnte Gudrun strikt ab. «Den lassen wir mal schön gesund werden, noch mehr Aufregungen braucht er im Moment am allerwenigsten.»

«Aber er ist wieder fit!» Iris lachte. «Er ist wie ein Ferrari in der Garage, der Vollgas gibt und losfahren möchte.»

Gudrun wollte nichts davon hören. «Mag sein, aber das Garagentor ist zu, und das ist gut so.»

Conrad widersprach ihr. Auch er hielt Christian für den Einzigen, der kompetent genug war, eine schnelle Lösung zu finden. Gudrun blieb stehen und sah ihn, Begemann und Iris an, während sie mit dem Finger auf jeden Einzelnen zeigte. «Ich muss reagieren? Ich bin diejenige, die Sie alle bezahlt, und zwar nicht schlecht ... reagieren Sie gefälligst ... infolgedessen!»

Im Businesscenter hatten sich Barbara, Elfie und Katrin über eine Zeitung gebeugt, die mit großen Lettern dafür warb, sich als Musicalstar zu bewerben. Während Phil die Idee lächerlich fand, las Elfie, die während ihrer Zeit im alten Hansson Palace als Sängerin durchaus kleine Erfolge gefeiert hatte, aufgeregt die Teilnahmebedingungen vor.

«Also, Deutschland sucht den Musicalstar! Gesucht werden Bewerber, die singen und tanzen können und über darstellerisches Talent verfügen. Das Casting findet morgen ab zehn Uhr in den Studiobühnen der Stage Holding statt.» Sie sah sich um. «Na, Mädels, das schaffen wir doch mit links, oder?»

Barbara las weiter. «Dem Sieger winkt eine Ausbildung in einer der renommiertesten Musikakademien Deutschlands ... und eine Rolle im Erfolgsmusical ‹Mamma mia› ... wow!»

Phil hatte bereits das Interesse verloren. Sie wollte die Zeitung zusammenfalten, als von allen Seiten heftig auf sie eingeredet wurde.

«Warte doch mal!»

«Bist du blöd? Ich will das fertig lesen!»

«Lass die Zeitung da liegen!»

Sie tippte sich an die Stirn. «Ihr wollt doch wohl nicht etwa wirklich da hingehen?»

Unisono schmetterten Barbara, Katrin und Elfie: «Doch!»

Barbara drehte das Büroradio lauter, sprang auf den Tisch und reichte Katrin die Hand. Die kleine Elfie wählte den Umweg über einen Stuhl. Alle drei begannen lauthals einen alten Abba-Song mitzusingen.

Phil ließ sich nach einem Moment des Zögerns doch noch überreden. «Weiber», murmelte sie und stimmte dann lauthals ein.

In diesem Moment kam Alexa ins Büro. Die vier hielten erschreckt inne. Doch statt, wie früher, jeden Spaß zu verderben, stimmte Alexa begeistert in den Gesang mit ein und hüpfte fröhlich durch den Raum. So fröhlich, dass ihr gar nicht auffiel, wie die vier langsam damit aufhörten und betreten zur Tür guckten.

«Ich suche Sie, Frau Hofer!» Begemann war unbemerkt hereingekommen. Alexa strich sich verlegen über das Haar. Er sah sich missbilligend im Raum um. «Na, Hauptsache, Sie sind alle lustig! Frau Hofer, ich brauche Unterlagen.»

Als die beiden wieder verschwunden waren, musste Elfie wieder an ihr Gespräch von vor einigen Tagen denken. Sollte Alexa Hofer tatsächlich ein anderer Mensch geworden sein? Elfie schüttelte den Kopf. Da war es ja noch wahrscheinlicher, dass sie auf einmal Drogen nahm.

Begemann las vor, welche Unterlagen er benötigte, während Alexa die jeweiligen Ordner aus den Regalen zog.

Sie drehte sich zögernd zu ihm um. «Siegfried ... es kann doch so nicht weitergehen ... dass wir so aneinander vorbeilaufen ... nach allem, was war.»

Begemann sah sie kalt an. «Nach allem, was war, kann es gar nicht anders sein. Ich habe dir schon einmal gesagt, Alexa, ich möchte mit dir kein privates Wort mehr reden.»

Sie war den Tränen nahe. «Alle meiden mich. Alle sind so abweisend zu mir, ganz gleich, wie sehr ich mich auch bemühe.»

Er guckte sie abschätzig an. «Du hast immer auf eigene Rechnung gearbeitet. Dann darfst du dich nicht wundern, dass du bei den anderen keinen Kredit mehr hast.»

Bittend sah sie ihn an. «Wir könnten doch wenigstens ein Normalmaß wieder herstellen.»

Begemann ging ganz dicht an sie heran, er musste seine Stimme nicht erheben, um sie bedrohlich klingen zu lassen.

«Ich habe dir auch gesagt: Wenn ich mich wieder ganz eingelebt habe ... dann wird der von allen unterschätzte Begemann wieder auf der Habenseite stehen ... Jetzt ist es so weit, Alexa. Und gnade Gott meinen Feinden, und vor allem dir!»

Julietta hätte sich keinen ungünstigeren Zeitpunkt ausdenken können, um Conrad Jäger um eine Gehaltserhöhung zu bitten.

Das erklärte er ihr auch. Doch sie gab nicht auf. Nachdenklich hörte er sich an, was sie ihm über drei Kinder und den Ehemann, der als Lagerarbeiter im Hafen beschäftigt war, erzählte.

«Sehen Sie, Herr Conrad, ich weiß, es muss gespart werden, aber es reicht eben vorne und hinten nicht bei uns ... die Bank hat geschrieben wegen der Ratenzahlungen ... die Schulmittel ... die Kinder brauchen neue Klamotten ... das Auto ist kaputt.»

Begemann, der ins Zimmer gekommen war und den letzten Satz aufgeschnappt hatte, mischte sich ein. «Dann müssen Sie es eben verkaufen.»

Conrad warf ihm einen warnenden Blick zu. «Dr. Begemann, bitte!»

Der antwortete pikiert, dass er ja wieder gehen könne, aber Conrad forderte ihn auf, ruhig da zu bleiben, dann wandte er sich wieder an Julietta. «Was verdienen Sie denn so im Monat?»

«Gut auf jeden Fall, wie jeder hier», kam es vom Fenster, wo Begemann sich hingestellt hatte. Conrad tat einfach so, als hätte er ihn nicht gehört. Julietta rechnete nach und sagte dann, dass ihr 100 Euro mehr im Monat über die Runden helfen würden. Conrad kratzte sich am Kopf, die Hansson würde ihn killen. Aber eigentlich hatte er sich bereits entschieden. Er lächelte Julietta an.

«Also passen Sie mal auf: Wenn Sie es keinem weitersagen ... dann machen wir das so. Versprochen?»

Julietta hätte am liebsten geweint vor Freude. «Versprochen!», rief sie und stand auf. «Sie sind ein guter Mensch, Herr Jäger. Das kann Ihnen erst im Himmel vergolten werden.»

Conrad lachte. «Wenn Frau Hansson das erfährt und mich erschlägt, dann wird das schneller der Fall sein, als Sie glauben.»

Als Julietta das Büro verließ, bedachte sie Begemann mit einem finsteren Blick.

Der freute sich schon darauf, gleich in der Präsidentensuite seinen Nachfolger in die Pfanne hauen zu können.

«Das nenne ich mutig: Frau Hansson steht vor der Insolvenz, und Sie verteilen Gelder.»

Conrad war genervt von seiner penetranten Rechthaberei. «Können wir uns darauf verständigen, dass Sie das meine Sorge sein lassen?»

Begemann sah ihn überheblich an. «Bei mir hätte die das nicht gekriegt.»

Conrad war es leid. «Sehen Sie, Dr. Begemann? Deswegen sitzen Sie auch nicht mehr hier.»

Aber Begemann saß ja inzwischen woanders, nämlich bei Gudrun Hansson. Die wurde von ihm umgehend informiert und genau wie Conrad es vorausgesehen hatte, kochte sie vor Wut. Sie stellte ihn zur Rede.

«Dachten Sie etwa, ich bekomme das nicht mit?»

Conrad blieb gelassen. «War doch völlig klar, dass Ihr Stasi-Begemann gleich bei Ihnen angeschossen kommt ...»

«Wie verrückt kann man sein, an einem Tag, wo einem die Bank ankündigt, die Kredite platzen zu lassen, einer Mitarbeiterin eine Gehaltserhöhung in Aussicht zu stellen? Das wird rückgängig gemacht!»

Conrad ließ sie reden und wartete darauf, dass sie sich beruhigen würde. Aber das trat nicht ein. Als sie ihm nahe legte, sich vorher zu überlegen, was seine Entscheidungen bedeuteten, platzte auch ihm der Kragen. «Das sagt mir die Richtige. In dem Wort Führungskraft, Frau Hansson, steckt Kraft und Führung! Letzteres vermisse ich bei Ihnen. Man darf Mitarbeiter nicht nur benutzen, man muss ihnen auch nutzen. Sie führen, indem man ihnen hilft. Können Sie sich gerne hinter die Ohren schreiben.»

Gudrun sah ihn verblüfft an. «Wie reden Sie denn mit mir?»

Conrad war bereits zur Tür gegangen. Er drehte sich noch einmal um. «Na, offenbar wollen Sie doch, dass ich den Part von Dolbien übernehme.»

Am Nachmittag ließ sich Barbara von Uwe Holthusen Räucherlachs, Salat und eine Schokoladencreme für Christian einpacken, dann fuhr sie ins Krankenhaus. Als sie sein Zimmer betrat, geriet sie mitten in eine Debatte zwischen ihm und Dr. Rilke. Dieser hielt es für unbedingt notwendig, Christian zur Kur zu schicken. Christian zog Barbara, die sich einen Stuhl nehmen wollte, aufs Bett und küsste sie stürmisch. Lachend wandte er sich an Rilke. «Sehen Sie? So werde ich am besten gesund. Ich will einfach nach Hause ... zu meiner Frau.»

Rilke gab auf. «Auf jeden Fall halten Sie Arbeit und Aufregung von ihm fern, Frau Malek, sonst kann ich für nichts garantieren.»

Inzwischen hatte sich auch Phil entschlossen, beim Casting mitzumachen. Jetzt mussten sie es nur noch schaffen, gemeinsam einen freien Vormittag zu bekommen. Sie waren gerade dabei, laut zu überlegen, als Alexa Hofer, die unbemerkt ins Büro gekommen war, sie unterbrach.

«Sie sind alle auf Fortbildung!»

Die Mädels guckten, aber Alexa erklärte ihnen fröhlich, dass Singen und Tanzen den Menschen schließlich auch bilden würde ... Elfie konnte es kaum glauben. Die Hofer musste einfach unter Drogen stehen, das war ja nicht mehr normal, wie die sich verändert hatte.

Auf dem Heimweg trainierte Barbara schon ein wenig für den nächsten Morgen. Laut singend und hüpfend, lief sie die letzten Meter nach Hause. Plötzlich blieb sie wie vom Schlag getroffen stehen. Vor der Haustür saß Raffael. Er stand langsam auf. «Kommen Sie immer so spät nach Hause?»

Barbara konnte es nicht fassen. «Das ist mir ja noch nie passiert: Ein Mann sitzt nachts vor meinem Haus und wartet auf mich.»

«Ich habe mir Sorgen gemacht.»

Barbara stellte ihre Tasche ab und suchte nach ihrem Schlüssel.

«Sorgen? Deswegen sind Sie extra von Berlin gekommen?»

Raffael nickte. «Sie haben sich überhaupt nicht mehr gemeldet.»

«Ach, es war so viel los ... der Job, Christian ... ah, hier ist er ja.»

Sie hielt den Schlüssel hoch. «Wollen Sie mit hochkommen? Wir trinken etwas, und ich erzähle Ihnen, was passiert ist.»

Raffael sah auf seine Armbanduhr. «Lange bleiben kann ich nicht.»

Barbara hielt ihm lachend die Tür auf. «Lange warten schon?»

Während Barbara den Wein holte, sah sich Raffael im Wohnzimmer um. Er blieb vor dem Wandteppich stehen. «Schön», sagte er, als sie zurückkam.

«Gefällt er Ihnen? Von meiner besten Freundin Merle ... Christian findet ihn affenscheußlich.»

«Ich finde, er zeigt viel von ihrer Persönlichkeit, offen und fröhlich eben.»

Raffael nahm ihr die Flasche und den Öffner aus der Hand. «Lassen Sie mich das machen.»

Ihre Hände berührten sich, als er ihr die Flasche abnahm. Barbara sah ihm in die Augen. «Warum sind Sie wirklich gekommen?» Warum frage ich ihn, dachte sie, ich weiß es doch, aber ich will es nicht wissen. Ich liebe Christian, und dabei bleibt es.

Raffael drehte bedächtig den Öffner in den Korken. «Ist das so überraschend? Darf ich Sie daran erinnern, dass wir beide Zeugen dieses schrecklichen Unfalls gewesen sind? Dass ich es war, der die Polizei und den Krankenwagen gerufen und Sie ins Krankenhaus nach Hitzacker begleitet hat? Menschen vergessen so schnell ...»

Barbara fühlte sich beschämt. Sie hatte ihn nicht vergessen, sie hatte nur ganz einfach nicht mehr an ihn gedacht. «Jetzt sind Sie gekränkt. Aber ich hatte wirklich keine Zeit, Sie anzurufen.»

Nachdem sie sich auf die Couch gesetzt hatte, erzählte sie ihm von Christians Genesung. Er prostete ihr zu. «Auf Ihren Freund! Und auf alles, was wir lieben.»

Barbara beäugte ihn misstrauisch. Seine Formulierung schien ihr zweideutig zu sein, aber er sah sie unschuldig an. «Lieben Sie ihn wirklich, Ihren Christian?»

Sie stellte ihr Glas ab und sah ihn kopfschüttelnd an. «Also echt: Diese Frage ist mir zu intim. So gut kennen wir uns ja nun auch noch nicht.»

«Finden Sie?»

Barbara nickte heftig mit dem Kopf. «Find ich, ja!»

Raffael beugte sich vor. «Sie haben in meinen Armen geweint. Wir haben lange Gespräche geführt. Sie haben mir erzählt, dass er Sie betrogen hat.»

Barbara protestierte. «Das ist längst geklärt.»

Raffael fragte, ob sie ihm ein wenig zuhören wolle, dann erzählte er von seinem Leben mit Heike, von dem, was er von ihr gelernt hatte.

«Sie glaubte an Wiedergeburt. Sie sagte, wenn ich einmal sterbe, dann darfst du nicht weinen, ich habe meine Träume gelebt, hatte ein wundervolles Elternhaus, habe im Ausland studiert, ein wunderbares Kind bekommen, und dich, Raffi ... sie nannte mich Raffi.»

Barbara nickte gerührt. «Ich weiß.»

Er fuhr fort. «Das war ein großer Trost, hinterher. Ich habe tatsächlich nicht geweint, nur einmal, als ich Vivien bei Marie abgeliefert habe ... Ich weiß noch wie heute: Ich sagte zu Marie ... gleich weine ich ... da bin ich einfach ins Auto gestiegen und weggefahren. Ich bin immer weggefahren. Aber nun ...» Er schwieg.

Barbara sah ihn aufmunternd an. «Aber nun?»

Er fuhr sich durch sein dichtes Haar und starrte einen Moment lang an die Decke. Barbara fragte sich, was es war, das ihm nicht über die Lippen wollte. Wollte sie das wirklich hören? Schließlich sah er sie wieder an. «Na ja ... klingt so kitschig ... diesmal bin ich hingefahren ... ein paarmal schon. Zu Ihnen.»

Barbara trank schnell einen Schluck Wein. Wenn er das meinte, was sie glaubte, dann musste sie eingreifen. «Ich verstehe nicht ganz?»

Raffael hatte Mut gefasst. «Heike hat gesagt: Du wirst dann traurig sein, aber wissen, dass ich noch da bin. Ich werde dein guter Geist sein und dich lenken ... sorry ... Scheiße ...» Er unterbrach sich, ihm versagte die Stimme, er kämpfte nun doch gegen die Tränen. Barbara nahm seine Hand und drückte sie tröstend. «Aber nein, dafür müssen Sie sich nicht entschuldigen.»

Ohne sie anzuschauen, sprach er weiter. «Sie hat mich gelenkt. Zu Ihnen.»

Das volle Weinglas, das Barbara in der anderen Hand hielt, fiel zu Boden. Erleichtert, dieser Situation zu entkommen, sprang sie auf und lief in die Küche, um eine Papierrolle zu holen. Was mache ich nur, dachte sie, wie komme ich da wieder raus? Dann hatte sie die Lösung: so tun, als wäre nichts gewesen. Fröhlich mit der Rolle wedelnd, kam sie zurück.

«Habe ich Ihnen schon erzählt, dass ich morgen ein Casting habe? Auf einer richtigen Musicalbühne?»

Am nächsten Morgen erhielt Christian Besuch von Iris. Gemeinsam gingen sie den Finanzplan des Hotels durch.

«Dann hat Gudrun ...», begann Iris, wurde aber von Christian unterbrochen. «Sei wann duzt du die denn?»

«Hat sich so ergeben ... Frauengespräche eben ... und dann so plötzlich ...», antwortete sie betont beiläufig, den Blick weiterhin auf die Unterlagen gerichtet.

Christian riss gespielt empört die Augen auf. «Über mich? Na, ich sehe euch da oben in der Präsidentensuite bei Tee und Kuchen ... ach, Frau Hansson, der Christian ist so ein Schlawiner ... Gottchen, Frau Sandberg, die Männer sind doch alle Schlawiner, kennst du einen, kennst du alle ... ach, wir leidenden Frauen, jetzt duzen wir uns mal, Frau Sandberg.»

Er hatte Gudrun so gut imitiert, dass Iris herzhaft lachen musste.

Bewundernd sah er sie an. «Wenn du lachst, bist du noch schöner.»

Sofort setzte sie eine strenge Miene auf und drohte ihm mit dem Zeigefinger. «Fang nicht wieder an!»

Christian versuchte es mit dem unschuldigen Welpenblick. «Dominik hat immer gesagt, wir Männer wollen doch alle nur das eine: eine Frau, die lacht, und ein Auto, das fährt.»

Iris dachte an ihren schönen Alfa, der in einer Schrottpresse gelandet war, Totalschaden. «Tja, mit dem Auto, das fährt ...»

Christian setzte sich kerzengerade im Bett auf. «Verdammt, ja! Habe ich jemals gesagt: Sorry, Iris, dass ich deinen Wagen gegen den Baum gesetzt habe?»

Sie schenkte ihm einen spöttischen Blick. «Natürlich nicht, du kennst dich doch.»

«Dann muss ich das wohl nachholen.» Spitzbübisch sah er sie an. Doch auf diesen Ton wollte sie sich gar nicht erst einlassen. Sie beugte sich wieder über die Akten. Die Fassadenrenovierung für 65 000 Euro wurde vorerst ersatzlos gestrichen. Christian blickte hoch. «Was habt ihr denn für Lösungsvorschläge entwickelt bisher? Ich meine, wenn das Bankhaus Kremer tatsächlich den Kredit ...»

Iris zuckte mit den Schultern. «Wir setzen uns nachher hin. Der Jäger stellt alles zusammen.»

Christian war wie elektrisiert. «Der Jäger? Was hat der denn damit zu tun? Dieser Personalfuzzi macht meinen Job?»

Iris stand auf, denn sie wollte wieder ins Hotel zurück. «Du kennst doch die Hansson ... nun reg dich nicht künstlich auf, ich bin ja auch noch da.»

Aber Christian war stinksauer. Gerne wäre er umgehend ins Grand Hansson gefahren, um diesen Jäger zur Rede zu stellen. «Das gefällt mir nicht. Das gefällt mir ganz und gar nicht.»

Alexa überschlug sich geradezu, um die vier hoffnungsvollen Musicalstar-Aspirantinnen unauffällig zu ersetzen. Aber natürlich musste es Begemann auffallen. Er stürmte in ihr Büro. «Das komplette Businesscenter ist leer. Wo sind alle?»

Sie reichte ihm seine Unterlagen und sah ihm so offen in die Augen, wie man es nur kann, wenn man nichts zu verbergen hat. «Fortbildung, Siegfried.»

«Fortbildung?», er durchforschte sein Gedächtnis, was zwangsläufig ergebnislos bleiben musste. «Was für eine Fortbildung? Wissen wir davon?»

Alexa eilte bereits wieder zum Telefon. «Ich habe es genehmigt, lass das meine Sorge sein, ich schaffe das hier auch ohne die Damen.»

Die Mädels hatten sich in Schale geworfen und schwelgten auf dem Weg von der U-Bahn-Station bis zum Freihafen, wo sich die Castingfirma befand, in Zukunftsphantasien. Barbara machte sich bereits Sorgen darüber, dass ihnen der Presserummel zu viel werden könnte.

«Überlegt euch nur mal: Sie durchleuchten dein Leben, keinen Schritt kannst du mehr alleine machen!»

Elfie hatte andere Sorgen. «Guck mal, habe ich zu viel Make-up drauf? Ist das zu schrill für mein Alter?»

Barbara wollte schon ja sagen, als Phil meinte, dass bei jeder dieser Veranstaltungen immer irgendeine Ulknudel dabei sein müsste, wofür sich Elfie bei ihr mit «Tausend Dank, kesser Vater» revanchierte.

«Ja, ja», sagte Phil, «eben noch die Girlfriends ... und ab sofort knallharte Konkurrentinnen.»

Katrin blieb erschrocken stehen. «Daran habe ich noch gar nicht gedacht.»

Phil strich ihr beruhigend über das Haar. «Ach, wir werden uns doch immer vertragen.»

Als sie endlich auf das Gelände der Stage Holding einbogen, stockte ihnen der Atem. Die Schlange der wartenden Männer und Frauen war mindestens hundert Meter lang. Sie guckten sich an.

«Noch können wir zurück», schlug Barbara vor.

Phil guckte nochmal auf die Menschenmassen und überschlug fix, wie lange es dauern würde, bis sie an der Reihe wären. «Die hauen uns eine rein im Hotel, wenn wir mittags nicht zurück sind!»

Tatsächlich wurde es Mittag, als die Erste von ihnen aufgerufen wurde. Eine junge Frau war auf den Flur gekommen, stellte sich als Kim vor und las Katrins Namen von einem Zettel ab. Die sprang auf, um sofort weiche Knie zu bekommen. Hilfe suchend guckte sie zu den anderen. «Ich kann das nicht ...»

Barbara spuckte ihr dreimal über die Schulter. «Du schaffst das!»

Kim schob Katrin durch eine Tür und drehte sich noch einmal um. «Die anderen können gehen, sie hier ist die Letzte, kommt morgen wieder.»

Phil war außer sich. «Geht's noch? Wir stehen uns hier seit Stunden die Beine in den Bauch, und du erzählst uns, die anderen können gehen?»

«Dürfen wir wenigstens zugucken?», rief Barbara schnell.

Kim dachte kurz nach. «Okay, wenn ihr brav seid: ja. Aber ihr müsst schön im Hintergrund bleiben.»

Katrins Auftritt geriet zu einer Katastrophe. Schon beim Betreten der Bühne stolperte sie über ein Kabel und riss bei dem Versuch, sich am Mikrophon festzuhalten, dieses gleich mit zu Boden. Als sie von Bob, dem Regisseur, gefragt wurde, was sie denn mitgebracht habe, druckste sie verlegen herum wie ein Schulmädchen. «Ich habe nichts mitgebracht. Ich wusste nicht, dass man was mitbringen soll.»

Bob betrachtete sie nun genauer. «Und du möchtest Musicalstar werden, Katrin?»

Katrin zeigte in die Kulisse, wo sich Elfie, Phil und Barbara hingestellt hatten. «Eigentlich war es Elfies Idee.»

Bob, dem nach vier Stunden Casting nichts mehr fremd war, nickte verständnisvoll. «Klar, die Idee von Elfie ... sag mal, Katrin, hast du uns vielleicht einen Song mitgebracht?»

Katrin nickte zögernd, sagte aber nichts. Bob disponierte um. «Ich finde, du tanzt uns was vor.»

Damit hatte sie nun gar nicht gerechnet. «Tanzen ... oh ... also: tanzen ... eigentlich ist meine Stärke eher Singen.»

Bob bezweifelte, dass sie überhaupt irgendwelche musischen Stärken besaß, er gab dem Klavierspieler ein Zeichen.

«Aber wir möchten dich tanzen sehen! Los, Peter, fang an.»

Die ersten Töne des Songs «The Entertainer» aus dem Film «Der Clou» ließ Katrin bewegungslos verstreichen, dann streckte sie zweimal ein Bein vor, um sich schließlich an Bob zu wenden.

«Das ist irgendwie so langsam. Könnten wir nicht was Schnelleres?»

Konnte Bob, er machte dem Klavierspieler erneut ein

Zeichen. Der erhöhte das Tempo. Katrin, die mit einem anderen Lied gerechnet hatte, verheddderte sich hoffnungslos bei dem Versuch, sich passend zur Geschwindigkeit zu bewegen. Sie hampelte herum wie eine Figur aus der Augsburger Puppenkiste, bei der sich die Fäden verwickelt hatten. In der Kulisse hielt man den Zeitpunkt für gekommen, der Kollegin unter die Arme zu greifen. Halbwegs synchron tanzten Elfie, Barbara und Phil auf die Bühne, hakten sich bei Katrin ein und halfen ihr, die Nummer gemeinsam zu überstehen. Das machten sie noch nicht mal so schlecht, denn sowohl Bob als auch der Klavierspieler klatschten amüsiert Beifall, als sie ihren Auftritt mit einer tiefen Verbeugung beendeten.

Abends im «Fritz» gab Carl ihnen eine Runde aus. «Weil ihr so süß seid.»

Katrin fand sich überhaupt nicht süß, sondern nur peinlich. «Ich habe mich noch nie so … so … beschissen gefühlt, allein auf dieser Riesenbühne und wie der sagt: Tanzen! Horror! Ich glaube, ich steige da wieder aus.»

Elfie dachte an den nächsten Tag. «Und morgen erwischt es uns!»

Phil lachte. «Und morgen: wieder Fortbildung! Echt Klasse von der Hofer, dass die uns so gedeckt hat!»

Barbara war sich da gar nicht so sicher. «Wenn das rauskommt, kriegen wir Ärger.»

Phil stieß ihr freundschaftlich den Ellbogen in die Seite. «Na, wenn du deinem Schnuckelchen Krischi nix erzählst, kommt es auch nicht raus.»

Elfie traute Alexa immer noch nicht, aber Katrin war dafür, ihr eine Chance zu geben. «Ich weiß nicht», sagte Elfie, «vielleicht sucht die nur wieder einen Grund, uns unter Druck zu setzen ...», sie unterbrach sich, um einen jungen Mann zu bewundern, der auf die Bar zusteuerte. «Oho, das ist ja ein Süßer!»

Alle drehten sich um, und Barbara riss die Augen auf. Der junge Mann war Raffael.

«Ich bin Ihnen ganz schön auf die Pelle gerückt, was?», fragte er sie, als sie später an der Alster spazieren gingen. In der Ferne funkelten die Lichter des Jungfernstiegs. Barbara nickte. «Sind Sie, ja.»

«Ich muss morgen ganz früh zurück nach Berlin, die Ferien gehen zu Ende, deshalb wollte ich Sie noch einmal sehen.»

Barbara blieb stehen. «Ihr Liebesgesülze gestern Nacht ist mir auf die Nerven gegangen.»

Raffael sah ihr lange in die Augen. «Und warum gehen Sie dann heute Nacht mit mir spazieren?»

Am nächsten Morgen startete Begemann eine neue Intrige.

Er besuchte Christian unter dem Vorwand, ihm wichtige Unterlagen von Gudrun Hansson bringen zu wollen. Nachdem er das erledigt hatte, setzte er eine Variante seiner zahlreich vorhandenen bedenklichen Mienen auf. «Nun müssen Sie aber bald wieder kommen. Bei uns geht es ja drunter und drüber!»

Christian hob den Blick nicht von den Unterlagen. «Da höre ich anderes.»

«Ha! Man will Sie wahrscheinlich nicht belasten.»

Jetzt guckte er doch hoch. Sein Misstrauen gegen Jäger kam wieder hoch. Was ging hinter seinem Rücken vor? «Na ja, von der Bankgeschichte habe ich gehört.»

Begemann unterdrückte jegliches Anzeichen von Genugtuung, Christians Reaktion war ihm nicht entgangen. Er war am Ziel. Vertraulich beugte er sich vor. «Auch davon ... dass der Herr Jäger ... sich bei Frau Hansson anbiedert? Er macht Ihnen Ihren Posten als Direktor streitig. Er will Sie raushaben. Ihren Platz einnehmen. Sie sitzen hier krank im Bett ... und drüben fallen die Würfel ... gegen Sie, lieber Herr Dolbien.»

Christian unterdrückte seinen Wunsch, Begemanns schmierigen Gesichtsausdruck durch einen gezielten Faustschlag zu verändern. «Wie kommen Sie nur auf einen solchen Blödsinn? Der ist Personalchef, sonst nichts.»

Aber als er wieder allein war, stand er auf und holte seine Tasche aus dem Schrank.

Iris hatte keine guten Nachrichten für Gudrun. Ihr Telefonat mit der ehemaligen schwedischen Hausbank war negativ verlaufen.

«Sie können es nicht machen. Sie haben keine Niederlassung in Deutschland. Und als schwedische Bank machen sie keine Unternehmensfinanzierungen im Ausland.»

Gudrun fasste sich an ihre Perlenkette. «Was wollen die von mir? Soll ich meinen Schmuck verkaufen? Das Familiensilber? Wollen die mich in die Knie zwingen? Um den Puff hier am Ende für einen Appel und ein Ei einzukassieren? Ihr müsst mir da raushelfen, Iris.»

Iris hatte sich zu ihr an den Frühstückstisch gesetzt. «Also die Fakten sind: Conrad hat mit seiner Bank gesprochen, heute Morgen, die müssen das Haus bewerten, aber das dauert ... genauso, wie es dauern würde, einen potenziellen Investor aufzutreiben ... die Wahrheit ist:

Viele der Banken stecken selber in der Krise. Insofern hatte der Kremer Recht.»

Diesen Namen wollte Gudrun überhaupt nicht mehr hören. Verzweifelt sah sie Iris an. «Ich habe Angst, Iris.»

Barbara und Elfie gingen eilig durch die Halle, weil ihnen nur noch wenig Zeit bis zu dem erneuten Vorsingen blieb, als Doris ihnen hinterherrief. Mit einer Musikkassette winkend, kam sie heran. «Hier, Barbara, die hat jemand für dich abgegeben, ein junger Mann.»

Als sie im Auto saßen, guckte Elfie neugierig auf die Kassette. «Ein junger Mann? Der junge Mann von gestern vielleicht?»

Vor dem Hotel unterhielt sich Schmolli mit Conrad. Er zollte ihm Anerkennung für Juliettas Gehaltserhöhung. «Ich finde das nett, dass Sie das mit der Julietta durchgeboxt haben, trotz aller Schwierigkeiten, die wir im Moment haben ...»

Conrad war sich nicht sicher, ob er sich darüber freuen sollte, immerhin hatte er Julietta um absolute Vertraulichkeit gebeten.

«Sie wissen das?»

Schmolli verstand ihn. «Keine Sorge, ich schweige wie ein Grab. Als Doorman weiß man immer mehr als andere. Und deswegen weiß ich auch: Sie sind der beste Personalchef, den wir je hatten!»

Ein Taxi war vorgefahren, aber bevor Schmolli die Tür öffnen konnte, war Christian schon rausgesprungen. «Herr Dolbien! Wie schön.»

Conrad guckte ihn verblüfft an. «Mit Ihnen habe ich gar nicht gerechnet.»

Christian funkelte ihn zornig an. «Das glaube ich Ihnen aufs Wort.»

«Tja», unschlüssig zeigte Conrad auf die Drehtür, «ich muss zu Frau Hansson.»

Christian setzte sich humpelnd in Bewegung. «Da bin ich dabei!»

Schmolli, der sich Christians Gepäck gegriffen hatte, sah den beiden besorgt nach.

Bereits im Lift hielt es Christian nicht mehr aus. «Sie denken wohl, Sie können mich ausbooten?»

Conrad sah ihn gleichgültig an. «Sie sollten froh sein, dass ich so verantwortungsbewusst arbeite.»

«Ach ja? Indem Sie an meinem Stuhl sägen?»

Auf dem Flur setzten sie ihren Streit fort. Conrad fühlte sich ungerecht behandelt. «Ich habe einige Aufgaben übernommen, während Sie nicht da waren, unfreiwillig übrigens, Frau Hansson hat mich darum gebeten.»

Christian lachte verächtlich. «Sind Sie nicht mal Manns genug, zu Ihren Taten und Absichten zu stehen? Müssen Sie das auf Frau Hansson schieben?»

Conrad zuckte zusammen. Inzwischen waren sie vor Gudruns Suite angekommen. Auseinandersetzungen dieser Art, wie sie unter Männern üblich waren, fand er in der Regel lächerlich, schwach und überflüssig. Normalerweise wäre er über Christians Bemerkung hinweggegangen, doch jetzt waren da seine Gefühle für Gudrun. Er sah Christian an, aber alles, was er in dessen wutverzerrtem Gesicht erkennen konnte, war egoistische Besessenheit. «Interessiert Sie überhaupt die Wahrheit? Oder sind Sie in Ihrem brennenden Ehrgeiz so verblendet, dass Sie nur noch Wahnvorstellungen haben?»

Christian ballte die Fäuste. «Ich war von Anfang an gegen Sie. Ich habe das gerochen: dass Sie eine linke Säge sind. Leute, die immer so nett sind ... so jovial ... hilfsbereit ... waren mir mein Leben lang suspekt. Das sind nämlich die Schlimmsten, mein Lieber!»

Er gab Conrad einen Stoß, der daraufhin ins Taumeln geriet.

«Sie wollen das Ganze haben, nicht nur den kleinen mickrigen Posten ... wahrscheinlich haben Sie das mit den Banken überhaupt erst angezettelt ... Sie klopfen hier an», er zeigte auf Gudruns Tür, «die Hansson da drinnen butterweich ... und dann haben Sie die Dame so weit ... lassen mich rauskegeln ... werden Direktor ...»

Er hatte seine Stimme stetig erhoben, während er Conrad weiterschubste. Der fand, dass er genug Geduld bewiesen hatte, und schubste zurück. Der Hahnenkampf war im vollen Gange, als sowohl Gudrun als auch Iris aus ihren Zimmern stürzten. Doch noch vor ihnen hatte sich Begemann am Kampfplatz eingefunden. Sekundenlang genoss er die Szene aus vollem Herzen, dann erforderte Gudruns Anwesenheit seinen Einsatz.

«Aber meine Herren! Meine Herren! Was soll denn das ...»

Schlichtend wollte er sich zwischen die beiden Kombattanten stellen, als sich zeigte, dass es doch noch Gerechtigkeit auf dieser Welt gibt, denn er lief direkt in Christians Linksausleger.

Gudrun schrieb Christians Ausraster seiner Krankheit zu.

«Wir haben allen Grund, Conrad Jäger für sein Engagement zu danken.»

Christian betupfte mit seinem Taschentuch vorsichtig seine geschwollene Lippe. «Was ja offenbar nichts gebracht hat, wenn ich Sie richtig verstehe», nuschelte er.

Conrad, der aus dem Fenster geblickt hatte, drehte sich genervt um.

Gudrun warf ihm einen warnenden Blick zu, dann wandte sie sich wieder an Christian. «Gottchen, können Sie eine Lösung aus dem Hut zaubern?»

«Natürlich. Aber mich fragt ja keiner.»

Iris lachte. «Komm, Christian: Acht Augen sind auf dich gerichtet.»

Denn auch Begemann, der sich bisher den Anschein gegeben hatte, in seiner Schreibecke beschäftigt zu sein, hatte sich erstaunt umgedreht.

Christian genoss die uneingeschränkte Aufmerksamkeit, die ihm nun zuteil wurde. «Der Stiftungsvertrag.»

Damit konnte Gudrun nichts anfangen. Christian erklärte es ihr.

«Das Vermögen, das eingebracht ist, dient sozialen Zwecken ... Paragraph 14, Absatz 3 und folgende besagt allerdings: Sollte Gudrun Hansson oder nach ihrem Ableben ihre Erben oder Rechtsnachfolger ... oder sämtliche Unternehmungen ... in wirtschaftliche Schwierigkeiten geraten ... so ist aus dem Stiftungsvermögen die erforderliche Summe zinsfrei und nach noch zu vereinbarenden Rückzahlungsmodalitäten zur Verfügung zu stellen.»

Gudrun hielt die Luft an, nur langsam dämmerte ihr, was diese Nachricht bedeutete.

«Das heißt, wir können auf die Banken pfeifen?»

Christian hatte lässig seinen Stuhl zurückgekippt. «Das heißt, Sie können morgen früh über alles Geld der Welt verfügen. Ohne einen Cent Zinsen zu zahlen und unbefristet.»

«Und warum sagt mir das keiner?»

Christian guckte zur Decke und spitzte die Lippen, als würde er gleich zu pfeifen beginnen. «Da fragen Sie bitte die anderen.»

Gudrun stand auf und sah sich triumphierend um. «Conrad, Sie bestellen beim Zimmerservice unseren besten Champagner. Und Begemann: Telefon! Ich freue mich auf das Gespräch mit Kremer.»

Barbara, die Elfie bereits abgesetzt hatte, fuhr bester Laune nach Hause. Beide hatten sie ihre Auftritte mit Bravour bewältigt und ehrlichen Beifall erhalten. Zufrieden summte sie vor sich hin, als ihr Blick auf Raffaels Kassette fiel. Sie schob sie in den Recorder und lauschte gespannt. Da sie Musik erwartet hatte, schreckte sie zusammen, als sie ihn mit sanfter Stimme sprechen hörte. «Barbara ... ich bin nicht zu schüchtern, es Ihnen selber zu sagen ... aber ich wollte sicherstellen, dass Sie mir auch wirklich zuhören ... ich würde Sie gern wieder sehen. Ich habe mich in Sie verliebt.»

Völlig irritiert ließ sie das Band zurücklaufen und hörte es erneut ab.

«... Ich habe mich in Sie verliebt.»

Auch für Conrad hielt der Abend noch eine Überraschung bereit. Er schwamm gemächlich seine Bahnen im Hotelpool und genoss es, der einzige Besucher zu sein, als die Tür aufging und Gudrun in einem aufregenden Seidenkimono erschien. Sie stellte sich an den Beckenrand und verfolgte interessiert, wie er ohne Eile aus dem

Wasser stieg. Tropfend vor Nässe blieb er dicht vor ihr stehen. Beide sahen sich eine Weile schweigend an, dann sagte Gudrun: «Das hatte ich lange nicht ... erwachsene Männer prügeln sich um mich ...»

Sie umfasste sein Gesicht und drückte ihm einen Kuss auf die Lippen. Ohne ein weiteres Wort drehte sie sich um und ging.

Christian hatte es sich im Jogginganzug auf der Couch bequem gemacht, als Barbara nach Hause kam. Schon an der Tür rief sie nach ihm. «Krischi?»

«Bin im Wohnzimmer, hatte genug vom Im-Bett-Liegen!»

Barbara kam strahlend auf ihn zu. «Das sind ja Geschichten! Erst kloppst du dich mit deinem Bruder, jetzt mit Jäger ... mein lieber Mann!»

Er zog sie auf seinen Schoß und hielt ihr eine geschlossene Hand hin.

Zärtlich löste sie seine Finger und sah die Kette, die sie im Vier Jahreszeiten in seine Suppe geschmissen hatte. Er half ihr dabei, sie wieder umzulegen.

«Eine Frage noch ...» Sie nestelte an der Kette und sah ihn fragend an. «Gut so?»

«Ja. War das die Frage?» Christian griff zu seinem Glas Gin Tonic.

«Nein.»

Er lachte. «Also was willst du mich fragen?»

Sie druckste noch ein wenig, dann sah sie ihm direkt in die Augen. «Willst du mich heiraten?»

Er stellte das Glas wieder ab und sah sie verblüfft an. «Ist das ein Heiratsantrag?»

Barbara nickte heftig.

«Ist das denn so üblich, dass … die Frau … dem Mann …?»

Sie grinste. «Nein.»

«Hm …», er umarmte sie, «scheren wir uns darum?»

Barbara kuschelte sich an seine Schulter. «Keinesfalls!»

KAPITEL 17

A*ber ohne die Harsefelds* vorher kennen zu lernen, würde sie ihn nicht heiraten, hatte Barbara Christian augenzwinkernd angedroht, und so ergab er sich schließlich in sein Schicksal.

An einem schönen Spätsommermorgen fuhren sie über Lüneburg nach Hitzacker.

Je näher sie dem Unfallort kamen, desto verspannter saß Christian auf dem Beifahrersitz. «Das ist ein echter Horror für mich ... hier rauszufahren.»

Barbara warf ihm einen prüfenden Blick zu. «Aber doch nicht wegen Elisabeth und Erich?»

Er hatte die Arme um sich geschlungen, als sei ihm kalt. «Nein, wegen des Unfalls ...»

Als sie an dem Baum vorbeifuhren, wo der Unfall passiert war, lief ihm ein Schauer über den Rücken, aber danach atmete er tief durch und konnte sich wieder entspannt im Sitz zurücklehnen. Zumindest diese Klippe war überstanden, dachte er. Was den Rest betraf, die Begegnung mit den Harsefelds, hatten ihn seine leisen Bedenken noch nicht verlassen. Er hatte Lampenfieber.

Gudruns Kuss am Swimmingpool war nicht folgenlos geblieben.

Noch in dieser Nacht wurden Conrad und sie ein Liebespaar.

Jetzt saß sie in ihrem Bett und sah ihm genießerisch dabei zu, wie er sich ankleidete. Als hätte er ihre Blicke gespürt, drehte er sich um und lächelte. Bevor er ging, setzte er sich auf den Bettrand und betrachtete ihr Gesicht voller Bewunderung. «Ich kann mich gar nicht von dir trennen.»

Gudrun streichelte seine Wange. «Du bist ja nur drei Etagen entfernt.»

Er beugte sich vor und küsste sie. «Ich muss jetzt aber wirklich! Ich kann auch nicht immer bei dir übernachten ...»

Gudrun, die gerade überlegt hatte, ob sie ihn noch einmal dazu bewegen sollte, sich auszuziehen, stutzte. «Warum nicht?»

Sanft löste er sich von ihr und stand auf. «Erstens, weil ich auch mal nach Hause muss ... und zweitens: Wenn das hier rum ist im Hause ... die werden sich alle die Mäuler zerreißen.»

Gudrun konnte darin kein Problem entdecken. Sie hatte ihre Entscheidung getroffen. «Na und?»

Conrad war klar, dass Gudrun seinen Standpunkt nicht teilte. «Für dich ist das einfach. Für mich nicht.»

Ein unangenehmer Gedanke stieg in Gudrun hoch, gleichzeitig ärgerte sie sich darüber, dass sie jetzt schon so empfindlich reagierte. Es fiel ihr nicht leicht, die Frage zu stellen, aber sie hatte sich überlegt, dass diese ungleiche Beziehung nur dann eine Chance hatte, wenn sie total ehrlich zueinander waren.

«Du schämst dich meiner?»

Conrad, der schon die Tür erreicht hatte, kehrte noch einmal zurück und umarmte sie stürmisch. «So ein Unsinn! Ich bin verknallt, verliebt, verrückt nach dir ... aber ich bin dein Angestellter.»

«Und zwanzig Jahre jünger.» Sie beobachtete ihn genau, als sie dies sagte, aber seine Reaktion darauf überzeugte sie.

«Das Alter war für mich nie ein Thema.» Er warf ihr einen Luftkuss zu und verließ schnell die Suite.

Fast wäre Conrad unbemerkt in sein Büro gelangt, doch Begemann bog im letzten Augenblick um die Ecke. Sie grüßten sich im Vorbeigehen. Nach einigen Schritten blieb Begemann stehen, drehte sich um und blickte Conrad hinterher. Ein feines Lächeln umspielte wieder einmal seine Lippen.

Raffael stand in der Ankunftshalle des Hamburger Flughafens und wartete auf Ronaldo und Vivien. Christian hatte den alten Freund darum gebeten, sein Trauzeuge zu werden, und Ronaldo hatte mit Freude zugestimmt. Er freute sich, mal wieder nach Hamburg zu kommen. Marie allerdings war bedauerlicherweise unabkömmlich. Sie blieb in Kapstadt bei den Kindern und der Weinfarm.

Die Begrüßung zwischen Raffael und Vivien fiel stürmisch aus, die zwischen ihm und Ronaldo verhalten herzlich, wie es unter Männern üblich ist. Ronaldo fuhr ihm durch das Haar. «Werden auch langsam dünner, was?»

Raffael lächelte schwach. «Nur kürzer.»

Ronaldo sah ihn prüfend an. «Geht's dir gut?»

Raffael trat von einem Bein aufs andere. Er wollte unbedingt Ronaldos Rat einholen, aber nicht hier auf dem Flughafen. «Na ja ... geht so ... ich muss unbedingt mit dir reden, Ronaldo. Alleine.»

Während er Vivien huckepack zum Auto trug, schob Ronaldo den Gepäckwagen. Sobald sie losgefahren waren, schüttete Raffael sein Herz aus.

«Sie ist wirklich eine besondere Frau, lustig, liebenswert, clever ...», er senkte die Stimme, denn Vivien hörte ihnen interessiert zu, «sexy ... das Netteste, was mir begegnet ist ... außer Heike natürlich. Es ist das erste Mal seitdem ... dass mir so etwas passiert ist. Wir telefonieren fast jeden Tag ... ich war einige Male hier, seit wir uns auf dem Friedhof begegnet sind ... sie ist dann immer irgendwie schüchtern ... dann wieder plötzlich forsch ... einfach ein süßes Mädchen ...»

Vivien fand die Geschichte superspannend. «Bist du in Babsi verliebt, Raffi?»

Ronaldo unterdrückte ein Grinsen. «Vivien, so was fragt man nicht, Schatz.»

Davon ließ sich die kleine Dame nicht beeindrucken. «Aber Babs hat doch Christian.»

Raffael nickte ihr im Rückspiegel zu. «Ja, Vivien, da hast du Recht! Deswegen will sie mich auch nicht.»

Begeistert klatschte Vivien in die Hände. «Cool, dann müsst ihr euch um sie kloppen.»

Im Hotel hatte es längst die Runde gemacht, dass «der Alte», wie sie Ronaldo Schäfer respektvoll nannten, kommen würde. Iris hatte für die Suite gesorgt, in der Küche wurde auf Hochtouren gearbeitet, und Schmolli wischte eigenhändig die bronzenen Türknäufe ab. Peter inspizierte argwöhnisch den roten Teppich, nicht einen Fussel sollte der Alte zu beanstanden haben. Die anderen Pagen wienerten den Wagenpark, die Fensterputzer waren für den gläsernen Eingangsbereich außerhalb der Reihe bestellt worden und sogar die Blumenkübel rechts und links vor dem Portal wurden frisch bepflanzt.

Als Ronaldo aus Raffaels Auto stieg, erwartete ihn

Schmolli mit stolzgeschwellter Brust. Ronaldo schüttelte seine Hand und sah sich anerkennend um. «Alles wie früher, das gefällt mir.»

Peter rief er zu: «Na, Peter? Kaugummifrei?»

Der schlug die Hacken zusammen. «Selbstverständlich, Herr Schäfer!»

In der Suite angekommen, hopste Vivien gleich aufs Bett, während Raffael sich in einen Clubsessel fallen ließ. Ronaldo wanderte gerührt durch den Raum. Sorgfältig ausgesuchte Blumen, einen Obstkorb und eine Begrüßungskarte hatte man für ihn hingestellt.

Es klingelte an der Tür. «Das ist das Gepäck, machst du auf, Vivi?»

Aber es war nicht das Gepäck, sondern Gudrun und Iris, die freudestrahlend mit drei Flaschen Champagner hereinkamen, im Gefolge die gesamte Hotelcrew. Uwe Holthusen balancierte eine imposante Torte, auf der unzählige kleine Kerzen brannten. Ronaldo umarmte Gudrun und Iris herzlich, dann begrüßte er jeden Einzelnen mit Handschlag. Nachdem alle ein gefülltes Glas bekommen hatten, erhob Ronaldo die Hand und bat um Ruhe.

«Liebe ... ja, was soll ich sagen? Ach was, liebe Freunde! Ich soll Sie alle ... alle bekannten ... alle altbekannten ... alle neuen Kollegen ... und Freundinnen ... sehr herzlich grüßen von Marie. Sie wäre gerne mitgekommen. Um Sie wieder zu sehen, unser schönes Hotel ... und auch des besonderen Anlasses wegen ... wo sind die beiden überhaupt?»

«Herr Dolbien und Frau Malek haben einen Urlaubstag», sagte Alexa.

«Ach was, Kuscheltag!», rief Uwe von hinten und alle lachten.

Ronaldo erhob sein Glas. «Wie auch immer: Marie entgeht was, das sehe ich jetzt. Aber ich bin froh und glücklich, hier zu sein, im Grand Hansson. Obwohl ich ja inzwischen nur noch ein armer, afrikanischer Weinfarmer bin ... fühle ich mich dem Haus und Ihnen allen verbunden wie am ersten Tag. Sehr zum Wohle!»

In Hitzacker hatte man sich für die klassische Arbeitsteilung entschieden: Während die Männer angelnd am See saßen, half Barbara Elisabeth in der Küche. Während Elisabeth den Lammbraten begoss, schälte Barbara die Kartoffeln. «Fast wie damals», dachte Elisabeth, als Marie ihren Ronaldo zum ersten Mal mitgebracht hatte. Eine riesige Wurstplatte hatten sie extra für ihn aufgefahren, und dann hatte sich herausgestellt, dass Ronaldo Vegetarier war.

«Isst der überhaupt Fleisch, der deine?», fragte sie vorsichtshalber.

Barbara stand vor dem Schrank und überlegte, welches Geschirr sie nehmen sollte. Da war ein Unterton in Elisabeths Stimme, der ihr nicht gefiel. «Wie du das sagst, der deine ... natürlich, Christian isst alles.»

Elisabeth goss noch etwas Brühe in den Fond, was sie anscheinend inspirierte. «Man muss von jeder Soße mal probieren, was? Hat Erich immer früher gesagt ... wenn in unserem Freundeskreis wieder jemand fremdging ... Gundi zum Beispiel, na ja ...»

Sie drehte sich erschrocken um, weil Barbara die Teller auf den Tisch geknallt hatte. «Entschuldige, Babsi. Ich wollte dich nicht kränken. Tut mir Leid. Aber ich kann dem deinen eben nicht vergessen, wie er dich mit dieser Sandberg betrogen hat ...»

Barbara ließ sich erschöpft auf einen Stuhl fallen. «Ich denke, das hatten wir geklärt.»

Elisabeth klappte die Herdtür zu und setzte sich ebenfalls. «Und du bist dir ganz sicher, dass es die richtige Entscheidung ist?»

Barbara fragte sich, welches Ziel Elisabeth verfolgte. Was sollten diese Fragen so kurz vor der Hochzeit? «Na, nun gibt es ja wohl kein Zurück mehr, oder?»

Bedächtig schüttelte Elisabeth den Kopf. «Es gibt immer ein Zurück.»

Barbara sprang auf. «Was bist du denn so negativ? Das nervt mich. Christian und ich heiraten, basta. Wir haben den Termin auf dem Standesamt, wir haben die kirchliche Trauung vorbereitet, wir planen unsere Hochzeitsreise.»

Elisabeth zerknüllte das Geschirrhandtuch in ihrem Schoß. «Aber es ist alles so flott gegangen.»

«Flott? Wir sind seit zwei Jahren zusammen! Ich wohne bei ihm. Wir lieben uns!»

Elisabeth zerriss es innerlich. Sie wusste, dass es gefährlich war, Barbara noch mehr zu verärgern, womöglich würde sie sie dadurch verlieren.

Aber ihr siebter Sinn sagte ihr nun einmal, dass Christian nicht der richtige Mann für ihre Babsi war. Tja, da muss ich wohl durch, dachte sie.

Barbara war zur Tür gegangen. «Ich geh raus.»

«Nun lass mal die Männer allein reden, hol lieber Wein aus dem Keller, du weißt ja, welchen Papa ... Erich mag ... und ... Babsi?»

Barbara drehte sich um und wartete.

«Ich hab dich sehr lieb, Babsi, du bist doch für uns wie eine zweite Tochter ... ich wünsche dir alles Glück der

Welt, das weißt du. Aber hier in mir drinnen ... eine innere Stimme sagt mir, das muss jetzt auf den Tisch: Er ist der Falsche.»

Auf dem Steg herrschte Stille. Erich hatte zwei Gartenstühle aus dem Schuppen geholt, in denen er und Christian saßen und angelten. Butschi hatte sich neben ihnen eingerollt und ließ sich das Fell von der Sonne wärmen. Während Erich stoisch aufs Wasser guckte und die Ruhe genoss, hoffte Christian, dass man sie bald zum Essen rufen würde. Er hatte Angeln noch nie etwas abgewinnen können, ihm taten die Fische Leid. Außerdem fand er es stinklangweilig, bewegungslos auf einen See zu starren, auf dem nichts, aber auch wirklich nichts passierte.
Ihm war durchaus daran gelegen, dass ihn die Harsefelds sympathisch fanden, aber mehr, weil es Barbara glücklich machte.
Er selber hätte es immer vorgezogen, in Hamburg mit Iris im Büro zu sitzen, anstatt hier in der norddeutschen Einöde seine Zeit zu verplempern. Er überlegte, was Erich Harsefeld wohl von ihm erwartete. Was würde ein perfekter Schwiegersohn für Barbara jetzt sagen, fragte er sich, dann entschied er sich für ein schlichtes: «Beißt keiner?»
Nach einem Zeitraum, der Christian wie Jahre erschien, kam eine knappe Antwort. «Geduld is' alles.»
Weitere fünf Minuten vergingen schweigend, dann setzte Christian erneut an. «Schön ist es hier.»
Nach einem Jahrhundert stimmte ihm Erich brummend zu. Christian dachte schon, da kommt gar nichts mehr, als Erich auf einmal anhob. «Das mit der Ohrfeige tut mir Leid.» Christian winkte ab.

«Hatte ich verdient.»

Zum ersten Mal drehte Erich seinen Kopf zur Seite. «Und du liebst sie?» Er streckte seine Hand aus. «Ich bin der Erich.»

«Christian.»

Nachdem sie weitere zehn Minuten schweigend auf den See gestarrt hatten, sprach Erich erneut. «Wenn du sie unglücklich machst, fängst du dir noch eine.»

Gerade als sich Christian zu fragen begann, wo er denn da eigentlich reingeraten war, erlöste ihn Elisabeth. Sie rief die Männer zu Tisch.

Am Abend, nachdem die Begrüßungsfeier überstanden war, fand Ronaldo Zeit, sich mit Raffael auf die Hotelterrasse zu setzen. Er hatte einen besonderen Wein aus Südafrika mitgebracht.

«Der ist gut, oder? Hannes Myburg hat den gemacht, vom Weingut Meerlust, er ist ein guter Freund von uns geworden.» Er goss Raffael den Rest ein und griff nach einer weiteren Flasche. «Es ist wirklich herrlich in Südafrika ... ich habe es keine Sekunde bereut, es geht uns gut, Marie und mir. Wir sind glücklich.»

Dann bemerkte er Raffaels unglücklichen Gesichtsausdruck. «Ist es wegen Barbara?»

Raffael schüttelte missmutig den Kopf. «Ach, wir sollten zu Bett gehen, ich bin betrunken.»

Ronaldo hatte die zweite Flasche geöffnet und schnupperte an dem Korken. «Fabelhaft ... hör mal, Raffi, du wolltest mit mir reden und das tun wir jetzt. Ich bin dein Schwiegervater. Und dein Freund. Und ich habe dich sehr gerne.»

Raffael sah ihn verzweifelt an. «Was soll ich tun? Sie

heiratet ihn. Einfach so. Wir sind uns zu spät begegnet. Dabei weiß ich, dass sie mit ihm nicht glücklich wird.»

Ronaldo füllte ein Glas. «Aus deiner Position ist das nur logisch, aber du musst dich fügen.»

Genau das wollte Raffael aber nicht. «Er mag ja ein netter Kerl sein, ein guter Freund, ein kluger Mann. Aber schließ mal deine Augen und stell dir die beiden zusammen vor: Sie passen nicht zueinander.»

Ronaldo sah ihn aufmerksam an. «Ist es dir so ernst?»

Raffael nickte. «Ich leide wie ein Schwein.»

«Und was sagt Barbara?»

«Nein, stur nein. Ich spüre, dass sie mich auch gern hat. Doch alles ist auf Schiene gesetzt, der Zug fährt, und sie denkt: Aussteigen geht nicht mehr.» Wütend schlug er mit der Faust auf den Tisch.

Ronaldo fühlte mit ihm, aber er konnte ihm auch nicht mehr raten, als das Unabwendbare hinzunehmen. Dazu war Raffael nicht bereit.

«Du musst», sagte Ronaldo ernst, «es zu akzeptieren ist auch ein Schritt in Richtung Glück.»

Raffael nahm sein Glas und trank es in einem Schluck aus. Dann stellte er es zurück auf den Tisch und sah Ronaldo hellwach an.

«Ich bin mehr für Kämpfen.»

An diesem Abend bestritt Elfie ihr zweites Vorsingen auf der Studiobühne. Bob, der Regisseur, erinnerte sich an sie. «Du warst doch bei der Komikertruppe dabei, ihr wart zu viert. Witzig, echt witzig. Was hast du uns diesmal mitgebracht?»

Elfie, die kurz vorher, als man sie nach ihrem Alter gefragt hatte, mit auf dem Rücken gekreuzten Fingern treuherzig «34!» gelogen hatte, hatte ein wunderschönes Lied eingeübt: «Als ich noch jung war und viele Träume hatte ...»

Als sie nach Hause kam, saß Barbara vor ihrer Tür. «Kommst du immer so spät nach Hause?»

Elfie stemmte die Hände in die Hüften. «Was machen wir denn hier? Spielen wir die Drogensüchtige von Altona?»

Barbara stand auf. «Ich hab auf dich gewartet.»

Elfie schloss die Tür auf. «Ich war beim Casting. Und vielen Dank, dass du mich begleitet hast! Habe mich selten so alleine gefühlt. Schnapsidee, das zu machen und sich da zu prostituieren!»

Barbara folgte ihr in den Hausflur. «Vielleicht musste ich Christian in Hitzacker vorstellen?»

Während sie von dem Besuch in Hitzacker erzählte, wobei sie ihre gemischten Gefühle dabei unterschlug, suchte Elfie nervös nach ihrer Armbanduhr.

«Sie ist weg, ich sage es dir, ist mir schon im Hotel aufgefallen ... wahrscheinlich habe ich sie beim Fitness verloren ...» Sie setzte sich traurig auf einen Stuhl. «Weißt du, ich habe dran gehangen, weil sie ein Geschenk von meinem Mann war.» Verzagt setzte sie sich hin.

Wie sie so unglücklich auf dem Stuhl hockte inmitten ihrer chaotischen Wohnung, der man ansah, dass hier jemand sparen musste, tat sie Barbara unendlich Leid. Sie sprang von der Fensterbank, auf der sie gesessen hatte, und kniete sich neben sie. «Weißt du, Elfie, wie du bei uns angefangen hast ... war ich eher der Meinung von Phil, damals. Habe gedacht: Was ist denn das für eine Schnalle?»

Sie parodierte Elfies typische Floskeln aus der Zeit: «Früher im Schreibpool haben wir ... früher im Schreibpool war es immer so ...»

Elfie erkannte sich problemlos wieder. «Ich weiß, das war die schiere Unsicherheit.»

«Doch inzwischen», Barbara stand auf und ging zum Herd, um Teewasser aufzusetzen, «sind wir ja richtige Freundinnen geworden.»

Elfie strahlte. «Findest du?»

Nachdem Barbara im Küchenschrank vergeblich nach sauberen Tassen gesucht hatte, zog sie zwei Becher aus einem Berg von schmutzigem Geschirr raus und spülte sie heiß ab. «Ja, als ich zu dir kam, nachts, weil ich sonst nirgendwohin konnte ... nachdem ich das von Christian und Iris erfahren hatte ... und bei dir im Bett lag ... und du mir die Haare gestreichelt hast ... das werde ich dir nie vergessen ...»

Elfie lachte. «Wenn ich dasselbe mit Phil gemacht hätte ... die würde das auch nie vergessen ...»

Barbara nestelte an ihrem Handgelenk, um die Armbanduhr zu lösen. Sie reichte sie Elfie. «Seit Wochen überlege ich, wie ich mich bedanken kann. Hier. Die ist echt. Marie hat sie mir gegeben, ist von meinem Vater.»

Elfie wollte ein so wertvolles Geschenk nicht akzeptieren, aber Barbara bestand darauf. «Sie bedeutet mir viel. Deshalb will ich, dass du sie trägst.»

Nachdem sie ihren Tee getrunken hatte, stand Barbara auf.

«Ich muss dann ... Christian wartet.»

Elfie brachte sie zur Tür. «Alles vorbereitet für den großen Tag? Ich meine: Wenn du Hilfe brauchst ...»

Barbara suchte an der Garderobe nach ihrer Tasche.

«Man glaubt es nicht: Macht alles er. Christian ist sowieso besser organisiert als ich.»

Der Taschenriemen hatte sich verhakt. Mit einem kräftigen Ruck löste sich nicht nur die Tasche, sondern gleich die ganze Garderobe von der Wand. Beide Frauen lachten, bis ihnen die Tränen kamen. «Ich bin und bleibe ein Tollpatsch, Elfie.»

Doch dann wurde sie plötzlich ernst. «Es geht alles viel zu schnell, Elfie. Da fehlen Sprossen in der Leiter.»

Elfie sah sie aufmerksam an. «Aber du hast ihm doch den Heiratsantrag gemacht.»

«Ich habe ihn ja auch lieb. Ich war so überwältigt ... davon, dass er wieder zu Hause war ... von den Gesprächen mit Raffael ... ich hätte noch etwas Zeit gebraucht ...»

Elfie hatte verstanden. «Vielleicht brauchst du etwas anderes.»

Am nächsten Morgen öffnete eine rundherum glückliche Gudrun Hansson die Fensterflügel von Conrads Schlafzimmer und erfreute sich am Anblick seines eigenwilligen Gartens.

«Hast du gut geschlafen?»

Sie drehte sich um. «Kann ich bei dir einziehen?»

Conrad, der ein üppig beladenes Frühstückstablett auf dem Bett abstellte, sah sie verblüfft an.

«Gottchen», sagte sie, «war nur ein Witz.»

Conrad war wieder ins Bett gekrochen. «Komm her.»

«Ich frühstücke nie im Bett», sagte Gudrun, während sie sich auf die Bettkante setzte. Er goss sich Kaffee ein. «Jeder, wie er mag.»

Sie stöhnte. «Du bist immer so tolerant! Wie langweilig.»

Er hielt ihr ein Croissant hin, sie beugte sich mit geschlossenen Augen vor, um abzubeißen, aber im letzten Moment zog er es zurück und biss selber hinein.

«Du frühstückst doch nicht im Bett», sagte er grinsend, während er genüsslich kaute.

Gudrun zog ihm das Tablett weg, stellte es auf den Boden und rutschte unter die Decke.

«Was interessiert mich mein Gequatsche von vor dreißig Sekunden!»

Im Hotel waren sie bereits Tagesgespräch. Als sie zusammen aus Conrads Käfer stiegen, blickten Schmolli und Peter ihnen hinterher.

«Hat der Begemann doch Recht!», sagte Peter.

Schmolli schüttelte den Kopf. «Nicht möglich!»

An der Rezeption steckten Doris, Roxi, Phil und Elfie die Köpfe zusammen, als Conrad und Gudrun gut gelaunt an ihnen vorbei zum Lift gingen.

«Schamlos!», fand Roxi.

Doris stimmte ihr zu. «Tja, ab einem bestimmten Einkommen kannst du dir alles erlauben.»

Alexa gesellte sich freundlich lächelnd zu der Gruppe. «Darf man mittratschen?»

Elfie sah sie genervt an. «Und wenn Sie auf Händen durch die Halle laufen und dabei mit den Arschbacken den River-Kwai-Marsch blasen würden, die Antwort ist: nein!»

Geknickt ging Alexa weiter. Phil schüttelte den Kopf. «Elfie, du bist einfach zu krass.»

Elfie zuckte gleichgültig mit den Schultern. «Wenn bei mir der Vorhang runter ist, dann geht er auch nie wieder hoch.»

Ronaldo hatte es sich im Chefzimmer auf der Couch bequem gemacht, während Iris und Christian an ihren Schreibtischen saßen, die Beine lässig hochgelegt. Iris, assistiert von Christian, setzte Ronaldo von den wirtschaftlichen Turbulenzen, die das Hotel soeben durchstanden hatte, in Kenntnis.

«Dann wollte das Bankhaus Kremer den Hahn zudrehen, aber unser Christian», sie lächelte ihn an, «kannte ja noch den Stiftungsvertrag aus dem Effeff ...»

«Ja», fiel Christian ein, «dann haben wir die Konten ausgeglichen und damit ist die Geschäftsbeziehung zu Kremer und Söhne erloschen.»

«Und Conrad Jäger, kennst du den schon?», fragte Iris. Ronaldo verneinte. «Guter Mann», ergänzte sie.

Was Christian so nicht bestätigen wollte. Er war noch immer der Meinung, dass Conrad an seinem Stuhl gesägt hatte, während er im Krankenhaus gewesen war. Iris klärte Ronaldo über die Hahnenkämpfe auf, dann wandte sie sich an Christian. «Ich habe dir das schon hundertmal gesagt. Er wollte das nicht. Gudrun wollte das.»

Ronaldo hatte den Eindruck gewonnen, dass die beiden ein gutes Team waren, er fragte sie danach. Sie sahen sich an. Iris zögerte mit der Antwort, aber Christian stand voller Elan auf. «Das beste Team seit Ronaldo und Christian. Ohne Iris wäre ich nichts.»

Im Businesscenter nahmen Elfie und Phil ihren Tratsch aus der Halle wieder auf. Elfie, die sich für tolerant hielt, hatte in diesem Falle kein Verständnis. Auch Phil wunderte sich immer noch. «Ausgerechnet der Jäger ... er strahlte immer so etwas Unabhängiges, Integres, Freies aus. Dass er sich in die Fänge der Hansson begibt ...»

Elfie wunderte es schon nicht mehr. «Na, das sind doch die Schlimmsten, ich sag's ja! Man verliert ja auch jeden Respekt vor den Vorgesetzten.»

Phil erinnerte an Begemann im Brautkleid, während Elfie sich über den Altersunterschied aufregte. Phil grinste. «Stellt euch die im Bett zusammen vor.»

An diesem Punkt schritt Barbara ein. Bisher hatte sie sich an dem Klatsch nicht beteiligt. Sie mochte so etwas nicht. Normalerweise versuchte sie einfach wegzuhören. Marie hatte ihr einmal gesagt, dass die meisten Leute eher ihren Partner als ihre Vorurteile verlassen würden. Aber jetzt reichte es ihr, Phils Beitrag zielte unter die Gürtellinie. Sie drehte sich zu ihr um. «Wir stellen uns ja auch nicht zwei Frauen im Bett zusammen vor.»

Phil sah sie verblüfft an. «Was soll das denn heißen?»

«Das soll heißen, dass ich das richtig Scheiße von euch finde, je länger ich zuhöre! Was geht uns das denn an, wer mit wem? Redet ihr auch über Christian und mich so, wenn ich nicht dabei bin?»

«Das ist doch was anderes!», meinte Phil.

Barbara sah sie skeptisch an. «Ah ja? Christian ist Direktor und ich bin Sekretärin. Könnte man ja auch meinen, ich heirate den nur, um auf der Karriereleiter ein bisschen höher zu klettern.»

Elfie bestand darauf, dass die Beziehung zwischen einer älteren Frau und einem jüngeren Mann immer noch ein gesellschaftliches Tabu darstellte. Und zwar eins, das natürliche Ursachen hatte. Sie bedauerte Gudrun Hansson schon jetzt wegen der Kränkungen, die ihr aufgrund ihres Alters seitens Conrads unvermeidlich bevorstünden.

Elfie schüttelte sich. «Erst rennt sie zum Schönheitschirurgen ... dann rennt sie ihrem Mann nach ... und am Ende rennt er ihr weg ... Horror pur!»

Barbara war enttäuscht von ihr. «Das war ja klar, dass das dein Thema ist, Elfie.»

Phil beruhigte die beiden. Ihr war aufgefallen, dass Katrin in der Runde fehlte.

Sie fand sie, völlig aufgelöst, im Waschraum. «Was ist los? Warum weinst du?»

«Ich bin dick, dumm und unbegabt!»

Phil nahm sie in den Arm. Nach und nach erfuhr sie, was der Anlass für Katrins Trübsinn war: Sie hatte am Morgen eine Absage der Stage Holding im Briefkasten vorgefunden.

Phil gab sich alle Mühe, sie zu trösten. «Das sind doch alles blöde Wichser. Ärgere dich nicht, es war nur ein Spiel.»

Katrin schluchzte wieder.

«Mir war es ernst.»

Phil hatte eine Idee. «Weißt du was? Ich habe morgen mein nächstes Vorsingen. Aber ich sage denen ab! Einfach so! Wenn die dich nicht wollen, kriegen die mich auch nicht. Frauensolidarität!»

Gudrun und Iris hatten sich zum Mittagessen in ein kleines Gartenlokal an der Alster begeben. Iris, die als Einzige im Hotel noch nichts von den Gerüchten gehört hatte, wunderte sich darüber, wie glücklich und gelassen Gudrun wirkte. So entspannt hatte sie sie seit ihrer gemeinsamen Zeit in Stockholm nicht mehr erlebt. Und das war schon sehr lange her.

Gudrun ließ die Gabel sinken. «Das habe ich seit hundert Jahren nicht mehr gemacht, hier zu sitzen, Salat zu essen, so tun, als gäbe es in meinem Leben noch Mittagspausen. Ach, Iris, ich habe so Sehnsucht nach einem ganz normalen Leben!»

Iris kannte diese Wünsche nur zu genau. «Ich auch manchmal.»

Gudrun warf ihr einen prüfenden Blick zu. «Macht dir das Kummer, dass dein Christian ...»

Iris unterbrach sie schroff. «Es ist nicht mein Christian.»

«Okay, also dass er die Barbara Malek heiratet?»

«Nein.»

Gudrun, die Iris sehr genau beobachtet hatte, lachte. «Nein oder nein?»

Iris blickte auf ihren Teller. «Beides.»

Gudrun nickte wissend. «Dachte ich's mir doch ... ja, ja, die Liebe, die liebe Liebe.»

Dann fragte sie Iris, ob es in Ordnung sei, wenn sie sich für ein paar Wochen zurückziehen würde. Sie dachte daran, Conrad Südafrika zu zeigen. Iris guckte sie erstaunt an. «Conrad?»

Gudrun nickte. «Nun sei doch nicht so begriffsstutzig! Ich bin verliebt wie ein Teenie, und ich pfeife auf die Meinung der anderen. Conrad Jäger und ich sind ein Paar.»

Conrad Jäger, der nun mal nicht Besitzer des Hotels, sondern dessen Personalchef war, konnte die Meinung der anderen nicht egal sein, zumal sie ihm, ganz anders als Gudrun, von jedem Angestellten deutlich gezeigt wurde. Doris Barth, die ihn noch vor kurzem geradezu verehrt hatte, grüßte ihn nur noch mit einem strengen Nicken im Vorbeigehen. Uwe Holthusen, dem er den Weg für seine damalige Küchenkonzeption geebnet hatte, drohte in unverschämter Weise mit einer Kündigung, wenn er nicht, wie Julietta, eine Gehaltserhöhung bekäme. Conrad, der seine Arbeit bisher geliebt hatte, fuhr nicht mehr gerne ins Hotel. Mehr und mehr entwickelte sich sein Job zu einem permanenten Spießrutenlauf.

Als er durch das Restaurant ging, blieb er an Ronaldos und Christians Mittagstisch stehen. Christian stellte die beiden einander vor.

«Netter Typ», sagte Ronaldo, als sich Conrad freundlich verabschiedet hatte, «ich verstehe, dass man den nicht von der Bettkante stößt.»

Christian schmiss fast sein Bierglas um. «Bist du in Kapstadt schwul geworden oder was?»

Aber Ronaldo hatte natürlich an Gudrun gedacht. «Ich finde, er sieht gut aus, ist höflich, sehr kompetent, wie ich höre ...»

Christian reichte es. Er stand langsam auf und warf seine Serviette auf den Teller. «Entschuldige mich kurz.»

Er erwischte Conrad in der Halle. «Ich würde Sie gern sprechen. Sofort!»

In Conrads Büro zog es Christian vor, stehen zu bleiben. Seinen schon bekannten Anschuldigungen fügte er jetzt noch einige neue Beleidigungen hinzu.

«Sie können natürlich sagen, das ginge mich nichts an. Ich bin aber Ihr Vorgesetzter. Und wenn Sie jetzt rauflaufen und sich bei Frau Hansson ausheulen, kann ich nur sagen: Sie braucht da gar nicht erst zu versuchen, ihren Beschützermantel um Sie zu legen: Ich finde es zum Kotzen, was Sie machen. Erst nutzen Sie meine Schwäche und versuchen, so an mehr Macht zu gelangen, und als das nicht klappt, vögeln Sie die Chefin.»

Conrad verbat sich derartige Bemerkungen, aber

Christian ließ sich nicht bremsen. «Wir hatten schon einmal einen intriganten Personalchef und haben den rausgeschmissen.»

Conrad forderte ihn ruhig auf, sich zu setzen und vernünftig über die Sache zu reden. Nach kurzer Überlegung setzte sich Christian zwar hin, aber Conrad bezweifelte, dass er zu einer nüchternen Sicht der Dinge in der Lage war.

«Das geht nicht gut mit uns beiden, was?», fragte er.

«Das ist nicht mein Problem.»

«Doch, das ist Ihr Problem, Herr Dolbien. Und leider wirken Sie dabei … glauben Sie mir: Ich respektiere Ihre Leistung als Direktor sehr … Sie wirken sehr unsouverän. Sie wirken sogar eifersüchtig.»

Christian fand ihn unsachlich, was Conrad zurückgab. Der Tratsch im Haus kam auf den Tisch. Während Christian darauf bestand, dass die Rolle des Personalchefs dadurch untergraben würde, bestand Conrad auf dem Recht einer Privatsphäre. «Frau Hansson und mir ist das egal.»

«Das darf Ihnen aber nicht egal sein.»

«Ich mache meinen Job gut, okay? Können wir uns darauf einigen?»

Christian musste ihm ehrlicherweise zustimmen.

Conrad beugte sich vor. «Und ich habe Ihnen Ihren Job nicht streitig gemacht. Im Gegenteil, das wird Ihnen Frau Sandberg bestätigen. Und schließlich: Wenn ich Revue passiere lasse, wer alles mit wem in diesem Hotel … Ronaldo Schäfer und Marie, die ja auch mal Malek hieß … Dr. Begemann und Alexa Hofer … und Sie, verehrter Herr Dolbien, sind ja nun echt kein Kind von Traurigkeit! Sie und Frau Sandberg, Sie und Barbara Malek …»

Das war für Christian natürlich etwas vollkommen anderes. «Wir heiraten jetzt.»

Conrad nickte, eigentlich interessierte es ihn schon nicht mehr. Er hatte seine Entscheidung getroffen. Er stand auf und öffnete Christian die Tür. «Nehmen Sie einfach zur Kenntnis: Gudrun Hansson und Conrad Jäger, egal welche Position, egal welches Alter ... alles egal: sind ein Paar. Wir machen kein Hehl daraus. Aber ich verlange, dass Sie keine böse Geschichte daraus konstruieren. Es ist nämlich eine gute Geschichte. Und vor allem eine ...», er komplimentierte Christian mit einer höflichen Geste hinaus, «die privat ist und Sie und den ganzen Kasten hier nichts angeht.»

Phil hatte Katrin davon überzeugt, wieder ins Businesscenter zurückzukehren. Dafür fehlte nun Elfie. Als Phil sie endlich nach längerer Suche fand, traute sie ihren Augen nicht. Elfie posierte vor dem Hotel für einen Fotografen, als wollte sie Liza Minelli Konkurrenz machen. Phil konnte es nicht glauben. «Geht's dir noch gut? Seit heute Vormittag hat dich da oben keiner mehr gesehen.»

Elfie ließ sich von dem Fotografen eine Visitenkarte überreichen.

«Ich habe drei Interviews gegeben, die haben doch jetzt die Pressearbeit gestartet, bevor es in die Endrunde geht.»

Das brachte Phil erst recht in Rage. «Ganz toll, Elfriede, du bist so was von egomanisch, siehst immer nur dich. Oben sitzt Katrin und weint sich seit Stunden die Augen aus dem Kopf und du ziehst hier deine Privatshow ab!»

Elfie guckte sie erstaunt an. «Weiß ich doch nicht, dass sie weint, warum denn?»

«Na, weil die sie rausgeschmissen haben. Ich habe eben angerufen, und Barbara sagt auch ab. Uns reicht's. Hauptsache, du ziehst dein Ding durch. Mahlzeit.»

Dass sie Katrin verraten haben sollte, wollte Elfie nicht auf sich sitzen lassen. Auch ihr war die Freundschaft der Girlfriends wichtiger als eine zweifelhafte Kurzkarriere in einem Musical. Aber das würde ihr Phil jetzt natürlich nicht mehr glauben. Sie überlegte. Dann winkte sie kurz entschlossen einem Taxi und ließ sich zu den Studiobühnen fahren. Erst wollte Bob ihr gar nicht zuhören. «Hör mal, wir können nichts für deine Kollegin tun, die ist klar raus ... sonst brauchten wir das ganze Theater hier nicht zu veranstalten, wir könnten jederzeit ein paar hundert Girls von der Straße rankarren und die hier rumhopsen lassen ...»

Aber dann erzählte ihm Elfie von ihrem Plan. «Na ja, wir arbeiten ja in einem großen Hotel. Wir haben viele Gäste, die was erleben wollen. Und ich dachte mir, ich könnte da so eine Kooperation einfädeln ... wir sind nämlich alle Freundinnen ...»

Abends ging Barbara noch eine Runde im Pool schwimmen. Nachdenklich zog sie ihre Bahnen. Sie hatte den Raum für sich allein – jedenfalls so lange, bis plötzlich Raffael am Beckenrand stand. «Ich habe Sie im ganzen Haus gesucht.»

Barbara schwamm an den Rand. «Eigentlich ist es echt lächerlich, dass wir uns immer noch siezen!»

Raffael hatte die Hände in seinen Hosentaschen vergraben. «Es ist alles lächerlich. Ich mache mich lächerlich.»

Sie sah ihn liebevoll an. «Nein, machst du nicht. Ich habe mich sehr über dein Tonband gefreut, das hab ich dir am Telefon gesagt.»

Er sah sie gespannt an. «Und wie hast du dich entschieden?»

Sie schüttelte den Kopf. «Da gibt es nichts zu entscheiden, ich verstehe überhaupt nicht, wie man so dickköpfig sein kann.»

Er sah sie mit einem schiefen Lächeln an. «Liebe vielleicht?»

«In drei Tagen heirate ich», erwiderte Barbara traurig.

Er nickte. «Okay. Dann ist es so. Dann fahre ich heute Nacht zurück. Aber wenn ich schon baden gehe ... dann richtig!»

Im nächsten Moment sprang er ins Wasser. Als er neben ihr wieder auftauchte, zog er sie an sich und küsste sie. Dass sich Barbara nicht wehrte, lag sicherlich daran, dass er sie vollkommen überrumpelt hatte. Aber das war nicht der einzige Grund.

Am nächsten Morgen fand im Businesscenter die Anprobe für das Brautkleid statt. Katrin, die eine leidenschaftliche Schneiderin war, hatte einen Traum aus Tüll und Organza gezaubert. Während sie den Saum absteckte, füllte Elfie die Kaffeebecher und geriet ins Schwärmen. «Das erinnert mich an früher ... als unsere Kollegin Nicole Bast geheiratet hat, da hat Veralein ihr ein Kleid zur Hochzeit gemacht.»

«Ja, ja, früher», spottete Phil, «da hatten wir auch noch einen Kaiser.»

«Motz nicht so rum, Phil», antwortete Elfie, «ich habe für euch alle eine große Überraschung.»

Sie reichte Phil einen Becher. «Schon, weil ich nicht will, dass du weiter sauer auf mich bist.»

Die Tür ging auf und Alexa kam mit Unterlagen herein. «O wie schön!», rief sie bewundernd, dann sah sie auf ihre Armbanduhr.

«Sie denken aber bitte alle an die Konferenz? Die hat längst angefangen, ich bin selbst zu spät dran.»

Die Mädels sahen sich an. «Konferenz?», fragte Elfie.

Alexa war bereits wieder an der Tür. «Haben Sie denn nicht in Ihre Mails geguckt?» Dann sah sie Barbara lächelnd an. «Passen Sie auf, dass der Bräutigam es nicht sieht, das bringt sonst Unglück.»

Phil grinste. «Na, wenn Sie ausnahmsweise die Klappe halten …»

Barbara warf einen schnellen, fragenden Blick erst zu Elfie, dann zu Phil und Katrin. Die nickten zustimmend.

«Frau Hofer?», rief sie Alexa zurück. Die drehte sich um. «Ja, Frau Malek?»

«Ich wollte Sie gerne zu meiner Hochzeit einladen.»

Alexa strahlte. «Wirklich? Da freue ich mich sehr! Ich komme gerne! Danke!»

Iris hatte am Kopfende des Konferenztisches die Leitung übernommen. Rechts und links von ihr hatten Gudrun und Christian Platz genommen, Conrad saß neben Gudrun. Uwe Holthusen, Roxi, Schmolli, Doris und weitere Mitarbeiter der unterschiedlichen Hotelbereiche hatten sich bereits gesetzt, als Alexa und die Mädels, eine Entschuldigung murmelnd, den Raum betraten. Begemann, der das Protokoll führte, notierte ihre Verspätung.

Iris hakte die Tagesordnungspunkte ab.

«Die Fassadenrenovierung, eine Anregung von Herrn Schmolke, wird nun durchgeführt, weil wir es uns wieder leisten können.»

Schmolli strahlte.

«Dann habe ich die erfreuliche Nachricht zu vermelden, dass der japanische Reiseveranstalter Tokio-Travel uns in seinen Katalog aufgenommen hat ... die gehen von einem jährlichen Kontingent von 600 Doppelzimmern aus.»

Anerkennend wurde auf den Tisch geklopft. Iris bedankte sich und las den letzten Punkt vor. «Neue Mitarbeiterin des Monats wird Julietta, da bitte ich Sie alle, noch Stillschweigen zu bewahren, wir wollen sie überraschen ... so, das war es von mir aus. Hat noch jemand was?»

Alle sahen sich an, das war es dann wohl. Doch plötzlich stand Conrad auf. «Ja, ich.»

Doris verzog das Gesicht und sah Elfie an, die ihre Augen verdrehte.

Christian senkte den Blick.

«Es ist ja kein Geheimnis ...», er sah Gudrun an, «verzeih mir bitte, dass ich es nun offiziell ausspreche, aber man muss ...»

«... das Kind beim Namen nennen», warf Elfie patzig ein.

Er fixierte sie. «Stimmt, Frau Gerdes. Alle haben das Kind beim Namen genannt. Leider beim falschen.»

Er sah Doris an. «Klatsch, Tratsch, Gerüchte gehören zum Arbeitsalltag wie alles andere auch.» Sein Blick wanderte zu Roxi.

«Was mir hier fehlt, ist Respekt. Ich glaube, ich kann

sagen, dass ich hier als Personalchef einen anderen Stil eingeführt habe ...»

Seine Augen ruhten lange auf Begemann, als er dies sagte. Er nickte Uwe zu. «Ich habe mich bemüht, auf die individuellen Bedürfnisse von jedem von Ihnen einzugehen. Dass meine Freundlichkeit nun gegen mich gekehrt wird, tut mir weh und ärgert mich.»

Er sah sich in der Runde um, einige, wie Roxi und Doris, hatten bereits die Köpfe gesenkt.

«Besonders miserabel finde ich es aber», fuhr er fort, «wie hier über Frau Hansson gesprochen wird, die Ihnen allen immer vorbildlich zur Seite gestanden hat. Sie gibt jedem von Ihnen – trotz wirtschaftlicher Schwierigkeiten – einen sicheren Arbeitsplatz. Deshalb verlange ich: Seien Sie fair ihr gegenüber und denken Sie um.»

An dieser Stelle machte er eine Pause. Gudrun sah ihn bewundernd an, aber nicht nur sie. Barbara kämpfte mit den Tränen. Das war es, was sie darunter verstand, in Liebe zu jemandem zu halten. Conrad lächelte jetzt. Das Beste hatte er sich natürlich für den Schluss aufgehoben. Befreit und fast fröhlich sprach er weiter.

«Ich übrigens habe bereits umgedacht. Schon weil das private Leben für mich so große Bedeutung hat ... obwohl ich meine Arbeit als Personalchef sehr liebe, weiß ich, wann es besser ist zu gehen.»

Er schaute Christian freundlich an. «Ich kündige.»

An diesem Abend saßen Gudrun und Conrad lange auf der Bank vor seinem Haus, und mehr als eine Flasche Wein wurde geleert, während ihm Gudrun die Vorzüge Südafrikas schilderte.

Im Fitnesscenter übten Phil, Katrin und Elfie emsig für

die bevorstehende Tanzeinlage im Musical «Mamma mia», denn darin bestand Elfies Überraschung. Sie hatte Bob davon überzeugt, den Girlfriends einen Gastauftritt zu ermöglichen, dafür hatte sie ihm die gesamte Hotelcrew als zahlende Gäste avisiert, plus sich daraus ergebender Mundpropaganda.

In Hitzacker bereiteten sich die Harsefelds darauf vor, am nächsten Tag in Hamburg Barbaras und Christians Polterabend zu feiern.

Ronaldo und Vivien, begleitet von Raffael, verließen erschöpft, aber zufrieden und mit unzähligen Tüten beladen ein Geschäft für Herrenmode und kehrten ins Hotel zurück.

Barbara und Christian gaben sich ihrem letzten Sex vor der Ehe hin.

Iris saß bis spätnachts im Büro und arbeitete. Manchmal hob sie den Kopf und guckte traurig ins Leere.

Als sich der Vorhang im Operettenhaus Hamburg hob, intonierte das Orchester die Eröffnungsmelodie. Singend und tanzend bildete das Ensemble von «Mamma mia» an der Bühnenrampe eine Chorus-Line, um kurz darauf zur Seite zu treten und einer anderen, wesentlich kürzeren Platz zu machen: Diese Chorus-Line bestand nur aus vier Frauen, und als sie ihren Auftritt beendet hatten, erhielten sie von einem Viertel des Publikums stehende Ovationen, denn so viele hatten sich aus dem Grand Hansson eingefunden.

Als sich die geladenen Gäste später im «Fritz» trafen, nahm Elfie Phil beiseite. «Geile Idee?»

Phil fiel ihr weinend vor Freude um den Hals. «Sehr geile Idee!»

Nur Erich vermisste etwas. Er stellte sich an die Tür. «Wat is dat nun für'n Polterabend?», rief er. Dann griff er in die mitgebrachte Tüte und eröffnete das fröhliche Tellerschmeißen.

Christian küsste Barbara. «Das ist der schönste Polterabend, den ich je hatte», flüsterte er ihr ins Ohr.

Am nächsten Morgen war es so weit:

Während Ronaldo im dunklen Anzug bereits ungeduldig neben der blumengeschmückten Limousine wartete, ließ sich Barbara im Wohnzimmer von Elfie noch den Kranz aus Heideröschen ins Haar stecken.

Plötzlich hielt sie Elfies Hände fest. «Elfie, ich kann nicht.»

Die beruhigte sie. «Das ist normal, dass du Angst hast. Jede Braut hat Angst. Das sind die Nerven.»

Barbara schüttelte den Kopf. «Ich mache den Fehler meines Lebens.»

«Ja, ja», nuschelte Elfie, denn sie hatte den Mund voll Stecknadeln.

Barbara schob sie weg. «Nein, wirklich. Ich liebe ihn nicht.»

Elfie zog eine Augenbraue hoch. «Auf einmal?»

Barbara nickte. «Ich habe ihn gern, aber ich liebe ihn nicht.»

Elfie schob sie ungerührt in Richtung Tür. «Du hast Lampenfieber, Schluss jetzt, Tante Elfie will nichts mehr davon hören.»

Bis auf die zwei Plätze, die rechts und links neben Begemann frei geblieben waren, denn niemand hatte sich neben ihn setzen wollen, war die Kirche voll besetzt. Vorn am Altar stand Christian im schwarzen Cut neben dem Pastor und sah erwartungsvoll der Braut entgegen, die ihm von einem stolzen Brautvater Erich Harsefeld zugeführt wurde. Vorweg hüpfte Vivien in ihrem niedlichen weißen Hosenanzug, großzügig Blumen im Kirchenschiff verteilend.

Alexa und die Girlfriends hielten sich an den Händen, Gudrun schaute ihrem Conrad tief in die Augen und Elisabeth liefen, wie nicht anders zu erwarten, bereits die ersten Tränen über die Wange. Diese entwickelten sich zu einem wahren Sturzbach, als die Trauungszeremonie an die entscheidende Stelle gelangt war. Pastor Ecke wandte sich an die Braut.

«Und willst du, Barbara Malek ... Christian Philipp Dolbien lieben und ehren ... in guten, wie in schlechten Tagen ... so antworte mir: Ja, so wahr mir Gott helfe.»

In diesem Moment, während alle in der Kirche atemlos auf Barbaras «Ja» warteten, wurde krachend das Portal aufgestoßen und laut und vernehmlich «Nein!» gebrüllt.

In der nun folgenden Stille hätte man eine Stecknadel fallen hören können. Nach und nach drehten sich alle Köpfe nach hinten. Dort stand Raffael, mit hängenden Armen, wartend, seine Augen unverwandt auf die Frau gerichtet, die er liebte.

Barbara erwiderte seinen Blick. Dann wandte sie sich um und sah Christian fest in die Augen. «Verzeih mir, Christian», flüsterte sie, raffte ihr Kleid zusammen und lief den Kirchengang hinunter, in Raffaels ausgebreitete Arme. Er hob sie hoch, wirbelte sie einmal herum und trug sie hinaus.

Das einsetzende schwache Gemurmel schwoll schnell an. Hatte man so etwas schon mal erlebt?

Einzig Begemann behielt den Überblick. Er wandte sich an Uwe Holthusen, der das aber gar nicht hören wollte. «Ich fürchte, da gibt es ein Problem. Das hätte ihr vor dem Standesamt einfallen sollen.»

Vivien saß auf Elisabeths Schoß und überlegte laut. «Heiratet Babsi jetzt den Raffi?»

Elisabeth umarmte sie überglücklich. «Das hoffe ich, Püppi!»

Die Hochzeitsgesellschaft begann sich langsam aufzulösen, einige waren bereits abgefahren.

«Ich verstehe die Welt nicht mehr, Ronaldo. Was soll nun werden?»

Christian stand völlig fassungslos vor der Kirche. Ronaldo hatte tröstend den Arm um ihn gelegt. «Christian, ehrlich: Mir fehlen die Worte. Vielleicht kommst du ein paar Tage zu uns nach Südafrika?»

Christian blickte ihn ratlos an. «Auf jeden Fall kann ich jetzt nicht alleine sein ...»

Iris stoppte mit ihrem neuen Alfa neben ihnen. Sie stieg aus und umarmte Christian. «Ach, Iris.» Er kämpfte mit den Tränen. Sie streichelte ihm zärtlich das Gesicht. «Es wird alles wieder gut. Es wird alles wieder gut.»

Sie nickte Ronaldo zu und der verstand. «Christian, willst du vielleicht mit Iris fahren?»

Christian wandte ihm sein Gesicht zu, während er Iris' Hand umklammert hielt. «Ja, ich will mit Iris.»

ENDE

Christian Pfannenschmidt,
geboren 1953, lebt in Hamburg und Berlin.
In der Reihe der rororo-Taschenbücher liegen bereits zu den vorherigen Staffeln der ZDF-Erfolgsserie GIRLfriends «Fünf Sterne für Marie» (rororo 13667), «Der Mann aus Montauk» (rororo 22267), «Zehn Etagen bis zum Glück» (rororo 22490) und «Demnächst auf Wolke sieben» (rororo 23147) sowie das offizielle Fanbuch «GIRLfriends forever» (rororo 23428) vor.
Außerdem erschienen die Romane «Der Seerosenteich» (rororo 22595), der in mehrere Sprachen übersetzt und verfilmt wurde, sowie «Die Albertis» (rororo 23284); die ZDF-Verfilmung wird im Herbst 2004 ausgestrahlt werden.

Christian Pfannenschmidt

Der Meister der heiteren Unterhaltung

Die Albertis
Roman. 3-499-23284-7
Geschichten aus dem Leben einer Patchworkfamilie.

Der Seerosenteich
Roman. 3-499-22595-6
Erfolgreich für die ARD verfilmt. «Ein Schicksalsroman mit Glamour, Tragik, Erlösung.» (Stern)

Die Romane zur ZDF-Serie Girlfriends:

Fünf Sterne für Marie
3-499-13667-8

Der Mann aus Montauk
3-499-22267-1

(mit Edith Beleites)
Hotel Elfie
3-499-22527-1

(mit Edith Beleites)
Zehn Etagen bis zum Glück
3-499-22490-9

(mit Carmen Korn)
Demnächst auf Wolke sieben
Im Hotel überstürzen sich die Ereignisse. Bill Hansson stirbt, und seine Witwe Gudrun wird Erbin des Konzerns. Eine Veränderung, die alle im Hotel betrifft, auch Marie – dramatischer und überraschender, als sie glaubte.

3-499-23147-6

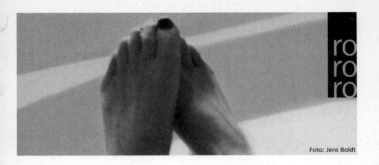

Foto: Jens Boldt

Die weibliche Problemzone heißt Mann!

Kathrin Tsainis
Dreißig Kilo in drei Tagen
Roman
3-499-22925-0
Vicky ist nicht dick, aber sie fühlt sich fett. Sie hätte gern wilden Sex mit ihrem neuen Schwarm, traut sich jedoch nicht, ihn anzumachen. Und eines weiß Vicky ganz genau: Ihr Leben sähe anders aus, wenn ihr Bauch flacher wäre, ihre Beine straffer und ihr Hintern kleiner. Abnehmen ist angesagt. Egal wie. Hauptsache, schnell fünf Kilo runter. Denn dann kommt das Glück von ganz allein. Oder nicht?

Tagediebe
Roman
3-499-23302-9

Christine Eichel
Wenn Frauen zu viel heiraten
Roman
3-499-23369-X

Ildikó von Kürthy
Mondscheintarif
Roman
3-499-22637-5
«Ich musste eine Schlaftablette nehmen, weil Lachzwang mich am Einschlafen hinderte.» (Wolfgang Joop)

3-499-23287-1